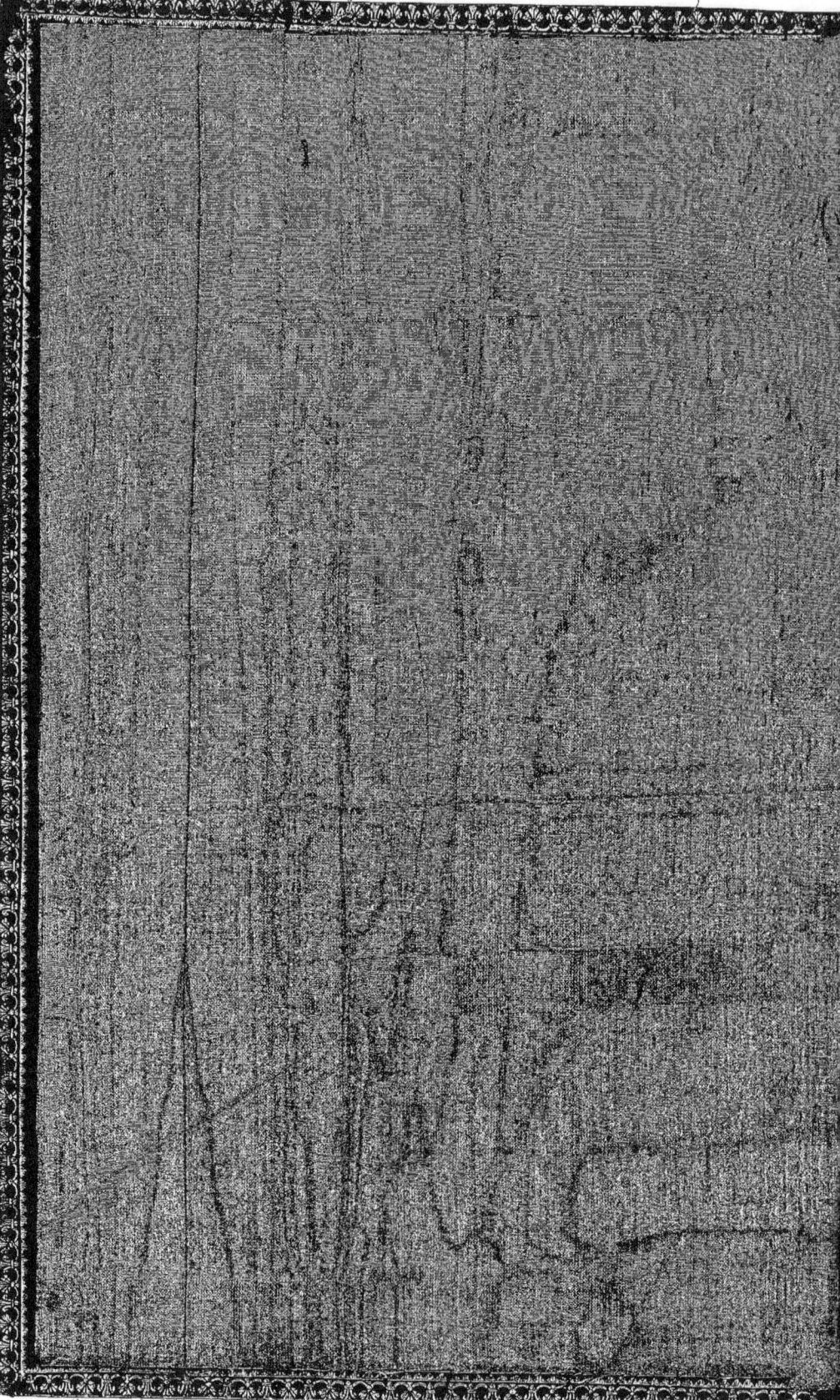

LA配

OEUVRES

COMPLETES

DE

VOLTAIRE.

OEUVRES

COMPLETES

DE

VOLTAIRE.

TOME TRENTE-TROISIEME.

DE L'IMPRIMERIE DE LA SOCIÉTÉ LITTÉRAIRE-
TYPOGRAPHIQUE.

1 7 8 5.

PHILOSOPHIE

GENERALE,

METAPHYSIQUE,

MORALE,

ET THEOLOGIE.

EXAMEN IMPORTANT

D E

MILORD BOLINGBROKE,

Ecrit sur la fin de 1736.

A 2

A V I S

Mis au-devant des éditions précédentes de l'Examen important de milord Bolingbroke.

Nous donnons une nouvelle édition du livre le plus éloquent, le plus profond, & le plus fort, qu'on ait encore écrit contre le fanatifme. Nous nous fommes fait un devoir devant DIEU de multiplier ces fecours contre le monftre qui dévore la fubftance d'une partie du genre-humain. Ce précis de la doctrine de milord *Bolingbroke*, recueillie toute entière dans les fix volumes de fes œuvres pofthumes, fut adreffé par lui peu d'années avant fa mort à milord *Cornsbury*. Cette édition eft beaucoup plus ample que la première; nous l'avons collationnée avec le manufcrit.

Nous fupplions les fages, à qui nous fefons parvenir cet ouvrage fi utile, d'avoir autant de difcrétion que de fageffe, & de répandre la lumière fans dire de quelle main cette lumière leur eft parvenue. Grand DIEU ! protégez les fages ; confondez les délateurs & les perfécuteurs.

EXAMEN IMPORTANT

D E

MILORD BOLINGBROKE.

P R O E M I U M.

L'AMBITION de dominer fur les efprits eft une des plus fortes paffions. Un théologien, un miffionnaire, un homme de parti, veut conquérir comme un prince; & il y a beaucoup plus de feétes dans le monde qu'il n'y a de fouverainetés. A qui foumettraïje mon ame? Serai-je chrétien, parce que je ferai de Londres ou de Madrid ? ferai-je mufulman, parce que je ferai né en Turquie? Je ne dois penfer que par moi-même; le choix d'une religion eft mon plus grand intérêt. Tu adores un Dieu par *Mahomet*; & toi par le grand-lama; & toi par le pape. Eh, malheureux! adore un dieu par ta propre raifon.

La ftupide indolence dans laquelle la plupart des hommes croupiffent fur l'objet le plus important, femblerait prouver qu'ils font de miférables machines animales, dont l'inftinét ne s'occupe que du moment préfent. Nous traitons notre intelligence comme notre corps; nous les abandonnons fouvent l'un & l'autre pour quelque argent à des charlatans. La populace meurt en Efpagne entre les mains d'un vil moine &

d'un empyrique; & la nôtre à-peu-près de même. (*a*)
Un vicaire, un diffenter affiégent leurs derniers
momens.

Un très-petit nombre d'hommes examine; mais
l'efprit de parti, l'envie de fe faire valoir les préoccupe.
Un grand homme parmi nous n'a été chrétien que
parce qu'il était l'ennemi de *Collins*; notre *Whiston*
n'était chrétien que parce qu'il était arien. *Grotius* ne
voulait que confondre les gomariftes. *Boffuet* foutint
le papifme contre *Claude* qui combattait pour la fecte
calvinifte. Dans les premiers fiècles, les ariens combattaient contre les athanafiens. L'empereur *Julien* &
fon parti combattaient contre ces deux fectes; & le
refte de la terre contre les chrétiens qui difputaient
avec les Juifs. A qui croire? il faut donc examiner;
c'eft un devoir que perfonne ne révoque en doute.

Cette multitude prodigieufe de fectes dans le
chriftianifme forme déjà une grande préfomption que
toutes font des fyftèmes d'erreur. L'homme fage fe dit

(*a*) Non : milord *Bolingbroke* va trop loin ; on vit & on meurt comme
on veut chez nous. Il n'y a que les lâches & les fuperftitieux qui envoient
chercher un prêtre. Et ce prêtre fe moque d'eux. Il fait bien qu'il n'eft pas
ambaffadeur de D I E U auprès des moribonds.

Mais dans les pays papiftes, il faut qu'au troifième accès de fièvre, on
vienne vous effrayer en cérémonie; qu'on déploie devant vous tout l'atti-
rail d'une extrême-onction, & tous les étendards de la mort. On vous
apporte le Dieu des papiftes efcorté de fix flambeaux. Tous les gueux
ont le droit d'entrer dans votre chambre; plus on met d'appareil à cette
pompe lugubre, plus le bas clergé y gagne. Il vous prononce votre fentence, & va boire au cabaret les épices du procès. Les efprits faibles font
fi frappés de l'horreur de cette cérémonie, que plufieurs en meurent. Je
fais que M. *Falconet*, un des médecins du roi de France, ayant vu une de
fes malades tourner à la mort au feul fpectacle de fon extrême-onction,
déclara au roi qu'il ne ferait plus jamais adminiftrer les facremens à
perfonne.

à lui-même : fi DIEU avait voulu me faire connaître fon culte, c'eft que ce culte ferait néceffaire à notre efpèce. S'il était néceffaire, il nous l'aurait donné à tous lui-même, comme il a donné à tous deux yeux & une bouche. Il ferait par-tout uniforme, puifque les chofes néceffaires à tous les hommes font uniformes. Les principes de la raifon univerfelle font communs à toutes les nations policées, toutes reconnaiffent un Dieu : elles peuvent donc fe flatter que cette connaiffance eft une vérité. Mais chacune d'elles a une religion différente ; elles peuvent donc conclure qu'ayant raifon d'adorer un Dieu, elles ont tort dans tout ce qu'elles ont imaginé au-delà.

Le principe dans lequel l'univers s'accorde paraît bien vrai ; les conféquences diamétralement oppofées qu'on en tire paraiffent bien fauffes ; il eft naturel de s'en défier. La défiance augmente quand on voit que le but de tous ceux qui font à la tête des fectes, eft de dominer & de s'enrichir autant qu'ils le peuvent, & que depuis les daïris du Japon jufqu'aux évêques de Rome, on ne s'eft occupé que d'élever à un pontife un trône fondé fur la mifère des peuples, & fouvent cimenté de leur fang.

Que les Japonais examinent comment les daïris les ont long-temps fubjugués ; que les Tartares fe fervent de leur raifon pour juger fi le grand-lama eft immortel ; que les Turcs jugent leur alcoran ; mais nous autres chrétiens examinons notre évangile.

Dès-là que je veux fincèrement examiner, j'ai droit d'affirmer que je ne tromperai pas ; ceux qui n'ont écrit que pour prouver leur fentiment me font fufpects.

A 4

Pascal commence par révolter ses lecteurs dans ses pensées informes qu'on a recueillies : *Que ceux qui combattent la religion chrétienne*, dit-il, *apprennent à la connaître &c.* Je vois à ces mots un homme de parti qui veut subjuguer.

On m'apprend qu'un curé en France nommé *Jean Meslier*, mort depuis peu, a demandé pardon à DIEU en mourant d'avoir enseigné le christianisme. Cette disposition d'un prêtre à l'article de la mort fait sur moi plus d'effet que l'enthousiasme de *Pascal*. J'ai vu en Dorsetshire, diocèse de Bristol, un curé renoncer à une cure de deux cents livres sterling, & avouer à ses paroissiens que sa conscience ne lui permettait pas de leur prêcher les absurdes horreurs de la secte chrétienne. Mais, ni le testament de *Jean Meslier*, ni la déclaration de ce digne curé ne sont pour moi des preuves décisives. Le juif *Uriel Acosta* renonça publiquement à l'ancien Testament dans Amsterdam : mais je ne croirai pas plus le juif *Acosta* que le curé *Meslier*. Je dois lire les pièces du procès avec une attention sévère, ne me laisser séduire par aucun des avocats, peser devant DIEU les raisons des deux partis, & décider suivant ma conscience. C'est à moi de discuter les argumens de *Wolaston* & de *Clarke*, mais je ne puis en croire que ma raison.

J'avertis d'abord que je ne veux pas toucher à notre Eglise anglicane, en tant qu'elle est établie par actes de parlement. Je la regarde d'ailleurs comme la plus savante, & la plus régulière de l'Europe. Je ne suis point de l'avis du *Wigh indépendant* qui semble vouloir abolir tout sacerdoce, & le remettre aux mains des pères de famille comme du temps des patriarches.

Notre fociété, telle qu'elle eft, ne permet pas un pareil changement. Je penfe qu'il eft néceffaire d'entretenir des prêtres pour être les maîtres des mœurs, & pour offrir à D I E U nos prières. Nous examinerons s'ils doivent être des joueurs de gobelets & des trompettes de difcorde. Commençons d'abord par m'inftruire moi-même.

CHAPITRE PREMIER.

Des livres de Moïfe.

L E chriftianifme eft fondé fur le judaïfme ; (*a*) voyons donc fi le judaïfme eft l'ouvrage de D I E U. On me donne à lire les livres de *Moïfe*, je dois m'informer d'abord fi ces livres font de lui.

1°. Eft-il vraifemblable que *Moïfe* ait fait graver le Pentateuque, ou du moins les livres de la loi, fur la pierre, & qu'il ait eu des graveurs & des poliffeurs

(*a*) Suppofé, par un impoffible, qu'une fecte auffi abfurde & auffi affreufe que le judaïfme fût l'ouvrage de D I E U , il ferait démontré en ce cas, & par cette feule fuppofition, que la fecte des galiléens n'eft fondée que fur l'impofture. Cela eft démontré en rigueur.

Dès qu'on fuppofe une vérité quelconque, énoncée par D I E U même, conftatée par les plus épouvantables prodiges, fcellée de fang humain ; dès que D I E U , felon vous, a dit cent fois que cette vérité, cette loi, fera éternelle ; dès qu'il a dit dans cette loi qu'il faut tuer fans miféricorde celui qui voudra retrancher de fa loi ou y ajouter ; dès qu'il a commandé que tout prophète qui ferait des miracles pour fubftituer une nouveauté à cette ancienne loi, fût puni de mort ; il eft clair comme le jour que le chriftianifme qui abolit le judaïfme dans tous fes rites, eft une religion fauffe, & directement ennemie de D I E U même.

On allégue que la fecte des chrétiens eft fondée fur la fecte juive. C'eft comme fi on difait que le mahométifme eft fondé fur la religion antique

de pierre dans un défert affreux , où il eft dit que fon peuple n'avait ni tailleurs , ni feleurs de fandales , ni d'étoffes pour fe. vêtir , ni de pain pour manger , & où D I E U fut obligé de faire un miracle continuel pendant quarante années pour conferver les vêtemens de ce peuple , & pour le nourrir ?

2º. Il eft dit dans ce livre de *Jofué*, que l'on écrivit le Deutéronome fur un autel de pierres brutes enduites de mortier. Comment écrivit-on tout un livre fur du mortier ? comment ces lettres ne furent-elles pas effacées par le fang qui coulait continuellement fur cet autel ? & comment cet autel , ce monument du Deutéronome , fubfifta-t-il dans le pays où les Juifs furent fi long-temps réduits à un efclavage que leurs brigandages avaient tant mérité ?

3º. Les fautes innombrables de géographie , de chronologie , & les contradictions , qui fe trouvent dans le Pentateuque , ont forcé plufieurs Juifs & plufieurs chrétiens à foutenir que le Pentateuque ne pouvait être de *Moïfe*. Le favant *le Clerc* , une foule de théologiens , & même notre grand *Newton* , ont embraffé cette opinion ; elle eft donc au moins très-vraifemblable.

---

des fabéens ; il eft né dans leur pays ; mais loin d'être né du fabifme , il l'a détruit.

Ajoutez à ces raifons un argument beaucoup plus fort , c'eft qu'il n'eft pas poffible que l'être immuable , ayant donné une loi à ce prétendu *Noë*, ignoré de toutes les nations , excepté des Juifs , en ait donné enfuite une autre du temps d'un *Pharaon ;* & enfin une troifième du temps de *Tibère.* Cette indigne fable d'un Dieu qui donne trois religions différentes & univerfelles , à un miférable petit peuple ignoré , ferait ce que l'efprit humain a jamais inventé de plus abfurde , fi tous les détails fuivans ne l'étaient davantage.

4°. Ne fuffit-il pas du fimple fens commun pour juger qu'un livre qui commence par ces mots : *Voici les paroles que prononça Moïfe au-delà du Jourdain*, ne peut être que d'un fauffaire mal-adroit , puifque le même livre affure que *Moïfe* ne paffa jamais le Jourdain? La réponfe d'*Abadie*, qu'on peut entendre *en-deçà* par *au-delà*, n'eft-elle pas ridicule? & doit-on croire à un prédicant mort fou en Irlande , plutôt qu'à *Newton* le plus grand-homme qui ait jamais été ?

De plus , je demande à tout homme raifonnable , s'il y a quelque vraifemblance que *Moïfe* eût donné dans le défert des préceptes aux rois juifs , qui ne vinrent que tant de fiècles après lui , & s'il eft poffible que dans ce même défert il eût affigné (*b*) quarante-huit villes avec leurs faubourgs , pour la feule tribu des lévites , indépendamment des décimes que les autres tribus devaient leur payer? (*c*) Il eft fans doute très-naturel que des prêtres aient tâché d'engloutir tout; mais il ne l'eft pas qu'on leur ait donné quarante-huit villes dans un petit canton où il y avait à peine alors deux villages ; il eût fallu au moins autant de villes pour chacune des autres hordes juives ; le total aurait monté à quatre cents quatre-vingts villes , avec leurs faubourgs. Les Juifs n'ont pas écrit autrement leur hiftoire. Chaque trait eft une hyperbole ridicule, un menfonge groffier , une fable abfurde. (*d*)

(*b*) Deutér. chap. XIV.   (*c*) Nombr. chap. XXXV.

(*d*) Milord *Bolingbroke* s'eft contenté d'un petit nombre de ces preuves : s'il avait voulu , il en aurait rapporté plus de deux cents. Une des plus fortes à notre avis , qui font voir que les livres qu'on prétend écrits du temps de *Moïfe* & de *Jofué*, font écrits en effet du temps des rois , c'eft que le même livre eft cité dans l'hiftoire de *Jofué*, & dans celle des rois

CHAPITRE II.

De la perfonne de Moïfe.

Y a-t-il eu un *Moïfe* ? Tout eft fi prodigieux en lui depuis fa naiffance jufqu'à fa mort, qu'il paraît un perfonnage fantaftique , comme notre enchanteur *Merlin.* S'il avait exifté , s'il avait opéré les miracles épouvantables qu'il eft fuppofé avoir faits en Egypte , ferait-il poffible qu'aucun auteur égyptien n'eût parlé de ces miracles ; que les Grecs , ces amateurs du merveilleux , n'en euffent pas dit un feul mot? *Flavien Jofèphe* qui , pour faire valoir fa nation méprifée , recherche tous les témoignages des auteurs égyptiens qui ont parlé dès Juifs , n'a pas le front d'en citer un feul qui faffe mention des prodiges de *Moïfe.* Ce filence univerfel n'eft-il pas une preuve que *Moïfe* eft un perfonnage fabuleux ?

Pour peu qu'on ait étudié l'antiquité , on fait que les anciens Arabes furent les inventeurs de plufieurs

juifs. Ce livre eft celui que nous appelons le *Droiturier* , & que les papiftes appellent l'hiftoire des juftes ou le livre du roi.

Quand l'auteur du Jofué parle du foleil qui s'arrêta fur Gabaon , & de la lune qui s'arrêta fur Aïalon en plein midi , il cite ce livre des juftes. (*)

Quand l'auteur des chroniques ou du livre des Rois parle du cantique compofé par *David* fur la mort de *Saül* & de fon fils *Jonathas* , il cite encore ce livre des juftes. (**)

Or , s'il vous plaît , comment le même livre peut-il avoir été écrit dans le temps qui touchait à *Moïfe* , & dans le temps de *David* ? cette horrible bévue n'avait point échappé au lord *Bolingbroke* , il en parle ailleurs. C'eft un plaifir de voir l'embarras de cet innocent de dom *Calmet* , qui cherche en vain à pallier une telle abfurdité.

(*) Jofué, chap. X , v. 13.   (**) Rois, liv. 2, chap. I, v. 18.

fables, qui avec le temps ont eu cours chez les autres peuples. Ils avaient imaginé l'hiftoire de l'ancien *Bacchus*, qu'on fuppofait très-antérieur au temps où les Juifs difent que parut leur *Moïfe*. Ce *Bacchus* ou *Back*, né dans l'Arabie, avait écrit fes lois fur deux tables de pierre; on l'appela *Mifem*, nom qui reffemble fort à celui de *Moïfe*; il avait été fauvé des eaux dans un coffre, & ce nom fignifiait *fauvé des eaux*; il avait une baguette, avec laquelle il opérait des miracles; cette verge fe changeait en ferpent quand il voulait. Ce même *Mifem* paffa la mer Rouge à pied fec, à la tête de fon armée; il divifa les eaux de l'Oronte & de l'Hidafpe, & les fufpendit à droite & à gauche; une colonne de feu éclairait fon armée pendant la nuit. Les anciens vers orphiques qu'on chantait dans les orgies de *Bacchus*, célébraient une partie de ces extravagances. Cette fable était fi ancienne que les pères de l'Eglife ont cru que ce *Mifem*, ce *Bacchus* était *Noë*. (*a*)

N'eft-il pas de la plus grande vraifemblance que les Juifs adoptèrent cette fable, & qu'enfuite ils l'écrivirent quand ils commencèrent à avoir quelques

---

(*a*) Il faut obferver que *Bacchus* était connu en Egypte, en Syrie, dans l'Afie mineure, dans la Grèce, chez les Etrufques, long-temps avant qu'aucune nation eût entendu parler de *Moïfe*, & furtout de *Noë* & de toute fa généalogie. Tout ce qui ne fe trouve que dans les écrits juifs était abfolument ignoré des nations orientales & occidentales, depuis le nom d'*Adam* jufqu'à celui de *David*.

Le miférable peuple juif avait fa chronologie & fes fables à part, lefquelles ne reffemblaient que de très-loin à celles des autres peuples. Ses écrivains, qui ne travaillèrent que très-tard, pillèrent tout ce qu'ils trouvèrent chez leurs voifins, & deguifèrent mal leurs larcins; témoin la fable de *Moïfe* qu'ils empruntèrent de *Bacchus*; témoin leur ridicule *Samfon* pris chez *Hercule*, la fille de *Jephté* chez *Iphigénie*, la femme de *Loth* imitée d'*Euridice*, &c. &c.

connaiffances des lettres fous leurs rois ? Il leur fallait
du merveilleux comme aux autres peuples ; mais ils
n'étaient pas inventeurs ; jamais plus petite nation ne
fut plus groffière ; tous leurs menfonges étaient des
plagiats , comme toutes leurs cérémonies étaient vifiblement une imitation des Phéniciens , des Syriens,
& des Egyptiens.

Ce qu'ils ont ajouté d'eux-mêmes , paraît d'une
groffièreté & d'une abfurdité fi révoltante , qu'elle
excite l'indignation & la pitié. Dans quel ridicule
roman fouffrirait-on un homme qui change toutes les
eaux en fang , d'un coup de baguette , au nom d'un
dieu inconnu , & des magiciens qui en font autant au
nom des dieux du pays ? La feule fupériorité qu'ait
Moïfe fur les forciers du roi , c'eft qu'il fit naître des
poux , ce que les forciers ne purent faire ; fur quoi un
grand prince a dit que les Juifs , en fait de poux , en
favaient plus que tous les magiciens du monde.

Comment un ange du Seigneur vient-il tuer tous
les animaux d'Egypte ? & comment après cela le roi
d'Egypte a-t-il une armée de cavalerie ; & comment
cette cavalerie entre-t-elle dans le fond de la mer
Rouge ?

Comment le même ange du Seigneur vient-il
couper le cou pendant la nuit à tous les aînés des
familles égyptiennes ? C'était bien alors que le prétendu *Moïfe* devait s'emparer de ce beau pays , au lieu
de s'enfuir en lâche & en coquin avec deux ou trois
millions d'hommes , parmi lefquels il avait , dit-on ,
fix cents trente mille combattans. C'eft avec cette prodigieufe multitude qu'il s'en va errer & mourir dans
les déferts où l'on ne trouve pas feulement de l'eau à

boire ; & pour lui faciliter cette belle expédition , son Dieu divise les eaux de la mer , en fait deux montagnes à droite & à gauche , afin que son peuple favori aille mourir de faim & de soif.

Tout le reste de l'histoire de *Moïse* est également absurde & barbare. Ses cailles , sa manne , ses entretiens avec DIEU ; vingt-trois mille hommes de son peuple , égorgés à son ordre par des prêtres ; vingt-quatre mille massacrés une autre fois ; six cents trente mille combattans dans un désert où il n'y a jamais eu deux mille hommes ; tout cela paraît assurément le comble de l'extravagance ; & quelqu'un a dit que l'*Orlando furioso* & dom *Quichotte* sont des livres de géométrie en comparaison des livres hébreux. S'il y avait seulement quelques actions honnêtes & naturelles dans la fable de *Moïse* , on pourrait croire à toute force que ce personnage a existé.

On a le front de nous dire que la fête de pâques chez les Juifs est une preuve du passage de la mer Rouge. On remerciait le Dieu des Juifs à cette fête , de la bonté avec laquelle il avait égorgé tous les premiers nés d'Egypte ; donc , dit-on , rien n'était plus vrai que cette sainte & divine boucherie.

Conçoit-on bien , dit le déclamateur & très-peu raisonneur *Abadie* , *que Moïse ait pu instituer des mémoriaux sensibles d'un événement reconnu pour faux par plus de six cents mille témoins ?* Pauvre homme , tu devais dire par plus de deux millions de témoins ; car six cents trente mille combattans , fugitifs ou non , supposent assurément plus de deux millions de personnes. Tu dis donc que *Moïse* lut son Pentateuque à ces deux ou trois millions de juifs ! Tu crois donc que ces deux ou trois millions d'hommes auraient écrit contre *Moïse*, s'ils avaient découvert quelque erreur dans son Pentateuque, & qu'ils eussent fait insérer leurs remarques dans les journaux du pays! Il ne te manque plus que de dire que ces trois millions d'hommes ont signé comme témoins, & que tu as vu leur signature.

Tu crois donc que les temples & les rites institués en l'honneur de *Bacchus*, d'*Hercule*, & de *Persée*, prouvent évidemment que *Persée*, *Hercule*, & *Bacchus*, étaient fils de *Jupiter*, & que chez les Romains le temple de *Castor* & de *Pollux* était une démonstration que *Castor* & *Pollux* avaient combattu pour les Romains! C'est ainsi qu'on suppose toujours ce qui est en question; & les trafiquans en controverse débitent sur la cause la plus importante au genre-humain, des argumens que ladi *Blakacre* (b) n'oserait pas hasarder dans la salle de *common plays*. C'est-là que des fous ont écrit, ce que des imbécilles commentent, ce que des fripons enseignent, ce qu'on fait apprendre par cœur aux petits enfans; & on appelle blasphémateur le sage qui s'indigne & qui s'irrite des plus abominables inepties qui aient jamais déshonoré la nature humaine!

(b) Ladi *Blakacre* est un personnage extrêmement plaisant dans la comédie du *Plain dealer*.

CHAPITRE

C H A P I T R E   I I I.

De la divinité attribuée aux livres juifs.

Comment a-t-on ofé fuppofer que Dieu choifit une horde d'Arabes pour être fon peuple chéri, & pour armer cette horde contre toutes les autres nations? & comment, en combattant à fa tête, a-t-il fouffert que fon peuple fût fi fouvent vaincu & efclave?

Comment, en lui donnant des lois, a-t-il oublié de contenir ce petit peuple de voleurs par la croyance de l'immortalité de l'ame & des peines après la mort, (a) tandis que toutes les grandes nations voifines, Chaldéens, Egyptiens, Syriens,

---

(a) Voilà le plus fort argument contre la loi juive, & que le grand *Bolingbroke* n'a pas affez preffé. Quoi! les légiflateurs indiens, égyptiens, babyloniens, grecs, romains, enfeignèrent tous l'immortalité de l'ame; on la trouve en vingt endroits dans *Homere* même; & le prétendu *Moïfe* n'en parle pas! il n'en eft pas dit un feul mot ni dans le Décalogue juif, ni dans tout le Pentateuque! Il a fallu que des commentateurs ou très-ignorans, ou auffi fripons que fots, aient tordu quelques paffages de *Job* qui n'eft point juif, pour faire accroire à des hommes plus ignorans qu'eux-mêmes, que *Job* avait parlé d'une vie à venir, parce qu'il dit: *Je pourrai me lever de mon fumier dans quelque temps; mon protecteur eft vivant; je reprendrai ma première peau, je le verrai dans ma chair; gardez-vous donc de me décrier & de me perfecuter.*

Quel rapport, je vous prie, d'un malade qui fouffre & qui efpère de guérir, avec l'immortalité de l'ame, avec l'enfer & le paradis? Si notre *Warburton* s'en était tenu à démontrer que la loi juive n'enfeigna jamais une autre vie, il aurait rendu un très-grand fervice. Mais par la démence la plus incompréhenfible, il a voulu faire accroire que la groffiéreté du Penta-teuque était une preuve de fa divinité; & par l'excès de fon orgueil, il a foutenu cette chimère avec la plus extrême infolence.

Phéniciens, avaient embraffé depuis fi long-temps cette croyance utile ?

Eft-il poffible que DIEU eût pu prefcrire aux Juifs la manière d'aller à la felle dans le défert, (*b*) & leur cacher le dogme d'une vie future ? *Hérodote* nous apprend que le fameux temple de Tyr était bâti deux mille trois cents ans avant lui. On dit que *Moïfe* conduifait fa troupe dans le défert environ feize cents ans avant notre ère. *Hérodote* écrivait cinq cents ans avant cette ère vulgaire ; donc le temple des Phéniciens fubfiftait douze cents ans avant *Moïfe ;* donc la religion phénicienne était établie depuis plus long-temps encore. Cette religion annonçait l'immortalité de l'ame, ainfi que les Chaldéens & les Egyptiens. La horde juive n'eut jamais ce dogme pour fondement de fa fecte. C'était, dit-on, un peuple groffier auquel DIEU fe proportionnait ; & à qui ? à des voleurs juifs ! DIEU être plus groffier qu'eux ! n'eft-ce pas un blafphème ?

CHAPITRE IV.

Qui eft l'auteur du Pentateuque ?

ON me demande qui eft l'auteur du Pentateuque ? J'aimerais autant qu'on me demandât qui a écrit les quatre fils *Aimon*, *Robert le diable*, & l'hiftoire de l'enchanteur *Merlin*.

(*b*) Le docteur *Swift* difait que, felon le Pentateuque, DIEU avait eu bien plus de foin du derrière des Juifs que de leurs ames.

Newton, qui s'eſt avili juſqu'à examiner ſérieuſement cette queſtion, prétend que ce fut *Samuel* qui
écrivit ces rêveries apparemment pour rendre les rois
odieux à la horde juive, que ce déteſtable prêtre
voulait gouverner. Pour moi, je penſe que les Juifs
ne furent lire & écrire que pendant leur captivité chez
les Chaldéens, attendu que leurs lettres furent d'abord
chaldaïques, & enſuite ſyriaques; nous n'avons jamais
connu d'alphabet purement hébreu.

Je conjeĉture qu'*Eſdras* forgea tous ces contes du
Tonneau au retour de la captivité. Il les écrivit en
lettres chaldéennes dans le jargon du pays, comme
des payſans du nord d'Irlande écriraient aujourd'hui
en caraĉtères anglais.

Les Cutéens qui habitaient le pays de Samarie, écrivirent ce même Pentateuque en lettres phéniciennes,
qui étaient le caraĉtère courant de leur nation, & nous
avons encore aujourd'hui ce Pentateuque.

Je crois que *Jérémie* put contribuer beaucoup à la
compoſition de ce roman. *Jérémie* était fort attaché,
comme on fait, aux rois de Babylone: il eſt évident
par ſes rapſodies qu'il était payé par les Babyloniens,
& qu'il trahiſſait ſon pays; il veut toujours qu'on ſe
rende au roi de Babylone. Les Egyptiens étaient alors
les ennemis des Babyloniens. C'eſt pour faire leur cour
au grand roi maître d'Hershalaïm Kedusha, nommé
par nous Jéruſalem, (c) que *Jérémie* & *Eſdras* inſpirent

(c) Hershalaïm était le nom de Jéruſalem, & Kedusha était ſon nom
ſecret. Toutes les villes avaient un nom myſtérieux que l'on cachait ſoi-
gneuſement aux ennemis, de peur qu'ils ne mêlaſſent ce nom dans des
enchantemens, & par-là ne ſe rendiſſent les maîtres de la ville. A tout
prendre, les Juifs n'étaient pas plus ſuperſtitieux que leurs voiſins; ils
furent ſeulement plus cruels, plus uſuriers, & plus ignorans.

tant d'horreur aux Juifs pour les Egyptiens. Ils fe
gardent bien de rien dire contre les peuples de l'Euphrate. Ce font des efclaves qui ménagent leurs maîtres.
Ils avouent bien que la horde juive a prefque toujours
été affervie ; mais ils refpectent ceux qu'ils fervaient
alors.

Que d'autres Juifs aient écrit les faits & geftes de
leurs roitelets, c'eft ce qui m'importe auffi peu que
l'hiftoire des chevaliers de la table ronde, & des douze
pairs de *Charlemagne :* & je regarde comme la plus
futile de toutes les recherches celle de favoir le nom
de l'auteur d'un livre ridicule.

Qui a écrit le premier l'hiftoire de *Jupiter* , de
Neptune, & de *Pluton* ? Je n'en fais rien, & je ne me
foucie pas de le favoir.

Il y a une très-ancienne vie de *Moïfe* écrite en
hébreu, (*d*) mais qui n'a point été inférée dans le canon
judaïque. On en ignore l'auteur, ainfi qu'on ignore les
auteurs des autres livres juifs ; elle eft écrite dans ce
ftyle des *Mille & une nuits* , qui eft celui de toute l'antiquité afiatique. En voici quelques échantillons.

L'an 130 après la tranfmigration des Juifs en
Egypte , foixante ans après la mort de *Jofeph* , le
pharaon pendant fon fommeil vit en fonge un vieillard
qui tenait en fes mains une balance. Dans l'un des
baffins étaient tous les Egyptiens avec leurs enfans &
leurs femmes , dans l'autre un feul enfant à la mamelle , qui pefait plus que toute l'Egypte entière. Le
roi fit auffitôt appeler tous fes magiciens , qui furent

_____

(*d*) Cette vie de *Moïfe* a été imprimée à Hambourg en hébreu & en
latin.

tous faifis d'étonnement & de crainte. Un des confeillers du roi devina qu'il y aurait un enfant hébreu qui
ferait la ruine de l'Egypte. Il confeilla au roi de faire
tuer tous les petits garçons de la nation juive.

L'aventure de *Moïfe* fauvé des eaux eft à-peu-près
la même que dans l'Exode. On appela d'abord *Moïfe
Schabar* & fa mère *Jéchotiel*. A l'âge de trois ans, *Moïfe*
jouant avec *Pharaon*, prit fa couronne & s'en couvrit
la tête. Le roi voulut le faire tuer, mais l'ange *Gabriel*
defcendit du ciel & pria le roi de n'en rien faire: C'eft
un enfant, lui dit-il, qui n'y a pas entendu malice.
Pour vous prouver combien il eft fimple, montrez-lui
une efcarboucle & un charbon ardent, vous verrez
qu'il choifira le charbon. Le roi en fit l'expérience, le
petit *Moïfe* ne manqua pas de choifir l'efcarboucle,
mais l'ange *Gabriel* l'efcamota & mit le charbon ardent
à la place; le petit *Moïfe* fe brûla la main jufqu'aux
os. Le roi lui pardonna le croyant un fot. Ainfi *Moïfe*
ayant été fauvé par l'eau, fut encore une fois fauvé
par le feu.

Tout le refte de l'hiftoire eft fur le même ton. Il eft
difficile de décider lequel eft le plus admirable de ce
livre de *Moïfe* ou du Pentateuque. Je laiffe cette queftion à ceux qui ont plus de temps à perdre que moi.
Mais j'admire furtout les pédans, comme *Grotius*,
Abadie, & même cet abbé *Houteville* long-temps entre-
metteur d'un fermier-général à Paris, enfuite fecrétaire de ce fameux cardinal *Dubois*, à qui j'ai entendu
dire qu'il défiait tous les cardinaux d'être plus athées
que lui. Tous ces gens-là fe diftillent le cerveau pour
faire accroire (ce qu'ils ne croient point) que le Pentateuque eft de *Moïfe*. Hé, mes amis! que prouveriez-

B 3

vous là ? que *Moïse* était un fou. Il eft bien fûr que
je ferais enfermer à Bedlam (*e*) un homme qui écrirait
aujourd'hui de pareilles extravagances.

CHAPITRE V.

Que les Juifs ont tout pris des autres nations.

ON l'a déjà dit fouvent, c'eft le petit peuple affervi
qui tâche d'imiter fes maîtres ; c'eft la nation faible
& groffière qui fe conforme groffièrement aux ufages
de la grande nation. C'eft Cornouailles qui eft le finge
de Londres, & non pas Londres qui eft le finge de
Cornouailles. Eft-il rien de plus naturel que les Juifs
aient pris ce qu'ils ont pu du culte, des lois, des
coutumes, de leurs voifins ?

Nous fommes déjà certains que leur Dieu prononcé
par nous *Jehovah* & par eux *Jaho*, était le nom ineffable
du Dieu des Phéniciens & des Egyptiens; c'était une
chofe connue dans l'antiquité. *Clément* d'Alexandrie,
au premier livre de fes ftromates, rapporte que ceux
qui entraient dans les temples d'Egypte, étaient obligés
de porter fur eux une efpèce de talifman compofé de
ce mot *Yaho* ; & quand on favait prononcer ce mot
d'une certaine façon, celui qui l'entendait tombait
roide mort, ou du moins évanoui. C'était du moins
ce que les charlatans des temples tâchaient de perfuader aux fuperftitieux.

(*e*) Bedlam, la maifon des fous à Londres.

On fait affez que la figure du ferpent, les chérubins, la cérémonie de la vache rouffe, les ablutions nommées depuis baptême, les robes de lin réfervées aux prêtres, les jeûnes, l'abftinence du porc & d'autres viandes, la circoncifion, tout enfin fut imité de l'Egypte.

Les Juifs avouent qu'ils n'ont eu un temple que fort tard, & plus de cinq cents ans après leur *Moïfe*, felon leur chronologie toujours erronée. Ils envahirent enfin une petite ville dans laquelle ils bâtirent un temple à l'imitation des grands peuples. Qu'avaient-ils auparavant? un coffre. C'était l'ufage des nomades & des peuples cananéens de l'intérieur des terres qui étaient pauvres. Il y avait une ancienne tradition chez la horde juive, que lorfqu'elle fut nomade, c'eft-à-dire lorfqu'elle fut errante dans les déferts de l'Arabie pétrée, elle portait un coffre où était le fimulacre groffier d'un dieu nommé *Remphan*, ou une efpèce d'étoile taillée en bois. Vous verrez des traces de ce culte dans quelques prophètes, & furtout dans les prétendus difcours que les Actes des apôtres mettent dans la bouche d'*Etienne*.

Selon les Juifs même, les Phéniciens (qu'ils appellent Philiftins) avaient le temple de *Dagon* avant que la troupe judaïque eût une maifon. Si la chofe eft ainfi, fi tout leur culte dans le défert confifta dans un coffre à l'honneur du dieu *Remphan* qui n'était qu'une étoile révérée par les Arabes, il eft clair que les Juifs n'étaient autre chofe dans leur origine, qu'une bande d'arabes vagabonds qui s'établirent par le brigandage dans la Paleftine, & qui enfin fe firent une religion à leur mode, & fe compofèrent une hiftoire toute pleine de

fables. Ils prirent une partie de la fable de l'ancien
Back ou *Bacchus*, dont ils firent leur *Moïfe*. Mais que
ces fables foient révérées par nous; que nous en ayons
fait la bafe de notre religion, & que ces fables mêmes
aient encore un certain crédit dans le fiècle de la
philofophie; c'eft-là furtout ce qui indigne les fages.
L'Eglife chrétienne chante les prières juives, & fait
brûler quiconque judaïfe. Quelle pitié! quelle contradiction, & quelle horreur!

CHAPITRE VI.

De la Genéfe.

Tous les peuples dont les Juifs étaient entourés
avaient une Genèfe, une Théogonie, une Cofmogonie,
long-temps avant que ces Juifs exiftaffent. Ne voit-on
pas évidemment que la Genèfe des Juifs était prife des
anciennes fables de leurs voifins?

Yaho, l'ancien dieu des Phéniciens, débrouilla le
chaos, le *Khaütereb*; il arrangea *Muth*, la matière; il
forma l'homme de fon fouffle, *Calpi*; il lui fit habiter
un jardin, *Aden* ou *Eden*; il le défendit contre le grand
ferpent *Ophionée*, comme le dit l'ancien fragment de
Phérécide. Que de conformité avec la Genèfe juive!
N'eft-il pas naturel que le petit peuple groffier ait
dans la fuite des temps emprunté les fables du grand
peuple inventeur des arts.

C'était encore une opinion reçue dans l'Afie, que
Dieu avait formé le monde en fix temps, appelés chez
les Chaldéens, fi antérieurs aux Juifs, les *fix gahambars*.

C'était auffi une opinion des anciens Indiens. Les Juifs qui écrivirent la Genèfe ne font donc que des imitateurs; ils mêlèrent leurs propres abfurdités à ces fables; & il faut avouer qu'on ne peut s'empêcher de rire, quand on voit un ferpent parlant familièrement à *Eve*, DIEU parlant au ferpent, DIEU fe promenant chaque jour, à midi, dans le jardin d'Eden, DIEU fefant une culotte pour *Adam* & une pagne à fa femme *Eve*. Tout le refte paraît auffi infenfé; plufieurs Juifs eux-mêmes en rougirent; ils traitèrent dans la fuite ces imaginations de fables allégoriques. Comment pourrions-nous prendre au pied de la lettre ce que les Juifs ont regardé comme des contes?

Ni l'hiftoire des Juges, ni celle des rois, ni aucun prophète, ne cite un feul paffage de la Genèfe. Nul n'a parlé ni de la côte d'*Adam* tirée de fa poitrine pour en pétrir une femme, ni de l'arbre de la fcience du bien & du mal, ni du ferpent qui féduifit *Eve*, ni du péché originel, ni enfin d'aucune de ces imaginations. Encore une fois, eft-ce à nous de les croire?

Leurs rapfodies démontrent qu'ils ont pillé toutes leurs idées chez les Phéniciens, les Chaldéens, les Egyptiens, comme ils ont pillé leurs biens quand ils l'ont pu. Le nom même d'*Ifraël*, ils l'ont pris chez les Chaldéens, comme *Philon* l'avoue dans la première page du récit de fa députation auprès de *Caligula*; (a) & nous ferions affez imbécilles dans notre Occident pour penfer que tout ce que ces barbares d'Orient avaient volé, leur appartenait en propre!

_____

(a) Voici les paroles de *Philon* : *Les Chaldéens donnent aux juftes le nom d'Ifraël, voyans* DIEU.

CHAPITRE VII.

Des mœurs des Juifs.

SI nous paffons des fables des Juifs aux mœurs de
ce peuple, ne font-elles pas auffi abominables que leurs
contes font abfurdes ? C'eft de leur aveu un peuple de
brigands qui emportent dans un défert tout ce qu'ils
ont volé aux Egyptiens. Leur chef *Jofué* paffe le Jourdain par un miracle femblable au miracle de la mer
Rouge ; pourquoi ? pour aller mettre à feu & à fang
une ville qu'il ne connaiffait pas, une ville dont fon
Dieu fait tomber les murs au fon du cornet.

Les fables des Grecs étaient plus humaines. *Amphion*
bâtiffait des villes au fon de la flûte, *Jofué* les détruit ;
il livre au fer & aux flammes vieillards, femmes,
enfans & beftiaux ; y a-t-il une horreur plus infenfée ?
il ne pardonne qu'à une proftituée qui avait trahi fa
patrie ; quel befoin avait-il de la perfidie de cette
malheureufe, puifque fon cornet fefait tomber les
murs, comme celui d'*Aftolphe* fefait fuir tout le monde ?
Et remarquons en paffant que cette femme, nommée
Rahab la paillarde, eft une des aïeules de ce juif dont
nous avons depuis fait un dieu, lequel dieu compte
encore parmi celles dont il eft né l'inceftueufe *Thamar*,
l'impudente *Ruth*, & l'adultère *Betfabée*.

On nous conte enfuite que ce même *Jofué* fit pendre
trente & un rois du pays, c'eft-à-dire trente & un
capitaines de village qui avaient combattu pour leurs
foyers contre cette troupe d'affaffins. Si l'auteur de

cette hiſtoire avait formé le deſſein de rendre les Juifs exécrables aux autres nations, s'y ferait-il pris autrement ? L'auteur, pour ajouter le blaſphème au brigandage & à la barbarie, oſe dire que toutes ces abominations ſe commettaient au nom de DIEU, par ordre exprès de DIEU, & étaient autant de ſacrifices de ſang humain offerts à DIEU.

C'eſt-là le peuple ſaint ! Certe les Hurons, les Canadiens, les Iroquois ont été des philoſophes pleins d'humanité, comparés aux enfans d'Iſraël ; & c'eſt en faveur de ces monſtres qu'on fait arrêter le ſoleil & la lune en plein midi ! & pourquoi ? pour leur donner le temps de pourſuivre & d'égorger de pauvres Amor-rhéens déjà écraſés par une pluie de groſſes pierres que DIEU avait lancées ſur eux du haut des airs, pendant cinq grandes lieues de chemin. Eſt-ce l'hiſtoire de *Gargantua?* eſt-ce celle du peuple de DIEU ? Et qu'y a-t-il ici de plus inſupportable, ou l'excès de l'horreur, ou l'excès du ridicule ? Ne ferait-ce pas même un autre ridicule que de s'amuſer à combattre ce déteſtable amas de fables qui outragent également le bon ſens, la vertu, la nature, & la Divinité? Si malheureuſement une ſeule des aventures de ce peuple était vraie, toutes les nations ſe feraient réunies pour l'exterminer ; ſi elles ſont fauſſes, on ne peut mentir plus ſottement.

Que dirons-nous d'un *Jephté* qui immola ſa propre fille à ſon Dieu ſanguinaire, & de l'ambidextre *Aod* qui aſſaſſine *Eglon* ſon roi, au nom du Seigneur, & de la divine *Jahel* qui aſſaſſine le général *Siſara* avec un clou qu'elle lui enfonce dans la tête, & du débauché *Samſon* que DIEU favoriſe de tant de miracles ? groſſière imitation de la fable d'*Hercule*.

Parlerons-nous d'un lévite qui vient fur fon âne avec fa concubine, & de la paille & du foin dans Gabaa de la tribu de Benjamin ? & voilà les Benjamites qui veulent commettre le péché de Sodomie avec ce vilain prêtre, comme les Sodomites avaient voulu le commettre avec des anges. (*a*) Le lévite compofe avec eux, & leur abandonne fa maîtreffe ou fa femme dont ils jouiffent toute la nuit, & qui en meurt le lendemain matin. Le lévite coupe fa concubine en douze morceaux avec fon couteau, ce qui n'eft pourtant pas une chofe fi aifée, & de-là s'enfuit une guerre civile.

(*b*) Les onze tribus arment quatre cents mille foldats contre la tribu de Benjamin. Quatre cents mille foldats, grand Dieu! dans un territoire qui n'était pas alors de quinze lieues de longueur fur cinq ou fix de largeur. Le grand-turc n'a jamais eu la moitié d'une telle armée. Ces Ifraélites exterminent la tribu de Benjamin, vieillards, jeunes gens, femmes, filles, felon leur louable coutume. Il échappe fix cents garçons. Il ne

(*a*) L'illuftre auteur a oublié de parler des anges de Sodome. Cependant cet article en valait bien la peine. Si jamais il y eut des abominations extravagantes dans l'hiftoire du peuple juif, celle des anges que les magiftrats, les porte-faix, & jufqu'aux petits garçons d'une ville veulent abfolument violer, eft une horreur dont aucune fable païenne n'approche, & qui fait dreffer les cheveux à la tête. Et on ofe commenter ces abominations ! & on les fait refpecter à la jeuneffe ! & on a l'infolence de plaindre les brames de l'Inde & les mages de Perfe, à qui D I E U n'avait pas révélé ces chofes, & qui n'étaient pas le peuple de D I E U ! & il fe trouve encore parmi nous des ames de boue affez lâches à la fois & affez impudentes, pour nous dire : croyez ces infamies, croyez, ou le courroux d'un D I E U vengeur tombera fur vous ; croyez, ou nous vous perfécuterons, foit dans le confiftoire, foit dans le conclave, foit à l'officialité, foit dans le parquet, foit à la buvette. Jufqu'à quand des coquins feront-ils trembler des fages ?

(*b*) Jug. chap. XIX, v. 20.

faut pas qu'une des tribus périffe ; il faut donner fix cents filles au moins à ces fix cents garçons. Que font les Ifraélites ? Il y avait dans le voifinage une petite ville nommée Jabès ; ils la furprennent, tuent tout, maffacrent tout, jufqu'aux animaux, réfervent quatre cents filles pour quatre cents benjamites. Deux cents garçons reftent à pourvoir ; on convient avec eux qu'ils raviront deux cents filles de Silo, quand elles iront danfer aux portes de Silo. Allons, *Abadie*, *Sherlok*, *Houtteville* & conforts, faites des phrafes pour juftifier ces fables de Cannibales ; prouvez que tout cela eft un type, une figure qui nous annonce J E S U S- C H R I S T.

C H A P I T R E   V I I I.

Des mœurs des Juifs fous leur melchim ou roitelets, & fous leurs pontifes, jufqu'à la deftruction de Jéru-falem par les Romains.

L E S Juifs ont un roi malgré le prêtre *Samuel* qui fait ce qu'il peut pour conferver fon autorité ufurpée ; (a) & il a la hardieffe de dire que c'eft *renoncer à* D I E U *que d'avoir un roi.* Enfin un pâtre qui cherchait des âneffes eft élu roi par le fort. Les Juifs étaient alors fous le joug des Cananéens ; ils n'avaient jamais eu de temple ; leur fanctuaire était un coffre qu'on met-tait dans une charrette : les Cananéens leur avaient pris leur coffre : D I E U qui en fut très-irrité l'avait

(a) I. des Rois; chap. VIII.

pourtant laiſſé prendre ; mais pour ſe venger, il avait
donné des hémorroïdes aux vainqueurs, & envoyé
des rats dans leurs champs. Les vainqueurs l'apai-
ſèrent, en lui renvoyant ſon coffre accompagné de
cinq rats d'or, & de cinq trous du cul auſſi d'or. (b)
Il n'y a point de vengeance ni d'offrande plus digne
du Dieu des Juifs. Il pardonne aux Cananéens, mais
il fait mourir cinquante mille ſoixante & dix hommes
des ſiens, pour avoir regardé ſon coffre.

C'eſt dans ces belles circonſtances que *Saül* eſt élu
roi des Juifs. Il n'y avait dans leur petit pays ni épée
ni lance ; les Cananéens ou Philiſtins ne permettaient
pas aux Juifs leurs eſclaves d'aiguiſer ſeulement les
ſocs de leurs charrues & leurs coignées ; ils étaient
obligés d'aller aux ouvriers philiſtins pour ces faibles
ſecours : & cependant on nous conte que le roi *Saül*
(c) eut d'abord une armée de trois cents mille hommes,
avec leſquels il gagna une grande bataille. (d) Notre
Gulliver a de pareilles fables, mais non de telles
contradictions.

Ce *Saül*, dans une autre bataille, reçoit le prétendu
roi *Agag* à compoſition. Le prophète *Samuel* arrive de
la part du Seigneur, & lui dit : (e) *Pourquoi n'avez-vous
pas tout tué ?* & il prend un ſaint couperet, & il hache
en morceaux le roi *Agag*. Si une telle action eſt véritable,
quel peuple était le peuple juif, & quels prêtres étaient
ſes prêtres !

Saül réprouvé du Seigneur pour n'avoir pas lui-
même haché en pièces le roi *Agag* ſon priſonnier, va
enfin combattre contre les Philiſtins après la mort du

(b) Rois liv. I, chap. VI.   (d) Ibid. chap. XI.
(c) I, Rois, chap. XIII.   (e) Chap. XV.

doux prophète *Samuel*. Il confulte fur le fuccès de la
bataille une femme qui a un efprit de *Python* : on fait
que les femmes qui ont un efprit de *Python* font appa-
raître des ombres. La pythoniffe montre à *Saül* l'ombre
de *Samuel* qui fortait de la terre. Mais ceci ne regarde
que la belle philofophie du peuple juif : venons à fa
morale.

Un joueur de harpe, pour qui l'Eternel avait pris
une tendre affeétion, s'eft fait facrer roi pendant que
Samuel vivait encore ; il fe révolte contre fon fouverain ;
il ramaffe quatre cents malheureux ; &, comme dit la
fainte écriture, (*f*) *tous ceux qui avaient de mauvaifes
affaires, qui étaient perdus de dettes, & d'un efprit méchant,
s'affemblèrent avec lui.*

C'était un homme *felon le cœur de* D I E U ; (*g*) auffi la
première chofe qu'il veut faire eft d'affaffiner un tenan-
cier nommé *Nabal*, qui lui refufe des contributions :
il époufe fa veuve ; il époufe dix-huit femmes, fans
compter les concubines ; (*h*) il s'enfuit chez le roi
Achis ennemi de fon pays, il y eft bien reçu, & pour
récompenfe il va faccager les villages des alliés d'*Achis ;*
il égorge tout, fans épargner les enfans à la mamelle,
comme l'ordonne toujours le rite juif; & il fait accroire
au roi *Achis* qu'il a faccagé les villages hébreux. Il faut
avouer que nos voleurs de grands chemins ont été
moins coupables aux yeux des hommes ; mais les voies
du Dieu des Juifs ne font pas les nôtres.

Le bon roi *David* ravit le trône à *Isbofeth* fils de
Saül. Il fait affaffiner *Miphibofeth* fils de fon proteéteur
Jonathas. Il livre aux Gabaonites deux enfans de *Saül*,
& cinq de fes petits enfans, pour les faire tous pendre.

(*f*) I, Rois, chap. XXII.   (*g*) Chap. XXV.   (*h*) Chap. XXVII.

Il affaffine *Urie* pour couvrir fon adultère avec *Betfabée;* & c'eft encore cette abominable *Betfabée*, mère de *Salomon*, qui eft une aïeule de JESUS-CHRIST.

La fuite de l'hiftoire juive n'eft qu'un tiffu de forfaits confacrés. *Salomon* commence par égorger fon frère *Adonias*. Si DIEU accorda à ce *Salomon* le don de la fageffe, il paraît qu'il lui refufa ceux de l'humanité, de la juftice, de la continence, & de la foi. Il a fept cents femmes & trois cents concubines. Le cantique qu'on lui impute eft dans le goût de ces livres érotiques qui font rougir la pudeur. Il n'y eft parlé que de tetons, de baifers fur la bouche, de ventre qui eft femblable à un monceau de froment, d'attitudes voluptueufes, de doigt mis dans l'ouverture, de treffaillement; & enfin il finit par dire : *Que ferons-nous de notre petite fœur ? elle n'a point encore de tetons ; fi c'eft un mur, bâtiffons deffus ; fi c'eft une porte, fermons-la.* Telles font les mœurs que lui imputent avec refpect de miférables rabbins & des théologiens chrétiens encore plus abfurdes. (*i*)

Enfin, pour joindre l'excès du ridicule à cet excès d'impureté, la fecte des papiftes a décidé que le ventre de la Sulamite & fon ouverture, fes tetons & fes baifers fur la bouche, font l'emblème, le type du mariage de JESUS-CHRIST avec fon Eglife.

De tous les rois de Juda & de Samarie, il y en a très-peu qui ne foient affaffins ou affaffinés, jufqu'à

(*i*) On fait que les théologiens chrétiens font paffer ce livre impudique pour une prédiction du mariage de JESUS-CHRIST avec fon Eglife. Comme fi JESUS prenait les tetons de fon Eglife, & mettait la main à fon ouverture ; & fur quoi cette belle explication eft-elle fondée ? fur ce que *Chriftus* eft mafculin, & *Ecclefia* féminin. Mais fi au lieu du féminin *ecclefia*, on s'était fervi du mot mafculin *cœtus*, *conventus*, que ferait-il arrivé ?

ce

ce qu'enfin ce ramas de brigands qui fe maffacraient les uns les autres dans les places publiques & dans le temple, pendant que *Titus* les affiégeait, tombe fous le fer, & dans les chaînes des Romains avec le refte de ce petit peuple de D I E U, dont dix douzièmes avaient été difperfés depuis fi long-temps en Afie, & foit vendu dans les marchés des villes romaines, chaque tête juive étant évaluée au prix d'un porc, animal moins impur que cette nation même, fi elle fut telle que fes hiftoriens & fes prophètes le racontent.

Perfonne ne peut nier que les Juifs n'aient écrit ces abominations. Quand on les raffemble ainfi fous les yeux, le cœur fe foulève. Ce font donc là les hérauts de la Providence, les précurfeurs du règne de J E S U S ! Toute l'hiftoire juive, dites-vous, ô *Abadie*, eft la prédiction de l'Eglife ; tous les prophètes ont prédit J E S U S ; examinons donc les prophètes.

C H A P I T R E   I X.

Des prophètes.

P ROPHETE , *Nabi* , *Roëh* , *parlant* , *voyant* , *devin* , c'eft la même chofe. Tous les anciens auteurs conviennent que les Egyptiens, les Chaldéens, toutes les nations afiatiques, avaient leurs prophètes, leurs devins. Ces nations étaient bien antérieures au petit peuple juif qui, lorfqu'il eut compofé une horde dans un coin de terre, n'eut d'autre langage que celui de fes voifins, & qui, comme on l'a dit ailleurs, emprunta des

Philofophie &c. Tome II. C

Phéniciens, jufqu'au nom de DIEU *Eloha*, *Jehova*, *Adonaï*, *Sadaï*; qui enfin prit tous les rites, tous les ufages des peuples dont il était environné, en déclamant toujours contre ces mêmes peuples.

Quelqu'un a dit que le premier devin, le premier prophète, fut le premier fripon qui rencontra un imbécille; ainfi la prophétie eft de l'antiquité la plus hàute. Mais à la fraude ajoutons encore le fanatifme; ces deux monftres habitent aifément enfemble dans les cervelles humaines. Nous avons vu. arriver à Londres par troupes, du fond du Languedoc & du Vivarais, des prophètes tout femblables à ceux des Juifs, joindre le plus horrible enthoufiafme aux plus dégoûtans menfonges. Nous avons vu *Jurieu* prophétifer en Hollande. Il y eut de tout temps de tels impofteurs, & non-feulement des miférables qui fefaient des prédictions, mais d'autres miférables qui fuppofaient des prophéties faites par d'anciens perfonnages.

Le monde a été plein de fibylles & de *Noftradamus*. L'Alcoran compte deux cents vingt-quatre mille prophètes. L'évêque *Epiphane*, dans fes notes fur le canon prétendu des apôtres, compte foixante & treize prophètes juifs, & dix prophéteffes. Le métier de prophète chez les Juifs n'était ni une dignité, ni un grade, ni une profeffion dans l'Etat; on n'était point reçu prophète comme on eft reçu docteur à Oxford ou à Cambridge; prophétifait qui voulait; il fuffifait d'avoir, ou de croire avoir, ou de feindre d'avoir la vocation & l'efprit de DIEU. On annonçait l'avenir en danfant, & en jouant du pfaltérion. *Saül*, tout réprouvé qu'il était, s'avifa d'être prophète. Chaque parti dans les guerres civiles avait fes prophètes, comme nous avons nos écrivains de Grubſtreet. (*a*) Les deux partis ſe traitaient réciproquement de fous, de viſionnaires, de menteurs, de fripons, & en cela ſeul ils diſaient la vérité. *Stultum* (*b*) *& inſanum prophetam, inſanum virum ſpiritualem*, dit *Ozée* ſelon la Vulgate.

Les prophètes de Jéruſalem ſont des extravagans, des hommes ſans foi, dit *Sophoniah* prophète de Jéruſalem. (*c*) Ils ſont tous comme notre apothicaire *Moore* qui met dans nos gazettes : *Prenez de mes pilules, gardez-vous des contrefaites.*

Le prophète *Michée* prédiſant des malheurs aux rois de Samarie & de Juda, le prophète *Sédékias* lui applique un énorme ſoufflet, en lui diſant : *Comment l'eſprit de* D I E U *eſt-il paſſé par moi pour aller à toi ?* (*d*)

Jérémie qui prophétiſait en faveur de *Nabuchodonoſor*, tyran des Juifs, s'était mis des cordes au cou, & un bât ou un joug ſur le dos, car c'était un type ; & il devait envoyer ce type aux petits roitelets voiſins, pour les inviter à ſe ſoumettre à *Nabuchodonoſor*. Le prophète *Ananias*, qui regardait *Jérémie* comme un traître, lui arrache ſes cordes, les rompt & jette ſon bât à terre.

Ici c'eſt *Ozée* à qui D I E U ordonne de prendre une p..... & d'avoir des fils de p..... (*e*) *Vade, ſume tibi uxorem fornicationum, & fac tibi filios fornicationum*, dit la Vulgate. *Ozée* obéit ponctuellement ; il prend *Gomer* fille d'*Ebalaïm*, il en a trois enfans ; ainſi cette prophétie & ce putaniſme durèrent au moins trois années. Cela ne ſuffit pas au dieu des Juifs ; il veut qu'*Ozée* (*f*)

(*a*) Grubſtreet eſt la rue où l'on imprime la plupart des mauvais pamphlets qu'on fait journellement à Londres.

(*b*) *Ozée*, chap. IX.

(*c*) *Soph.* chap. III, v. 4.

(*d*) Paralip. chap. XVIII.

(*e*) *Ozée*, chap. premier.

(*f*) *Ibid.*, chap. III.

couche avec une femme qui ait fait déjà fon mari
cocu. Il n'en coûte au prophète que quinze drachmes
& un boiffeau & demi d'orge ; c'eft affez bon marché
pour un adultère. (g) Il en avait coûté encore moins
au patriarche *Juda* pour fon incefte abfurde avec
Thamar.

Là c'eft *Ezéchiel* (h) qui après avoir dormi trois
cents nonante jours fur le côté gauche, & quarante fur
le côté droit, après avoir avalé un livre de parchemin,
après avoir mangé un *fir reverend* (i) fur fon pain par
ordre exprès de D I E U , introduit D I E U lui-même , le
créateur du monde, parlant ainfi à la jeune *Oola* : (k)
Tu es devenue grande , tes tetons ont paru , ton petit poil
a commencé à croître ; je t'ai couverte ; mais tu t'es bâti un
mauvais lieu ; tu as ouvert tes cuiffes à tous les paffans ....
ta fœur Ooliba s'eft proftituée avec plus d'emportement ; (l)
elle a recherché ceux qui ont le membre d'un âne , & qui
déchargent comme des chevaux.

Notre ami le général *Withers*, à qui on lifait un jour
ces prophéties , demanda dans quel b.....on avait
fait l'écriture fainte ?

On lit rarement les prophéties ; il eft difficile de
foutenir la lecture de ces longs & énormes galimatias.
Les gens du monde qui ont lu Gulliver & l'Atlantis,
ne connaiffent ni *Ozée* ni *Ezéchiel.*

Quand on fait voir à des perfonnes fenfées ces paffages exécrables, noyés dans le fatras des prophéties,

(g) Remarquez que le prophète fe fert du mot propre *fodi eam :* je la
f. . . . . ô abomination ! Et on met ces livres infames entre les mains des
jeunes garçons & des jeunes filles , & des féducteurs entraînent ces jeunes
victimes dans des couvens !
(h) *Ezéch.* chap. IV.
(i) Un *fir reverend* en anglais eft un étron.
(k) *Ezéch.* chap. XVI.   (l) *Ezéch.* XXIII.

elles ne reviennent point de leur étonnement. Elles ne peuvent concevoir qu'un *Iſaïe* marche tout nu au milieu de Jéruſalem, qu'un *Ezéchiel* coupe ſa barbe en trois portions, qu'un *Jonas* ſoit trois jours dans le ventre d'une baleine, &c. Si elles liſaient ces extravagances & ces impuretés dans un des livres qu'on appelle profanes, elles jetteraient le livre avec horreur. C'eſt la Bible : elles demeurent confondues ; elles héſitent, elles condamnent ces abominations, & n'oſent d'abord condamner le livre qui les contient. Ce n'eſt qu'avec le temps qu'elles oſent faire uſage de leur ſens commun ; elles finiſſent enfin par déteſter ce que des fripons & des imbécilles leur ont fait adorer.

Quand ces livres ſans raiſon & ſans pudeur ont-ils été écrits ? perſonne n'en ſait rien. L'opinion la plus vraiſemblable eſt que la plupart des livres attribués à *Salomon*, à *Daniel*, & à d'autres, ont été faits dans Alexandrie ; mais qu'importe le temps & le lieu ? ne ſuffit-il pas de voir avec évidence que ce ſont des monumens de la folie la plus outrée & de la plus infame débauche ?

Comment donc les Juifs ont-ils pu les vénérer ? c'eſt qu'ils étaient des juifs. Il faut encore conſidérer que tous ces monumens d'extravagance ne ſe conſervaient guère que chez les prêtres & les ſcribes. On ſait combien les livres étaient rares dans tous les pays où l'imprimerie inventée par les Chinois ne parvint que ſi tard. Nous ſerons encore plus étonnés quand nous verrons les pères de l'Egliſe adopter ces rêveries dégoûtantes, ou les alléguer en preuve de leur ſecte.

Venons enfin de l'ancien Teſtament au nouveau. Venons à JESUS & à l'établiſſement du chriſtianiſme.

Philoſophie, &c. Tome II.   C 3 *

CHAPITRE X.

De la perfonne de JESUS.

JESUS naquit dans un temps où le fanatifme dominait encore, mais où il y avait un peu plus de décence.
Le long commerce des Juifs avec les Grecs & les
Romains avait donné aux principaux de la nation des
mœurs moins déraifonnables & moins groffières. Mais
la populace toujours incorrigible confervait fon efprit
de démence. Quelques Juifs opprimés fous les rois
de Syrie , & fous les Romains, avaient imaginé alors
que leur Dieu leur enverrait quelque jour un libérateur , un meffie. Cette attente devait naturellement
être remplie par *Hérode*. Il était leur roi , il était
l'allié des Romains , il avait rebâti leur temple ,
dont l'architecture furpaffait de beaucoup celle du
temple de *Salomon* , puifqu'il avait comblé un précipice fur lequel cet édifice était établi. Le peuple ne
gémiffait plus fous une domination étrangère ; il
ne payait d'impôts qu'à fon monarque; le culte juif
floriffait, les lois antiques étaient refpectées ; Jérufalem,
il faut l'avouer , était au temps de fa plus grande
fplendeur.

L'oifiveté & la fuperftition firent naître plufieurs
factions ou fociétés religieufes, faducéens , pharifiens,
efféniens, judaïtes, thérapeutes, joanniftes ou difciples
de *Jean ;* à peu-près comme les papiftes ont des moliniftes , des janféniftes, des jacobins & des cordeliers.
Mais perfonne alors ne parlait de l'attente du meffie.

Ni *Flavien Jofephe*, ni *Philon*, qui font entrés dans
de fi grands détails fur l'hiftoire juive, ne difent qu'on
fe flattait alors qu'il viendrait un chrift, un oint,
un libérateur, un rédempteur dont ils avaient moins
befoin que jamais; & s'il y en avait un, c'était *Hérode.*
En effet il y eut un parti, une fecte qu'on appela les
hérodiens, & qui reconnut *Hérode* pour l'envoyé de
D I E U. (*a*)

De tout temps ce peuple avait donné le nom d'oint,
de meffie, de chrift, à quiconque leur avait fait un
peu de bien; tantôt à leurs pontifes, tantôt aux princes
étrangers. Le juif qui compila les rêveries d'*Ifaïe* lui
fait dire par une lâche flatterie bien digne d'un juif
efclave : *Ainfi a dit l'Eternel à Cyrus fon oint, fon meffie,*
duquel j'ai pris la main droite, afin que je terraffe les
nations devant lui. Le quatrième livre des Rois appelle
le fcélérat *Jéhu* oint, meffie. Un prophète annonce à
Hazaël roi de Damas, qu'il eft *meffie & oint du Très-*
Haut. Ezéchiel dit au roi de Tyr : *Tu es un chérubin,*
un oint, un meffie, le fceau de la reffemblance de D I E U.
Si ce roi de Tyr avait fu qu'on lui donnait ces titres
en Judée, il ne tenait qu'à lui de fe faire une efpèce
de dieu; il y avait un droit affez apparent, fuppofé
qu'*Ezéchiel* eût été infpiré. Les évangéliftes n'en ont
pas tant dit de J E S U S.

(*a*) Cette fecte des hérodiens ne dura pas long-temps. Le titre d'envoyé
de D I E U était un nom qu'ils donnaient indifferemment à quiconque leur
avait fait du bien, foit à *Hérode* l'arabe, foit à *Judas Machabée*, foit aux
rois perfans, foit aux Babyloniens. Les Juifs de Rome célébrèrent la fête
d'*Hérode* jufqu'au temps de l'empereur *Néron. Perfe* le dit expreffément.

Herodis venère dies, unctâque feneftrâ
Difpofitæ pinguem nebulam vomuère lucernæ.
. . . . . *Tumet alba fidelia vino.*

C 4

Quoi qu'il en foit, il eft certain que nul juif n'efpérait, ne défirait, n'annonçait un oint, un meffie du temps d'*Hérode le grand*, fous lequel on dit que naquit JESUS. Lorfqu'après la mort d'*Hérode le grand* la Judée fut gouvernée en province romaine, & qu'un autre *Hérode* fut établi par les Romains tétrarque du petit canton barbare de Galilée, plufieurs fanatiques s'ingérèrent de prêcher le bas peuple, furtout dans cette Galilée où les Juifs étaient plus groffiers qu'ailleurs. C'eft ainfi que *Fox*, un miférable payfan, établit de nos jours la fecte des quakers parmi les payfans d'une de nos provinces. Le premier qui fonda en France une églife calvinifte, fut un cardeur de laine nommé *Jean le Clerc*. C'eft ainfi que *Muncer*, *Jean de Leyde*, & d'autres, fondèrent l'anabaptifme dans le bas peuple de quelques cantons d'Allemagne.

J'ai vu en France les convulfionnaires inftituer une petite fecte parmi la canaille d'un faubourg de Paris. Tous les fectaires commencent ainfi dans toute la terre. Ce font pour la plupart des gueux qui crient contre le gouvernement, & qui finiffent ou par être chefs de parti, ou par être pendus. JESUS fut pendu à Jérufalem fans avoir été oint. *Jean* le baptifeur y avait déjà été condamné au fupplice. Tous deux laiffèrent quelques difciples dans la lie du peuple. Ceux de *Jean* s'établirent vers l'Arabie où ils font encore. (*b*) Ceux de JESUS furent d'abord trèsobfcurs; mais quand ils fe furent affociés à quelques grecs, ils commencèrent à être connus.

Les Juifs ayant fous *Tibère* pouffé plus loin que

_____

(*b*) Ces chrétiens de *St Jean* font principalement établis à Moful & vers Baffora.

jamais leurs friponneries ordinaires , ayant furtout féduit & volé *Fulvia* femme de *Saturninus*, furent chaffés de Rome , & ils n'y furent rétablis qu'en donnant beaucoup d'argent. On les punit encore févérement fous *Caligula* & fous *Claude*.

Leurs défaftres enhardirent le peu de Galiléens qui compofaient la fecte nouvelle, à fe féparer de la communion juive. Ils trouvèrent enfin quelques gens un peu lettrés qui fe mirent à leur tête, & qui écrivirent en leur faveur contre les Juifs. Ce fut ce qui produifit cette énorme quantité d'évangiles, mot grec qui fignifie bonne nouvelle. Chacun donnait une vie de JESUS ; aucunes n'étaient d'accord , mais toutes fe reffemblaient par la quantité de prodiges incroyables qu'ils attribuaient à l'envi à leur fondateur.

La fynagogue, de fon côté , voyant qu'une fecte nouvelle , née dans fon fein , débitait une vie de JESUS très-injurieufe au fanhédrin & à la nation , rechercha quel était cet homme auquel elle n'avait point fait d'attention jufqu'alors. Il nous refte encore un mauvais ouvrage de ce temps-là , intitulé *Sepher Toldos Jefchut*. Il paraît qu'il eft fait plufieurs années après le fupplice de JESUS, dans le temps que l'on compilait les évangiles. Ce petit livre eft rempli de prodiges , comme tous les livres juifs & chrétiens ; mais tout extravagant qu'il eft, on eft forcé de convenir qu'il y a des chofes beaucoup plus vraifemblables que dans nos évangiles.

Il eft dit dans le *Toldos Jefchut* , que JESUS était fils d'une nommée *Mirja* , mariée dans Bethléem , à un pauvre homme nommé *Jocanam*. Il y avait dans le voifinage un foldat dont le nom était *Jofeph Panther* , homme d'une riche taille , & d'une affez grande beauté ; il devient amoureux de *Mirja* ou *Maria ;* (càr les Hébreux n'exprimant point les voyelles , prenaient fouvent un *A* pour un *J.*)

Mirja devint groffe de la façon de *Panther ; Jocanam* confus & défefpéré quitta Bethléem , & alla fe cacher dans la Babylonie , où il y avait encore beaucoup de juifs. La conduite de *Mirja* la déshonora ; fon fils *Jefu* ou *Jefchut* fut déclaré bâtard par les juges de la ville. Quand il fut parvenu à l'âge d'aller à l'école publique , il fe plaça parmi les enfans légitimes , on le fit fortir de ce rang ; de-là fon animofité contre les prêtres , qu'il manifefta quand il eut atteint l'âge mûr ; il leur prodigua les injures les plus atroces , les appelant *races de vipères , fépulcres blanchis.* Enfin , ayant pris querelle avec le juif *Judas* fur quelque matière d'intérêt , comme fur des points de religion , *Judas* le dénonça au fanhédrin ; il fut arrêté , fe mit à pleurer , demanda pardon , mais en vain ; on le fouetta , on le lapida , & enfuite on le pendit.

Telle eft la fubftance de cette hiftoire. On y ajouta depuis des fables infipides , des miracles impertinens, qui firent grand tort au fond ; mais le livre était connu dans le fecond fiècle ; *Celfe* le cita , *Origène* le réfuta , il nous eft parvenu fort défiguré.

Ce fond que je viens de citer eft certainement plus croyable , plus naturel , plus conforme à ce qui fe paffe tous les jours dans le monde , qu'aucun des cinquante évangiles des chrifticoles. Il eft plus vrai-femblable que *Jofeph Panther* avait fait un enfant à *Mirja* , qu'il ne l'eft qu'un ange foit venu par les airs faire un compliment de la part de DIEU à la femme

d'un charpentier , comme *Jupiter* envoya *Mercure*
auprès d'*Alcmène.*

Tout ce qu'on nous conte de ce *Jefus* eft digne
de l'ancien teftament & de Bedlam. On fait venir je
ne fais quel *Agion pneuma* , un faint fouffle , un Saint
Efprit , dont on n'avait jamais entendu parler , &
dont on a fait depuis la tierce partie de D I E U ,
D I E U lui-même , D I E U le créateur du monde ; il
·engroffe *Marie* , ce qui a donné lieu au jéfuite *Sanchez*
d'examiner dans fa fomme théologique fi D I E U eut
beaucoup de plaifir avec *Maria* , s'il répandit de la
femence , & fi *Maria* répandit auffi de fa femence.

J E S U S devient donc un fils de D I E U & d'une
juive , non encore D I E U lui-même , mais une créa-
ture fupérieure. Il fait des miracles. Le premier qu'il
opère , c'eft de fe faire emporter par le diable fur le
haut d'une montagne de Judée , d'où l'on découvre
tous les royaumes de la terre. Ses vêtemens paraiffent
tout blancs , quel miracle ! il change l'eau en vin
dans un repas où tous les convives étaient déjà
ivres. (*c*) Il fait fécher un figuier qui ne lui a pas
donné de figues à fon déjeûner à la fin de février;

(*c*) Il eft difficile de dire quel eft le plus ridicule de tous ces prétendus
prodiges. Bien des gens tiennent pour le vin de la noce de Cana. Que
D I E U dife à fa mère juive : *Femme* , *qu'y a-t-il entre toi & moi* , c'eft déjà
une étrange chofe. Mais que D I E U boive & mange avec des ivrognes , &
qu'il change fix cruches d'eau en fix cruches de vin pour ces ivrognes qui
n'avaient déjà que trop bu ; quel blafphème auffi exécrable qu'impertinent!
L'hébreu fe fert d'un mot qui répond au mot *grifés ;* la Vulgate au
chap. II , verf. 10 , dit *inebriati* , enivrés.

Saint Chryfoftome bouche d'or , affure que ce fut le meilleur vin qu'on eût
jamais bu ; & plufieurs pères de l'Eglife ont prétendu que ce vin fignifiait
le fang de J E S U S-C H R I S T dans l'euchariftie. O folie de la fuperftition ,
dans quel abyme d'extravagances nous avez-vous plongés !

& l'auteur de ce conte a l'honnêteté du moins de remarquer que ce n'était pas le temps des figues.

Il va fouper chez des filles, & puis chez les douaniers, & cependant on prétend dans fon hiftoire qu'il regarde ces douaniers, ces publicains, comme des gens abominables. Il entre dans le temple, c'eft-à-dire dans cette grande enceinte où demeuraient les prêtres, dans cette cour où de petits marchands étaient autorifés par la loi à vendre des poules, des pigeons, des agneaux, à ceux qui venaient facrifier. Il prend un grand fouet, en donne fur les épaules de tous les marchands, les chaffe à coups de lanières, eux, leurs poules, leurs pigeons, leurs moutons, & leurs bœufs même, jette tout leur argent par terre, & on le laiffe faire! Et fi l'on en croit le livre attribué à *Jean*, on fe contente de lui demander un miracle pour prouver qu'il a droit de faire un pareil tapage dans un lieu fi refpeçtable.

C'était déjà un fort grand miracle que trente ou quarante marchands fe laiffaffent feffer par un feul homme, & perdiffent leur argent fans rien dire. Il n'y a rien dans dom *Quichotte* qui approche de cette extravagance. Mais au lieu de faire le miracle qu'on lui demande, il fe contente de dire : *Détruifez ce temple, & je le rebâtirai en trois jours.* Les Juifs repartent felon *Jean: on a mis quarante-fix ans à bâtir ce temple, comment en trois jours le rebâtiras-tu ?*

Il était bien faux qu'*Hérode* eût employé quarante-fix ans à bâtir le temple de Jérufalem. Les Juifs ne pouvaient pas répondre une pareille fauffeté. Et pour le dire en paffant, cela fait bien voir que les Evangiles ont été écrits par des gens qui n'étaient au fait de rien.

Après cette belle équipée on fait prêcher JESUS dans les villages. Quels difcours lui fait-on tenir ? Il compare le royaume des cieux à un grain de moutarde ; à un morceau de levain mêlé dans trois mefures de farine ; à un filet avec lequel on pêche de bon & de mauvais poiffon ; à un roi qui a tué fes volailles pour les noces de fon fils , & qui envoie fes domeftiques prier les voifins à la noce. Les voifins tuent les gens qui viennent les prier à dîner ; le roi tue ceux qui ont tué fes gens , & brûle leurs villes ; il envoie prendre les gueux qu'on rencontre fur le grand chemin pour venir dîner avec lui. Il aperçoit un pauvre convive qui n'avait point de robe, & au lieu de lui en donner une , il le fait jeter dans un cachot. Voilà ce que c'eft que le royaume des cieux felon *Matthieu*.

Dans les autres fermons , le royaume des cieux eft toujours comparé à un ufurier qui veut abfolument avoir cent pour cent de bénéfice. On m'avouera que notre archevêque *Tillotfon* prêche dans un autre goût.

Par où finit l'hiftoire de JESUS? par l'aventure qui eft arrivée chez nous , & dans le refte du monde à bien des gens qui ont voulu ameuter la populace, fans être affez habiles , ou pour armer cette populace, ou pour fe faire de puiffans protecteurs ; ils finiffent la plupart par être pendus. JESUS le fut en effet pour avoir appelé fes fupérieurs races de vipères & fépulcres blanchis. Il fut exécuté publiquement , mais il reffufcita en fecret. Enfuite il monta au ciel en préfence de quatre-vingts de fes difciples , (*d*)

(*d*) Monter au ciel en perpendiculaire ! pourquoi pas en ligne

fans qu'aucune autre perfonne de la Judée le vît monter dans les nuées, ce qui était pourtant fort aifé à voir, & qui aurait fait dans le monde une affez grande nouvelle.

Notre fymbole que les papiftes appellent le *credo*, fymbole attribué aux apôtres, & évidemment fabriqué plus de quatre cents ans après ces apôtres, nous apprend que JESUS avant de monter au ciel était allé faire un tour aux enfers. Vous remarquerez qu'il n'en eft pas dit un feul mot dans les Evangiles, & cependant c'eft un des principaux articles de la foi des chrifticoles ; on n'eft point chrétien fi on ne croit pas que JESUS eft allé aux enfers.

Qui donc a imaginé le premier ce voyage ? ce fut *Athanafe*, environ trois cents cinquante ans après ; c'eft dans fon traité contre *Apollinaire*, fur l'incarnation du Seigneur, qu'il dit que l'ame de JESUS defcendit en enfer, tandis que fon corps était dans le fépulcre. Ces paroles font dignes d'attention, & font voir avec quelle fagacité, & quelle fageffe *Athanafe* raifonnait. Voici fes propres paroles.

Il fallait qu'après fa mort fes parties effentiellement diverfes euffent diverfes fonctions ; que fon corps repofât dans le fépulcre pour détruire la corruption, & que fon ame allât aux enfers pour vaincre la mort.

horizontale ? Monter eft contre les règles de la gravitation. Il pouvait rafer l'horizon, & aller dans Mercure, ou Vénus, ou Mars, ou Jupiter, ou Saturne, où quelque étoile, où la lune, fi l'un de ces aftres fe couchait alors. Quelle fottife que ces mots *aller au ciel*, *defcendre du ciel* ! comme fi nous étions le centre de tous les globes, comme fi notre terre n'était pas l'une des planètes qui roulent dans l'étendue autour de tant de foleils, & qui entrent dans la compofition de cet univers, que nous nommons le ciel fi mal-à-propos.

L'africain *Augustin* est du sentiment d'*Athanase* dans une lettre qu'il écrivit à *Evode* : *Quis ergo nisi infidelis negaverit fuisse apud inferos Christum?* *Jérôme* son contemporain fut à-peu-près du même avis ; & ce fut du temps d'*Augustin* & de *Jérôme* que l'on composa ce symbole, ce *credo*, qui passe chez les ignorans pour le symbole des apôtres. (*e*)

Ainsi s'établissent les opinions, les croyances, les sectes. Mais comment ces détestables fadaises ont-elles pu s'accréditer? comment ont-elles renversé les autres fadaises des Grecs & des Romains, & enfin l'empire même? comment ont-elles causé tant de maux, tant de guerres civiles, allumé tant de bûchers, & fait couler tant de sang? c'est de quoi nous allons rendre compte.

(*e*) Vous voyez évidemment, lecteur, qu'on n'osa pas imaginer d'abord tant de fictions révoltantes. Quelques adhérens du juif J E S U S se contentent dans les commencemens de dire que c'était un homme de bien injustement crucifié, comme depuis nous avons nous & les autres chrétiens assassiné tant d'hommes vertueux. Puis on s'enhardit ; on ose écrire que D I E U l'a ressuscité. Bientôt après on fait sa légende. L'un suppose qu'il est allé au ciel & aux enfers. L'autre dit qu'il viendra juger les vivans & les morts dans la vallée de Josaphat ; enfin on en fait un Dieu. On fait trois dieux. On pousse le sophisme jusqu'à dire que ces trois dieux n'en font qu'un. De ces trois dieux on en mange & on en boit un : on le rend en urine & en matière fécale. On persécute, on brûle, on roue ceux qui nient ces horreurs ; & tout cela pour que tel & tel jouissent en Angleterre de dix mille pièces de rente, & qu'ils en aient bien davantage dans d'autres pays.

CHAPITRE XI.

De l'établissement de la secte chrétienne, & particulièrement de Paul.

QUAND les premiers Galiléens se répandirent parmi la populace des Grecs & des Romains, ils trouvèrent cette populace infectée de toutes les traditions absurdes, qui peuvent entrer dans les cervelles ignorantes qui aiment les fables ; des Dieux déguisés en taureaux, en chevaux, en cygnes, en serpens, pour séduire des femmes & des filles. Les magistrats, les principaux citoyens n'admettaient pas ces extravagances ; mais la populace s'en nourrissait, & c'était la canaille païenne. Il me semble voir chez nous les disciples de *Fox* disputer contre les disciples de *Broun*. Il n'était pas difficile à des énergumènes juifs de faire croire leurs rêveries à des imbécilles qui croyaient des rêveries non moins impertinentes. L'attrait de la nouveauté attirait des esprits faibles lassés de leurs anciennes sottises, & qui couraient à de nouvelles erreurs, comme la populace de la foire de Barthelemi, (*a*) dégoûtée d'une ancienne farce qu'elle a trop souvent entendue, demande une farce nouvelle.

Si l'on en croit les propres livres des christicoles, *Pierre* fils de *Jone* demeurait à Joppé, chez *Simon* le corroyeur, dans un galetas où il ressuscita la couturière *Dorcas.*

(*a*) Bartholomey-fair, où il y a encore des charlatans & des astrologues.

Voyez

Voyez le chapitre de *Lucien*, intitulé *Philopatris*, dans lequel il parle de ce galiléen (*b*) *au front chauve & au grand nez , qui fut enlevé au troifième ciel.* Voyez comme il traite une affemblée de chrétiens où il fe trouva. Nos presbytériens d'Ecoffe , & les gueux de St Médard de Paris, font précifément la même chofe. Des hommes déguenillés , prefque nus , au regard farouche , à la démarche d'énergumène , pouffant des foupirs, fefant des contorfions , jurant par le fils *qui eft forti du père*, prédifaièt mille malheurs à l'empire, blafphémaient contre l'empereur. Tels étaient ces premiers chrétiens.

Celui qui avait donné le plus de vogue à la fecte était ce *Paul* au grand nez & au front chauve, dont *Lucien* fe moque. Il fuffit, ce me femble, des écrits de ce *Paul*, pour voir combien *Lucien* avait raifon. Quel galimatias quand il écrit à la fociété des chrétiens qui fe formait à Rome dans la fange juive ! *La circoncifion vous eft profitable fi vous obfervez la loi ; mais fi vous êtes prévaricateurs de la loi, votre circoncifion devient prépuce , &c...... Détruifons-nous donc la loi par la foi ? à Dieu ne plaife ! mais nous établiffons la foi...... Abraham a été juftifié par fes œuvres ; il a de quoi fe glorifier , mais non*

(*b*) Il eft fort douteux que *Lucien* ait vu *Paul* , & même qu'il foit l'auteur du chapitre intitulé *Philopatris*. Cependant il fe pourrait bien faire que *Paul* , qui vivait du temps de *Néron* , eût encore vécu jufque fous *Trajan* , temps auquel *Lucien* commença , dit-on , à écrire.

On demande comment ce *Paul* put réuffir à former une fecte avec fon déteftable galimatias , pour lequel le cardinal *Bembo* avait un fi profond mépris ? nous répondons que fans ce galimatias même , il n'aurait jamais réuffi auprès des énergumènes qu'il gouvernait. Penfe-t-on que notre *Fox* , qui a fondé chez nous la fecte des primitifs appelés quakers , ait en plus de bon fens que ce *Paul* ? Il y a long-temps qu'on a dit que ce font les fous qui fondent les fectes , & que les prudens les gouvernent.

devant DIEU. Ce *Paul* , en s'exprimant ainſi, parlait évidemment en juif & non en chrétien.

Quel diſcours aux Corinthiens ! *Nos peres ont été baptiſés en Moïſe dans la nuée & dans la mer.* Le cardinal *Bembo* n'avait-il pas raiſon d'appeler ces épîtres *Epiſtolacies*, & de conſeiller de ne les point lire ?

Que penſer d'un homme qui dit aux Theſſaloniciens : *Je ne permets point aux femmes de parler dans l'égliſe ;* & qui dans la même épître annonce qu'elles doivent parler & prophétiſer avec un voile ?

Sa querelle avec les autres apôtres eſt-elle d'un homme ſage & modéré ? Tout ne décèle-t-il pas en lui un homme dè parti ? Il eſt chrétien , il enſeigne lè chriſtianiſme, & il va ſacrifier ſept jours de ſuite dans le temple de Jéruſalem par le conſeil de *Jacques* , afin de ne point paſſer pour chrétien. Il écrit aux Galates : *Je vous dis , moi Paul, que ſi vous vous faites circoncire,* JESUS-CHRIST *ne vous ſervira de rien.* Et enſuite il circoncit ſon diſciple *Timothée* , que les Juifs prétendent être fils d'un grec & d'une proſtituée. Il eſt intrus parmi les apôtres , & il ſe vante aux Corinthiens, 1ere épître, chap. IX, d'être auſſi apôtre que les autres : *Ne ſuis-je pas apôtre ? n'ai-je pas vu notre Seigneur* JESUS-CHRIST ? *n'êtes-vous pas mon ouvrage ? Quand je ne ſerais pas apôtre à l'égard des autres, je le ſuis au moins à votre égard. N'avons-nous pas le droit d'être nourris à vos dépens ? n'avons-nous pas le pouvoir de mener avec nous une femme qui ſoit notre ſœur, (ou ſi l'on veut, une ſœur qui ſoit notre femme) comme font les autres apôtres & les frères de notre Seigneur ? Qui eſt-ce qui va jamais à la guerre à ſes dépens ?* &c.

Que de chofes dans ce paffage ! le droit de vivre aux dépens de ceux qu'il a fubjugués, le droit de leur faire payer les dépenfes de fa femme ou de fa fœur; enfin la preuve que JESUS avait des frères, & la préfomption que *Marie* ou *Mirja* était accouchée plus d'une fois.

Je voudrais bien favoir de quoi il parle encore dans la feconde lettre aux Corinthiens, chap. XI. *Ce font de faux apôtres...... mais ce qu'ils ofent, je l'ofe auffi. Sont-ils Hébreux ? je le fuis auffi : font-ils de la race d'Abraham ? j'en fuis auffi : font-ils miniftres de* JESUS-CHRIST ? *quand ils devraient m'accufer d'impudence, je le fuis encore plus qu'eux. J'ai plus travaillé qu'eux ; j'ai été plus repris de juftice, plus fouvent enfermé dans les cachots qu'eux. J'ai reçu trente-neuf coups de fouet cinq fois, des coups de bâton trois fois : j'ai été lapidé une fois : j'ai été un jour & une nuit au fond de la mer.*

Voilà donc ce *Paul* qui a été vingt-quatre heures au fond de la mer, fans être noyé ; c'eft le tiers de l'aventure de *Jonas*. Mais n'eft-il pas clair qu'il manifefte ici fa baffe jaloufie contre *Pierre* & les autres apôtres, & qu'il veut l'emporter fur eux pour avoir été plus repris de juftice & plus fouetté qu'eux ?

La fureur de la domination ne paraît-elle pas dans toute fon infolence, quand il dit aux mêmes Corinthiens : *Je viens à vous pour la troifième fois ; je jugerai tout par deux ou trois témoins ; je ne pardonnerai à aucun de ceux qui ont péché, ni aux autres,* 2ᵉ épître chap. XIII ?

A quels imbécilles & quels cœurs abrutis de la vile populace écrivait-il ainfi en maître tyrannique ? à ceux auxquels il ofait dire qu'il avait été ravi au troifième ciel. Lâche & impudent impofteur ! où eft ce troifième

ciel dans lequel tu as voyagé ? eſt-ce dans Vénus ou
dans Mars ? Nous rions de *Mahomet* quand ſes commentateurs prétendent qu'il alla viſiter ſept cieux tout
de ſuite dans une nuit. Mais *Mahomet* au moins ne
parle pas dans ſon Alcoran d'une telle extravagance
qu'on lui impute ; & *Paul* oſe dire qu'il a fait près de
la moitié de ce voyage !

Quel était donc ce *Paul* qui fait encore tant de
bruit , & qui eſt cité tous les jours à tort & à travers ?
Il dit qu'il était citoyen romain ; j'oſe affirmer qu'il
ment impudemment. Aucun juif ne fut citoyen romain
que ſous les *Décius* & les *Philippes*. S'il était de Tarſis ,
Tarſis ne fut colonie romaine , cité romaine, que plus
de cent ans après *Paul*. S'il était de Giſcale , comme le
dit *Jérôme* , ce village était en Galilée; & jamais les
Galiléens n'eurent aſſurément l'honneur d'être citoyens
romains.

Il fut élevé aux pieds de Gamaliel , c'eſt-à-dire qu'il
fut domeſtique de *Gamaliel*. En effet , on remarque
qu'il gardait les manteaux de ceux qui lapidèrent
Etienne , ce qui eſt l'emploi d'un valet. Les Juifs prétendirent qu'il voulut épouſer la fille de *Gamaliel*. On
voit quelque trace de cette aventure dans l'ancien livre
qui contient l'hiſtoire de *Thècle*. Il n'eſt pas étonnant
que la fille de *Gamaliel* n'ait pas voulu d'un petit
valet chauve dont les ſourcils ſe joignaient ſur un nez
difforme, & qui avait les jambes crochues : c'eſt ainſi
que les actes de *Thècle* le dépeignent. Dédaigné par
Gamaliel & par ſa fille, comme il méritait de l'être, il ſe
joignit à la ſecte naiſſante de *Céphas* , de *Jacques* , de
Matthieu , de *Barnabé* , pour mettre le trouble chez les
Juifs.

Pour peu qu'on ait une étincelle de raifon, on jugera que cette caufe de l'apoftafie de ce malheureux juif eft plus naturelle que celle qu'on lui attribue. Comment fe perfuadera-t-on qu'une lumière célefte l'ait fait tomber de cheval en plein midi, qu'une voix célefte fe foit fait entendre à lui, que DIEU lui ait dit : *Saul, Saul, pourquoi me perfécutes-tu?* Ne rougit-on pas d'une telle fottife ?

Si DIEU avait voulu empêcher que les difciples de JESUS ne fuffent perfécutés, n'aurait-il point parlé aux princes de la nation plutôt qu'à un valet de *Gamaliel*? En ont-ils moins été châtiés depuis que *Saul* tomba de cheval ? *Saul Paul* ne fut-il pas châtié lui-même ? à quoi bon ce ridicule miracle ? Je prends le ciel & la terre à témoin (s'il eft permis de fe fervir de ces mots impropres le ciel & la terre) qu'il n'y a jamais eu de légende plus folle, plus fanatique, plus dégoûtante, plus digne d'horreur & de mépris. (*c*)

(*c*) Ce qu'il faut, ce me femble, remarquer avec foin dans ce juif *Paul*, c'eft qu'il ne dit jamais que JESUS foit Dieu. Tous les honneurs poffibles, il les lui donne : mais le mot de *Dieu* n'eft jamais pour lui. Il a été prédeftiné dans l'Epître aux Romains, chap. IV. Il veut qu'on ait la paix avec DIEU par JESUS, chap. V. Il compte fur la grâce de DIEU par un feul homme qui eft JESUS. Il appelle fes difciples héritiers de DIEU, & cohéritiers de JESUS, même chap. Il n'y a qu'un feul verfet dans tous les écrits de *Paul* où le mot de *Dieu* pourrait tomber fur JESUS ; c'eft dans cette épître aux Romains, chap. IX. Mais *Erafme* & *Grotius* ont prouvé que cet endroit eft falfifié & mal interprété. En effet, il ferait trop étrange que *Paul* reconnaiffant JESUS pour Dieu, ne lui eût donné ce nom qu'une feule fois. C'eût été alors un blafphème.

Pour le mot de *Trinité*, il ne fe trouve jamais dans *Paul*, qui cependant eft regardé comme le fondateur du chriftianifme.

CHAPITRE XII.

Des Evangiles.

Dès que les sociétés de demi-juifs demi-chrétiens se furent insensiblement établies dans le bas peuple à Jérusalem, à Antioche, à Ephèse, à Corinthe, dans Alexandrie, quelque temps après *Vespasien*, chacun de ces petits troupeaux voulut faire son évangile. On en compta cinquante, & il y en eut beaucoup davantage. Tous se contredisent, comme on le fait, & cela ne pouvait être autrement, puisque tous étaient forgés dans des lieux différens. Tous conviennent seulement que leur JESUS était fils de *Maria* ou *Mirja*, & qu'il fut pendu; & tous lui attribuent d'ailleurs autant de prodiges qu'il y en a dans les métamorphoses d'*Ovide*.

Luc lui dresse une généalogie absolument différente de celle que *Matthieu* lui forge; & aucun d'eux ne songe à faire la généalogie de *Marie*, de laquelle seule on le fait naître. L'enthousiaste *Pascal* s'écrie : *Cela ne s'est pas fait de concert*. Non, sans doute, chacun a écrit des extravagances à sa fantaisie pour sa petite société. De-là vient qu'un évangéliste prétend que le petit JESUS fut élevé en Egypte; un autre dit qu'il fut toujours élevé à Bethléem; celui-ci le fait aller une seule fois à Jérusalem, celui-là trois fois. L'un fait arriver trois mages que nous nommons les trois rois, conduits par une étoile nouvelle, & fait égorger tous les petits enfans du pays par le premier *Hérode* qui était alors près de fa fin. (*a*) L'autre paffe fous filence & l'étoile, & les mages , & le maffacre des innocens.

On a été obligé enfin , pour expliquer cette contradiction , de faire une concordance ; & cette concordance eft encore moins concordante que ce qu'on a voulu concorder. Prefque tous ces évangiles , que les chrétiens ne communiquaient qu'à leurs petits troupeaux , ont été vifiblement forgés après la prife de Jérufalem : on en a une preuve bien fenfible dans celui qui eft attribué à *Matthieu*. Ce livre met dans la bouche de JESUS ces paroles aux Juifs : *Vous rendrez compte de tout le fang répandu depuis le jufte Abel jufqu'à Zacharie fils de Barack , que vous avez tué entre le temple & l'autel.*

Un fauffaire fe découvre toujours par quelque endroit. Il y eut , pendant le fiége de Jérufalem , un *Zacharie* , fils d'un *Barack* , affaffiné entre le temple & l'autel par la faction des zélés. Par-là l'impofture eft facilement découverte ; mais pour la découvrir alors , il eût fallu lire toute la Bible. Les Grecs & les Romains ne la lifaient guère , & les évangiles leur étaient entièrement inconnus ; on pouvait mentir impunément.

Une preuve évidente que l'évangile attribué à *Matthieu* , n'a été écrit que très-long-temps après lui

(*a*) Le maffacre des innocens eft affurément le comble de l'ineptie , auffi-bien que le conte des trois mages, conduits par une étoile. Comment *Hérode* , qui fe mourait alors , pouvait-il craindre que le fils d'un charpentier , qui venait de naître dans un village , le détrônât ? *Hérode* tenait fon royaume des Romains. Il aurait donc fallu que cet enfant eût fait la guerre à l'empire. Une telle crainte peut-elle tomber dans la tête d'un homme qui n'eft pas abfolument fou ? Eft-il poffible qu'on ait propofé à la crédulité humaine de pareilles bêtifes qui font fi au-deffous de Robert le diable , & de Jean de Paris. L'homme eft donc une efpèce bien méprifable , puifqu'elle eft ainfi gouvernée.

par quelque malheureux demi-juif, demi-chrétien hellénifte, c'eft ce paffage fameux : *S'il n'écoute pas l'Eglife, qu'il foit à vos yeux comme un païen & un publicain.* Il n'y avait point d'Eglife du temps de JESUS & de *Matthieu.* Ce mot *Eglife* eft grec. L'affemblée du peuple d'Athènes s'appelait *ecclefia.* Cette expreffion ne fut adoptée par les chrétiens que dans la fuite des temps, quand il y eut quelque forme de gouvernement. Il eft donc clair qu'un fauffaire prit le nom de *Matthieu* pour écrire cet évangile en très-mauvais grec. J'avoue qu'il ferait affez comique que *Matthieu*, qui avait été publicain, comparât les païens aux publicains. Mais quel que foit l'auteur de cette comparaifon ridicule, ce ne peut être qu'un écervelé de la boue du peuple, qui regarde un chevalier romain, chargé de recouvrer les impôts établis par le gouvernement, comme un homme abominable. Cette idée feule eft deftructive de toute adminiftration, & non-feulement indigne d'un homme infpiré de DIEU, mais indigne du laquais d'un honnête citoyen.

Il y a deux évangiles de l'enfance; le premier nous raconte qu'un jeune gueux donna une tape fur le derrière au petit JESUS fon camarade, & que le petit JESUS le fit mourir fur le champ, *Kái para kremei pefon apeidonen.* Une autrefois il fefait de petits oifeaux de terre glaife, & ils s'envolaient. La manière dont il apprenait fon alphabet était encore tout-à-fait divine. Ces contes ne font pas plus ridicules que ceux de l'enlèvement de JESUS par le diable, de la transfiguration fur le Thabor, de l'eau changée en vin, des diables envoyés dans un troupeau de cochons. Auffi cet évangile de l'enfance fut long-temps en vénération.

Le fecond livre de l'enfance n'eft pas moins curieux. *Marie*, emmenant fon fils en Egypte , rencontre des filles défolées de ce que leur frère avait été changé en mulet : *Marie* & le petit ne manquèrent pas de rendre à ce mulet fa forme d'homme , & l'on ne fait fi ce malheureux gagna au marché. Chemin fefant la famille errante rencontre deux voleurs, l'un nommé *Dumachus* & l'autre *Titus*. (*b*) *Dumachus* voulait abfolument voler la Ste Vierge , & lui faire pis. *Titus* prit le parti de *Marie*, & donna quarante drachmes à *Dumachus* pour l'engager à laiffer paffer la famille , fans lui faire de mal. JESUS déclara à la Ste Vierge que *Dumachus* ferait le mauvais larron , & *Titus* le bon larron ; qu'ils feraient un jour pendus avec lui , que *Titus* irait en paradis, & *Dumachus* à tous les diables.

L'évangile felon St *Jacques*, frère aîné de JESUS , ou felon *Pierre Barjone*, évangile reconnu & vanté par *Tertullien* & par *Origène*, fut encore en plus grande recommandation. On l'appelait *proto evangelion*, premier évangile. C'eft peut-être le premier qui ait parlé de la nouvelle étoile, de l'arrivée des mages , & des petits enfans que le premier *Hérode* fit égorger.

Il y a encore une efpèce d'évangile ou d'actes de *Jean*, dans lequel on fait danfer JESUS avec fes apôtres la veille de fa mort ; & la chofe eft d'autant plus vraifemblable que les thérapeutes étaient en effet dans l'ufage de danfer en rond, ce qui doit plaire beaucoup au père célefte. (*c*)

(*b*) Voilà de plaifans noms pour des Egyptiens.

(*c*) Il n'eft point dit dans *faint Matthieu* que JESUS-CHRIST danfa avec fes apôtres ; mais il eft dit dans *faint Matthieu* chap. XXVI , verf. 30 : *Ils chantèrent un hymne & allèrent au mont Olivet.*

Il eft vrai que dans cet hymne on trouve ce couplet : *Je veux chanter*,

Pourquoi le chrétien le plus fcrupuleux rit-il aujour-d'hui fans remords de tous ces évangiles , de tous ces actes qui ne font plus dans le canon , & n'ofe-t-il rire de ceux qui font adoptés par l'Eglife ? Ce font à-peu-près les mêmes contes ; mais le fanatique adore fous un nom ce qui lui paraît le comble du ridicule fous un autre.

Enfin , on choifit quatre évangiles ; & la grande raifon , au rapport de. *St Irénée*, c'eft qu'il n'y a que quatre vents cardinaux ; c'eft que D I E U eft affis fur les chérubins, & que les chérubins ont quatre formes. *St Jérôme* ou *Hiéronyme*, dans fa préface fur l'évangile de *Marc* , ajoute aux quatre vents , & aux quatre

danfez tous de joie. Ce qui fait voir qu'en effet on mêla la danfe au chant , comme dans toutes les cérémonies religieufes de ce temps-là. *Saint Auguftin* rapporte cette chanfon dans fa lettre à *Cérétius.*

Il eft fort indifférent de favoir fi cette chanfon rapportée par *Auguftin* eft vraie ou non ; la voici :

Je veux délier, & je veux être délié.
Je veux fauver, & je veux être fauvé.
Je veux engendrer , & je veux être engendré.
Je veux chanter, danfez tous de joie.
Je veux pleurer, frappez-vous tous de douleur.
Je veux orner , & je veux être orné.
Je fuis la lampe pour vous qui me voyez.
Je fuis la porte pour vous qui y frappez.
Vous qui voyez ce que je fais , ne dites point ce que je fais.
J'ai joué tout cela dans ce difcours, & je n'ai point du tout été joué.

Ce petit cantique n'eft autre chofe que ce qu'on appelle du perfifflage en France. Il n'eft point du tout prouvé que JESUS ait chanté après avoir fait la pâque ; mais il eft prouvé par tous les évangiles qu'il fit la pâque à la juive, & non pas à la chrétienne. Et nous dirons ici en paffant ce que milord *Bolingbroke* infinue ailleurs, qu'on ne trouve dans la vie de JESUS-CHRIST aucune action , aucun dogme , aucun rite , aucun difcours, qui ait le moindre rapport au chriftianifme d'aujourd'hui , & encore moins au chriftianifme de Rome qu'à tous les autres.

animaux, les quatre anneaux qui fervaient aux bâtons
fur lefquels on portait le coffre appelé l'arche.

Théophile d'Antioche prouve que le *Lazare* ayant
été mort pendant quatre jours, on ne pouvait confé-
quemment admettre que quatre évangiles. *St Cyprien*
prouve la même chofe par les quatre fleuves qui
arrofaient le paradis. Il faudrait être bien impie pour
ne pas fe rendre à de telles raifons.

Mais avant qu'on eût donné quelque préférence à
ces quatre évangiles, les pères des deux premiers
fiècles ne citaient prefque jamais que les évangiles
nommés aujourd'hui apocryphes. C'eft une preuve
inconteftable que nos quatre évangiles ne font pas de
ceux à qui on les attribue.

Je veux qu'ils en foient ; je veux, par exemple,
que *Luc* ait écrit celui qui eft fous fon nom. Je dirais
à *Luc* : Comment ofes-tu avancer que JESUS naquît
fous le gouvernement de *Cirénius* ou *Quirinus*, tandis
qu'il eft avéré que *Quirinus* ne fut gouverneur de
Syrie que plus de dix ans après ? Comment as-tu le
front de dire qu'*Augufte* avait ordonné le *dénombrement
de toute la terre*, & que *Marie* alla à Bethléem pour fe
faire dénombrer ? Le dénombrement de toute la terre !
quelle expreffion ! Tu as ouï dire qu'*Augufte* avait un
livre de raifon qui contenait le détail des forces de
l'empire & de fes finances ; mais un dénombrement
de tous les fujets de l'empire ! c'eft à quoi il ne penfa
jamais ; encore moins un dénombrement de la terre
entière ; aucun écrivain romain ou grec ou barbare
n'a jamais dit cette extravagance. Te voilà donc
convaincu par toi-même du plus énorme menfonge ;
& il faudra qu'on adore ton livre !

Mais qui a fabriqué ces quatre évangiles ? n'eſt-il pas très-probable que ce ſont des chrétiens helléniſtes, puiſque l'ancien teſtament n'y eſt preſque jamais cité que ſuivant la verſion des ſeptante, verſion inconnue en Judée. Les apôtres ne ſavaient pas plus le grec que JESUS ne l'avait ſu. Comment auraient-ils cité les ſeptante ? il n'y a que le miracle de la pentecôte qui ait pu enſeigner le grec à des juifs ignorans.

Quelle foule de contrariétés & d'impoſtures eſt reſtée dans ces quatre évangiles ! n'y en eût-il qu'une ſeule, elle ſuffirait pour démontrer que c'eſt un ouvrage de ténèbres. N'y eût-il que le conte qu'on trouve dans *Luc*, que JESUS naquit ſous le gouvernement de *Cirénius*, lorſqu'*Auguſte* fit faire le dénombrement de tout l'empire, cette ſeule fauſſeté ne ſuffirait-elle pas pour faire jeter le livre avec mépris ? 1°. Il n'y eut jamais de dénombrement, & aucun auteur n'en parle. 2°. *Cirénius* ne fut gouverneur de Syrie que dix ans après l'époque de la naiſſance de ce JESUS. Autant de mots, autant d'erreurs dans les évangiles. Et c'eſt ainſi qu'on réuſſit avec le peuple.

CHAPITRE XIII.

Comment les premiers chrétiens ſe conduiſirent avec les Romains, & comment ils forgèrent des vers attribués aux ſibylles, &c.

DES gens de bon ſens demandent comment ce tiſſu de fables qni outrage ſi platement la raiſon, & de blaſphèmes qui imputent tant d'horreurs à la

Divinité, put trouver quelque créance. Ils devraient en effet être bien étonnés fi les premiers fectaires chrétiens avaient perfuadé la cour des empereurs & le fénat de Rome; mais une canaille abjecte s'adreffait à une populace non moins méprifable. Cela eft fi vrai que l'empereur *Julien* dit dans fon difcours aux chrifticoles : *C'était d'abord affez pour vous de féduire quelques fervantes , quelques gueux comme Corneille & Serge. Qu'on me regarde comme le plus effronté des impof- teurs , fi parmi ceux qui embrafferent votre fecte fous Tibére & fous Claude , il y a eu un feul homme de naiffance ou de mérite.* (*a*)

(*a*) Il eft étrange que l'empereur *Julien* ait appelé *Sergius* un homme de néant , un gueux. Il faut qu'il eût lu avec peu d'attention les évangiles , ou qu'il manquât de mémoire dans ce moment , ce qui eft affez commun à ceux qui étant chargés des plus grandes affaires veulent encore prendre fur eux le fardeau de la controverfe. Il fe trompe , & les Actes des apôtres , qu'il réfute, fe trompent évidemment auffi. *Sergius* n'était ni un homme de néant , comme le dit *Julien* , ni proconful , ni gouverneur de Chypre , comme le difent les Actes.

Il n'y avait qu'un proconful en Syrie dont l'île de Chypre dépendait , & c'était ce proconful de Syrie qui nommait le propréteur de Chypre. Mais ce propréteur était toujours un homme confidérable.

Peut-être l'empereur *Julien* veut-il parler d'un autre *Sergius* , que les Actes des apôtres auront mal-adroitement transformé en proconful ou en pro- préteur. Ces actes font une rapfodie informe , remplie de contradictions , comme tout ce que les Juifs & les Galiléens ont écrit.

Ils difent que *Paul* & *Barnabé* trouvèrent à Paphos un Juif muficien nommé *Bar-jéfu* , qui voulait empêcher le propréteur *Sergius* de fe faire chrétien. C'eft au chap. XIII. Enfuite ils difent que ce *Bar-jéfu* s'appelait *Helmas* , & que *Paul* & *Barnabé* le rendirent aveugle pour quelques jours , & que ce miracle détermina le propréteur à fe faire chrétien. On fent affez la valeur d'un pareil conte. On n'a qu'à lire le difcours que tient *Paul* à ce *Sergius* , pour voir que *Sergius* n'aurait pu y rien comprendre.

Ce chapitre finit par dire que *Paul* & *Barnabé* furent chaffés de l'île de Chypre. Comment ce *Sergius* qui était le maître les aurait-il laiffé chaffer s'il avait embraffé leur religion ? Mais comment auffi ce *Sergius* ayant la

Les premiers raifonneurs chrétiens difaient donc dans les carrefours & dans les auberges aux païens qui fe mêlaient de raifonner : Ne foyez point effarouchés de nos myftères : vous recourez aux expiations pour vous purger de vos crimes : nous avons une expiation bien plus falutaire. Vos oracles ne valent pas les nôtres ; & pour vous convaincre que notre fecte eft la feule bonne, c'eft que vos propres oracles ont prédit tout ce que nous vous enfeignons, & tout ce qu'a fait notre Seigneur JESUS-CHRIST. N'avez-vous pas entendu parler des fibylles ? Oui , répondent les difputeurs païens aux difputeurs galiléens; toutes les fibylles ont été infpirées par *Jupiter* même ; leurs prédictions font toutes véritables. Hé bien, repartent les galiléens, nous vous montrerons des vers de fibylles qui annoncent clairement JESUS-CHRIST , & alors il faudra bien vous rendre.

Auffitôt les voilà qui fe mettent à forger les plus mauvais vers grecs qu'on ait jamais compofés , des vers femblables à ceux de notre *Grubftreet*, de *Blakmore*, & de *Gibfon*. Ils les attribuent aux fibylles ; & pendant plus de quatre cents ans ils ne ceffent de fonder le chriftianifme fur cette preuve qui était également à la portée des trompeurs & des trompés. Ce premier pas étant fait , on vit ces fauffaires puérils mettre fur le compte des fibylles jufqu'à des vers acroftiches qui

principale dignité dans l'île , & par conféquent n'étant point un imbécille, fe ferait-il fait chrétien tout d'un coup?

Tous ces contes du tonneau ne font-ils pas d'une abfurdité palpable ?

Remarquons furtout que JESUS dans les actes des apôtres , & dans tous les difcours de *Paul* , n'eft jamais regardé que comme un homme , & qu'il n'y a pas un feul texte authentique où il foit queftion de fa prétendue divinité.

commençaient tous par les lettres qui compofent le nom de JESUS-CHRIST.

Lactance nous a confervé une grande partie de ces rapfodies , comme des pièces authentiques. A ces fables ils ajoutaient des miracles qu'ils fefaient même quelquefois en public. Il eft vrai qu'ils ne reffufcitaient point de morts comme *Elifée*, ils n'arrêtaient pas le foleil comme *Jofué*, ils ne paffaient point la mer à pied fec comme *Moïfe*, ils ne fe fefaient pas tranf-porter par le diable comme JESUS fur le haut d'une petite montagne de Galilée d'où l'on découvrait toute la terre; mais ils guériffaient la fièvre quand elle était fur fon déclin, & même la gale lorfque le galeux avait été baigné, faigné, purgé, frotté. Ils chaffaient furtout les démons; c'était le principal objet de la miffion des apôtres. Il eft dit dans plus d'un évangile que JESUS les envoya exprès pour les chaffer.

C'était une ancienne prérogative du peuple de DIEU. Il y avait, comme on fait , des exorciftes à Jérufalem qui guériffaient les poffédés en leur mettant fous le nez un peu de la racine nommée barath, & en marmottant quelques paroles tirées de la Clavicule de Salomon. JESUS lui-même avoue que les Juifs avaient ce pouvoir. Rien n'était plus aifé au diable que d'entrer dans le corps d'un gueux, moyennant un ou deux fchellings. Un juif ou un galiléen un peu à fon aife , pouvait chaffer dix diables par jour pour une guinée. Les diables n'ofaient jamais s'emparer d'un gouverneur de province , d'un fénateur , pas même d'un centurion : il n'y eut jamais que ceux qui ne poffédaient rien du tout qui fuffent poffédés.

Si le diable dut fe faifir de quelqu'un , c'était de *Pilate ;* cependant il n'ofa jamais en approcher. On a long-temps exorcifé la canaille en Angleterre, & encore plus ailleurs ; mais quoique la fecte chrétienne foit précifément établie pour cet ufage , il eft aboli prefque par-tout , excepté dans les Etats de l'obédience du pape , & dans quelques pays groffiers d'Allemagne , malheureufement foumis à des évêques & à des moines.

Les chrétiens s'accréditèrent ainfi dans le petit peuple pendant tout un fiècle. On les laiffa faire ; on les regarda comme une fecte de juifs , & les Juifs étaient tolérés. On ne perfécutait ni Pharifiens , ni faducéens , ni thérapeutes , ni efféniens , ni judaïtes ; à plus forte raifon laiffait-on ramper dans l'obfcurité ces chrétiens qu'on ignorait. Ils étaient fi peu de chofe que ni *Flavien Jofephe*, ni *Philon*, ni *Plutarque*, ne daignent en parler ; & fi *Tacite* en veut bien dire un mot, c'eft en les confondant avec les Juifs , & en leur marquant le plus profond mépris. Ils eurent donc la plus grande facilité d'étendre leur fecte. On les rechercha un peu fous *Domitien ;* quelques-uns furent punis fous *Trajan* , & ce fut alors qu'ils commencèrent à mêler mille faux actes de martyres à quelques-uns qui n'étaient que trop véritables.

CHAPITRE

C H A P I T R E X I V.

Comment les chrétiens se conduisirent avec les Juifs.
Leur explication ridicule des prophètes.

L ES chrétiens ne purent jamais prévaloir auprès des Juifs comme auprès de la populace des gentils. Tandis qu'ils continuèrent à vivre selon la loi mosaïque, comme avait fait J E S U S toute sa vie, à s'abstenir des viandes prétendues impures, & qu'ils ne proscrivirent point la circoncision, ils ne furent regardés que comme une société particulière de juifs, telle que celle des saducéens, des esséniens, des thérapeutes. Ils disaient qu'on avait eu tort de pendre J E S U S, que c'était un saint homme envoyé de D I E U, & qu'il était ressuscité.

Ces discours, à la vérité, étaient punis dans Jéru-salem; il en coûta même la vie à *Etienne*, à ce qu'ils disent; mais ailleurs cette scission ne produisit que des altercations entre les juifs rigides & les demi-chrétiens. On disputait; les chrétiens crurent trouver dans les écritures quelques passages qu'on pouvait tordre en faveur de leur cause. Ils prétendirent que les prophètes juifs avaient prédit JESUS-CHRIST; ils citaient *Isaïe* qui disait au roi *Achaz*:

,, Une fille, ou une jeune femme (*Alma*) (*a*) sera

(*a*) Par quelle imprudente mauvaise foi les christicoles ont-ils soutenu qu'*Alma* signifiait toujours *Vierge*? Il y a dans l'ancien testament vingt passages où *Alma* est pris pour femme, & même pour concubine, comme dans le Cantique des cantiques, chap. VI, *Joël* chap. I. Jusqu'à l'abbé *Tritème*, il n'y a eu aucun docteur de l'Eglise qui ait su l'hébreu, excepté *Origène*, *Jérôme*, & *Ephrem*, qui étaient du pays.

Philosophie &c. Tome II.　　　　　E

,, groffe, & accouchera d'un fils qui s'appellera
,, *Emmanuel;* il mangera du beurre & du miel, afin
,, qu'il fache rejeter le mal & choifir le bien. La terre
,, que vous déteftez fera délivrée de fes deux rois, &
,, le Seigneur fifflera aux mouches qui font à l'extré-
,, mité des fleuves d'Egypte, & aux abeilles du pays
,, d'Affur. Et il prendra un rafoir de louage, & il
,, rafera la tête, le poil du pénil, & la barbe, du roi
,, d'Affur.

,, Et le Seigneur me dit: Prenez un grand livre, &
,, écrivez en lettres lifibles : *Maher falal-has-bas, prenez*
,, *vîte les dépouilles.* Et j'allai coucher avec la prophé-
,, teffe, & elle fut groffe, & elle mit au monde un
,, fils, & le Seigneur me dit : Appelez-le *Maher falal-*
,, *has-bas, prenez vîte les dépouilles.* ,,

Vous voyez bien, difaient les chrétiens, que
tout cela fignifie évidemment l'avénement de JESUS-
CHRIST. La fille qui fait un enfant, c'eft la vierge
Marie; Emmanuel & prenez vîte les dépouilles, c'eft notre
feigneur JESUS. Pour le rafoir de louage avec lequel
on rafe le poil du pénil du roi d'Affur, c'eft une
autre affaire. Toutes ces explications reffemblent
parfaitement à celle de milord *Pierre* dans le conte du
tonneau de notre cher doyen *Swift.*

Les Juifs répondaient : Nous ne voyons pas fi clairement que vous, que *prenez vîte les dépouilles* &
Emmanuel fignifient JESUS, que la jeune femme
d'*Ifaïe* foit une vierge, & qu'*Alma,* qui exprime également fille ou jeune femme, fignifie *Maria;* & ils riaient
au nez des chrétiens.

Quand les chrétiens difaient : JESUS eft prédit par
le patriarche *Juda;* car le patriarche *Juda devait lier*

ſon ânon à la vigne, & laver ſon manteau dans le ſang de la vigne; & JESUS eſt entré dans Jéruſalem ſur un âne ; donc *Juda* eſt la figure de JESUS ; alors les Juifs riaient encore plus fort

S'ils prétendaient que JESUS était le Shilo qui devait venir quand le ſceptre ne ſerait plus dans Juda, les Juifs les confondaient, en diſant que depuis la capti- vité en Babylone, le ſceptre ou la verge d'entre les jambes n'avait jamais été dans Juda, & que du temps même de *Saül* la verge n'était pas dans Juda. Ainſi les chrétiens, loin de convertir les Juifs, en furent mépriſés, déteſtés, & le ſont encore. Ils furent regardés comme des batârds qui voulaient dépouiller le fils de la maiſon, en prétextant de faux titres. Ils rénoncèrent donc à l'eſpérance d'attirer les Juifs à eux, & s'adreſſèrent uniquement aux gentils.

CHAPITRE XV.

Des fauſſes citations & des fauſſes prédictions dans les évangiles.

Pour encourager les premiers catéchumènes, il était bon de citer d'anciennes prophéties & d'en faire de nouvelles. On cita donc dans les évangiles les anciennes prophéties à tort & à travers. *Matthieu*, ou celui qui prit ſon nom, dit : (a) *Joſeph habita dans une ville qui s'appelle Nazareth, pour accomplir ce qui a été prédit par les prophètes, il s'appellera Nazaréen.* Aucun

(a) *Matth.* chap. III.

prophète n'avait dit ces paroles; *Matthieu* parlait donc au hasard. *Luc* ose dire au chapitre XXI : *Il y aura des signes dans la lune & dans les étoiles; des bruits de la mer & des flots; les hommes séchant de crainte attendront ce qui doit arriver à l'univers entier. Les vertus des cieux seront ébranlées; & alors ils verront le fils de l'homme venant dans une nuée avec grande puissance & grande majesté. En vérité, je vous dis que la génération présente ne passera point que tout cela ne s'accomplisse.*

La génération passa : & si rien de tout cela n'arriva, ce n'est pas ma faute. *Paul* en dit à-peu-près autant à ceux de Thessalonique : *Nous qui vivons & qui nous parlons, nous serons emportés dans les nuées pour aller au-devant du Seigneur au milieu de l'air.*

Que chacun s'interroge ici; qu'il voie si l'on peut pousser plus loin l'imposture & la bêtise du fanatisme. Quand on vit qu'on avait mis en avant des mensonges si grossiers, les pères de l'Eglise ne manquèrent pas de dire que *Luc* & *Paul* avaient entendu par ces prédictions la ruine de Jérusalem. Mais quel rapport, je vous prie, de la prise de Jérusalem avec JESUS venant dans les nuées avec grande puissance & grande majesté ? *(b)*

Il y a dans l'évangile attribué à *Jean* un passage qui fait bien voir que ce livre ne fut pas composé par un juif. JESUS dit : *(c) Je vous fais un commandement nouveau, c'est que vous vous aimiez mutuellement.* Ce

_____

(*b*) On fut si long-temps infatué de cette attente de la fin du monde, qu'aux sixième, septième, & huitième, siècles, beaucoup de chartres, de donations aux moines commencent ainsi : *Christ régnant, la fin du monde approchant, moi pour le remède de mon ame.*

(*c*) *Jean*, chap. XIII.

commandement, loin d'être nouveau, fe trouve expreffément, & d'une manière bien plus forte dans le
Lévitique : (d) *Tu aimeras ton prochain comme toi-même.*

Enfin, quiconque fe donnera la peine de lire avec
attention, ne trouvera dans tous les paffages où l'on
allégue l'ancien Teftament, qu'un manifefte abus
de paroles, & le fceau du menfonge prefque à
chaque page.

CHAPITRE XVI.

De la fin du monde & de la Jérufalem nouvelle.

NON-SEULEMENT on a introduit JESUS fur la
fcène prédifant la fin du monde pour le temps même
où il vivait, mais ce fanatifme fut celui de tous ceux
qu'on nomme apôtres & difciples. *Pierre Barjone* dans
la première épître qu'on lui attribue, dit (a) *que
l'évangile a été prêché aux morts, & que la fin du monde
approche.*

Dans la feconde épître : (b) *Nous attendons de nouveaux
cieux & une nouvelle terre.*

La première épître attribuée à *Jean*, dit formellement : *Il y a dès-à-préfent plufieurs antechrifts, ce qui nous
fait connaître que voici la dernière heure.*

L'épître qu'on met fur le compte de ce *Thadée*
furnommé *Jude*, annonce la même folie : (c) *Voilà le*

(d) Lévitiq. chap. XIX.

(a) Chap. IV.   (b) Chap. III.   (c) *Jude*, chap. I.

Seigneur qui va venir avec des millions de faints pour juger les hommes.

Enfin, c'eft fur cette démence qu'on fonda cette autre démence d'une nouvelle ville de Jérufalem qui devait defcendre du ciel. L'Apocalypfe annonça cette prochaine aventure : tous les chrifticoles la crurent. On fit de nouveaux vers fibyllins dans lefquels cette Jérufalem était prédite ; elle parut même cette ville nouvelle où les chrifticoles devaient loger pendant mille ans après l'embrafement du monde. Elle defcendit du ciel pendant quarante nuits confécutives. *Tertullien* la vit de fes yeux. Un temps viendra où tous les honnêtes gens diront : Eft-il poffible qu'on ait perdu fon temps à réfuter ce conte du tonneau !

Voilà donc pour quelles opinions la moitié de la terre a été ravagée ! voilà ce qui a valu des principautés, des royaumes à des prêtres impofteurs, & ce qui précipite encore tous les jours des imbécilles dans les cachots des cloîtres chez les papiftes ! C'eft avec ces toiles d'araignée qu'on a tiffu les liens qui nous ferrent ; on a trouvé le fecret de les changer en chaînes de fer. Grand Dieu ! c'eft pour ces fottifes que l'Europe a nagé dans le fang, & que notre roi *Charles I* eft mort fur un échafaud ! O deftinée ! quand des demi-juifs écrivaient leurs plates impertinences dans leurs greniers, prévoyaient-ils qu'ils préparaient un trône pour l'abominable *Alexandre VI*, & pour ce brave fcélérat de *Cromwell* ?

CHAPITRE XVII.

Des Allégories.

Ceux qu'on appelle pères de l'Eglife, s'avifèrent d'un tour affez fingulier pour confirmer leurs catéchumènes dans leur nouvelle créance. Il fe trouva avec le temps des difciples qui raifonnèrent un peu : on prit le parti de leur dire que tout l'ancien Teftament n'eft qu'une figure du nouveau. Le petit morceau de drap rouge que mettait la paillarde *Rahab* à fa fenêtre pour avertir les efpions de *Jofué*, fignifie le fang de Jesus répandu pour nos péchés. *Sara* & fa fervante *Agar*, *Lia* la chaffieufe, & la belle *Rachel*, font la fynagogue & l'Eglife. *Moïfe* levant les mains quand il donne la bataille aux Amalécites, c'eft évidemment la croix, car on a la figure d'une croix quand on étend les bras à droite & à gauche. *Jofeph* vendu par fes frères, c'eft Jesus-Christ. Les baifers que donne la Sulamite fur la bouche &c. dans le Cantique des cantiques, font vifiblement le mariage de Jesus-Christ avec fon Eglife. La mariée n'avait pas encore de dot, elle n'était pas encore bien établie.

On ne favait ce qu'on devait croire ; aucun dogme précis n'était encore conftaté. Jesus n'avait jamais rien écrit. C'était un étrange légiflateur qu'un homme de la main duquel on n'avait pas une ligne. Il fallut donc écrire pour lui ; on s'abandonna donc à ces *bonnes nouvelles*, à ces évangiles, à ces actes dont nous

E 4

avons déjà parlé ; & on tourna tout l'ancien Teftament en allégories du nouveau. Il n'eft pas étonnant
que des catéchumènes fafcinés par ceux qui voulaient
former un parti, fe laiffaffent féduire par ces images
qui plaifent toujours au peuple. Cette méthode
contribua plus que tout autre chofe à la propagation
du chriftianifme, qui s'étendait fecrétement d'un bout
de l'empire à l'autre, fans qu'alors les magiftrats
daignaffent prefque y prendre garde.

Plaifante & folle imagination, de faire de toute
l'hiftoire d'une troupe de gueux, la figure & la prophétie de tout ce qui devait arriver au monde entier
dans la fuite des fièçles !

CHAPITRE XVIII.

Des falfifications, & des livres fuppofés.

POUR mieux féduire les catéchumènes des premiers
fièecles, on ne manqua point de fuppofer que la fecte
avait été refpectée par les Romains & par les empereurs eux-mêmes. Ce n'était pas affez de forger mille
écrits qu'on attribuait à JESUS ; on fit encore écrire
Pilate. Juftin, Tertullien, citent ces actes ; on les inféra
dans l'évangile de Nicodème. Voici quelques paffages
de la première lettre de Pilate à Tibère ; ils font
curieux.

,, Il eft arrivé depuis peu, & je l'ai vérifié, que
,, les Juifs par leur envie fe font attiré une cruelle
,, condamnation : leur Dieu leur ayant promis de leur

„ envoyer fon faint du haut du ciel, qui ferait leur
„ roi à bien jufte titre, & ayant promis qu'il ferait fils
„ d'une vierge, le Dieu des Hébreux l'a envoyé en
„ effet, moi étant préfident en Judée. Les principaux
„ des Juifs me l'ont dénoncé comme un magicien;
„ je l'ai cru, je l'ai bien fait fouetter; je le leur ai
„ abandonné: ils l'ont crucifié; ils ont mis des gardes
„ auprès de fa foffe; il eft reffufcité le troifième
„ jour. „

Cette lettre très-ancienne eft fort importante, en ce
qu'elle fait voir qu'en ces premiers temps les chrétiens
n'ofaient encore imaginer que JESUS fût Dieu; ils
l'appelaient feulement envoyé de DIEU. S'il avait été
Dieu alors, *Pilate* qu'ils font parler n'eût pas manqué
de le dire.

Dans la feconde lettre, il dit que s'il n'avait pas
craint une fédition, peut-être ce *noble juif* vivrait
encore, *fortaffe vir ille nobilis viveret.* On forgea encore
une relation de *Pilate* plus circonftanciée.

Eusébe de Céfarée, au livre VII de fon *Hiftoire*
eccléfiaftique, affure que l'hémorrhoïffe guérie par JESUS-
CHRIST était citoyenne de Céfarée; il a vu fa ftatue
aux pieds de celle de JESUS-CHRIST. Il y a autour de
la bafe, des herbes qui guériffent toutes fortes de
maladies. On a confervé une requête de cette hémorrhoïffe dont le nom était, comme on fait, *Véronique;*
elle y rend compte à *Hérode* du miracle que JESUS-
CHRIST a opéré fur elle. Elle demande à *Hérode* la
permiffion d'ériger une ftatue à JESUS, mais ce n'eft
pas dans Céfarée, c'eft dans la ville de Paniade; &
cela eft trifte pour *Eusébe.*

On fit courir un prétendu édit de *Tibère* pour mettre
Jesus au rang des Dieux. On suppofa des lettres de
Paul à *Sénèque*, & de *Sénèque* à *Paul*. Empereurs,
philofophes, apôtres, tout fut mis à contribution;
c'eft une fuite non-interrompue de fraudes : les unes
font feulement fanatiques, les autres font politiques.
Un menfonge fanatique, par exemple, eft d'avoir
écrit fous le nom de *Jean*, l'Apocalypfe qui n'eft
qu'abfurde; un menfonge politique eft le livre des
conftitutions attribué aux apôtres. On veut au chap.
XXV du livre II, que les évêques recueillent les
décimes & les prémices. On y appelle les évêques
rois, au chapitre XXVI; *qui epifcopus eft hic vefter rex
& dynaftes.*

Il faut, chap. XXVIII, quand on fait le repas des
agapes, (*a*) envoyer les meilleurs plats à l'évêque,

(*a*) On accufe plufieurs fociétés chrétiennes d'avoir fait de ces agapes
des fcènes de la plus infame diffolution, accompagnées de myftères. Et ce
qu'il faut obferver, c'eft que les chrétiens s'en accufaient les uns les autres
Epiphane eft convaincu que les gnoftiques, qui étaient parmi eux la feule
fociété favante, était auffi la plus impudique. Voici ce qu'il dit d'eux au
livre premier contre les héréfies :

  » Après qu'ils fe font proftitués les uns aux autres, ils montrent au
» jour ce qui eft forti d'eux. Une femme en met dans fes mains. Un
» homme remplit auffi fa main de l'éjaculation d'un garçon ; & ils difent
» à Dieu : Nous te préfentons cette offrande qui eft le corps de Christ.
» Enfuite hommes & femmes avalent ce fperme, & s'écrient : C'eft la
» pâque. Puis on prend du fang d'une femme qui a fes ordinaires, on
» l'avale & on dit : C'eft le fang de Christ. »

Si un père de l'Eglife a reproché ces horreurs à des chrétiens, nous ne
devons pas regarder comme des calomniateurs infenfés, des adorateurs de
Zeus, de *Jupiter*, qui leur ont fait les mêmes imputations. Il fe peut qu'ils
fe foient trompés. Il fe peut auffi que des chrétiens aient été coupables
de ces abominations, & qu'ils fe foient corrigés dans la fuite, comme la
cour romaine fubftitue depuis long-temps la décence aux horribles débauches
dont elle fut fouillée pendant près de cinq cents ans.

s'il n'eſt pas à table. Il faut donner double portion
au prêtre & au diacre. Les portions des évêques ont
bien augmenté, & furtout celle de l'évêque de Rome.

Au chap. XXXIV, on met les évêques bien au-
deſſus des empereurs & des rois, précepte dont l'Egliſe
s'eſt écartée le moins qu'elle a pu : *Quantò animus præſtat
corpore, tantùm ſacerdotium regno.* C'eſt-là l'origine
cachée de cette terrible puiſſance que les évêques de
Rome ont uſurpée pendant tant de ſiècles. Tous ces
livres ſuppoſés, tous ces menſonges qu'on a oſé
nommer pieux, n'étaient qu'entre les mains des
fidelles. C'était un péché énorme de les communiquer
aux Romains, qui n'en eurent preſque aucune
connaiſſance pendant deux cents ans ; ainſi le troupeau
groſſiſſait tous les jours.

CHAPITRE XIX.

Des principales impoſtures des premiers chrétiens.

Une des plus anciennes impoſtures de ces novateurs
énergumènes, fut le teſtament des douze patriarches,
que nous avons encore tout entier en grec de la traduction de *Jean* ſurnommé *St Chryſoſtôme*. Cet ancien
livre, qui eſt du premier ſiècle de notre ère, eſt viſible-
ment d'un chrétien, puiſqu'on y fait dire à *Lévi*, à
l'article 8 de ſon teſtament : *Le troiſième aura un nom
nouveau, parce qu'il ſera un roi de Juda, & qu'il ſera
peut-être d'un nouveau ſacerdoce pour toutes les nations &c ;*
ce qui déſigne JESUS-CHRIST qui n'a jamais pu être
déſigné que par de telles impoſtures. On fait encore

prédire clairement ce JESUS dans tout l'article 18, après avoir fait dire à *Lévi*, dans l'article 17, que les prêtres des Juifs font le péché de la chair avec des bêtes. (*a*)

On suppofa le teftament de *Moïfe*, d'*Enoch*, & de *Jofeph*, leur afcenfion ou affomption dans le ciel, celle de *Moïfe*, d'*Abraham*, d'*Elda*, de *Moda*, d'*Elie*, de *Sophonie*, de *Zacharie*, d'*Habacuc*.

On forgea, dans le même temps, le fameux livre d'*Enoch*, qui eft le feul fondement de tout le myftère du chriftianifme, puifque c'eft dans ce feul livre qu'on trouve l'hiftoire des anges (*b*) révoltés qui ont péché. Il eft démontré que les écrits attribués aux apôtres ne furent compofés qu'après cette fable d'*Enoch*, écrite en grec par quelque chrétien d'Alexandrie : *Jude*, dans fon épître, cite cet *Enoch* plus d'une fois ; il rapporte fes propres paroles ; il eft affez dépourvu de fens pour affurer qu'*Enoch*, *feptième homme après Adam*, *a écrit des prophéties*.

Voilà donc ici deux impoftures groffières avérées, celle du chrétien qui fuppofe des livres d'*Enoch*, & celle du chrétien qui fuppofe l'épître de *Jude*, dans laquelle les paroles d'*Enoch* font rapportées ; il n'y eut jamais un menfonge plus groffier.

Il eft très-inutile de rechercher quel fut le principal auteur de ces menfonges qui s'accréditèrent infenfible-ment ; mais il y a quelque apparence que ce fut un nommé *Hégéfippe* dont les fables eurent beaucoup de

(*a*) C'eft une chofe étonnante qu'il foit toujours parlé de la beftialité chez les Juifs. Nous n'avons dans les auteurs romains qu'un vers de *Virgile* & des paffages d'*Apulée* où il foit queftion de cette infamie.

(*b*) La fable du péché des anges vient des Indes dont tout nous eft venu ; elle fut connue des juifs d'Alexandrie, & des chrétiens qui l'adoptèrent.

cours, & qui eft cité par *Tertullien*, & enfuite copié
par *Eusèbe*. C'eft cet *Hégéfippe* qui rapporte que *Jude*
était de la race de *David*, que fes petits-fils vivaient
fous l'empereur *Domitien*. Cet empereur, fi on le croit,
fut très-effrayé d'apprendre qu'il y avait des defcendans de ce grand roi *David*, lefquels avaient un droit
incontestable au trône de Jérufalem, & par conféquent
au trône de l'univers entier. Il fit venir devant lui ces
illuftres princes; mais ayant vu qu'ils étaient des gueux
il les renvoya fans leur faire de mal.

Pour *Jude* leur grand-prêtre, qu'on met au rang des
apôtres, on l'appelle tantôt *Thadée* & tantôt *Lebbée*,
comme nos coupeurs de bourfes qui ont toujours deux
ou trois noms de guerre.

La prétendue lettre de JESUS-CHRIST à un prétendu
roitelet de la ville d'Edeffe, qui n'avait point alors de
roitelet, le voyage de ce même *Thadée* auprès de ce
roitelet, furent quatre cents ans en vogue chez les
premiers chrétiens.

Quiconque écrivait un évangile, ou quiconque fe
mêlait d'enfeigner fon petit troupeau naillant, impu-
tait à JESUS des difcours & des actions dont nos quatre
évangiles ne parlent pas. C'eft ainfi que dans les Actes
des apôtres, au chapitre 20, *Paul* cite ces paroles de
JESUS : *Macarion efti didonaï mallon i lambanein* : Il vaut
mieux donner que de recevoir. Ces paroles ne fe
trouvent ni dans *Matthieu*, ni dans *Marc*, ni dans *Luc*,
ni dans *Jean*.

Les voyages de *Pierre*, l'apocalypfe de *Pierre*, les
actes de *Pierre*, les actes de *Paul*, de *Thècle*, les lettres
de *Paul* à *Sénèque* & de *Sénèque* à *Paul*, les actes de
Pilate, les lettres de *Pilate*, font affez connus des favans;

& ce n'eft pas la peine de fouiller dans ces archives du menfonge & de la bêtife.

On a poufé le ridicule jufqu'à écrire l'hiftoire de *Claudia Procula* femme de *Pilate*.

Un malheureux nommé *Abdias*, qui pafa inconteftablement pour avoir vécu avec JESUS-CHRIST, & pour avoir été un des plus fameux difciples des apôtres, eft celui qui nous a fourni l'hiftoire du combat de *Pierre* avec *Simon* le prétendu magicien, fi célébre chez les premiers chrétiens. C'eft fur cette feule impofture que s'eft établie la croyance que *Pierre* eft venu à Rome; c'eft à cette fable que les papes doivent toute leur grandeur; & cela feul rendrait cette grandeur précaire bien ridicule, fi une foule de crimes ne l'avait rendue abominable.

Voici donc ce que raconte cet *Abdias* qui fe prétend témoin oculaire. *Simon Pierre* étant venu à Rome fous *Néron*, *Simon* le magicien y vint aufi. Un jeune homme, proche parent de *Néron*, mourut; il fallait bien reffufciter un parent de l'empereur; les deux *Simons* s'offrirent pour cette affaire. *Simon* le magicien y mit la condition qu'on ferait mourir celui des deux qui ne pourrait pas réuffir. *Simon Pierre* l'accepta, & l'autre *Simon* commença fes opérations; le mort branla la tête; tout le peuple jeta des cris de joie. *Simon Pierre* demanda qu'on fît filence, & dit : Meffieurs, fi le défunt eft en vie, qu'il ait la bonté de fe lever, de marcher, & de caufer avec nous; le mort s'en donna bien de garde; alors *Pierre* lui dit de loin : *Mon fils, levez-vous, notre Seigneur* JESUS-CHRIST *vous guérit.* Le jeune homme fe leva, parla, & marcha; & *Simon Barjone* le rendit à fa mère. *Simon* fon adverfaire alla fe plaindre à *Néron*, & lui dit que *Pierre* n'était qu'un miférable charlatan & un ignorant. *Pierre* comparut devant l'empereur, & lui dit à l'oreille : Croyez-moi, j'en fais plus que lui, & pour vous le prouver, faites-moi donner fecrétement deux pains d'orge; vous verrez que je devinerai fes penfées, & qu'il ne devinera pas les miennes. On apporte à *Pierre* ces deux pains, il les cache dans fa manche. Auffitôt *Simon* fit paraître deux gros chiens qui étaient fes anges tutélaires : ils voulurent dévorer *Pierre*, mais le madré leur jeta fes deux pains ; les chiens les mangèrent & ne firent nul mal à l'apôtre. Hé bien, dit *Pierre*, vous voyez que je connaiffais fes penfées, & qu'il ne connaiffait pas les miennes.

Le magicien demanda fa revanche; il promit qu'il volerait dans les airs comme *Dédale;* on lui affigna un jour; il vola en effet; mais S*t* *Pierre* pria DIEU avec tant de larmes, que *Simon* tomba & fe caffa le cou. *Néron* indigné d'avoir perdu un fi bon machinifte par les prières de *Simon Pierre*, ne manqua pas de crucifier ce juif la tête en bas.

Qui croirait que cette hiftoire eft contée par trois chrétiens contemporains? *Abdias* & *Hégéfippe* la rapportent tout au long. Un nommé *Marcel* l'écrivit auffi, mais il met *Paul* de la partie; il ajoute feulement que *Simon*, pour convaincre l'empereur de fon favoir-faire, dit à l'empereur: Faites-moi le plaifir de me couper la tête, & je vous promets de reffufciter le troifième jour. L'empereur effaya la chofe ; on coupa la tête au magicien, qui reparut le troifième jour devant *Néron* avec la plus belle tête du monde fur fes épaules.

Que le lecteur maintenant faffe une réflexion avec moi; je fuppofe que les trois imbécilles *Abdias*,

Hégéfippe, & *Marcel*, qui racontent ces pauvretés, euffent été moins mal-adroits , qu'ils euffent inventé des contes plus vraifemblables fur les deux *Simons* , ne feraient-ils pas regardés aujourd'hui comme des pères de l'Eglife irréfragables ? Tous nos docteurs ne les citeraient-ils pas tous les jours comme d'irréprochables témoins ? ne prouveraient-ils pas la vérité de leurs écrits par leur conformité avec les Actes des apôtres , & la vérité des Actes des apôtres par ces mêmes écrits d'*Abdias* , d'*Hégéfippe*, & de *Marcel*? Leurs hiftoires font affurément auffi authentiques que les Actes des apôtres & les Evangiles ; elles font parvenues jufqu'à nous de fiècle en fiècle par la même voie, & il n'y a pas plus de raifon de rejeter les unes que les autres.

Je paffe fous filence le refte de cette hiftoire, les beaux faits d'*André* , de *Jacques* le majeur, de *Jean* , de *Jacques* le mineur, de *Matthieu*, & de *Thomas*. Lira qui voudra ces inepties. Le même fanatifme , la même imbécillité , les ont toutes dictées , mais un ridicule trop long eft trop infipide. (*c*)

(*c*) Milord *Bolingbroke* a bien raifon. C'eft ce mortel ennui qu'on éprouve à la lecture de tous ces livres , qui les fauve de l'examen auquel ils ne pourraient réfifter. Où font les magiftrats , les guerriers , les négocians, les cultivateurs , les gens de lettres même, qui aient jamais feulement entendu parler des geftes du bienheureux apôtre *André* , de la lettre de *faint Ignace* le martyr à la vierge *Marie* , & de la réponfe de la vierge ? Connaîtrait-on même un feul des livres juifs & des premiers chrétiens, fi des hommes gagés pour les faire valoir n'en rebattaient pas continuellement nos oreilles , s'ils ne s'étaient pas fait un patrimoine de notre crédulité ? Y a-t-il rien au monde de plus ridicule & de plus groffier que la fable du voyage de *Simon Barjone* à Rome ? c'eft cependant fur cette impertinence qu'eft fondé le trône du pape : c'eft ce qui a plongé tous les évêques de fa communion dans fa dépendance. C'eft ce qui fait qu'ils s'intitulent évêques par la permiffion du St Siège , quoiqu'ils foient égaux à lui par les lois de leur Eglife. C'eft enfin ce qui a donné aux papes les domaines des empereurs en Italie. C'eft ce qui a dépouillé trente feigneurs italiens pour enrichir cette idole.

CHAPITRE

C H A P I T R E   X X.

Des dogmes & de la métaphyfique des chrétiens des premiers fiècles.

D E   J U S T I N.

*J*USTIN, qui vivait fous les *Antonins* , eſt un des premiers qui ait eu quelque teinture de ce qu'on appelait philoſophie; il fut auſſi un des premiers qui donnèrent du crédit aux oracles des ſibylles , à la Jéruſalem nouvelle, & au féjour que JESUS-CHRIST devait faire ſur la terre pendant mille ans. Il prétendit que toute la ſcience des Grecs venait des Juifs. Il certifie, dans ſa feconde apologie pour les chrétiens, que les dieux n'étaient que des diables qui venaient, en forme d'incubes & de ſuccubes, coucher avec les hommes & avec les femmes, & que *Socrate* ne fut condamné à la ciguë que pour avoir prêché aux Athéniens cette vérité.

On ne voit pas que perfonne avant lui ait parlé du myſtère de la Trinité, comme on en parle aujourd'hui. Si l'on n'a pas falfifié fon ouvrage , il dit nettement dans fon expoſition de la foi, *qu'au commencement il n'y eut qu'un* D I E U *en trois perfonnes, qui font le Père , le Fils , & le St Efprit; que le Père n'eſt pas engendré, & que le St Efprit procède.* (a) Mais pour

(a) Il eſt très-vraifemblable que ces paroles ont été en effet ajoutées au texte de *Juſtin;* car comment fe pourrait-il que *Juſtin* , qui vivait ſi long-temps avant *Laĉtance*, eût parlé ainſi de la Trinité , & que *Laĉtance* n'eût jamais parlé que du Père & du Fils ?
Au reſte, il eſt clair que les chrétiens n'ont jamais mis en avant ce

expliquer cette Trinité d'une manière différente de *Platon*, il compare la Trinité à *Adam*. *Adam*, dit-il, ne fut point engendré; *Adam* s'identifie avec ses des- cendans; ainsi le Père s'identifie avec le Fils & le St Esprit. Ensuite ce *Justin* écrivit contre *Ariftote*; & on peut affurér que, si *Ariftote* ne s'entendait pas, *Juftin* ne l'entendait pas davantage.

Il affure, dans l'article XLIII de ses réponses aux orthodoxes, que les hommes & les femmes res- suscitéront avec les parties de la génération, attendu que ces parties les feront continuellement souvenir que sans elles ils n'auraient jamais connu JESUS- CHRIST, puisqu'ils ne feraient pas nés. Tous les pères, sans exception, ont raisonné à-peu-près comme *Juftin*; & pour mener le vulgaire, il ne faut pas de meilleurs raisonnemens. *Locke* & *Newton* n'auraient point fait de religion.

Au reste ce *Juftin*, & tous les pères qui le suivirent, croyaient, comme *Platon*, à la préexistence des ames; & en admettant que l'ame est spirituelle, une espèce de vent, de souffle, d'air invisible, ils la fesaient en effet un composé de matière subtile. *L'ame est manifefte- ment compofée*, dit *Tatien* dans son discours aux Grecs; *car comment pourrait-elle fe faire connaître fans corps?* *Arnobe* parle encore bien plus positivement de la corpo- ralité des ames. ,, Qui ne voit, dit-il, que ce qui est ,, immortel & simple, ne peut souffrir aucune dou- ,, leur? L'ame n'est autre chose que le ferment de la ,, vie, l'électuaire d'une chose diffoluble: ,, *fermentum vitæ, rei diffociabilis glutinum.*

dogme de la Trinité, qu'à l'aide des platoniciens de leur sèe. La Trinité est un dogme de *Platon*, & n'est certainement pas un dogme de JESUS qui n'en avait jamais entendu parler dans son village.

CHAPITRE XXI.

De Tertullien.

L'AFRICAIN *Tertullien* parut après *Juſtin*. Le méta-
phyſicien *Mallebranche*, homme célébre dans ſon pays,
lui donne ſans détour l'épithète de fou ; & les écrits
de cet africain juſtifient *Mallebranche*. Le ſeul ouvrage
de *Tertullien* qu'on liſe aujourd'hui, eſt ſon apologie
pour la religion chrétienne. *Abadie*, *Houteville*, (a) la
regardent comme un chef-d'œuvre, ſans qu'ils en citent
aucun paſſage. Ce chef-d'œuvre conſiſte à injurier les
Romains au lieu de les adoucir ; à leur imputer des
crimes, & à produire avec pétulance des aſſertions
dont il n'apporte pas la plus légère preuve.

Il reproche aux Romains (chap. IX) que les
peuples de Carthage immolaient encore quelquefois
des enfans à *Saturne*, malgré les défenſes expreſſes des
empereurs ſous peine de la vie. (b) C'était une occaſion
de louer la ſageſſe romaine, & non pas de l'inſulter.

(a) *Abadie* & *Houteville* n'étaient-ils pas auſſi fous que *Tertullien* ?

(b) Peut-on rien voir de plus ridicule que ce reproche de *Tertullien* aux
Romains, de ce que les Carthaginois ont éludé la ſageſſe & la bonté de
leurs lois en immolant des enfans ſecrètement ?

Mais ce qu'il y a de plus horrible, c'eſt qu'il prétend dans ce même
chap. IX, que pluſieurs dames romaines avalaient le ſperme de leurs amans.
Quel rapport cette étrange impudicité pouvait-elle avoir avec la religion ?

Tertullien était réellement fou ; ſon livre du manteau en eſt un aſſez bon
témoignage. Il dit qu'il a quitté la robe pour le manteau, parce que les
ſerpens changent leur peau, & les paons leurs plumes. C'eſt avec de pareilles
raiſons qu'il prouve ſon chriſtianiſme. Le fanatiſme ne veut pas de meilleurs
raiſonnemens.

Il leur reproche les combats des gladiateurs qu'on fefait combattre contre des animaux farouches, en avouant qu'on n'expofait ainfi que des criminels condamnés à la mort. C'était un moyen qu'on leur donnait de fauver leur vie par leur courage. Il fallait encore en louer les Romains : c'étaient les combats des gladiateurs volontaires qu'il eût dû condamner, & c'eft de quoi il ne parle pas.

Il s'emporte (chap. XXIII) jufqu'à dire : *Amenez-moi votre vierge célefte qui promet des pluies, & votre Efculape qui conferve la vie à ceux qui la doivent perdre quelque temps après : s'ils ne confeffent pas qu'ils font des diables, (n'ofant mentir devant un chrétien,) verfez le fang de ce chrétien téméraire; qu'y a-t-il de plus manifefte? qu'y a-t-il de plus prouvé?*

A cela tout lecteur fage répond, qu'y a-t-il de plus extravagant & de plus fanatique que ce difcours? Comment des ftatues auraient-elles avoué au premier chrétien venu qu'elles étaient des diables? en quel temps, en quel lieu a-t-on vu un pareil prodige? Il fallait que *Tertullien* fût bien fûr que les Romains ne liraient pas fa ridicule apologie, & qu'on ne lui donnerait pas des ftatues d'Efculape à exorcifer, pour qu'il ofât avancer de telles abfurdités.

Son chapitre trente-deuxième, qu'on n'a jamais remarqué, eft très-remarquable. *Nous prions* DIEU, dit-il, *pour les empereurs & pour l'empire; mais c'eft que nous favons que la diffolution générale qui menace l'univers & la confommation des fiècles en fera retardée.*

Miférable! tu n'aurais donc pas prié pour tes maîtres, fi tu avais cru que le monde dût fubfifter encore.

Que *Tertullien* veut-il dire dans son latin absolument barbare ? Entend-il le règne de mille ans ? entend-il la fin du monde annoncée par *Luc* & par *Paul*, & qui n'était point arrivée ? entend-il qu'un chrétien peut par sa prière empêcher DIEU de mettre fin à l'univers, quand DIEU a résolu de briser son ouvrage ? N'est-ce pas là l'idée d'un énergumène, quelque sens qu'on puisse lui donner ?

Une observation beaucoup plus importante, c'est qu'à la fin du second siècle, il y avait déjà des chrétiens très-riches. Il n'est pas étonnant qu'en deux cents années, leurs missionnaires ardens & infatigables eussent attiré enfin à leur parti des gens d'honnêtes familles. Exclus des dignités, parce qu'ils ne voulaient pas assister aux cérémonies instituées pour la prospérité de l'empire, ils exerçaient le négoce comme les presbytériens & autres non-conformistes ont fait en France, & font chez nous ; ils s'enrichissaient. Leurs agapes étaient de grands festins ; on leur reprochait déjà le luxe & la bonne chère. *Tertullien* en convient (chap. XXXIX.) ,,Oui, dit-il , mais dans les ,, mystères d'Athènes & d'Egypte , ne fait-on pas ,, bonne chère aussi ? quelque dépense que nous ,, fassions , elle est utile & pieuse, puisque les pauvres ,, en profitent. ,, *Quantiscumque sumptibus constet , lucrum est pietatis, siquidem inopes refrigerio isto juvamus.*

Enfin le fougueux *Tertullien* se plaint de ce qu'on ne persécute pas les philosophes , & de ce qu'on réprime les chrétiens, (ch. XLVI.) ,,Y a-t-il quelqu'un ,,dit-il, qui force un philosophe à sacrifier , à jurer par ,,vos Dieux ? ,, *Quis enim philosophum sacrificare aut deje-rare* &c. Cette différence prouve évidemment que les

F 3

philofophes n'étaient pas dangereux, & que les chrétiens l'étaient. Les philofophes fe moquaient avec
tous les magiftrats, des fuperftitions populaires; mais
ils ne fefaient pas un parti, une faction dans l'empire;
& les chrétiens commençaient à compofer une faction
fi dangereufe, qu'à la fin elle contribua à la deftruction
de l'empire romain. On voit par ce feul trait, qu'ils
auraient été les plus cruels perfécuteurs, s'ils avaient
été les maîtres : leur fecte infociable, intolérante,
n'attendait que le moment d'être en pleine liberté
pour ravir la liberté au refte du genre-humain.

Déjà *Rutilius*, préfet de Rome, (*c*) difait de cette
faction demi-juive & demi-chrétienne :

> *Atque utinam numquam Judæa fubacta fuiffet,*
> *Pompeii armis imperioque Titi.*
> *Latiùs excifæ peftis contagia ferpunt;*
> *Victorefque fuos natio victa premit.*

Plût aux Dieux que Titus, plût aux Dieux que Pompée,
N'euffent jamais dompté cette infame Judée !
Ses poifons parmi nous en font plus répandus :
Les vainqueurs opprimés vont céder aux vaincus.

(*e*) Milord *Bolingbroke* fe trompe ici. *Rutilius* vivait plus d'un fiècle
après *Juftin* ; mais cela même prouve combien tous les honnêtes romains
étaient indignés des progrès de la fuperftition. Elle fit des progrès prodigieux au troifième fiècle ; elle devint un état dans l'état ; & ce fut une
très-grande politique dans *Conftance Clore* & dans fon fils, de fe mettre à
la tête d'une faction devenue fi riche & fi puiffante. Il n'en était pas de
même du temps de *Tertullien*. Son apologétique, faite par un homme fi
obfcur en Afrique, ne fut pas plus connue des empereurs, que les fatras
de nos presbytériens n'ont été connus de la reine *Anne*. Aucun romain
n'a parlé de ce *Tertullien*. Tout ce que les chrétiens d'aujourd'hui débitent
avec tant de fafte, était alors très-ignoré. Cette faction a prévalu ; à la

On voit par ces vers que les chrétiens ofaient étaler le dogme affreux de l'intolérance ; ils criaient par - tout qu'il fallait détruire l'ancienne religion de l'empire ; & on entrevoyait qu'il n'y avait plus de milieu entre la néceffité de les exterminer, ou d'être bientôt exterminé par eux. Cependant telle fut l'indulgence du fénat, qu'il y eut très-peu de condamnations à mort, comme l'avoue *Origène* dans fa réponfe à *Celfe* au livre III.

Nous ne ferons pas ici une analyfe des autres écrits de *Tertullien* : nous n'examinerons point fon livre qu'il intitule *le Scorpion*, parce que les gnoftiques piquent, à ce qu'il prétend, comme des fcorpions ; ni fon livre fur les manteaux, dont *Mallebranche* s'eft affez moqué. Mais ne paffons pas fous filence fon ouvrage fur l'ame : non-feulement il cherche à prouver qu'elle eft matérielle, comme l'ont penfé tous les pères des trois premiers fiècles ; non - feulement il s'appuie de l'autorité du poëte *Lucrèce : Tangere enim ac tangi nifi corpus nulla poteft res ;* mais il affure que l'ame eft figurée & colorée. Voilà les champions de l'Eglife ; voilà fes pères. Au refte, n'oublions pas qu'il était prêtre & marié : ces deux états n'étaient pas encore des facremens, & les évêques de Rome ne défendirent le mariage aux prêtres que quand ils furent affez puiffans & affez ambitieux pour avoir dans une partie de l'Europe une milice qui, étant fans famille & fans patrie, fût plus foumife à fes ordres.

bonne heure ; il faut bien qu'il y en ait une qui l'emporte fur les autres dans un pays. Mais que du moins elle ne foit point tyrannique ; ou fi elle veut toujours ravir nos biens & fe baigner dans notre fang, qu'on mette un frein à fon avarice & à fa cruauté.

F 4

CHAPITRE XXII.

De Clément d'Alexandrie.

CLEMENT, prêtre d'Alexandrie, appelle toujours les chrétiens *gnofliques*. Etait-il d'une de ces fectes qui divifèrent les chrétiens, & qui les diviferont toujours? ou bien les chrétiens prenaient-ils alors le titre de *gnofliques*? Quoi qu'il en foit, la feule chofe qui puiffe inftruire & plaire dans fes ouvrages, c'eft cette profufion de vers d'*Homère*, & même d'*Orphée*, de *Mufée*, d'*Héfiode*, de *Sophocle*, d'*Euripide*, & de *Ménandre*, qu'il cite à la vérité mal-à-propos, mais qu'on relit toujours avec plaifir. C'eft le feul des pères des trois premiers fiècles, qui ait écrit dans ce goût; il étale dans fon exhortation aux nations & dans fes ftromates, une grande connaiffance des anciens livres grecs, & des rites afiatiques & égyptiens; il ne raifonne guère, & c'eft tant mieux pour le lecteur.

Son plus grand défaut eft de prendre toujours des fables inventées par des poëtes & par des romanciers pour le fond de la religion des gentils, défaut commun aux autres pères, & à tous les écrivains polémiques. Plus on impute de fottifes à fes adverfaires, plus on croit en être exempt; ou plutôt on fait compenfation de ridicule. On dit: Si vous trouvez mauvais que notre JESUS foit fils de DIEU, vous avez votre *Bacchus*, votre *Hercule*, qui font fils de DIEU: fi notre JESUS a été tranfporté par le diable fur une montagne, vos géans ont jeté des montagnes à la tête de *Jupiter*.

Si vous ne voulez pas croire que notre JESUS ait changé l'eau en vin dans une noce de village, nous ne croirons pas que les filles d'*Anius* aient changé tout ce qu'elles touchaient en blé, en vin, & en huile. Le parallèle eft très-long & très-exact des deux côtés.

Le plus fingulier miracle de toute l'antiquité païenne, que rapporte *Clément* d'Alexandrie dans fon exhortation, c'eft celui de *Bacchus* aux enfers. *Bacchus* ne favait pas le chemin ; un nommé *Polimnus*, que *Paufanias* & *Higin* appellent autrement, s'offrit à le lui enfeigner, à condition qu'à fon retour, *Bacchus* (qui était fort joli) le payerait en faveurs, & qu'il fouffrirait de lui ce que *Jupiter* fit à *Ganiméde*, & *Apollon* à *Hyacinthe*. *Bacchus* accepta le marché ; il alla aux enfers ; mais à fon retour, il trouva *Polimnus* mort ; il ne voulut pas manquer à fa promeffe ; & rencontrant un figuier auprès du tombeau de *Polimnus*, il tailla une branche bien proprement en priape, il fe l'enfonça au nom de fon bienfaiteur dans la partie deftinée à remplir fa promeffe, & n'eut rien à fe reprocher.

De pareilles extravagances, communes à prefque toutes les anciennes religions, prouvent invinciblement que quiconque s'eft écarté de la vraie religion, de la vraie philofophie, qui eft l'adoration d'un Dieu fans aucun mélange, quiconque, en un mot, s'eft pu livrer aux fuperftitions, n'a pu dire que des chofes infenfées.

Mais en bonne foi ces fables miléfiennes étaient-elles la religion romaine ? Le fénat a-t-il jamais élevé un temple à *Bacchus* fe fodomifant lui-même ? *Ganiméde* a-t-il eu des temples ? *Adrien*, à la vérité, fit ériger un temple à fon ami *Antinoüs*, comme *Alexandre* à

Epheſtion; mais les honorait-on en qualité de gitons? Y a-t-il une médaille, un monument dont l'inſcription fût à *Antinoüs* pédéraſte? Les pères de l'Egliſe s'égayaient aux dépens de ceux qu'ils appelaient gentils : mais que les gentils avaient de repréſailles à faire! & qu'un prétendu *Joſeph* mis dans la grande confrérie par un ange ; & qu'un Dieu charpentier dont les aïeules étaient des adultères, des inceſtueuſes, des proſtituées ; & qu'un *Paul* voyageant au troiſième ciel; & qu'un mari & ſa femme frappés de mort pour n'avoir pas donné tout leur bien à *Simon Barjone*, fourniſſaient aux gentils de terribles armes! les anges de Sodome ne valent-ils pas bien *Bacchus* & *Polimnus*?

Le bon ſens eſt le même dans ce *Clément* que dans tous ſes confrères. (*a*) DIEU, ſelon lui, a fait le monde en ſix jours, & s'eſt repoſé le ſeptième, parce qu'il y a ſept étoiles errantes ; parce que la petite ourſe eſt compoſée de ſept étoiles, ainſi que les pléïades ; parce qu'il y a ſept principaux anges ; parce que la lune change de face tous les ſept jours ; parce que le ſeptième jour eſt critique dans les maladies. C'eſt-là ce qu'ils appellent la vraie philoſophie, *tein aletein philoſophian gnoſtiken.* Voilà, encore une fois, les gens qui ſe préfèrent à *Platon* & à *Cicéron;* & il nous faudra révérer aujourd'hui tous ces obſcurs pédans, que l'indulgence des Romains laiſſait débiter leurs rêveries fanatiques dans Alexandrie, où les dogmes du chriſtianiſme ſe formèrent principalement?

(*a*) Stromat. VI.

CHAPITRE XXIII.

D'Irénée.

IRENÉE, à la vérité, n'a ni science, ni philosophie, ni éloquence; il se borne presque toujours à répéter ce que disaient *Justin*, *Tertullien*, & les autres; il croit avec eux que l'ame est une figure légère & aérienne; il est persuadé du règne de mille ans dans une nouvelle Jérusalem descendue du ciel en terre. On voit dans son cinquième livre, ch. XXXIII, quelle énorme quantité de farine produira chaque grain de blé, & combien de futailles il faudra pour chaque grappe de raisin dans cette belle ville; (*a*) il attend l'antechrist au bout de ces mille années, & explique merveilleusement le chiffre 666, qui est la marque de la bête. Nous avouons qu'en tout cela il ne diffère point des autres pères de l'Eglise.

Mais une chose assez importante, & qu'on n'a peut-être pas assez relevée, c'est qu'il assure que JESUS est mort à cinquante ans passés, & non pas à trente & un, ou à trente-trois, comme on peut l'inférer des évangiles.

Irénée (*b*) atteste les évangiles pour garants de cette opinion; il prend à témoins tous les vieillards qui ont vécu avec *Jean*, & avec les autres apôtres; il déclare

(*a*) Chaque sep produisait dix mille grappes, chaque grappe dix mille raisins, chaque raisin dix mille amphores.

(*b*) *Irénée*, liv. II, chap. XXII, édition de Paris 1710.

positivement qu'il n'y a que ceux qui sont venus trop tard pour connaître les apôtres, qui puissent être d'une opinion contraire. Il ajoute même, contre sa coutume, à ces preuves de fait un raisonnement assez concluant.

L'évangile de *Jean* fait dire à JESUS : *Votre père Abraham a été exalté pour voir mes jours ; il les a vus, & il s'en est bien réjoui :* & les Juifs lui répondirent : ,, Es-tu fou? tu n'as pas encore cinquante ans, & tu ,, te vantes d'avoir vu notre père *Abraham ?* ,,

Irénée conclut de-là que JESUS était près de sa cinquantième, quand les Juifs lui parlaient ainsi. En effet, si JESUS avait été alors âgé de trente années au plus, on ne lui aurait pas parlé de cinquante années. Enfin, puisqu'*Irénée* appelle en témoignage tous les évangiles, & tous les vieillards qui avaient ces écrits entre les mains, les évangiles de ce temps-là n'étaient donc pas ceux que nous avons aujourd'hui. Ils ont été altérés comme tant d'autres livres. Mais puisqu'on les changea, on devait donc les rendre un peu plus raisonnables.

CHAPITRE XXIV.

D'Origène & de la Trinité.

CLEMENT d'Alexandrie avait été le premier savant parmi les chrétiens. *Origène* fut le premier philosophe. Mais quelle philosophie que celle de son temps ! Il fut au rang des enfans célébres, & enseigna de très-bonne heure dans cette grande ville d'Alexandrie où les chrétiens tenaient une école publique : les chrétiens n'en avaient point à Rome. Et en effet, parmi ceux qui prenaient le titre d'évêques de Rome, on ne compte pas un feul homme illuftre ; ce qui eft très-remar-quable. Cette Eglife, qui devint enfuite fi puiffante & fi fière, tint tout des Egyptiens & des Grecs.

Il y avait fans doute une grande dofe de folie dans la philofophie d'*Origène*, puifqu'il s'avifa de fe couper les tefticules. *Epiphane* a écrit qu'un préfet d'Alexandrie lui avait donné l'alternative, de fervir de *Ganimède* à un Ethiopien, ou de facrifier aux dieux, & qu'il avait facrifié pour n'être point fodomifé par un vilain Ethiopien. (*a*)

Si c'eft là ce qui le détermina à fe faire eunuque, ou fi ce fut une autre raifon, c'eft ce que je laiffe à examiner aux favans qui entreprendront l'hiftoire des eunuques ; je me borne ici à l'hiftoire des fottifes de l'efprit humain.

Il fut le premier qui donna de la vogue au *non-fens*, au galimatias de la Trinité qu'on avait oublié depuis *Juftin*. On commençait dès-lors chez les chrétiens à regarder le fils de *Marie* comme Dieu, comme une émanation du père, comme le premier *Eon*, comme identifié en quelque forte avec le père ; mais on n'avait pas fait encore un Dieu du St Efprit. On ne s'était pas avifé de falfifier je ne fais quelle épitre attribuée à *Jean*, dans laquelle on inféra ces paroles ridicules : *Il y en a trois qui donnent témoignage dans le ciel, le Père, le Verbe, & l'Efprit Saint.* Serait-ce ainfi qu'on devrait parler de trois fubftances ou perfonnes divines, compofant enfemble le D I E U créateur du monde ?

(*a*) Epiph. heref. 64, chap. II.

dirait-on qu'ils donnent témoignage ? D'autres exem-
plaires portent ces paroles plus ridicules encore :
*Il y en a trois qui rendent témoignage en terre, l'esprit,
l'eau, & le sang, & ces trois ne font qu'un.* (*b*) On ajouta
encore dans d'autres copies, *& ces trois font un en Jesus.*
Aucun de ces passages, tous différens les uns des
autres, ne se trouve dans les anciens manuscrits,
aucun des pères des trois premiers siècles ne les cite;
& d'ailleurs quel fruit en pourraient recueillir ceux
qui admettent ces falsifications ? comment pourront-ils
entendre que l'esprit, l'eau, & le sang, font la Trinité,
& ne font qu'un ? est-ce parce qu'il est dit que JESUS
sua sang & eau, & qu'il rendit l'esprit ? quel rapport
de ces trois choses à un Dieu en trois hypostases ?

La trinité de *Platon* était d'une autre espèce; on ne
la connaît guère; la voici telle qu'on peut la découvrir

(*b*) On se tourmente beaucoup pour savoir si ces paroles font de *Jean*,
ou si elles n'en font pas. Ceux des christicoles qui les rejettent, attestent
l'ancien manuscrit du vatican où elles ne se trouvent point. Ceux qui les
admettent se prévalent de manuscrits plus nouveaux. Mais sans entrer dans
cette discussion inutile, ou ces lignes font de *Jean*, ou elles n'en font pas.
Si elles en font, il fallait enfermer *Jean* dans le Bedlam de ces temps-là,
s'il y en avait un ; s'il n'en est pas l'auteur, elles sont d'un faussaire bien
sot & bien impudent.

Il faut avouer que rien n'était plus commun chez les premiers christicoles que les suppositions hardies. On ne pouvait en découvrir la fausseté,
tant ces œuvres de mensonge étaient rares, tant la faction naissante les
dérobait avec soin à ceux qui n'étaient pas initiés à leurs mystères.

Nous avons déjà remarqué que le crime le plus horrible aux yeux de
cette secte était de montrer aux gentils ce qu'elle appelait les saints livres.
Quelle abominable contradiction chez ces malheureux ! ils disaient : Nous
devons prêcher le christianisme dans toute la terre, & ils ne montraient à
personne les écrits dans lesquels ce christianisme est contenu. Que diriez-
vous d'une douzaine de gueux qui viendraient dans la salle de Westminster
réclamer le bien d'un homme mort dans le pays de Galles, & qui ne
voudraient pas montrer son testament ?

dans fon Timée. Le *Demiourgos* éternel eft la première caufe de tout ce qui exifte; fon idée archétipe eft la feconde; l'ame univerfelle, qui eft fon ouvrage, eft la troifième. Il y a quelque fens dans cette opinion de *Platon*. D i e u conçoit l'idée du monde, D i e u le fait, D i e u l'anime; mais jamais *Platon* n'a été affez fou pour dire que cela compofait trois perfonnes en D i e u. *Origène* était platonicien; il prit ce qu'il put de *Platon;* il fit une Trinité à fa mode. Ce fyftème refta fi obfcur dans les premiers fiècles, que *Lactance*, du temps de l'empereur *Conftantin*, parlant au nom de tous les chrétiens, expliquant la créance de l'Eglife, & s'adref-fant à l'empereur même, ne dit pas un mot de la Trinité; au contraire, voici comme il parle, au chap. XXIX. du liv. IV de fes inftitutions : *Peut-être quelqu'un me demandera comment nous adorons un feul Dieu, quand nous affurons qu'il y en a deux, le père & le fils; mais nous ne les diftinguons point, parce que le père ne peut pas être fans fon fils, & le fils fans fon père.*

Le St Efprit fut entièrement oublié par *Lactance*, & quelques années après on n'en fit qu'une commé-moration fort légère & par manière d'acquit au concile de Nicée; car après avoir fait la déclaration auffi folem-nelle qu'inintelligible de ce dogme fon ouvrage, que le fils eft confubftantiel au père, le concile fe contente de dire fimplement: *Nous croyons auffi au St Efprit.* (c)

(c) Quel malheureux équivoque que ce Saint Efprit, cet *agion pneuma* dont ces chrifticoles ont fait un troifième Dieu ! ce mot ne fignifiait que fouffle. Vous trouverez dans l'évangile attribué à *Jean*, chap XX, v. 22 : *Quand il dit ces chofes, il fouffla fur eux, & leur dit : recevez le Saint Efprit.*

Remarquez que c'était une ancienne cérémonie des magiciens de fouffler dans la bouche de ceux qu'ils voulaient enforceler. Voilà donc l'origine

On peut dire qu'*Origène* jeta les premiers fondemens de cette métaphyfique chimérique qui n'a été
qu'une fource de difcorde, & qui était abfolument
inutile à la morale. Il eft évident qu'on pouvait être
auffi honnête homme, auffi fage, auffi modéré, avec
une hypoftafe qu'avec trois, & que ces inventions
théologiques n'ont rien de commun avec nos devoirs.

Origène attribue un corps délié à D I E U, auffi-bien
qu'aux anges & à toutes les ames; & il dit que D I E U
le père & D I E U le fils font deux fubftances différentes;
que le père eft plus grand que le fils, le fils plus grand
que le St Efprit, & le St Efprit plus grand que les
anges. Il dit que le père eft bon par lui-même, mais
que le fils n'eft pas bon par lui-même; que le fils n'eft
pas la vérité par rapport à fon père, mais l'image de
la vérité par rapport à nous; qu'il ne faut pas adorer
le fils, mais le père; que c'eft au père feul qu'on doit
adreffer fes prières; que le fils apporta du ciel la chair
dont il fe revêtit dans le fein de *Marie*, & qu'en
montant au ciel, il laiffa fon corps dans le foleil.

Il avoue que la vierge *Marie*, en accouchant du fils
de D I E U, fe délivra d'un arrière-faix comme une
autre; ce qui l'obligea de fe purifier dans le temple
juif; car on fait bien que rien n'eft fi impur qu'un
arrière-faix. Le dur & pétulant *Jérôme* lui a reproché
aigrement, environ cent cinquante années après fa
mort, beaucoup d'opinions femblables qui valent bien
les opinions de *Jérôme*; car dès que les premiers chrétiens fe mêlèrent d'avoir des dogmes, ils fe dirent de

du troifième Dieu de ces énergumènes; y a-t-il rien au fond de plus blafphématoire & de plus impie; & les mufulmans n'ont-ils pas raifon de les
regarder comme d'infames idolâtres?

groffes

groffes injures, & annoncèrent de loin les guerres civiles qui devaient défoler le monde pour des argumens.

N'oublions pas qu'*Origène* fe fignala plus que tout autre en tournant tous les faits de l'écriture en allégories ; & il faut avouer que ces allégories font fort plaifantes. La graiffe des facrifices eft l'ame de JESUS-CHRIST : la queue des animaux facrifiés eft la perfévérance dans les bonnes œuvres. S'il eft dit dans l'Exode, chap. XXXIII, que DIEU met *Moïfe* dans la fente d'un rocher, afin que *Moïfe* voie le derrière de DIEU, mais non pas fon vifage ; cette fente de rocher eft JESUS-CHRIST, au travers duquel on voit DIEU le père par derrière. (*d*)

En voilà, je penfe, affez pour faire connaître les pères, & pour faire voir fur quels fondemens on a bâti l'édifice le plus monftrueux qui ait jamais déshonoré la raifon. Cette raifon a dit à tous les hommes : La religion doit être claire, fimple, univerfelle, à la portée de tous les efprits, parce qu'elle eft faite pour tous les cœurs ; fa morale ne doit point être étouffée fous le dogme ; rien d'abfurde ne doit la défigurer. En vain la raifon a tenu ce langage ; le fanatifme a crié plus haut qu'elle.

(*d*) C'était une très-ancienne croyance fuperftitieufe chez prefque tous les peuples, qu'on ne pouvait voir les Dieux tels qu'ils font, fans mourir. C'eft pourquoi *Sémélé* fut confumée pour avoir voulu coucher avec *Jupiter* tel qu'il était. Une de plus fortes contradictions innombrables dont tous les livres Juifs fourmillent, fe trouve dans ce verfet de l'Exode : » Tu ne » pourras voir que mon derrière. » Le livre des Nombres, chap. XII, dit expreffément que DIEU fe fefait voir à *Moïfe* comme un ami à un ami ; qu'il voyait DIEU face à face, & qu'ils fe parlaient bouche à bouchè.

Nos pauvres théologiens fe tirent d'affaire en difant qu'il faut entendre un paffage dans le fens propre, & l'autre dans un fens figuré. Ne faudrait-il pas leur donner des veffies de cochons par le nez, dans le fens figuré & dans le fens propre?

CHAPITRE XXV.

Des martyrs.

POURQUOI les Romains ne perfécutèrent - ils jamais pour leur religion, aucun de ces malheureux juifs abhorrés; ne les obligèrent-ils jamais de renoncer à leurs fuperftitions; leur laiffèrent-ils leurs rites & leurs lois ? & d'où vient que vers le troifième fiècle, ils traitèrent les chrétiens iffus des Juifs avec quelque févérité? n'eft-ce point parce que les Juifs, occupés de vendre des chiffons & des philtres, n'avaient pas la rage d'exterminer la religion de l'empire; & que les chrétiens intolérans étaient poffédés de cette rage ? (a)

On punit en effet au troifième fiècle quelques-uns des plus fanatiques; mais en fi petit nombre qu'aucun hiftorien romain n'a daigné en parler. Les Juifs révoltés fous *Veſpaſien*, fous *Trajan*, fous *Adrien*, furent toujours cruellement châtiés comme ils le

---

(a) Il n'y a rien certainement à répondre à cette affertion de milord *Bolingbroke*. Il eft démontré que les anciens Romains ne perfécutèrent perfonne pour fes dogmes. Cette exécrable horreur n'a jamais été commife que par les chrétiens, & furtout par les Romains modernes. Aujourd'hui même encore il y a dix mille juifs à Rome qui font très-protégés, quoiqu'on fache bien qu'ils regardent JESUS comme un impofteur. Mais fi un chrétien s'avife de crier dans l'églife de Saint-Pierre, ou dans la place Navone, que trois font trois, & que le pape n'eft pas infaillible, il fera brûlé infailliblement.

Je mets en fait que les chrétiens ne furent jamais perfécutés que comme des factieux deftructeurs des lois de l'empire ; & ce qui démontre qu'ils voulaient commettre ce crime, c'eft qu'ils l'ont commis.

méritaient : on leur défendit même d'aller dans leur petite ville de Jérusalem, dont on abolit jusqu'au nom, parce qu'elle avait été toujours le centre de la révolte ; mais il leur fut permis de circoncire leurs enfans sous les murs du capitole, & dans toutes les provinces de l'empire.

Les prêtres d'*Isis* furent punis à Rome sous *Tibère* ; leur temple fut démoli, parce que ce temple était un marché de prostitution, & un repaire de brigands : mais on permit aux prêtres & prêtresses d'*Isis* d'exercer leur métier par-tout ailleurs. Leurs troupes allaient impunément en procession de ville en ville ; ils fesaient des miracles, guérissaient les maladies, disaient la bonne aventure, dansaient la danse d'*Isis* avec des castagnettes. C'est ce qu'on peut voir amplement dans *Apulée*. Nous observerons ici que ces mêmes processions se font perpétuées jusqu'à nos jours. Il y a encore en Italie quelques restes de ces anciens vagabonds qu'on appelle *Zingari*, & chez nous *Gipsy*, qui est l'abrégé d'égyptien, & qu'on a, je crois, nommés *Bohèmes* en France. La seule différence entr'eux & les Juifs, c'est que les Juifs ayant toujours exercé le commerce comme les Banians, se sont maintenus ainsi que les Banians, & que les troupes d'*Isis* étant en très-petit nombre sont presque anéanties.

Les magistrats romains, qui donnaient tant de liberté aux Isiaques & aux Juifs, en usaient de même avec toutes les autres sectes du monde. Chaque dieu était bien venu à Rome. *Dignus Roma locus, quò deus omnis eat.* Tous les dieux de la terre étaient devenus citoyens de Rome. Aucune secte n'était assez folle pour vouloir subjuguer les autres ; ainsi toutes vivaient en paix.

La secte chrétienne fut la seule qui sur la fin du second siècle de notre ère, osât dire qu'elle voulait donner l'exclusion à tous les rites de l'empire, & qu'elle devait non-seulement dominer, mais écraser toutes les religions; les christicoles ne cessaient de dire que leur Dieu était un Dieu jaloux: belle définition de l'être des êtres, que de lui imputer le plus lâche des vices!

Les enthousiastes qui prêchaient dans les assemblées, formaient un peuple de fanatiques. Il était impossible que parmi tant de têtes échauffées, il ne se trouvât des insensés qui insultassent les prêtres des Dieux, qui troublassent l'ordre public, qui commissent des indécences punissables. C'est ce que nous avons vu arriver chez tous les sectaires de l'Europe, qui tous, comme nous le prouverons, ont eu infiniment plus de martyrs égorgés par nos mains, que les chrétiens n'en ont jamais eu sous les empereurs.

Les magistrats romains, excités par les plaintes du peuple, purent s'emporter quelquefois à des cruautés indignes; ils purent envoyer des femmes à la mort, quoiqu'assurément cette barbarie ne soit point prouvée. Mais qui osera reprendre les Romains d'avoir été trop sévères, quand on voit le chrétien *Marcel*, centurion, jeter sa ceinture militaire & son bâton de commandant au milieu des aigles romaines, en criant d'une voix séditieuse : *Je ne veux servir que* Jesus-Christ *le roi éternel ; je renonce aux empereurs.* Dans quelle armée aurait-on laissé impunie une insolence si pernicieuse? je ne l'aurais pas soufferte assurément dans le temps que j'étais secrétaire d'Etat de la guerre;

& le duc de *Marlborough* ne l'eût pas foufferte plus que moi.

S'il eft vrai que *Polyeucte* en Arménie, le jour où l'on rendait grâces aux Dieux dans le temple pour une victoire fignalée, ait choifi ce moment pour renverfer les ftatues, pour jeter l'encens par terre, n'eft-ce pas en tout pays le crime d'un infenfé?

Quand le diacre *Laurent* refufe au préfet de Rome de contribuer aux charges publiques; quand ayant promis de donner quelque argent du tréfor des chré- tiens, qui était confidérable, il n'amène que des gueux au lieu d'argent; n'eft-ce pas vifiblement infulter l'empereur? n'eft-ce pas être criminel de lèfe-majefté? Il eft fort douteux qu'on ait fait faire un gril de fix pieds pour cuire *Laurent*, mais il eft certain qu'il méritait punition.

L'ampoulé *Grégoire* de Nyffe fait l'éloge de S*t Théodore* qui s'avifa de brûler dans Amazée le temple de *Cibéle*, comme on dit qu'*Eroftrate* avait brûlé le temple de *Diane*. On a ofé faire un faint de cet incendiaire, qui certainement méritait le plus grand fupplice. On nous fait adorer ce que nous puniffons par le dernier fupplice.

Tous les martyres d'ailleurs, que tant d'écrivains ont copiés de fiècle en fiècle, reffemblent tellement à la légende dorée, qu'en vérité il n'y a pas un feul de ces contes qui ne faffe pitié. Un de ces premiers contes eft celui de *Perpétue* &, de *Félicité*. *Perpétue* vit une échelle d'or qui allait jufqu'au ciel. (*Jacob* n'en avait vu qu'une de bois; cela marque la fupériorité de la loi nouvelle.) *Perpétue* monte à l'échelle; elle voit dans un jardin un grand berger blanc qui trayait

G 3

fes brebis, & qui lui donne une cuillerée de lait caillé ; après trois ou quatre vifions pareilles , on expofe *Perpétue* & *Félicité* à un ours & à une vache.

Un bénédiĉtin français nommé *Ruinard* , croyant répondre à notre favant compatriote *Dodwel* , a recueilli de prétendus aĉtes de martyrs, qu'il appelle les *aĉtes fincéres*. *Ruinard* commence par le martyre de *Jacques* frère aîné de JESUS, rapporté dans l'hiftoire ecclé- fiaftique d'*Eufébe* , trois cents trente années après l'événement.

Ne ceffons jamais d'obferver que DIEU avait des frères hommes. Ce frère aîné, dit-on , était un juif très-dévot ; il ne ceffait de prier & de facrifier dans le temple juif, même après la defcente du St Efprit ; il n'était donc pas chrétien. Les Juifs l'appelaient *Oblia le jufte* : on le prie de monter fur la plate-forme du temple pour déclarer que JESUS était un impofteur : ces Juifs étaient donc bien fots de s'adreffer au frère de JESUS. Il ne manqua pas de déclarer fur la plate- forme que fon cadet était le fauveur du monde ; & il fut lapidé.

Que difons-nous de la converfation d'*Ignace* avec l'empereur *Trajan* , qui lui dit : *qui es-tu , efprit impur ?* & de la bienheureufe *Symphorofe* qui fut dénoncée à l'empereur *Adrien* par fes dieux lares ? & de *Polycarpe* à qui les flammes d'un bûcher n'ofèrent toucher , mais qui ne put réfifter au tranchant du glaive ? & du foulier de la martyre S*te* *Epipode* qui guérit un gentil- homme de la fièvre ?

Et de S*t* *Caffien* , maître d'école, qui fut feffé par fes écoliers ? & de S*te* *Potamienne* , qui n'ayant pas voulu coucher avec le gouverneur d'Alexandrie, fut plongée trois heures entières dans de la poix réfine bouillante, & en fortit avec la peau la plus blanche & la plus fine ?

Et de *Pionius*, qui refta fain & frais au milieu des flammes, & qui en mourut je ne fais comment ?

Et du comédien *Geneft*, qui devint chrétien en jouant une farce (b) devant l'empereur *Dioclétien*, & qui fut condamné par cet empereur dans le temps qu'il favorifait le plus les chrétiens ? Et d'une légion thébaine, laquelle fut envoyée d'Orient en Occident, pour aller réprimer la fédition de Bagaudes, qui était déjà réprimée ; & qui fut martyrifée toute entière dans un temps où l'on ne martyrifait perfonne, & dans un lieu où il n'eft pas poffible de mettre quatre cents hommes en bataille ; & qui enfin fut tranfmife au public par écrit, deux cents ans après cette belle aventure ?

Ce ferait un ennui infupportable de rapporter tous ces prétendus martyres. Cependant je ne peux m'empêcher de jeter encore un coup d'œil fur quelques martyrs des plus célèbres.

Nilus, témoin oculaire à la vérité, (mais qui eft inconnu, & c'eft grand dommage) affure que fon ami St *Théodote*, cabaretier de fon métier, fefait tous les miracles qu'il voulait. C'était à lui de changer l'eau en vin ; mais il aimait mieux guérir les malades en les touchant du bout du doigt. Le cabaretier

_____

(b) Il contrefefait le malade, difent les actes fincères. *Je fuis bien lourd*, difait *Geneft*. — *Veux-tu qu'on te faffe raboter ?* — *Non, je veux qu'on me donne l'extrême-onction des chrétiens.* Auffitôt deux acteurs l'oignirent, & il fut converti fur le champ. Vous remarquerez que du temps de *Dioclétien* l'extrême-onction était abfolument inconnue dans l'Eglife latine.

Théodote rencontra un curé de la ville d'Ancire dans un pré ; ils trouvèrent ce pré tout-à-fait propre à y bâtir une chapelle dans un temps de perſécution ; je le veux bien , dit le prêtre, mais il me faut des reliques. Qu'à cela ne tienne , dit le ſaint, vous en aurez bientôt ; & voilà ma bague que je vous donne en gage : il était bien ſûr de ſon fait , comme vous l'allez voir.

On condamna bientôt ſept vierges chrétiennes d'Ancire de ſoixante & dix ans chacune, à *être livrées aux brutales paſſions des jeunes gens de la ville.* La légende ne manque pas de remarquer que ces damoiſelles étaient très-ridées ; & ce qui eſt fort étonnant, c'eſt que ces jeunes gens ne leur firent pas la moindre avance , à l'exception d'un ſeul qui ayant en ſa perſonne *de quoi négliger ce point-là* , voulut tenter l'aventure , & s'en dégoûta bientôt. Le gouverneur extrêmement irrité que ces ſept vieilles n'euſſent pas ſubi le ſupplice qu'il leur deſtinait, les fit prêtreſſes de *Diane ;* ce que ces vierges chrétiennes acceptèrent ſans difficulté. Elles furent nommées pour aller laver la ſtatue de *Diane* dans le lac voiſin ; elles étaient toutes nues, car c'était ſans doute l'uſage que la chaſte *Diane* ne fût jamais ſervie que par des filles nues, quoiqu'on n'approchât jamais d'elle qu'avec un grand voile. Deux chœurs de ménades & de bacchantes , armées de thyrſes , précédaient le char , ſelon la remarque judicieuſe de l'auteur , qui prend ici *Diane* pour *Bacchus ;* mais comme il a été témoin oculaire , il n'y à rien à lui dire.

St *Théodote* tremblait que ces ſept vierges ne ſuccombaſſent à quelques tentations : il était en prières , lorſque ſa femme vint lui apprendre qu'on venait de jeter les fept vieilles dans le lac ; il remercia Dieu d'avoir ainfi fauvé leur pudicité. Le gouverneur fit faire une garde exacte autour du lac, pour empêcher les chrétiens, qui avaient coutume de marcher fur les eaux, de venir enlever leurs corps. Le faint cabaretier était au défefpoir : il allait d'églifes en églifes ; car tout était plein de belles églifes pendant ces affreufes perfécutions ; mais les païens rufés avaient bouché toutes les portes. Le cabaretier prit alors le parti de dormir : l'une des vieilles lui apparut dans fon premier fommeil ; c'était, ne vous déplaife, *Ste Thécufe*, qui lui dit en propres mots : *Mon cher Théodote, fouffrirez-vous que nos corps foient mangés par des poiffons ?*

Théodote s'éveille ; il réfout de repêcher les faintes du fond du lac au péril de fa vie. Il fait tant qu'au bout de trois jours, ayant donné aux poiffons le temps de les manger, il court au lac par une nuit noire avec deux braves chrétiens.

Un cavalier célefte fe met à leur tête, portant un grand flambeau devant eux pour empêcher les gardes de les découvrir : le cavalier prend fa lance, fond fur les gardes, les met en fuite ; c'était, comme chacun fait, *St Soziandre* ancien ami de *Théodote*, lequel avait été martyrifé depuis peu. Ce n'eft pas tout ; un orage violent mêlé de foudres & d'éclairs, & accompagné d'une pluie prodigieufe, avait mis le lac à fec. Les fept vieilles font repêchées & promptement enterrées.

Vous croyez bien que l'attentat de *Théodote* fut bientôt découvert ; le cavalier célefte ne put l'empêcher d'être fouetté & appliqué à la queftion. Quand *Théodote* eut été bien étrillé, il cria aux chrétiens &

aux idolâtres : Voyez, mes amis, de quelles grâces notre Seigneur Jesus comble ses serviteurs ; il les fait fouetter jusqu'à ce qu'ils n'aient plus de peau, & leur donne la force de supporter tout cela ; enfin il fut pendu.

Son ami *Fronton* le curé fit bien voir alors que le saint était cabaretier : car en ayant reçu précédemment quelques bouteilles d'excellent vin, il enivra les gardes & emporta le pendu, lequel lui dit : Monsieur le curé, je vous avais promis des reliques, je vous ai tenu parole.

Cette histoire admirable est une des plus avérées. Qui pourrait en douter après le témoignage du jésuite *Bollandus* & du bénédictin *Ruinard* ?

Ces contes de vieilles me dégoûtent ; je n'en parlerai pas davantage. J'avoue qu'il y eut en effet quelques chrétiens suppliciés en divers temps, comme des séditieux qui avaient l'insolence d'être intolérans & d'insulter le gouvernement. Ils eurent la couronne du martyre & la méritaient bien. Ce que je plains, c'est de pauvres femmes imbécilles, séduites par ces non-conformistes. Ils étaient bien coupables d'abuser de la facilité de ces faibles créatures & d'en faire des énergumènes ; mais les juges qui en firent mourir quelques-unes étaient des barbares.

Dieu merci, il y eut peu de ces exécutions. Les païens furent bien loin d'exercer sur ces énergumènes les cruautés que nous avons depuis si long-temps déployées les uns contre les autres. Il semble que surtout les papistes aient forgé tant de martyres imaginaires dans les premiers siècles, pour justifier les massacres dont leur Eglise s'est souillée.

Une preuve bien forte qu'il n'y eut jamais de grandes perfécutions contre les premiers chrétiens, c'eſt qu'Alexandrie, qui était le centre, le chef-lieu de la feĉte, eut toujours publiquement une école du chriſtianiſme ouverte, comme le lycée, le portique, & l'académie d'Athènes. Il y eut une fuite de profeſſeurs chrétiens. *Pantène* fuccéda publiquement à un *Marc*, qu'on a pris mal-à propos pour *Marc* l'apôtre. Après *Pantène* vient *Clément* d'Alexandrie, dont la chaire fut enfuite occupée par *Origène* qui laiſſa une foule de difciples. Tant qu'ils fe bornèrent à ergoter, ils furent paifibles ; mais lorfqu'ils s'élevèrent contre les lois & la police publique, ils furent punis. On les réprima furtout fous l'empire de *Décius* ; *Origène* même fut mis en prifon. *Cyprien* évêque de Carthage ne diſſimula pas que les chrétiens s'étaient attirés cette perfécution. " Chacun d'eux, *dit-il dans ſon livre des tombés*, court " après les biens & les honneurs avec une fureur " infatiable. Les évêques font fans religion, les " femmes fans pudeur ; la friponnerie règne ; on jure, " on fe parjure ; les animofités divifent les chrétiens ; " les évêques abandonnent les chaires pour courir " aux foires, & pour s'enrichir par le négoce ; enfin " nous nous plaifons à nous feuls, & nous déplaifons " à tout le monde. "

Il n'eſt pas étonnant que ces chrétiens euſſent de violentes querelles avec les partifans de la religion de l'empire, que l'intérêt entrât dans ces querelles, qu'elles cauſaſſent fouvent des troubles violens, & qu'enfin ils s'attiraſſent une perfécution. Le fameux jurif-confulte *Ulpien* avait regardé la feĉte comme une faĉtion très-dangereufe, qui pouvait un jour fervir à la ruine de l'Etat ; en quoi il ne fe trompa point.

CHAPITRE XXVI.

Des miracles.

Après les merveilles orientales de l'ancien Testament; après que dans le nouveau , Dieu emporté fur une montagne par le diable, en eft defcendu pour changer des cruches d'eau en cruches de vin , qu'il a féché un figuier , parce que ce figuier n'avait pas de figues fur la fin de l'hiver , qu'il a envoyé des diables dans le corps de deux mille cochons ; après , dis-je , qu'on a vu toutes ces belles chofes , il n'eft pas étonnant qu'elles aient été imitées.

Pierre-Simon Barjone a très-bien fait de reffufciter la couturière Dorcas ; c'eft bien le moins qu'on puiffe faire pour une fille qui raccommodait gratis les tuniques des fidelles. Mais je ne paffe point à Simon-Pierre Barjone d'avoir fait mourir de mort fubite Ananie & fa femme Saphire , deux bonnes créatures, qu'on fuppofe avoir été affez fottes pour donner tous leurs biens aux apôtres. Leur crime était d'avoir retenu de quoi fubvenir à leurs befoins preffans.

O Pierre ! ô apôtres défintéreffés ! quoi ! déjà vous perfuadez à vos dirigés de vous donner leur bien ! De quel droit raviffez-vous ainfi toute la fortune d'une famille ? Voilà donc le premier exemple de la rapine de votre fecte , & de la rapine la plus puniffable ! Venez à Londres faire le même manége , & vous verrez fi les héritiers de Saphire & d'Ananie ne vous feront pas rendre gorge , & fi le grand juré vous laiffera impunis. Mais ils ont donné leur argent de bon gré! Mais vous les avez féduits pour les dépouiller de leur bon gré. Ils ont retenu quelque chofe pour eux! Lâches raviffeurs, vous ofez leur faire un crime d'avoir gardé de quoi ne pas mourir de faim! Ils ont menti, dites-vous. Etaient-ils obligés de vous dire leur fecret ? Si un efcroc vient me dire; avez-vous de l'argent? je ferai très-bien de lui répondre : je n'en ai point. Voilà en un mot le plus abominable miracle qu'on puiffe trouver dans la légende des miracles. Aucun de tous ceux qu'on a faits depuis n'en approche ; & fi la chofe était vraie , ce ferait la plus exécrable des chofes vraies.

Il eft doux d'avoir le don des langues ; & tous les pères de l'Eglife eurent ce don. La plus grande preuve que nous en ayons , c'eft qu'*Auguftin* ne fut jamais l'hébreu & favait très-mal le grec.

Nous avons déjà vu les beaux miracles des martyrs, qui fe laiffaient toujours couper la tête pour dernier prodige. *Origène* à la vérité, dans fon premier livre contre *Celfe* , dit que les chrétiens ont des vifions , mais il n'ofe prétendre qu'ils reffufcitent des morts.

Le chriftianifme opéra toujours de grandes chofes dans les premiers fiècles. S^t. *Jean* , par exemple , enterré dans Ephéfe, remuait continuellement dans fa foffe ; ce miracle utile dura jufqu'au temps de l'évêque d'Hippone, *Auguftin*. (a) Les prédictions , les exorcifmes ne manquaient jamais ; *Lucien* même en rend témoignage. Voici comme il rend gloire à la vérité dans le chapitre de la mort du chrétien *Peregrinus* ,

(a) *Auguftin* , tome III , page 189.

qui eut la vanité de fe brûler : *Dès qu'un joueur de gobelets habile fe fait chrétien, il eft fûr de faire fortune aux dépens des fots fanatiques auxquels il a à faire.*

Les chrétiens fefaient tous les jours des miracles, dont aucun romain n'entendit jamais parler. Ceux de *Grégoire* le thaumaturge, ou le merveilleux, font en effet dignes de ce furnom. Premièrement, un beau vieillard defcend du ciel pour lui dicter le catéchifme qu'il doit enfeigner. Chemin fefant il écrit une lettre au diable ; la lettre parvient à fon adreffe ; & le diable ne manque pas de faire ce que *Grégoire* lui ordonne.

Deux frères fe difputent un étang ; *Grégoire* féche l'étang, & le fait difparaître pour apaifer la noife. Il rencontre un charbonnier & le fait évêque. C'eft apparemment depuis ce temps-là que la foi du charbonnier eft paffée en proverbe. Mais ce miracle n'eft pas grand ; j'ai vu quelques évêques dans mes voyages qui n'en favaient pas plus que le charbonnier de *Grégoire*. Un miracle plus rare, c'eft qu'un jour les païens couraient après *Grégoire* & fon diacre pour leur faire un mauvais parti ; les voilà qui fe changent tous les deux en arbres. Ce thaumaturge était un vrai *Prothée*. Mais quel nom donnera-t-on à ceux qui ont écrit ces inepties ? & comment fe peut-il que *Fleury* les ait copiées dans fon hiftoire eccléfiaftique ? Eft-il poffible qu'un homme qui avait quelque fens, & qui raifonnait tolérablement fur d'autres fujets, ait rapporté férieufement que DIEU rendit folle une vieille pour empêcher qu'on ne découvrit Sᵗ *Félix* de Nole pendant la perfécution ? (*b*)

_____

(*b*) Voyez fur tous ces miracles les **VI** & **VII** livres de *Fleury*. Voyez

On me répondra que *Fleury* s'eſt borné à tranſcrire; & moi je répondrai qu'il ne fallait pas tranſcrire des bêtiſes injurieuſes à la Divinité, qu'il a été coupable s'il les a copiées ſans les croire, & qu'il a été un imbécille s'il les a crues.

CHAPITRE XXVII.

Des chrétiens depuis Dioclétien juſqu'à Conſtantin.

LES chrétiens furent bien plus ſouvent tolérés & même protégés, qu'ils n'eſſuyèrent de perſécutions. Le règne de *Dioclétien* fut pendant dix-huit années entières un règne de paix & de faveurs ſignalées pour eux. Les principaux officiers du palais, *Gorgonius* & *Dorothée*, étaient chrétiens. On n'exigeait plus qu'ils ſacrifiaſſent aux dieux de l'empire, pour entrer dans les emplois publics. Enfin *Priſca*, femme de *Dioclétien*, était chrétienne; auſſi jouiſſaient-ils des plus grands avantages. Ils bâtiſſaient des temples ſuperbes, après avoir tous dit dans les premiers ſiècles qu'il ne fallait ni temples, ni autels à DIEU; & paſſant de la ſimplicité d'une égliſe pauvre & cachée à la magnificence d'une

---

plutôt le recueil des miracles opérés à ſaint Médard à Paris, préſenté au roi de France *Louis XV*, par un nommé *Carré de Montgéron* conſeiller au parlement de Paris. Les convulſionnaires avaient fait ou vu plus de mille miracles. *Fatio* & *Daudé* ne prétendirent-ils pas reſſuſciter un mort chez nous en 1707? La cour de Rome ne canoniſe-t-elle pas encore tous les jours pour de l'argent des ſaints qui ont fait des miracles dont elle ſe moque? & combien de miracles feſaient nos moines avant que ſous un *Henri VIII* on eût étalé dans la place publique tous les inſtrumens de leurs abominables impoſtures?

églife opulente & pleine d'oftentation, ils étalaient des vafes d'or & des ornemens éblouiffans ; quelques-uns de leurs temples s'élevaient fur les ruines d'anciens périptères païens abandonnés. Leur temple à Nicomédie dominait fur le palais impérial ; & comme le remarque *Eufèbe*, tant de profpérité avait produit l'infolence, l'ufure, la molleffe, & la dépravation des mœurs. On ne voyait, dit *Eufèbe*, qu'envie, médifance, difcorde, & fédition.

Ce fut cet efprit de fédition qui laffa la patience du céfar *Maximien-Galère*. Les chrétiens l'irritèrent précifément dans le temps que *Dioclétien* venait de publier des édits fulminans contre les manichéens. Un des édits de cet empereur commence ainfi : *Nous avons appris depuis peu que des manichéens, fortis de la Perfe notre ancienne ennemie, inondent notre monde.*

Ces manichéens n'avaient encore caufé aucun trouble : ils étaient nombreux dans Alexandrie & dans l'Afrique ; mais ils ne difputaient que contre les chrétiens ; & il n'y a jamais eu le moindre monument d'une querelle entre la religion des anciens Romains & la fecte de *Manès*. Les différentes fectes des chrétiens, au contraire, gnoftiques, marcionites, valentiniens, ébionites, galiléens, oppofées les unes aux autres, & toutes ennemies de la religion dominante, répandaient la confufion dans l'empire.

N'eft-il pas bien vraifemblable que les chrétiens eurent affez de crédit au palais, pour obtenir un édit de l'empereur contre le manichéifme ? Cette fecte, qui était un mêlange de l'ancienne religion des mages & du chriftianifme, était très-dangereufe, furtout en Orient, pour l'Eglife naiffante. L'idée de réunir ce

que

que l'Orient avait de plus sacré avec la secte des chrétiens, fesait déjà beaucoup d'impression.

La théologie obscure & sublime des mages, mêlée avec la théologie non moins obscure des chrétiens platoniciens, était bien propre à séduire des esprits romanesques qui se payaient de paroles. Enfin puisqu'au bout d'un siècle, le fameux pasteur d'Hippone, *Augustin*, fut manichéen, il est bien sûr que cette secte avait des charmes pour les imaginations allumées. *Manès* avait été crucifié en Perse, si l'on en croit *Condhémir;* & les chrétiens amoureux de leur crucifié, n'en voulaient pas un second.

Je sais que nous n'avons aucune preuve que les chrétiens obtinrent l'édit contre le manichéisme; mais enfin il y en eut un sanglant; & il n'y en avait point contre les chrétiens. Quelle fut donc ensuite la cause de la disgrace des chrétiens, les deux dernières années du règne d'un empereur assez philosophe pour abdiquer l'empire, pour vivre en solitaire, & pour ne s'en repentir jamais?

Les chrétiens étaient attachés à *Constance* le pâle, père du célébre *Constantin*, qu'il eut d'une servante de sa maison, nommée *Hélène*. (*a*)

Constance les protégea toujours ouvertement. On ne sait si le césar *Galérius* fut jaloux de la préférence que les chrétiens donnaient sur lui à *Constance* le pâle,

(*a*) Cette *Hélène*, dont on a fait une sainte, était *stabularia*, préposée à l'écurie chez *Constance Chlore*, comme l'avouent *Eusèbe*, *Ambroise*, *Nicéphore*, *Jérôme*. La chronique d'Alexandrie appelle *Constantin* bâtard; *Zozime* le certifie; & certainement on n'aurait point parlé ainsi, on n'aurait point fait cet affront à la famille d'un empereur si puissant, s'il y avait eu le moindre doute sur sa naissance.

ou s'il eut quelqu'autre fujet de fe plaindre d'eux;
mais il trouva fort mauvais qu'ils bâtiffent une églife
qui offufquait fon palais. Il follicita long-temps
Dioclétien de faire abattre cette églife & de prohiber
l'exercice de la religion chrétienne. *Dioclétien* réfifta;
il affembla enfin un confeil compofé des principaux
officiers de l'empire. Je me fouviens d'avoir lu dans
l'hiftoire eccléfiaftique de *Fleuri*, que *cet empereur avait
la malice de ne point confulter quand il voulait faire du
bien, & de confulter quand il s'agiffait de faire du mal.*
Ce que *Fleuri* appelle malice, je l'avoue, me paraît
le plus grand éloge d'un fouverain. Y a-t-il rien de
plus beau que de faire le bien par foi-même? un
grand cœur alors ne confulte perfonne; mais dans
les actions de rigueur, un homme jufte & fage ne fait
rien fans confeil.

L'églife de Nicomédie fut enfin démolie en 303;
mais *Dioclétien* fe contenta de décerner que les chrétiens
ne feraient plus élevés aux dignités de l'empire;
c'était retirer fes grâces, mais ce n'était point perfécuter. Il arriva qu'un chrétien eut l'infolence d'arracher
publiquement l'édit de l'empereur, de le déchirer, &
de le fouler aux pieds. Ce crime fut puni comme il
méritait de l'être, par la mort du coupable. Alors
Prifca, femme de l'empereur, n'ofa plus protéger des
féditieux; elle quitta même la religion chrétienne,
quand elle vit qu'elle ne conduifait qu'au fanatifme
& à la révolte. *Galérius* fut alors en pleine liberté
d'exercer fa vengeance.

Il y avait en ce temps beaucoup de chrétiens dans
l'Arménie & dans la Syrie; il s'y fit des foulèvemens;
les chrétiens mêmes furent accufés d'avoir mis le feu

au palais de *Galérius*. Il était bien naturel de croire que des gens qui avaient déchiré publiquement les édits, & qui avaient brûlé des temples comme ils l'avaient fait souvent, avaient aussi brûlé le palais ; cependant il est très-faux qu'il y eût eu une persécution générale contr'eux. Il faut bien qu'on n'eût sévi que légalement contre les réfractaires, puisque *Dioclétien* ordonna qu'on enterrât les suppliciés, ce qu'il n'aurait point fait, si on avait persécuté sans forme de procès. On ne trouve aucun édit qui condamne à la mort uniquement pour faire profession du christianisme. Cela eût été aussi insensé & aussi horrible que la St Barthélemi, que les massacres d'Irlande, & que la croisade contre les Albigeois ; car alors un cinquième ou un sixième de l'empire était chrétien. Une telle persécution eût forcé cette sixième partie de l'empire de courir aux armes, & le désespoir qui l'eût armée l'aurait rendue terrible.

Des déclamateurs comme *Eusèbe* de Céfarée, & ceux qui l'ont suivi, disent en général qu'il y eut une quantité incroyable de chrétiens immolés. Mais d'où vient que l'historien *Zozime* n'en dit pas un seul mot ? Pourquoi *Zonare* chrétien ne nomme-t-il aucun de ces fameux martyrs ? D'où vient que l'exagération eccléfiastique ne nous a pas conservé les noms de cinquante chrétiens livrés à la mort ?

Si on examinait avec des yeux critiques ces prétendus massacres, que la légende impute vaguement à *Dioclétien*, il y aurait prodigieusement à rabattre, ou plutôt on aurait le plus grand mépris pour ces impostures, & on cesserait de regarder *Dioclétien* comme un persécuteur.

C'eft en effet fous ce prince qu'on place la ridicule aventure du cabaretier *Théodote*, la prétendue légion thébaine immolée, le petit *Romain* né bègue, qui parle avec une volubilité incroyable fitôt que le médecin de l'empereur, devenu bourreau, lui a coupé la langue, & vingt autres aventures pareilles que les vieilles radoteufes de Cornouailles auraient honte aujourd'hui de débiter à leurs petits enfans.

CHAPITRE XXVIII.

De Conftantin.

QUEL eft l'homme qui ayant reçu une éducation tolérable puiffe ignorer ce que c'était que *Conftantin*? Il fe fait reconnaître empereur au fond de l'Angleterre par une petite armée d'étrangers : avait-il plus de droit à l'empire que *Maxence* élu par le fénat ou par les armées romaines ?

Quelque temps après il vient en Gaule & ramaffe des foldats chrétiens attachés à fon père ; il paffe les Alpes, groffiffant toujours fon armée ; il attaque fon rival, qui tombe dans le Tibre au milieu de la bataille. On ne manque pas de dire qu'il y a eu du miracle dans fa victoire, & qu'on a vu dans les nuées un étendard & une croix célefte où chacun pouvait lire en lettres grecques : *Tu vaincras par ce figne.* Car les Gaulois, les Bretons, les Allobroges, les Infubriens, qu'il traînait à fa fuite, entendaient tous le grec

parfaitement, & D i e u aimait mieux leur parler grec
que latin.

Cependant malgré ce beau miracle qu'il fit lui-
même divulguer, il ne fe fit point encore chrétien; il
fe contenta en bon politique de donner liberté de
confcience à tout le monde; & il fit une profeffion
fi ouverte du paganifme, qu'il prit le titre de grand-
pontife: ainfi il eft démontré qu'il ménageait les deux
religions; en quoi il fe conduifait très - prudemment
dans les premières années de fa tyrannie. Je me fers
ici du mot de tyrannie fans aucun fcrupule; car je ne
me fuis pas accoutumé à reconnaître pour fouverain
un homme qui n'a d'autres droits que la force; & je
me fens trop humain pour ne pas appeler tyran un
barbare, qui a fait affaffiner fon beau-père *Maximien-
Hercule* à Marfeille, fur le prétexte le moins fpécieux,
& l'empereur *Licinius* fon beau-frère à Theffalonique
par la plus lâche perfidie.

J'appelle tyran fans doute celui qui fait égorger fon
fils *Crifpus*, étouffer fa femme *Faufta*, & qui fouillé
de meurtres & de parricides, étalant le fafte le plus
révoltant, fe livrait à tous les plaifirs dans la plus
infame molleffe.

Que de lâches flatteurs eccléfiaftiques lui prodiguent
des éloges, même en avouant fes crimes; qu'ils voient,
s'ils veulent, en lui un grand-homme, un faint, parce
qu'il s'eft fait plonger trois fois dans une cuve d'eau;
un homme de ma nation & de mon caractère, & qui
a fervi une fouveraine vertueufe ne s'avilira jamais jufqu'à prononcer le nom de *Conftantin* fans horreur.

Zozime rapporte, & cela eft bien vraifemblable, que
Conftantin auffi faible que cruel, mêlant la fuperftition

H 3

aux crimes, comme tant d'autres princes, crut trouver
dans le chriftianifme l'expiation de fes forfaits. A la
bonne heure que des évêques intéreffés lui aient
fait croire que le Dieu des chrétiens lui pardonnait
tout, & lui faurait un gré infini de leur avoir donné
de l'argent & des honneurs; pour moi, je n'aurais
point trouvé de Dieu qui eût reçu en grâce un cœur
fi fourbe & fi inhumain; il n'appartient qu'à des
prêtres de canonifer l'affaffin d'*Urie* chez les Juifs,
& le meurtrier de fa femme & de fon fils chez les
chrétiens.

Ce caractère de *Conftantin*, fon fafte & fes cruautés
font affez bien exprimés dans ces deux vers qu'un de
fes malheureux courtifans nommé *Ablavius* afficha à
la porte du palais :

Saturni aurea fecla quis requirat?
Sunt hæc gemmea, fed Neroniana.

Qui peut regretter le fiècle d'or de Saturne ?
Celui-ci eft de pierreries, mais il eft de Néron.

Mais qu'aurait dû dire cet *Ablavius* du zèle charitable des chrétiens, qui, dès qu'ils furent mis par
Conftantin en pleine liberté, affaffinèrent *Candidien* fils
de l'empereur *Galérius*, un fils de l'empereur *Maximien*
âgé de huit ans, fa fille âgée de fept, & noyèrent leur
mère dans l'Oronte? Ils pourfuivirent long-temps la
vieille impératrice *Valerie* veuve de *Galérius*, qui fuyait
leur vengeance. Ils l'atteignirent à Theffalonique, la
maffacrèrent & jetèrent fon corps dans la mer. C'eft
ainfi qu'ils fignalèrent leur douceur évangélique; &
ils fe plaignent d'avoir eu des martyrs !

CHAPITRE XXIX.

Des querelles chrétiennes avant Conſtantin & ſous ſon règne.

Avant, pendant, & après *Conſtantin*, la ſecte chrétienne fut toujours diviſée en pluſieurs ſectes, en pluſieurs factions & en pluſieurs ſchiſmes. Il était impoſſible que des gens qui n'avaient aucun ſyſtème ſuivi, qui n'avaient pas même ce petit *Credo* (*a*) ſi fauſſement imputé depuis aux apôtres, différant entr'eux de nation, de langage, & de mœurs, fuſſent réunis dans la même créance.

Saturnin, Baſilide, Carpocrate, Euphrate, Valentin, Cerdon, Marcion, Harmogène, Hermias, Juſtin, Tertullien, Origène, eurent tous des opinions contraires ; & tandis que les magiſtrats romains tâchaient quelquefois de réprimer les chrétiens, on les voyait tous acharnés les uns contre les autres, s'excommunier, s'anathématiſer réciproquement, & ſe combattre du

(*a*) Ce *Credo*, ce ſymbole appelé le ſymbole des apôtres, n'eſt pas plus des apôtres que de l'évêque de Londres. Il fut compoſé au cinquième ſiècle par le prêtre *Rufin*. Toute la religion chrétienne a été faite de pièces & de morceaux : c'eſt-là qu'il eſt dit que JESUS, après ſa mort, deſcendit aux enfers. Nous eûmes une grande diſpute du temps d'*Edouard VI*, pour ſavoir s'il était deſcendu en corps ou en ame ; nous décidâmes que l'ame ſeule de JESUS avait été prêcher en enfer, tandis que ſon corps était dans ſon ſépulcre : comme ſi en effet on avait mis dans un ſépulcre le corps d'un ſupplicié, comme ſi l'uſage n'avait pas été de jeter ces corps à la voirie. Je voudrais bien ſavoir ce que ſon ame ſerait allée faire en enfer. Nous étions bien fous du temps d'*Edouard VI*.

fond de leurs cachots : c'était bien là le plus fenfible & le plus déplorable effet du fanatifme.

La fureur de dominer ouvrit une autre fource de difcorde : on fe difputa ce qu'on appelait une dignité d'évêque, avec le même emportement, & les mêmes fraudes qui fignalèrent depuis les fchifmes de quarante anti-papes. On était auffi jaloux de commander à une petite populace obfcure, que les *Urbains*, les *Jeans*, l'ont été de donner des ordres à des rois.

Novat difputa la première place chrétienne dans Carthage à *Cyprien* qui fut élu. *Novatien* difputa l'évêché de Rome à *Corneille* ; chacun d'eux reçut l'impofition des mains par les évêques de fon parti. Ils ofaient déjà troubler Rome ; & les compilateurs théologiques ofent s'étonner aujourd'hui que *Décius* ait fait punir quelques-uns de ces perturbateurs ! Cependant *Décius*, fous lequel *Cyprien* fut fupplicié, ne punit ni *Novatien* ni *Corneille*; on laiffa ces rivaux obfcurs fe déclarer la guerre, comme on laiffe des chiens fe battre dans une baffe-cour, pourvu qu'ils ne mordent pas leurs maîtres.

Du temps de *Conftantin* il y eut un pareil fchifme à Carthage ; deux anti-papes africains, ou anti-évêques, *Cecilien* & *Majorin*, fe difputèrent la chaire qui commençait à devenir un objet d'ambition. Il y avait des femmes dans chaque parti. *Donat* fuccéda à *Majorin*, & forma le premier des fchifmes fanglans qui devaient fouiller le chriftianifme. *Eufèbe* rapporte qu'on fe battait avec des maffues, parce que JESUS, dit-on, avait ordonné à *Pierre* de remettre fon épée dans le fourreau. Dans la fuite on fut moins fcrupuleux ; les donatiftes & les cyprianiftes fe battirent avec le fer. Il s'ouvrait dans le même temps une scène de trois cents ans de carnage pour la querelle d'*Alexandre* & d'*Arius*, d'*Athanase*, & d'*Eusèbe*, pour savoir si JESUS était précisément de la même substance que DIEU, ou d'une substance semblable à DIEU.

CHAPITRE XXX.

Arianisme & Athanasianisme.

QUE JESUS ait été semblable à DIEU, ou consubstantiel à DIEU, cela est également absurde & impie.

Qu'il y ait trois personnes dans une substance, cela est également absurde.

Qu'il y ait trois Dieux dans un Dieu, cela est également absurde.

Rien de tout cela n'était un système chrétien, puisque rien de toute cette doctrine ne se trouve dans aucun évangile, seul fondement reconnu du christianisme. Ce ne fut que quand on voulut platoniser qu'on se perdit dans ces idées chimériques. Plus le christianisme s'étendit, plus ses docteurs se fatiguèrent à le rendre incompréhensible. Les subtilités sauvèrent ce que le fond avait de bas & de grossier.

Mais à quoi servent toutes ces imaginations métaphysiques ? qu'importe à la société humaine, aux mœurs, aux devoirs, qu'il y ait en DIEU une personne ou trois ou quatre mille ? en fera-t-on plus homme

de bien pour prononcer des mots qu'on n'entend pas?
la religion qui eft la foumiffion à la Providence, &
l'amour de la vertu, a-t-elle donc befoin de devenir
ridicule pour être embraffée?

Il y avait déjà long-temps qu'on difputait fur la
nature du *Logos*, du verbe inconnu, quand *Alexandre*
pape d'Alexandrie fouleva contre lui l'efprit de plufieurs papes, en prêchant que la Trinité était une
monade. Au refte ce nom de pape était donné indif-
tinctement alors aux évêques & aux prêtres. *Alexandre*
était évêque : le prêtre *Arius* fe mit à la tête des
mécontens : il fe forma deux partis violens : & la
queftion ayant bientôt changé d'objet, comme il
arrive fouvent; *Arius* foutint que JESUS avait été créé,
& *Alexandre* qu'il avait été engendré.

Cette difpute creufe reffemblait affez à celle qui a
divifé depuis Conftantinople, pour favoir fi la lumière
que les moines voyaient à leur nombril, était celle du
Thabor, & fi la lumière du Thabor & de leur nombril
était créée ou éternelle.

Il ne fut plus queftion de trois hypoftafes entre les
difputans. Le père & le fils occupèrent les efprits, &
le St Efprit fut négligé.

Alexandre fit excommunier *Arius* par fon parti.
Eufèbe évêque de Nicomédie, protecteur d'*Arius*,
affembla un petit concile où l'on déclara erronée la
doctrine qui eft aujourd'hui l'orthodoxe ; la querelle
devint violente ; l'évêque *Alexandre*, & le diacre
Athanafe qui fe fignalait déjà par fon inflexibilité &
par fes intrigues, remuèrent toute l'Egypte. L'empereur *Conftantin* était defpotique & dur; mais il avait
du bon fens ; il fentit tout le ridicule de la difpute.

On connaît affez cette fameufe lettre qu'il fit porter par *Ozius* aux chefs des deux factions. *Ces queftions, dit-il, ne viennent que de votre oifiveté curieufe ; vous êtes divifés pour un fujet bien mince. Cette conduite eft baffe & puérile, indigne d'hommes fenfés.* La lettre les exhortait à la paix ; mais il ne connaiffait pas encore les théologiens.

Le vieil *Ozius* confeilla l'empereur d'affembler un concile nombreux. *Conftantin*, qui aimait l'éclat & le fafte, convoqua l'affemblée à Nicée. Il y parut comme en triomphe avec la robe impériale, la couronne en tête, & couvert de pierreries. *Ozius* y préfida comme le plus ancien des évêques. Les écrivains de la fecte papifte ont prétendu depuis que cet *Ozius* n'avait préfidé qu'au nom du pape de Rome *Sylveftre*. Cet infigne menfonge, qui doit être placé à côté de la donation de *Conftantin*, eft affez confondu par les noms des députés de *Sylveftre*, *Titus*, & *Vincent*, chargés de fa procuration. Les papes romains étaient, à la vérité, regardés comme les évêques de la ville impériale, & comme les métropolitains des villes fuburbicaires dans la province de Rome ; mais ils étaient bien loin d'avoir aucune autorité fur les évêques de l'Orient & de l'Afrique.

Le concile, à la plus grande pluralité des voix, dreffa un formulaire dans lequel le nom de Trinité n'eft pas feulement prononcé. *Nous croyons en un feul* DIEU *& en un feul feigneur* JESUS - CHRIST, *fils unique de* DIEU, *engendré du Père & non fait, confubftantiel au Père :* après ces mots inexplicables on met par furé-rogation : *Nous croyons auffi au St Efprit ;* fans dire ce que c'eft que ce St Efprit, s'il eft engendré, s'il eft

fait, s'il eſt créé, s'il procède, s'il eſt conſubſtantiel.
Enſuite on ajoute *anathème à ceux qui diſent qu'il y a eu
un temps où le Fils n'était pas.*

Mais ce qu'il y eut de plus plaiſant au concile de
Nicée, ce fut la décifion ſur quelques livres canoniques. Les pères étaient fort embarraſſés ſur le choix
des évangiles & des autres écrits. On prit le parti de
les entaſſer tous ſur un autel, & de prier le S.ᵗ Eſprit
de jeter à terre tous ceux qui n'étaient pas légitimes.
Le S.ᵗ Eſprit ne manqua pas d'exaucer ſur le champ
la requête des pères. (a) Une centaine de volumes
tombèrent d'eux-mêmes ſous l'autel ; c'eſt un moyen
infaillible de connaître la vérité ; & c'eſt ce qui eſt
rapporté dans l'appendix des actes de ce concile ;
ç'eſt un des faits de l'hiſtoire eccléſiaſtique des mieux
avérés.

Notre ſavant & ſage *Midleton* a découvert une
chronique d'Alexandrie, écrite par deux patriarches
d'Égypte, dans laquelle il eſt dit que non-ſeulement
dix-ſept évêques, mais encore deux mille prêtres,
proteſtèrent contre la décifion du concile.

Les évêques vainqueurs obtinrent de *Conſtantin*
qu'il exilât *Arius* & trois ou quatre évêques vaincus ;
mais enſuite *Athanaſe* ayant été élu évêque d'Alexandrie, & ayant trop abuſé du crédit de ſa place, les
évêques & *Arius* exilés furent rappelés, & *Athanaſe*
exilé à ſon tour. De deux choſes l'une, ou les deux
partis avaient également tort, ou *Conſtantin* était très-
injuſte. Le fait eſt que les diſputeurs de ce temps-là
étaient des cabaleurs comme ceux de ce temps-ci, &

(a) Cela eſt rapporté dans l'appendix des actes du concile, pièce qui a
toujours été réputée authentique.

que les princes du quatrième siècle ressemblaient à ceux du nôtre, qui n'entendent rien à la matière ni eux, ni leurs ministres, & qui exilent à tort & à travers. Heureusement nous avons ôté à nos rois le pouvoir d'exiler; & si nous n'avons pu guérir dans nos prêtres la rage de cabaler, nous avons rendu cette rage inutile.

Il y eut un concile à Tyr, où *Arius* fut réhabilité, & *Athanase* condamné. *Eusèbe* de Nicomédie allait faire entrer pompeusement son ami *Arius* dans l'église de Constantinople; mais un saint catholique nommé *Macaire* pria DIEU avec tant de ferveur & de larmes, de faire mourir *Arius* d'apoplexie, que DIEU, qui est bon, l'exauça. Ils disent que tous les boyaux d'*Arius* lui sortirent par le fondement, cela est difficile : ces gens-là n'étaient pas anatomistes. Mais St *Macaire* ayant oublié de demander la paix de l'église chrétienne, DIEU ne la donna jamais. *Constantin* quelque temps après mourut entre les bras d'un prêtre arien; apparemment que St *Macaire* avait encore prié DIEU.

CHAPITRE XXXI.

Des enfans de Constantin, & de Julien le philosophe, surnommé l'apostat par les chrétiens.

LES enfans de *Constantin* furent aussi chrétiens, aussi ambitieux, & aussi cruels, que leur père; ils étaient trois qui partagèrent l'empire, *Constantin II, Constantius, & Constant.* L'empereur *Constantin I* avait laissé un frère nommé *Jule* & deux neveux, auxquels il avait

donné quelques terres. On commença par égorger
le père, pour arrondir la part des nouveaux empereurs. Ils furent d'abord unis par le crime, & bientôt
défunis. *Conftant* fit affaffiner *Conftantin* fon frère aîné,
& il fut enfuite tué lui-même.

Conftantius, demeuré feul maître de l'empire, avait
exterminé prefque tout le refte de la famille impériale.
Ce *Jule* qu'il avait fait mourir, laiffait deux enfans,
l'un nommé *Gallus*, & l'autre le célébre *Julien*. On
tua *Gallus*, & on épargna *Julien*, parce qu'ayant du
goût pour la retraite & pour l'étude, on jugea qu'il
ne ferait jamais dangereux.

S'il eft quelque chofe de vrai dans l'hiftoire, il eft
vrai que ces deux premiers empereurs chrétiens,
Conftantin & *Conftantius* fon fils, furent des monftres
de defpotifme & de cruauté. Il fe peut, comme nous
l'avons déjà infinué, que dans le fond de leur cœur ils
ne cruffent aucun Dieu; & que fe moquant également
des fuperftitions païennes & du fanatifme chrétien,
ils fe perfuadaffent malheureufement que la Divinité
n'exifte pas, parce-que ni *Jupiter* le crétois, ni *Hercule*
le thébain, ni JESUS le juif, ne font des dieux.

Il eft poffible auffi que des tyrans qui joignent
prefque toujours la lâcheté à la barbarie, aient été
féduits & encouragés au crime, par la croyance où
étaient alors tous les chrétiens fans exception, que trois
immerfions dans une cuve d'eau avant la mort, effa-
çaient tous les forfaits, & tenaient lieu de toutes les
vertus. Cette malheureufe croyance a été plus funefte
au genre-humain que les paffions les plus noires.

Quoi qu'il en foit, *Conftantius* fe déclara orthodoxe,
c'eft-à-dire arien; car l'arianifme prévalait alors dans

tout l'Orient contre la secte d'*Athanase*; & les ariens, auparavant persécutés, étaient dans ce temps-là persécuteurs.

Athanase fut condamné dans un concile de Sardique, dans un autre tenu dans la ville d'Arles, dans un troisième tenu à Milan; il parcourait tout l'empire romain, tantôt suivi de ses partisans, tantôt exilé, tantôt rappelé. Le trouble était dans toutes les villes pour ce seul mot *consubstantiel*. C'était un fléau que jamais on n'avait connu jusque-là dans l'histoire du monde. L'ancienne religion de l'empire, qui subsistait encore avec quelque splendeur, tirait de toutes ces divisions un grand avantage contre le christianisme.

Cependant *Julien*, dont *Constantius* avait assassiné le frère & toute la famille, fut obligé d'embrasser à l'extérieur le christianisme, comme notre reine *Elisabeth* fut quelque temps forcée de dissimuler sa religion sous le règne tyrannique de notre infame *Marie*, & comme en France *Charles IX* força le grand *Henri IV* d'aller à la messe après la St Barthélemi. *Julien* était stoïcien, de cette secte ensemble philosophique & religieuse, qui produisit tant de grands-hommes, & qui n'en eut jamais un méchant; secte plus divine qu'humaine, dans laquelle on voit la sévérité des brachmanes & de quelques moines, sans qu'elle en eût la superstition; la secte enfin des *Catons*, des *Marc-Aurèle*, & des *Epictète*.

Ce fut une chose honteuse & déplorable que ce grand-homme se vît réduit à cacher tous ses talens sous *Constantius*, comme le premier des *Brutus* sous *Tarquin*. Il feignit d'être chrétien & presqu'imbécille pour fauver fa vie. Il fut même forcé d'embraffer quelque temps la vie monaftique. Enfin *Conflantius*, qui n'avait point d'enfans, déclara *Julien* céfar, mais il l'envoya dans les Gaules comme dans une efpèce d'exil ; il y était prefque fans troupes & fans argent, environné de furveillans & prefque fans autorité.

Différens peuples de la Germanie paffaient fouvent le Rhin & venaient ravager les Gaules, comme ils avaient fait avant *Céfar*, & comme ils firent fouvent depuis, jufqu'à ce qu'enfin ils les envahirent, & que la feule petite nation des Francs fubjugua fans peine toutes ces provinces.

Julien forma des troupes, les difciplina, s'en fit aimer ; il les conduifit jufqu'à Strasbourg, paffa le Rhin fur un pont de bateaux ; & à la tête d'une armée très-faible en nombre, mais animée de fon courage, il défit une multitude prodigieufe de barbares, prit leur chef prifonnier, les pourfuivit jufqu'à la forêt Hercinienne, fe fit rendre tous les captifs romains & gaulois, toutes les dépouilles qu'avaient pris les barbares, & leur impofa des tributs.

A cette conduite de *Céfar*, il joignit les vertus de *Titus* & de *Trajan*, fefant venir de tout côté du blé pour nourrir les peuples dans des campagnes dévaftées, fefant défricher ces campagnes, rebâtiffant les villes, encourageant la population, les arts, & les talens, par des priviléges, s'oubliant lui-même, & travaillant jour & nuit au bonheur des hommes.

Conflantius pour récompenfe voulut lui ôter les Gaules où il était trop aimé ; il lui demanda d'abord deux légions que lui-même avait formées. L'armée indignée s'y oppofa ; elle proclama *Julien* empereur

malgré

malgré lui. La terre fut alors délivrée de *Conſtantius*, lorſqu'il allait marcher contre les Perſes.

Julien le ſtoïcien, ſi ſottement nommé l'apoſtat par des prêtres, fut reconnu unanimement empereur par tous les peuples de l'Orient & de l'Occident.

La force de la vérité eſt telle, que les hiſtoriens chrétiens ſont obligés d'avouer qu'il vécut ſur le trône comme il avait fait dans les Gaules. Jamais ſa philoſophie ne ſe démentit. Il commença par réformer dans le palais de Conſtantinople le luxe de *Conſtantin* & de *Conſtantius*. Les empereurs, à leur couronnement, recevaient de peſantes couronnes d'or de toutes les villes; il réduiſit preſqu'à rien ces préſens onéreux. La frugale ſimplicité du philoſophe n'ôta rien à la majeſté & à la juſtice du ſouverain. Tous les abus & tous les brigandages de la cour furent réformés ; mais il n'y eut que deux concuſſionnaires publics d'exécutés à mort.

Il renonça, il eſt vrai, à ſon baptême, mais il ne renonça jamais à la vertu. On lui reproche de la ſuperſtition ; donc au moins par ce reproche on avoue qu'il avait de la religion. Pourquoi n'aurait-il pas choiſi celle de l'empire romain ? pourquoi aurait-il été coupable de ſe conformer à celle des *Scipions* & des *Céſars*, plutôt qu'à celle des *Grégoire* de Nazianze & des *Théodoret* ? Le paganiſme & le chriſtianiſme partageaient l'empire. Il donna la préférence à la ſecte de ſes pères : & il avait grande raiſon en politique ; puiſque ſous l'ancienne religion, Rome avait triomphé de la moitié de la terre, & que ſous la nouvelle, tout tombait en décadence.

Loin de perfécuter les chrétiens, il voulut apaifer leurs indignes querelles. Je ne veux pour preuve que fa cinquante-deuxième lettre. ,, Sous mon prédéceffeur ,, plufieurs chrétiens ont été chaffés, emprifonnés, ,, perfécutés ; on a égorgé une grande multitude de ,, ceux qu'on nomme hérétiques, à Samozate en ,, Paphlagonie, en Bithinie, en Galatie, en plufieurs ,, autres provinces ; on a pillé, on a ruiné des villes. ,, Sous mon règne, au contraire, les bannis ont été ,, rappelés, les biens confifqués ont été rendus. ,, Cependant ils font venus à ce point de fureur, ,, qu'ils fe plaignent de ce qu'il ne leur eft plus ,, permis d'être cruel, & de fe tyrannifer les uns les ,, autres. ,,

Cette feule lettre ne fuffirait-elle pas pour confondre les calomnies dont les prêtres chrétiens l'accablèrent?

Il y avait dans Alexandrie un évêque nommé *George*, le plus féditieux & le plus emporté des chrétiens ; il fe fefait fuivre par des fatellites ; il battait les païens de fes mains ; il démoliffait leurs temples. Le peuple d'Alexandrie le tua. Voici comment *Julien* parle aux Alexandrins dans fon épître dixième.

,, Quoi ! au lieu de me réferver la connaiffance de ,, vos outrages, vous vous êtes laiffés emporter à la ,, colère ! vous vous êtes livrés aux mêmes excès que ,, vous reprochez à vos ennemis ! *George* méritait ,, d'être traité ainfi, mais ce n'était pas à vous d'être ,, fes exécuteurs. Vous avez des lois, il fallait deman- ,, der juftice, &c. ,,

Je ne prétends point répéter ici & réfuter tout ce qui eft écrit dans l'hiftoire eccléfiaftique, que l'efprit de parti & de faction ont toujours dictée. Je paffe à la

mort de *Julien*, qui vécut trop peu pour la gloire &
pour le bonheur de l'empire. Il fut tué au milieu de
ses victoires contre les Perses, après avoir passé le Tigre
& l'Euphrate, à l'âge de trente & un ans, & mourut
comme il avait vécu, avec la résignation d'un stoïcien,
remerciant l'être des êtres, qui allait rejoindre son
ame à l'ame universelle & divine.

On est saisi d'indignation quand on lit dans *Grégoire*
de Nazianze & dans *Théodoret*, que *Julien* jeta tout
son sang vers le ciel en disant : *Galiléen, tu as vaincu*.
Quelle misère ! quelle absurdité ! *Julien* combattait-il
contre JESUS ? & JESUS était-il le Dieu des Perses ?

On ne peut lire sans horreur les discours que le
fougueux *Grégoire* de Nazianze prononça contre lui
après sa mort. Il est vrai que si *Julien* avait vécu, le
christianisme courait risque d'être aboli. Certainement
Julien était un plus grand homme que *Mahomet*, qui
a détruit la secte chrétienne dans toute l'Asie & dans
toute l'Afrique : mais tout cède à la destinée ; & un
Arabe sans lettres a écrasé la secte d'un Juif sans
lettres, ce qu'un grand empereur & un philosophe n'a
pu faire. Mais c'est que *Mahomet* vécut assez & *Julien*
trop peu.

Les christicoles ont osé dire que *Julien* n'avait vécu
que trente & un ans, en punition de son impiété ;
& ils ne songent pas que leur prétendu Dieu n'a pas
vécu davantage.

CHAPITRE XXXII.

Confidérations fur Julien.

JULIEN ftoïcien de pratique, & d'une vertu fupérieure à celle de fa fecte même, était platonicien de
théorie : fon efprit fublime avait embraffé la fublime
idée de *Platon*, prife des anciens Chaldéens, que
DIEU exiftant de toute éternité avait créé des êtres
de toute éternité. Ce DIEU immuable, pur, immortel,
ne put former que des êtres femblables à lui, des
images de fa fplendeur auxquels il ordonna de créer
les fubftances mortelles; ainfi DIEU fit les dieux, &
les dieux firent les hommes.

Ce magnifique fyftème n'était pas prouvé; mais
une telle imagination vaut fans doute mieux qu'un
jardin dans lequel on a établi les fources du Nil & de
l'Euphrate, qui font à huit cents grandes lieues l'une
de l'autre; un arbre qui donne la connaiffance du
bien & du mal; une femme tirée de la côte d'un
homme; un ferpent qui parle, un chérubin qui
garde la porte; & toutes les dégoûtantes rêveries dont
la groffièreté juive a farci cette fable empruntée des
Phéniciens. Auffi faut-il voir dans *Cyrille* avec quelle
éloquence *Julien* confondit ces abfurdités. *Cyrille* eut
affez d'orgueil pour rapporter les raifons de *Julien*,
& pour croire lui répondre.

Julien daigne faire voir combien il répugne à la
nature de DIEU d'avoir mis dans le jardin d'Éden des
fruits qui donnaient la connaiffance du bien & du

mal, & d'avoir défendu d'en manger. Il fallait au contraire, comme nous l'avons déjà remarqué, recommander à l'homme de fe nourrir de ce fruit néceffaire. La diftinction du bien & du mal, du jufte & de l'injufte, était le lait dont DIEU devait nourrir des créatures forties de fes mains. Il aurait mieux valu leur crever les deux yeux que leur boucher l'entendement.

Si le rédacteur de ce roman afiatique de la Genèfe avait eu la moindre étincelle d'efprit, il aurait fuppofé deux arbres dans le paradis ; les fruits de l'un nour-riffaient l'ame & fefaient connaître & aimer la juftice ; les fruits de l'autre enflammaient le cœur de paffions funeftes : l'homme négligea l'arbre de la fcience, & s'attacha à celui de la cupidité.

Voilà du moins une allégorie jufte, une image fenfible du fréquent abus que les hommes font de leur raifon. Je m'étonne que *Julien* ne l'ait pas propofée ; mais il dédaignait trop ce livre pour defcendre à le corriger.

C'eft avec très-grande raifon que *Julien* méprife ce fameux décalogue que les Juifs regardaient comme un code divin. C'était en effet une plaifante légiflation en comparaifon des lois romaines, de défendre le vol, l'adultère, & l'homicide. Chez quel peuple barbare la nature n'a-t-elle pas dicté ces lois avec beaucoup plus d'étendue ? Quelle pitié de faire defcendre DIEU au milieu des éclairs & des tonnerres, fur une petite montagne pelée, pour enfeigner qu'il ne faut pas être voleur ! encore peut-on dire que ce n'était pas à ce Dieu qui avait ordonné de voler les Egyptiens, & qui leur propofait l'ufure avec les étrangers comme leur plus digne récompenfe , & qui avait récompenfé le voleur *Jacob* ; que ce n'était pas , dis-je , à ce Dieu, de défendre le larcin.

C'eft avec beaucoup de fagacité que ce digne empereur détruit les prétendues prophéties juives , fur lefquelles les chrifticoles appuyaient leurs rêveries, & la verge de Juda qui ne manquerait point entre les jambes , & la fille ou la femme qui fera un enfant , & furtout ces paroles attribuées à *Moïfe* , lefquelles regardent *Jofué* , & qu'on applique fi mal-à-propos à JESUS : DIEU *vous fufcitera un prophète femblable à moi*. Certainement un prophète femblable à *Moïfe* , ne veut pas dire DIEU & fils de DIEU. Rien n'eft fi palpable , rien n'eft fi fort à la portée des efprits les plus groffiers.

Mais *Julien* croyait ou feignait de croire par politique, aux divinations, aux augures, à l'efficacité des facrifices : car enfin les peuples n'étaient pas philofophes ; il fallait opter entre la démence des chrifticoles & celle des païens.

Je penfe que fi ce grand-homme eût vécu , il eût avec le temps dégagé la religion des fuperftitions les plus groffières , & qu'il eût accoutumé les Romains à reconnaître un Dieu formateur des dieux & des hommes , & à lui adreffer tous les hommages.

Mais *Cyrille* & *Grégoire* , & les autres prêtres chrétiens, profitèrent de la néceffité où il femblait être de profeffer publiquement la religion païenne , pour le décrier chez les fanatiques. Les ariens & les athanafiens fe réunirent contre lui ; & le plus grand homme qui peut-être ait jamais été, devint inutile au monde.

CHAPITRE XXXIII.

Des chrétiens jusqu'à Théodose.

APRÈS la mort de *Julien*, les ariens & les athanafiens, dont il avait réprimé la fureur, recommencèrent
à troubler tout l'empire. Les évêques des deux partis
ne furent plus que des chefs de féditieux. Des moines
fanatiques fortirent des déferts de la Thébaïde pour
fouffler le feu de la difcorde, ne parlant que de
miracles extravagans tels qu'on les trouve dans
l'hiftoire des papas du défert ; infultant les empereurs
& montrant de loin ce que devaient être un jour des
moines.

Il y eut un empereur fage, qui, pour éteindre s'il
fe pouvait toutes ces querelles, donna une liberté
entière de confcience, & la prit pour lui-même ; ce
fut *Valentinien I.* De fon temps toutes les fectes
vécurent au moins quelques années dans une paix
extérieure, fe bornant à s'anathématifer fans s'égorger ;
païens, juifs, athanafiens, ariens, macédoniens,
dönatiftes, cyprianiftes, manichéens, apollinariftes,
tous furent étonnés de leur tranquillité. *Valentinien*
apprit à tous ceux qui font nés pour gouverner, que
fi deux fectes déchirent un Etat, trente fectes tolérées
laiffent l'Etat en repos.

Théodofe ne penfa pas ainfi, & fut fur le point de
tout perdre ; il fut le premier qui prit parti pour les
athanafiens ; & il fit renaître la difcorde par fon

intolérance. Il perfécuta les païens & les aliéna. Il fe crut alors obligé de donner lâchement des provinces entières aux Goths fur la rive droite du Danube ; & par cette malheureufe précaution, prife contre fes peuples, il prépara la chute de l'empire romain.

Les évêques, à l'imitation de l'empereur, s'abandonnèrent à la fureur de la perfécution. Il y avait un tyran qui, ayant détrôné & affaffiné un collègue de *Théodofe*, nommé *Gratien*, s'était rendu maître de l'Angleterre, des Gaules, & de l'Efpagne. Je ne fais quel *Prifcillien* en Efpagne, ayant dogmatifé comme tant d'autres, & ayant dit que les ames étaient des émanations de Dieu, quelques évêques efpagnols, qui ne favaient pas plus que *Prifcillien* d'où venaient les ames, le déférèrent lui & fes principaux fectateurs au tyran *Maxime*. Ce monftre, pour faire fa cour aux évêques dont il avait befoin pour fe maintenir dans fon ufurpation, fit condamner à mort *Prifcillien* & fept de fes partifans. Un évêque nommé *Itace* fut affez barbare pour leur faire donner la queftion en fa préfence. Le peuple toujours fot & toujours cruel, quand on lâche la bride à fa fuperftition, affomma dans Bordeaux à coups de pierres une femme de qualité qu'on difait être prifcillianifte.

Ce jugement de *Prifcillien* eft plus avéré que celui de tous les martyrs, dont les chrétiens avaient fait tant de bruit fous les premiers empereurs. Les malheureux croyaient plaire à Dieu, en fe fouillant des crimes dont ils s'étaient plaints. Les chrétiens, depuis ce temps, furent comme des chiens qu'on avait mis en curée ; ils furent avides de carnage, non pas en défendant l'empire qu'ils laiffèrent envahir par vingt nations barbares, mais en perfécutant tantôt les fectateurs de l'antique religion romaine & tantôt leurs frères qui ne penfaient pas comme eux.

Y a-t-il rien de plus horrible & de plus lâche que l'action des prêtres de l'évêque *Cyrille*, que les chrétiens appellent *St Cyrille* ? Il y avait dans Alexandrie une fille célébre par fa beauté & par fon efprit; fon nom était *Hypatie*: élevée par le philofophe *Théon* fon père, elle occupa la chaire qu'avait eue fon père & fut applaudie pour fa fcience autant qu'honorée pour fes mœurs ; mais elle était païenne. Les dogues tonfurés de *Cyrille*, fuivis d'une troupe de fanatiques, l'allèrent faifir dans la chaire où elle dictait fes leçons, la traînèrent par les cheveux, la lapidèrent, & la brulèrent, fans que *Cyrille* le faint leur fît la plus légère réprimande, & fans que le dévot *Théodofe*, fouillé du fang des peuples de Theffalonique, (*a*) condamnât cet excès d'inhumanité.

(*a*) Rien ne caractérife mieux les prêtres du chriftianifme que les louanges prodiguées par eux fi long-temps à *Théodofe* & à *Conftantin*. Il eft certain que *Théodofe* était un des plus méchans hommes qui euffent gouverné l'empire romain ; puifqu'après avoir promis une amniftie entière pendant fix mois aux citoyens de Theffalonique, ce cantabre auffi perfide que cruel invita ces citoyens à des jeux publics, dans lefquels il fit égorger hommes, femmes, enfans, fans qu'il en réchappât un feul. Peut-on n'être pas faifi de la plus violente indignation contre les panégyriftes de ce barbare qui s'extafient fur fa pénitence ? Il fut vraiment, difent-ils, plufieurs mois fans entendre la meffe. N'eft-ce pas infulter à l'humanité entière que d'ofer parler d'une telle fatiffaction ? fi les auteurs des maffacres d'Irlande avaient paffé fix mois fans entendre la meffe, auraient-ils bien expié leurs crimes ? En eft-on quitte pour ne point affifter à une cérémonie auffi idolâtre que ridicule, lorfqu'on eft fouillé du fang de fa patrie ?

Quant à *Conftantin*, je fuis de l'avis du conful *Ablavius*, qui déclara que *Conftantin* était un *Néron*.

CHAPITRE XXXIV.

Des fectes & des malheurs des chrétiens jufqu'à l'établiffement du mahométifme.

Les difputes, les anathèmes, les perfécutions, ne ceffèrent d'inonder l'Eglife chrétienne. Ce n'était·pas affez d'avoir uni dans Jesus la nature divine avec la nature humaine. On s'avifa d'agiter la queftion fi *Marie* était mère de Dieu. Ce titre de mère de Dieu parut un blafphème à *Neftorius* évêque de Conftantinople. Son fentiment était le plus probable : mais comme il avait été perfécuteur, il trouva des évêques qui le perfécutèrent. On le chaffa de fon fiége au concile d'Ephèfe ; mais auffi trente évêques de ce même concile dépofèrent ce *St Cyrille* l'ennemi mortel de *Neftorius*, & tout l'Orient fut partagé.

Ce n'était pas affez ; il fallut favoir précifément fi ce Jesus avait eu deux natures, deux perfonnes, deux ames, deux volontés ; fi quand il fefait les fonctions animales de l'homme, la partie divine s'en mêlait ou ne s'en mêlait pas. Toutes ces queftions ne méritaient d'être traitées que par *Rabelais*, ou par notre cher doyen *Swift*, ou par *Punch*. Cela fit trois partis dans l'empire, par le fanatifme d'un *Eutychès*, miférable moine ennemi de *Neftorius* & combattu par d'autres moines. On voyait dans toutes ces difputes, monaftères oppofés à monaftères, dévotes à dévotes,

eunuques à eunuques, conciles à conciles, & souvent
empereurs à empereurs.

Pendant que les descendans des *Camilles*, des
Brutus, des *Scipions*, des *Catons*, mêlés aux Grecs
& aux barbares, barbotaient ainsi dans la fange de
la théologie, & que l'esprit de vertige était répandu
sur la face de l'empire romain; des brigands du Nord
qui ne savaient que combattre, vinrent démembrer
ce grand colosse devenu faible & ridicule.

Quand ils eurent vaincu, il fallut gouverner des
peuples fanatiques; il fallut prendre leur religion, &
mener ces bêtes de somme par les licous quelles
s'étaient faits elles-mêmes.

Les évêques de chaque secte tâchèrent de séduire
leurs vainqueurs; ainsi les princes ostrogoths,
visigoths, & bourguignons, se firent ariens; les princes
francs furent athanasiens.

L'empire romain d'Occident détruit, fut partagé
en provinces ruisselantes de sang, qui continuèrent
à s'anathématiser avec une sainteté réciproque. Il y
eut autant de confusion & une abjection aussi misérable dans la religion que dans l'empire.

Les méprisables empereurs de Constantinople
affectèrent de prétendre toujours sur l'Italie, & sur
les autres provinces qu'ils n'avaient plus, les droits
qu'ils croyaient avoir. Mais au septième siècle, il
s'éleva une religion nouvelle qui ruina bientôt les
sectes chrétiennes dans l'Asie, dans l'Afrique, & dans
une grande partie de l'Europe.

Le mahométisme était sans doute plus sensé que
le christianisme. On n'y adorait point un juif en
abhorrant les Juifs; on n'y appelait point une juive

mère de DIEU ; on n'y tombait point dans le blaſphème extravagant de dire que trois Dieux font un
Dieu ; enfin on n'y mangeait pas ce Dieu qu'on
adorait , & on n'allait pas rendre à la ſelle ſon
Créateur. Croire un ſeul DIEU tout-puiſſant, était le
ſeul dogme; & ſi on n'y avait pas ajouté que *Mahomet*
eſt ſon prophète, c'eût été une religion auſſi pure,
auſſi belle que celle des lettrés chinois. C'était le
ſimple théiſme, la religion naturelle, & par conſé-
quent la ſeule véritable. Mais on peut dire que les
muſulmans étaient en quelque ſorte excuſables d'appeler *Mahomet* l'organe de DIEU, puiſqu'en effet il
avait enſeigné aux Arabes qu'il n'y a qu'un DIEU.

Les muſulmans par les armes & par la parole firent
taire le chriſtianiſme juſqu'aux portes de Conſtantinople , & les chrétiens reſſerrés dans quelques
provinces d'Occident continuèrent à diſputer & à
ſe déchirer.

CHAPITRE XXXV.

Diſcours ſommaire des uſurpations papales. (a)

CE fut un état bien déplorable que celui où l'inondation des barbares réduiſit l'Europe. Il n'y eut que
le temps de *Théodoric* & de *Charlemagne* qui fut ſignalé
par quelques bonnes lois ; encore *Charlemagne ;* moitié

(a) Milord ne parle pas de la tyrannie des papes. *Grégoire* ſurtout ,
ſurnommé *le grand* , brûla tous les auteurs latins qu'il put trouver. Il y
a encore de lui une lettre à un évêque de Cagliari , dans laquelle il lui
dit : *Je veux qu'on force tous les païens de la Sardaigne à ſe convertir.*

franc, moitié germain, exerça des barbaries dont aucun fouverain n'oferait fe fouiller aujourd'hui. Il n'y a que de lâches écrivains de la fecte romaine qui puiffent louer ce prince d'avoir égorgé la moitié des Saxons pour convertir l'autre.

Les évêques de Rome, dans la décadence de la famille de *Charlemagne*, commencèrent à tenter de s'attribuer un pouvoir fouverain & de reffembler aux califes qui réuniffaient les droits du trône & de l'autel. Les divifions des princes & l'ignorance des peuples favorifèrent bientôt leur entreprife. L'évêque de Rome *Grégoire VII*, fut celui qui étala ces deffeins audacieux avec le plus d'infolence. Heureufement pour nous, *Guillaume* de Normandie qui avait ufurpé notre trône, ne diftinguant plus la gloire de notre nation de la fienne propre, réprima l'infolence de *Grégoire VII*, & empêcha quelque temps que nous ne payaffions le denier de *St Pierre*, que nous avions donné d'abord comme une aumône, & que les évêques de Rome exigeaient comme un tribut.

Tous nos rois n'eurent pas la même fermeté ; & lorfque les papes, fi peu puiffans par leur petit territoire, devinrent les maîtres de l'Europe par les croifades & par les moines ; lorfqu'ils eurent dépofé tant d'empereurs & de rois, & qu'ils eurent fait de la religion une arme terrible qui perçait tous les fouverains, notre île vit le miférable roi *Jean fans terre*, fe déclarer à genoux vaffal du pape, faire ferment de fidélité aux pieds du légat *Pandolphe*, s'obliger lui & fes fucceffeurs à payer aux évêques de Rome un tribut annuel de mille marcs ; (*b*) ce qui fefait prefque

(*b*) Le légat foula à fes pieds l'argent avant de l'emporter,

le revenu de la couronne. Comme un de mes ancêtres eut le malheur de figner ce traité, le plus infame des traités, je dois en parler avec plus d'horreur qu'un autre; c'eft une amende honorable que je dois à la dignité de la nature humaine avilie.

CHAPITRE XXXVI.

De l'excès épouvantable des perfécutions chrétiennes.

IL ne faut pas croire que les nouveaux dogmes inventés chaque jour, ne contribuaffent beaucoup à fortifier les ufurpations des papes. Le *hocus pocus*, (*a*) ou la tranffubftantiation, dont le nom feul eft ridicule, s'établit peu-à-peu, après avoir été inconnu aux premiers fiècles du chriftianifme. On peut fe figurer quelle vénération s'attirait un prêtre, un moine, qui fefait un Dieu avec quatre paroles, & non-feulement un Dieu, mais autant de Dieux qu'il voulait : avec quel refpeft voifin de l'adoration, ne devait-on pas regarder celui qui s'était rendu le maître abfolu de tous ces fefeurs de Dieux? Il était le fouverain des prêtres, il l'était des rois; il était Dieu lui-même; & à Rome encore, quand le pape officie, on dit le *vénérable* porte le *vénérable*.

Cependant au milieu de cette fange dans laquelle

(*a*) Nous appelons *hocus pocus* un tour de gobelets, un tour de gibecière, un efcamotage de charlatan. Ce font deux mots latins abrégés, ou plutôt eftropiés, d'après ces paroles de la meffe latine *hoc eft corpus meum.*

l'efpèce humaine était plongée en Europe, il s'éleva
toujours des hommes qui proteftèrent contre ces
nouveautés : ils favaient que dans les premiers fiècles
de l'Eglife, on n'avait jamais prétendu changer du
pain en Dieu dans le fouper du Seigneur ; que la
cène faite par JESUS avait été un agneau cuit avec
des laitues, que cela ne reffemblait nullement à la
communion de la meffe ; que les premiers chrétiens
avaient eu les images en horreur ; que même encore
fous *Charlemagne*, le fameux concile de Francfort les
avait profcrites.

Plufieurs autres articles les révoltaient ; ils ofaient
même douter quelquefois que le pape, tout Dieu qu'il
était, pût de droit divin dépofer un roi, pour avoir
époufé fa commère ou fa parente au feptième degré.
Ils rejetaient donc fecrétement quelques points de
la créance chrétienne, & ils en admettaient d'autres
non moins abfurdes ; femblables aux animaux, qu'on
prétendit autrefois être formés du limon du Nil, &
qui avaient la vie dans une partie de leur corps, tandis
que l'autre n'était encore que de la boue.

Mais quand ils voulurent parler, comment furent-
ils traités ? On avait dans l'Orient employé dix fiècles
de perfécutions, à exterminer les manichéens ; &
fous la régence d'une impératrice *Théodora* dévote &
barbare, (b) on en avait fait périr plus de cent mille

(b) Eft-il poffible que cette horrible profcription, cette Saint-Barthelemi anticipée foit fi peu connue ! elle s'eft perdue dans la foule.
Cependant *Fleuri*, n'omet pas cette horreur dans fon livre quarante-
huitième fous l'année 850 ; il en parle comme d'un événement très-
ordinaire. *Bayle*, à l'article PAULICIENS, aurait bien dû en faire
quelque mention ; d'autant plus que les Pauliciens, échappés à ce

dans les supplices. Les Occidentaux entendant confu-
sément parler de ces boucheries, s'accoutumèrent à
nommer manichéens tous ceux qui combattaient
quelques dogmes de l'Eglise papiste, & à les poursuivre avec la même barbarie. C'est ainsi qu'un *Robert*
de France fit brûler à ses yeux le confesseur de sa
femme & plusieurs prêtres.

Quand les Vaudois & les Albigeois parurent, on
les appela manichéens, pour les rendre plus odieux.

Qui ne connaît les cruautés horribles exercées dans
les provinces méridionales de France, contre ces
malheureux dont le crime était de nier qu'on pût
faire Dieu avec des paroles?

Lorsqu'ensuite les disciples de notre *Wiclef*, de
Jean Hus, & enfin ceux de *Luther* & de *Zuingle*,
voulurent secouer le joug papal, on sait que l'Europe
presque entière fut bientôt partagée en deux espèces,
l'une de bourreaux & l'autre de suppliciés. Les
réformés firent ensuite ce qu'avaient fait les chrétiens
des quatrième & cinquième siècles; après avoir été
persécutés, ils devinrent persécuteurs à leur tour.
Si on voulait compter les guerres civiles que les disputes sur le christianisme ont excitées, on verrait
qu'il y en a plus de cent. Notre Grande-Bretagne a
été saccagée: les massacres d'Irlande sont comparables
à ceux de la St Barthelemi; & je ne sais s'il y eut plus
d'abominations commises, plus de sang répandu en

massacre, se joignirent aux musulmans, & les aidèrent à détruire ce
détestable empire d'Orient, qui savait proscrire & qui ne savait plus
combattre. Mais ce qui met le comble à l'atrocité chrétienne, c'est que
cette furie de *Théodora* fut déclarée sainte, & qu'on a long-temps célébré
sa fête dans l'Eglise grecque.

France

France qu'en Irlande. La femme de *Sir Henri Spot-vood*, (*c*) sœur de ma bisaïeule, fut égorgée avec deux de ses filles. Ainsi dans cet examen j'ai toujours à venger le genre-humain & moi-même.

Que dirai-je du tribunal de l'inquisition qui subsiste encore? Les sacrifices de sang humain qu'on reproche aux anciennes nations, ont été plus rares que ceux dont les Espagnols & les Portugais se sont souillés dans leurs actes de foi.

Est-il quelqu'un maintenant qui veuille comparer ce long amas de destruction & de carnage au martyre de *Ste Potamienne*, de *Ste Barbe*, de *St Pionius*, & de *St Eustache*? Nous avons nagé dans le sang comme des tigres acharnés pendant des siècles, & nous osons flétrir les *Trajans* & les *Antonins* du nom de persécuteurs.

(*c*) Milord *Bolingbroke* a bien raison de comparer les massacres d'Irlande à ceux de la Saint-Barthelemi en France : je crois même que le nombre des assassinats irlandais surpassa celui des assassinats français.

Il fut prouvé juridiquement par *Henri Shampart*, *James Shaw*, & autres, que les confesseurs des catholiques leur avaient dénoncé l'excommunication & la damnation éternelle, s'ils ne tuaient pas tous les protestans avec les femmes & les enfans qu'ils pourraient mettre à mort ; & que les mêmes confesseurs leur enjoignirent de ne pas épargner le bétail appartenant aux Anglais, afin de mieux ressembler au saint peuple juif, quand DIEU lui livra Jericho.

On trouva dans la poche du lord *Mackguire*, lorsqu'il fut pris, une bulle du pape *Urbain VIII* du 25 mai 1643, laquelle promettait aux Irlandais la rémission de tous les crimes, & les relevait de tous leurs vœux excepté de celui de chasteté.

Le chancelier *Clarendon* & le chevalier *Temple* disent que, depuis l'automne de 1641 jusqu'à l'été de 1643, il y eut cent cinquante mille protestans d'assassinés, & qu'on n'épargna ni les enfans, ni les femmes. Un irlandais nommé *Brook*, zélé pour son pays, prétend qu'on n'en égorgea que quarante mille. Prenons un terme moyen, nous aurons quatre vingt-quinze mille victimes en vingt & un mois.

Il m'est arrivé quelquefois de repréfenter à des prêtres l'énormité de toutes ces défolations dont nos aïeux ont été les victimes ; ils me répondaient froidement que c'était un bon arbre qui avait produit de mauvais fruits : je leur difais que c'eft un blafphème de prétendre qu'un arbre qui avait porté tant & de fi horribles poifons, a été planté des mains de DIEU même. En vérité il n'y a point de prêtre qui ne doive baiffer les yeux & rougir devant un honnête homme.

CHAPITRE XXXVII.

Excès de l'Eglife romaine.

CE n'eft que dans l'Eglife romaine incorporée avec la férocité des defcendans des Huns, des Goths, & des Vandales, qu'on voit cette férie continue de fcandales & de barbaries inconnues chez tous les prêtres des autres religions du monde.

Les prêtres ont par-tout abufé, parce qu'ils font hommes. Il fut même & il eft encore chez les brames des fripons & des fcélérats, quoique cette ancienne fecte foit fans contredit la plus honnête de toutes. L'Eglife romaine l'a emporté en crimes fur toutes les fectes du monde, parce qu'elle a eu des richeffes & du pouvoir.

Elle l'a emporté en débauches obfcènes, parce que pour mieux gouverner les hommes elle s'eft interdit le mariage, qui eft le plus grand frein à l'impudicité *vulgivague* & à la pédéraftie.

Je m'en tiens à ce que j'ai vu de mes yeux, & à ce qui s'eft paffé peu d'années avant ma naiffance. Y eut-il jamais un brigand qui refpeêtât moins la foi publique, le fang des hommes, & l'honneur des femmes, que ce *Bernard Van-Gallen* évêque de Munfter, qui fe fefait foudoyer tantôt par les Hollandais contre fes voifins, tantôt par *Louis XIV* contre les Hollandais ? il s'enivra de vin & de fang toute fa vie. Il paffait du lit de fes concubines aux champs du meurtre, comme une bête en rut & carnaffière. Le fot peuple cependant fe mettait à genoux devant lui, & recevait humblement fa bénédiétion.

J'ai vu un de fes bâtards qui, malgré fa naiffance, trouva le moyen d'être chanoine d'une collégiale ; il était plus méchant que fon père & beaucoup plus diffolu : je fais qu'il affaffina une de fes maîtreffes.

Je demande s'il n'eft pas probable que l'évêque marié à une allemande femme de bien, & fon fils né en légitime mariage & bien élevé, auraient mené l'un & l'autre une vie moins abominable. Je demande s'il y a quelque chofe au monde plus capable de modérer nos fureurs que les regards d'une époufe & d'une mère refpeêtée, fi les devoirs d'un père de famille n'ont pas étouffé mille crimes dans leur germe.

Combien d'affaffinats commis par des prêtres n'ai-je pas vu en Italie il n'y a pas quarante ans ? je n'exagère point ; il y avait peu de jours où un prêtre corfe n'allât, après avoir dit la meffe, arquebufer fon ennemi ou fon rival derrière un buiffon ; & quand l'affaffiné refpirait encore, le prêtre lui offrait de le confeffer & de lui donner l'abfolution. C'eft ainfi que ceux que le pape *Alexandre VI* fefait égorger pour

K 2

s'emparer de leur bien, lui demandaient *unam indul-gentiam in articulo mortis.*

Je lifais hier ce qui eft rapporté dans nos hiftoires d'un évêque de Liége du temps de notre *Henri V.* Cet évêque n'eft appelé que *Jean fans pitié.* Il avait un prêtre qui lui fervait de bourreau; & après l'avoir employé à pendre, à rouer, à éventrer plus de deux mille perfonnes, il le fit pendre lui-même.

Que dirai-je de l'archevêque d'Upfal nommé *Troll,* qui de concert avec le roi de Danemarck *Chriftian II,* fit maffacrer devant lui quatre-vingt-quatorze féna-teurs, & livra la ville de Stockholm au pillage, une bulle du pape à la main?

Il n'y a point d'Etat chrétien où les prêtres n'aient étalé des fcènes à-peu-près femblables.

On me dira que je ne parle que des crimes ecclé-fiaftiques, & que je paffe fous filence ceux des féculiers. C'eft que les abominations des prêtres, & furtout des prêtres papiftes, font un plus grand contrafte avec ce qu'ils enfeignent au peuple; c'eft qu'ils joignent à la foule de leurs forfaits un crime non moins affreux s'il eft poffible, celui de l'hypocrifie; c'eft que plus leurs mœurs doivent être pures, plus ils font coupa-bles. Ils infultent au genre-humain; ils perfuadent à des imbécilles de s'enterrer vivans dans un monaftère. Ils prêchent une vêture, ils adminiftrent leurs huiles; & au fortir de-là ils vont fe plonger dans la volupté ou dans le carnage; c'eft ainfi que l'Eglife fut gou-vernée depuis les fureurs d'*Athanafe* & d'*Arius* jufqu'à nos jours.

Qu'on me parle avec la même bonne foi que je m'explique; penfe-t-on qu'il y ait eu un feul de ces monftres qui ait cru les dogmes impertinens qu'ils ont prêchés ? Y a-t-il eu un feul pape qui, pour peu qu'il ait eu de fens commun, ait cru l'incarnation de DIEU, la mort de DIEU, la réfurrection de DIEU, la trinité de DIEU, la tranffubftantiation de la farine en DIEU, & toutes ces odieufes chimères qui ont mis les chrétiens au-deffous des brutes ? certes ils n'en ont rien cru ; & parce qu'ils ont fenti l'horrible abfurdité du chriftianifme, ils fe font imaginé qu'il n'y a point de DIEU. C'eft-là l'origine de toutes les horreurs dont ils fe font fouillés ; prenons-y garde, c'eft l'abfurdité des dogmes chrétiens qui fait les athées.

CONCLUSION.

JE conclus que tout homme fenfé, tout homme de bien, doit avoir la fecte chrétienne en horreur. *Le grand nom de théifte qu'on ne révère pas affez,* (a) eft le feul nom qu'on doive prendre. Le feul évangile qu'on doive lire, c'eft le grand livre de la nature, écrit de la main de DIEU, & fcellé de fon cachet. La feule religion qu'on doive profeffer eft celle *d'adorer* DIEU *& d'être honnête homme.* Il eft auffi impoffible que cette religion pure & éternelle produife du mal, qu'il était impoffible que le fanatifme chrétien n'en fît pas.

On ne pourra jamais faire dire à la religion naturelle : *Je fuis venue apporter, non pas la paix, mais le glaive.* Au lieu que c'eft la première confeffion de

(a) *N. B.* Ces paroles font prifes des caractériftiques du lord *Shaftesbury.*

K 3

foi qu'on met dans la bouche d'un juif qu'on a nommé le CHRIST.

Les hommes font bien aveugles & bien malheureux de préférer une secte abfurde, fanguinaire, foutenue par des bourreaux, & entourée de bûchers; une secte qui ne peut être approuvée que par ceux à qui elle donne du pouvoir & des richeffes; une secte particulière qui n'eft reçue que dans une petite partie du monde; à une religion fimple & univerfelle qui, de l'aveu même des chrifticoles, était la religion du genre-humain du temps de *Seth*, d'*Enoch*, de *Noé*. Si la religion de leurs premiers patriarches eft vraie, certes la secte de JESUS eft fauffe. Les fouverains fe font foumis à cette secte, croyant qu'ils en feraient plus chers à leurs peuples, en fe chargeant eux-mêmes du joug que leurs peuples portaient. Ils n'ont pas vu qu'ils fe fefaient les premiers efclaves des prêtres, & ils n'ont pu encore parvenir dans la moitié de l'Europe à fe rendre indépendans.

Et quel roi, je vous prie, quel magiftrat, quel père de famille n'aimera pas mieux être le maître chez lui, que d'être l'efclave d'un prêtre?

Quoi! le nombre innombrable des citoyens moleftés, excommuniés, réduits à la mendicité, égorgés, jetés à la voirie, le nombre des princes détrônés & affaffinés, n'a pas encore ouvert les yeux des hommes! & fi on les entr'ouvre, on n'a pas encore renverfé cette idole funefte!

Que mettrons-nous à la place? dites-vous: quoi! un animal féroce a fucé le fang de mes proches: je vous dis de vous défaire de cette bête; & vous me demandez ce qu'on mettra à fa place! vous me le demandez! vous, cent fois plus odieux que les pontifes païens, qui se contentaient tranquillement de leurs cérémonies & de leurs sacrifices, qui ne prétendaient point enchaîner les esprits par des dogmes, qui ne disputèrent jamais aux magistrats leur puissance, qui n'introduisirent point la discorde chez les hommes. Vous avez le front de demander ce qu'il faut mettre à la place de vos fables! Je vous réponds, DIEU, la vérité, la vertu, des lois, des peines, & des récompenses. Prêchez la probité & non le dogme. Soyez les prêtres de DIEU, & non d'un homme.

Après avoir pesé devant DIEU le christianisme dans les balances de la vérité, il faut le peser dans celles de la politique. Telle est la misérable condition humaine, que le vrai n'est pas toujours avantageux. Il y aurait du danger & peu de raison à vouloir faire tout d'un coup du christianisme ce qu'on a fait du papisme. Je tiens que dans notre île on doit laisser subsister la hiérarchie établie par un acte de parlement, en la soumettant toujours à la législation civile, & en l'empêchant de nuire. Il serait sans doute à désirer que l'idole fût renversée, & qu'on offrît à DIEU des hommages plus purs ; mais le peuple n'en est pas encore digne. Il suffit pour le présent que notre Eglise soit contenue dans ses bornes. Plus les laïques seront éclairés, moins les prêtres pourront faire de mal. Tâchons de les éclairer eux-mêmes, de les faire rougir de leurs erreurs, & de les amener peu-à-peu jusqu'à être citoyens. (b)

(b) Il n'est pas possible à l'esprit humain, quelque dépravé qu'il puisse être, de répondre un mot raisonnable à tout ce qu'a dit milord *Bolingbroke.* Moi-même, avec un des plus grands mathématiciens de

T R A D U C T I O N

D'une lettre de milord Bolingbroke , à milord
Cornsburi.

NE foyez point étonné , Milord , que *Grotius* &
Pafcal aient eu les travers que nous leur reprochons.
La vanité , la paffion de fe diftinguer , & furtout
celle de dominer fur l'efprit des autres , ont corrompu
bien des génies , & obfcurci bien des lumières,

Vous avez vu chez nous d'excellens confeillers de
loi , foutenir les caufes les plus mauvaifes. Notre
Wiflon , bon géomètre & très-favant homme , s'eft
rendu très-ridicule par fes fyftèmes. *Defcartes* était
certainement un excellent géomètre pour fon temps ;
cependant quelles fottifes énormes n'a-t-il pas dites
en phyfique & en métaphyfique ? A-t-on jamais vu un
roman plus extravagant que celui de fon monde ?

notre île , j'ai effayé d'imaginer ce que les chrifticoles pourraient alléguer
de plaufible , & je ne l'ai pu trouver. Ce livre eft un foudre qui écrafe
la fuperftition. Tout ce que nos *Divines* (*) ont à faire , c'eft de ne
prêcher jamais que la morale , & de rendre à jamais le papifme exécrable
à toutes les nations. Par-là ils feront chers à la nôtre. Qu'ils faffent
adorer un DIEU , & qu'ils faffent détefter une fecte abominable fondée
fur l'impofture , la perfécution , la rapine , & le carnage ; une fecte
l'ennemie des rois & des peuples , & furtout l'ennemie de notre conftitution , de cette conftitution la plus heureufe de l'univers. Il a été
donné à milord *Bolingbroke* de détruire des démences théologiques ,
comme il a été donné à *Newton* d'anéantir les erreurs phyfiques. Puiffe
bientôt l'Europe entière s'éclairer à cette lumière ! *Amen.*

A Londres le 18 mars 1767 , MALLET. (**)

(*) *Divine* en anglais fignifie théologien.

(**) C'eft le nom du traducteur français des œuvres de *Bolingbroke.*

Le docteur *Clarke* paffera toujours pour un méta-
phyficien très-profond, mais cela n'empêche pas que
la partie de fon livre qui regarde la religion ne foit
fifflée de tous les penfeurs.

J'ai lu il y a quelques mois le manufcrit du commentaire de l'Apocalypfe de *Newton*, que m'a prêté
fon neveu *Conduit*. Je vous avoue que fur ce livre je
le ferais mettre à Bedlam, fi je ne favais d'ailleurs
qu'il eft dans les chofes de fa compétence le plus
grand-homme qu'on ait jamais eu. J'en dirais bien
autant d'*Auguftin* évêque d'Hippone , c'eft-à-dire que
je le jugerais digne de Bedlam fur quelques-unes de
fes contradictions & de fes allégories ; mais je ne
prétends pas dire que je le regarderais comme un
grand-homme.

On eft tout étonné de lire dans fon fermon fur le
feptième pfeaume ces belles paroles : ,, Il eft clair
,, que le nombre de quatre a rapport au corps
,, humain , à caufe des quatre élémens , des quatre
,, qualités dont il eft compofé, le froid , le chaud , le
,, fec, & l'humide. Le nombre de quatre a rapport
,, au vieil homme & au vieux Teftament , & celui
,, de trois a rapport au nouvel homme & au nouveau
,, Teftament. Tout fe fait donc par quatre & par
,, trois qui font fept ; & quand le nombre de
,, fept jours fera paffé , le huitième fera le jour
,, du jugement. ,,

Les raifons que donne *Auguftin* pourquoi DIEU dit
à l'homme, aux poiffons, & aux oifeaux : Croiffez &
multipliez , & ne le dit point aux autres animaux ,
font encore excellentes. Cela fe trouve à la fin des
confeffions d'*Auguftin* , & je vous exhorte à les lire.

Pascal était assez éloquent, & était surtout un bon plaisant. Il est à croire qu'il serait devenu même un profond géomètre ; ce qui ne s'accorde guère avec la raillerie & le comique qui règnent dans ses *Lettres provinciales ;* mais sa mauvaise santé le rendit bientôt incapable de faire des études suivies. Il était extrêmement ignorant sur l'histoire des premiers siècles de l'Eglise, ainsi que sur presque toute autre histoire. Quelques janfénistes même m'avouèrent lorsque j'étais à Paris, qu'il n'avait jamais lu l'ancien Testament tout entier ; & je crois qu'en effet peu d'hommes ont fait cette lecture, excepté ceux qui ont eu la manie de le commenter.

Pascal n'avait lu aucun des livres des jésuites dont il se moque dans ses lettres. C'étaient des manœuvres littéraires de Port-royal qui lui fournissaient les passages qu'il tournait si bien en ridicule.

Ses pensées sont d'un enthousiaste, & non d'un philosophe. Si le livre qu'il méditait eût été composé avec de pareils matériaux, il n'eût été qu'un édifice monstrueux bâti sur du sable mouvant. Mais il était lui-même incapable d'élever ce bâtiment, non-seulement à cause de son peu de science, mais parce que son cerveau se dérangea sur les dernières années de sa vie qui fut courte. C'est une chose bien singulière, que *Pascal* & *Abadie*, les deux défenseurs de la religion chrétienne que l'on cite le plus, soient tous deux morts fous. *Pascal,* comme vous savez, croyait toujours voir un précipice à côté de sa chaise, & *Abadie* courait les rues de Dublin avec tous les petits gueux de son quartier. C'est une des raisons qui ont engagé notre pauvre doyen *Swift* à faire une fondation pour les fous.

A l'égard de *Grotius*, il s'en faut beaucoup qu'il
eût le génie de *Pafcal*, mais il était favant; j'entends
favant de cette pédanterie qui entaffe beaucoup de
faits, & qui poffède quelques langues étrangères. Son
traité de la vérité de la religion chrétienne eft fuper-
ficiel, fec, aride, & auffi pauvre en raifonnement
qu'en éloquence, fuppofant toujours ce qui eft en
queftion, & ne le prouvant jamais. Il pouffe même
quelquefois la faibleffe du raifonnement jufqu'au
plus grand ridicule.

Connaiffez-vous, Milord, rien de plus impertinent
que les preuves qu'il donne du jugement dernier au
chapitre XXII de fon premier livre? Il prétend que
l'embrafement de l'univers eft annoncé dans *Hiftape*
& dans les Sibylles. Il fortifie ce beau témoignage
des noms de deux grands philofophes, *Ovide* & *Lucain*.
Enfin, il pouffe l'extravagance jufqu'à citer des
aftronomes, qu'il appelle aftrologues, lefquels, dit-il,
ont remarqué que le foleil s'approche infenfiblement
de la terre, ce qui eft un acheminement à la deftruction
univerfelle. (1) Certainement ces aftrologues avaient
très-mal remarqué; & *Grotius* les citait bien mal-à-
propos.

Il s'avife de dire au chap. XIV du premier livre,
qu'une des grandes preuves de la vérité & de l'antiquité de la religion des Juifs, était la circoncifion.
C'eft une opération, dit-il, fi douloureufe, & qui les

____

(1) Il n'eft pas impôffible qu'en vertu des perturbations que les
planètes caufent dans l'orbite de la terre, elle ne fe rapproche continuellement du foleil, qu'il n'exifte pour la terre une équation féculaire.
Cette queftion ne peut être encore décidée, & il s'en fallait beaucoup
qu'on pût en favoir quelque chofe du temps de *Grotius*.

rendait fi ridicules aux yeux des étrangers, qu'ils n'en auraient pas fait le fymbole de leur religion, s'ils n'avaient pas fu que DIEU l'avait expreffément ordonnée.

Il eft pourtant vrai que les Ifmaëlites & les autres Arabes, les Egyptiens, les Ethiopiens, avaient pratiqué la circoncifion long-temps avant les Juifs, & qu'ils ne pouvaient fe moquer d'une coutume que ces Juifs avaient prife d'eux.

Il s'imagine démontrer la vérité de la fecte juive, en fefant une longue énumération des peuples qui croyaient l'exiftence des ames & leur immortalité. Il ne voit pas que c'eft cela même qui démontre vifi-blement la groffièreté ftupide des Juifs, puifque dans leur Pentateuque, non-feulement l'immortalité de l'ame eft inconnue, mais le mot hébreu qui peut répondre au mot *ame*, ne fignifie jamais que la vie animale.

C'eft avec le même difcernement que *Grotius* au chap. XVI, livre premier, pour rendre l'hiftoire de *Jonas* vraifemblable, cite un mauvais poëte grec, *Licophron*, felon lequel *Hercule* demeura trois jours dans le ventre d'une baleine. Mais *Hercule* fut bien plus habile que *Jonas*, car il trouva le fecret de griller le foie du poiffon, & de faire bonne chère dans fa prifon. On ne nous dit pas où il trouva un gril & des charbons ; mais c'eft en cela que confifte le prodige ; & il faut avouer que rien n'eft plus divin que ces deux aventures du prophète *Jonas* & du prophète *Hercule*.

Je m'étonne que ce favant batave ne fe foit pas fervi de l'exemple de ce même *Hercule* qui paffa le détroit de Calpé & d'Abila dans fa taffe, pour nous prouver le paffage de la mer Rouge à pied fec ; car affurément il eft auffi beau de naviguer dans un gobelet que de paffer la mer fans vaiffeau.

En un mot, je ne connais guère de livre plus méprifable que ce traité de la religion chrétienne de *Grotius*. Il me paraît de la force de fes harangues au roi *Louis XIII* & à la reine *Anne* fa femme. Il dit à cette reine, lorfqu'elle fut groffe, qu'elle reffemblait à la juive *Anne* qui eut des enfans dans fa vieilleffe. Que les dauphins, en fefant des gambades fur l'eau, annonçaient la fin des tempêtes; & que le petit Dauphin dont elle était groffe, en remuant dans fon ventre, annonçait la fin des troubles du royaume.

A la naiffance du Dauphin, il dit à Louis XIII : *La conftellation du dauphin eft du préfage le plus heureux chez les aftrologues. Il a autour de lui l'aigle, pégafe, la flèche, le verfeur d'eau, & le cygne. L'aigle défigne clairement que le Dauphin fera un aigle en affaires ; pégafe montre qu'il aura une belle cavalerie ; la flèche fignifie fon infanterie : on voit par le cygne, qu'il fera célébré par les poëtes, les hiftoriens, & les orateurs; & les neuf étoiles qui compofent le figne du Dauphin, marquent évidemment les neuf mufes qu'il cultivera.*

Ce *Grotius* fit une tragédie de *Jofeph* qui eft toute entière dans ce grand goût, & une autre tragédie de *Sophonphonée*, dont le ftyle eft digne du fujet. Voilà quel était cet apôtre de la religion chrétienne ; voilà les hommes qu'on nous donne pour des oracles.

Je crois d'ailleurs l'auteur auffi mauvais politique que mauvais raifonneur. Vous favez qu'il avait la chimère de vouloir réunir toutes les feétes des chrétiens. Il m'importe fort peu que dans le fond il ait été focinien , comme tant de gens le lui ont reproché ; je ne me foucie point de favoir s'il a cru JESUS éternellement engendré dans le temps, ou confubftantiel, ou non confubftantiel ; ce font des chofes qu'il faut renvoyer avec milord *Pierre* à l'auteur du *conte du tonneau* , & qu'un efprit de votre trempe n'examinera jamais férieufement. Vous êtes né , milord , pour des chofes plus utiles , pour fervir votre patrie, & pour méprifer ces rêveries fcolaftiques, &c.

L E T T R E

DE MILORD CORNSBURI

A MILORD BOLINGBROKE.

PERSONNE n'a jamais mieux développé que vous , Milord , l'établiffement & les progrès de la fecte chrétienne. Elle reffemble dans fon origine à nos quakers. Le platonifme vint bientôt après mêler fa métaphyfique chimérique & impofante au fanatifme des Galiléens. Enfin , le pontife de Rome imita le defpotifme des califes. Je crois que depuis notre révolution, l'Angleterre eft le pays où le chriftianifme fait le moins de mal. La raifon en eft que ce torrent eft divifé chez nous en dix ou douze ruiffeaux , foit presbytériens , foit autres diffenters , fans quoi il nous aurait peut-être fubmergés.

C'eft un mal que nos évêques fiégent en parlement comme barons ; ce n'était pas là leur place. Rien n'eft plus directement contraire à l'inftitut primitif. Mais quand je vois des évêques & des moines fouverains en Allemagne, & un vieux godenot à Rome fur le trône des *Trajans* & des *Antonins*, je pardonne à nos fauvages ancêtres qui laiffèrent nos évêques ufurper des baronies.

Il eft certain que notre Eglife anglicane eft moins fuperftitieufe & moins abfurde que la romaine. J'entends que nos charlatans ne nous empoifonnent qu'avec cinq ou fix drogues, au lieu que les montebanks papiftes empoifonnent avec une vingtaine.

Ce fut un grand trait de fageffe dans le feu czar *Pierre I*, d'abolir dans fes vaftes Etats la dignité de patriarche. Mais il était le maître; les princes catholiques ne le font pas de détruire l'idole du pape. L'empereur ne pourrait s'emparer de Rome & reprendre fon patrimoine, fans exciter contre lui tous les fouverains de l'Europe méridionale. Ces meffieurs font comme le Dieu des chrétiens, fort jaloux.

La fecte fubfiftera donc, & la mahométane auffi pour faire contre-poids. Les dogmes de celle-ci font bien moins extravagans. L'incarnation & la trinité font d'une abfurdité qui fait frémir.

De tous les rites de la communion papiftique, la confeffion des filles à des hommes eft d'une indécence & d'un danger, qui ne nous frappe pas affez dans des climats où nous laiffons tant de liberté au fexe. Cela ferait abominable dans tout l'Orient. Comment oferait-on mettre une jeune fille tête-à-tête aux genoux d'un homme, dans des pays où elles font gardées avec un foin fi fcrupuleux?

Vous favez quels défordres fouvent funeftes cette infame coutume produit tous les jours en Italie & en Efpagne. La France n'en eft pas exempte. L'aventure du curé de Verfailles eft encore toute fraîche. Ce drôle volait fes pénitens dans la poche, & débauchait fes pénitentes : on s'eft contenté de le chaffer ; & le duc d'Orléans lui fit une penfion. Il méritait la corde.

C'eft une plaifante chofe que les facremens de l'Eglife romaine. On en rit à Paris comme à Londres, mais, tout en riant, on s'y foumet. Les Egyptiens riaient fans doute de voir des finges & des chats fur l'autel ; mais ils fe profternaient. Les hommes en général ne méritent pas d'être autrement gouvernés. *Cicéron* écrivit contre les augures ; & les augures fubfiftèrent ; ils burent le meilleur vin du temps d'*Horace. Pontificum potiore cœnis*. Ils le boiront toujours. Ils feront dans le fond du cœur de votre avis : mais ils foutiendront une religion qui leur procure tant d'honneurs & d'argent en public, & tant de plaifirs en fecret. Vous éclairerez le petit nombre, mais le grand nombre fera pour eux. Il en eft aujourd'hui dans Rome, dans Londres, dans Paris, dans toutes les grandes villes, en fait de religion, comme dans Alexandrie du temps de l'empereur *Adrien*. Vous connaiffez fa lettre à *Servianus* écrite d'Alexandrie.

Tous n'ont qu'un dieu. Chrétiens, Juifs, & tous les autres, l'adorent avec la même ardeur; c'eft l'argent.

Voilà le dieu du pape & de l'archevêque de Kenterbury.

DEFENSE

DEFENSE

DE MILORD BOLINGBROKE,

*Par le docteur Good Natur'd Wellwisher, chapelain
du comte de Chesterfield.*

C'est un devoir de défendre la mémoire des
hommes illustres ; on prendra donc ici en main la
cause de feu milord *Bolingbroke*, insulté dans quelques
journaux à l'occasion de ses excellentes lettres qu'on
a publiées.

Il est dit dans ces journaux que son nom ne doit
point avoir d'autorité en matière de religion , & de
morale. Quant à la morale , celui qui a fourni à
l'admirable *Pope* tous les principes de son *Essai sur
l'homme* , est sans doute le plus grand maître de sagesse
& de mœurs qui ait jamais été : quant à la religion , il
n'en a parlé qu'en homme consommé dans l'histoire
& dans la philosophie. Il a eu la modestie de se renfer-
mer dans la partie historique , soumise à l'examen de
tous les savans ; & l'on doit croire que si ceux qui
ont écrit contre lui , avec tant d'amertume , avaient
bien examiné ce que l'illustre Anglais a dit , ce qu'il
pouvait dire , & ce qu'il n'a point dit , ils auraient
plus ménagé sa mémoire.

Milord *Bolingbroke* n'entrait point dans des discus-
sions théologiques à l'égard de *Moïse* : nous suivrons
son exemple ici en prenant sa défense.

Nous nous contenterons de remarquer que la foi
eſt le plus ſûr appui des chrétiens, & que c'eſt par la
foi ſeule que l'on doit croire les hiſtoires rapportées
dans le Pentateuque. S'il fallait citer ces livres au
tribunal ſeul de la raiſon, comment pourrait-on jamais
terminer les diſputes qu'ils ont excitées? La raiſon
n'eſt-elle pas impuiſſante à expliquer comment le
ſerpent parlait autrefois, comment il ſéduiſit la mère
des hommes, comment l'âneſſe de *Balaam* parlait à
ſon maître, & tant d'autres choſes ſur leſquelles nos
faibles connaiſſances n'ont aucune priſe? La foule
prodigieuſe de miracles qui ſe ſuccèdent rapidement
les uns aux autres, n'épouvante-t-elle pas la raiſon
humaine? Pourra-t-elle comprendre, quand elle ſera
abandonnée à ſes propres lumières, que les prêtres
des dieux d'Egypte aient opéré les mêmes prodiges
que *Moïſe* envoyé du vrai DIEU; qu'ils aient, par
exemple, changé toutes les eaux d'Egypte en ſang,
après que *Moïſe* eut fait ce changement prodigieux?
Et quelle phyſique, quelle philoſophie, ſuffirait à
expliquer comment ces prêtres égyptiens peuvent
trouver encore des eaux à métamorphoſer en ſang,
lorſque *Moïſe* avait déjà fait cette métamorphoſe?

Certes, ſi nous n'avons pour guide que la lumière
faible & tremblante de l'entendement humain, il y a
peu de pages dans le Pentateuque que nous puiſſions
admettre, ſuivant les règles établies par les hommes
pour juger des choſes humaines. D'ailleurs, tout le
monde avoue qu'il eſt impoſſible de concilier la
chronologie confuſe qui règne dans ce livre; tout le
monde avoue que la géographie n'y eſt pas exacte
en beaucoup d'endroits: les noms des villes qu'on

y trouve, lefquelles ne furent pourtant appelées de ces noms que long-temps après, font encore beaucoup de peine, malgré la torture qu'on s'eft donnée pour expliquer des paffages fi difficiles.

Quand milord *Bolingbroke* a appliqué les règles de fa critique au livre du Pentateuque, il n'a point prétendu ébranler les fondemens de la religion; & c'eft dans cette vue qu'il a féparé le dogmatique d'avec l'hiftorique, avec une circonfpection qui devrait lui tenir lieu d'un très-grand mérite auprès de ceux qui l'ont voulu décrier. Ce puiffant génie a prévenu fes adverfaires en féparant la foi de la raifon, ce qui eft la feule manière de terminer toutes ces difputes. Beaucoup de favans hommes avant lui, & furtout le P. *Simon*, ont été de fon fentiment : ils ont dit qu'il importait peu que *Moïfe* lui-même eût écrit la Genèfe & l'Exode, ou que des prêtres euffent recueilli, dans des temps poftérieurs, les traditions que *Moïfe* avait laiffées. Il fuffit qu'on croie en ces livres avec une foi humble, & foumife, fans qu'on fache précifément quel eft l'auteur à qui D I E U feul les a vifiblement infpirés, pour confondre la raifon.

Les adverfaites du grand-homme dont nous prenons ici la défenfe, difent *qu'il eft auffi-bien prouvé que Moïfe eft l'auteur du Pentateuque, qu'il l'eft qu'Homère a fait l'Iliade*. Ils permettront qu'on leur réponde que la comparaifon n'eft pas jufte. *Homère* n'a cité, dans l'Iliade, aucun fait qui fe foit paffé long-temps après lui. *Homère* ne donne point à des villes, à des provinces, des noms qu'elles n'avaient pas de fon temps. Il eft donc clair que, fi on ne s'attachait qu'aux règles de la critique profane, on ferait en droit de préfumer qu'*Homère* eft l'auteur de l'Iliade, & non pas que *Moïfe* eft l'auteur du Pentateuque. La foumiffion feule à la religion tranche toutes ces difficultés ; & je ne vois pas pourquoi milord *Bolingbroke*, foumis à cette religion comme un autre, a été fi vivement attaqué.

On affecte de le plaindre de n'avoir point lu *Abadie*. A qui fait-on ce reproche ? A un homme qui avait prefque tout lu ; à un homme qui le cite page 94 du premier tome de fes lettres, à Londres, chez *Miller*. Il méprifait beaucoup *Abadie*, j'en conviens; j'avouerai qu'*Abadie* n'était pas un génie à mettre en parallèle avec le vicomte de *Bolingbroke*. Il défend quelquefois la vérité avec les armes du menfonge. Il a eu fur la Trinité des fentimens que nous avons jugés erronés, & enfin il eft mort en démence à Dublin.

On reproche au lord *Bolingbroke* de n'avoir point lu le livre de l'abbé *Houteville*, intitulé : *La religion prouvée par les faits*. Nous avons connu l'abbé *Houteville*. Il vécut long-temps chez un fermier-général qui avait un très-joli férail; il fut enfuite fecrétaire de ce fameux cardinal *Dubois*, qui ne voulut jamais recevoir les facremens à la mort, & dont la vie a été publique. Il dédia fon livre au cardinal d'*Auvergne*. On rit beaucoup à Paris, où j'étais alors, & du livre & de la dédicace; & on fait que les objections qui font dans ce livre, contre la religion chrétienne, étant malheureufement beaucoup plus fortes que les réponfes, ont fait une impreffion funefte, dont nous voyons tous les jours les effets avec douleur.

Milord *Bolingbroke* avance que depuis long-temps le chriftianifme tombe en décadence. Ses adverfaires

foutenu d'une doctrine faine , & d'une vraie philofophie, pourrait produire.

Pourquoi traiterons-nous plus durement les déiftes,
qui ne font pas idolâtres , que les papiftes, à qui on
a tant reproché l'idolatrie ? On fifflerait un docteur
qui dirait aujourd'hui que c'eft le libertinage qui
fait des proteftans. On rirait d'un proteflant qui dirait
que c'eft la dépravation des mœurs qui fait aller à la
meffe. De quel droit pouvons-nous dire à des
philofophes adorateurs d'un Dieu , qui ne vont ni
à la meffe ni au prêche , que ce font des hommes
perdus de vices ?

Il arrive quelquefois que l'on ofe attaquer, avec
des invectives indécentes, des perfonnes qui, à la
vérité, font affez malheureufes pour fe tromper, mais
dont la vie pourrait fervir d'exemple à ceux qui les
attaquent. On a vu des journaliftes qui ont même
porté l'imprudence jufqu'à défigner injurieufement
les perfonnes les plus refpectables de l'Europe , & les
plus puiffantes. Il n'y a pas long-temps , que dans
un papier public , un homme emporté par un zèle
indifcret , ou par quelque autre motif, fit une étrange
fortie fur ceux qui penfent *que de fages lois , la difci-
pline militaire, un gouvernement équitable , & des exemples
vertueux , peuvent fervir pour gouverner les hommes , en
laiffant à* DIEU *le foin de gouverner leurs confciences.*

Un très-grand homme était défigné dans cet écrit
périodique en termes bien peu mefurés. Il pouvait fe
venger comme homme , il pouvait punir comme
prince, il répondit en philofophe : *Il faut que ces miférables foient bien perfuadés de nos vertus & furtout de*

L 4

notre indulgence, puifqu'ils nous outragent fans crainte avec
tant de brutalité.

Une telle réponfe doit bien confondre l'auteur,
quel qu'il foit, qui en combattant pour la caufe du
chriftianifme, a employé des armes fi odieufes. Nous
conjurons nos frères de fe faire aimer pour faire aimer
notre religion.

Que peuvent penfer en effet, un prince appliqué,
un magiftrat chargé d'années, un philofophe qui
aura paffé fes jours dans fon cabinet ; en un mot,
tous ceux qui auront eu le malheur d'embraffer le
déifme par les illufions d'une fageffe trompeufe,
quand ils voient tant d'écrits où on les traite de cerveaux évaporés, de petits-maîtres, de gens à bons
mots & à mauvaifes mœurs ? Prenons garde que le
mépris & l'indignation que de pareils écrits leur
infpirent, ne les affermiffent dans leurs fentimens.

Ajoutons un nouveau motif à ces confidérations ;
c'eft que cette foule de déiftes qui couvre l'Europe,
eft bien plus près de recevoir nos vérités que d'adopter
les dogmes de la communion romaine. Ils avouent
tous que notre religion eft plus fenfée que celle des
papiftes. Ne les éloignons donc pas, nous qui fommes
les feuls capables de les ramener ; ils adorent un
Dieu, & nous auffi ; ils enfeignent la vertu, & nous
auffi. Ils veulent qu'on foit foumis aux puiffances,
qu'on traite tous les hommes comme des frères ; nous
penfons de même, nous partons des mêmes principes.
Agiffons donc avec eux comme des parens qui ont
entre les mains les titres de la famille, & qui les
montrent à ceux qui, defcendus de la même origine,
favent feulement qu'ils ont le même père, mais qui
n'ont point les papiers de la maifon.

Un déiste est un homme qui est de la religion d'*Adam*, de *Sem*, de *Noé*. Jusque-là il est d'accord avec nous. Disons-lui : Vous n'avez qu'un pas à faire de la religion de *Noé* aux préceptes donnés à *Abraham*. Après la religion d'*Abraham*, passez à celle de *Moïse*, à celle du Messie ; & quand vous aurez vu que la religion du Messie a été corrompue, vous choisirez entre *Wiclef*, *Luther*, *Jean Hus*, *Calvin*, *Mélanéton*, *Œcolampade*, *Zuingle*, *Storck*, *Parker*, *Servet*, *Socin*, *Fox*, & d'autres réformateurs : ainsi vous aurez un fil qui vous conduira dans ce grand labyrinthe depuis la création de la terre jusqu'à l'année 1752. S'il nous répond qu'il a lu tous ces grands-hommes, & qu'il aime mieux être de la religion de *Socrate*, de *Platon*, de *Trajan*, de *Marc-Aurèle*, de *Cicéron*, de *Pline*, &c.; nous le plaindrons, nous prierons DIEU qu'il l'illumine, & nous ne lui dirons point d'injures. Nous n'en disons point aux musulmans, aux disciples de *Confucius*. Nous n'en disons point aux Juifs mêmes, malgré leur crime envers le Messie; au contraire nous commerçons avec eux, nous leur accordons les plus grands priviléges. Nous n'avons donc aucune raison pour crier avec tant de fureur contre ceux qui adorent un Dieu avec les musulmans, les Chinois, les Juifs, & nous, & qui ne reçoivent pas plus notre théologie que toutes ces nations ne la reçoivent.

Nous concevons bien qu'on ait poussé des cris terribles, dans le temps que d'un côté on vendait les indulgences & les bénéfices, & que de l'autre on dépossédait des évêques & qu'on forçait les portes des cloîtres. Le fiel coulait alors avec le sang; il s'agissait de conserver ou de détruire des usurpations :

mais nous ne voyons pas que ni milord *Bolingbroke*, ni milord *Shaftesbury*, ni l'illuftre *Pope*, qui a immortalifé les principes de l'un & de l'autre, aient voulu toucher à la penfion d'aucun miniftre du faint Evangile. *Jurieu* fit bien ôter une penfion à *Bayle*; mais jamais l'illuftre *Bayle* ne fongea à faire diminuer les appointemens de *Jurieu*. Demeurons donc en repos. Prêchons une morale auffi pure que celle des philofophes, adorateurs d'un Dieu, qui, d'accord avec nous dans ce grand principe, enfeignent les mêmes vertus que nous, fur lefquelles perfonne ne difpute; mais qui n'enfeignent pas les mêmes dogmes, fur lefquels on difpute depuis 1700 ans, & fur lefquels on difputera encore.

DIEU

ET LES HOMMES,

PAR LE DOCTEUR OBERN.

OEUVRE THEOLOGIQUE , MAIS RAISONNABLE ;

Traduite par Jacques Aimon.

D I E U

ET LES HOMMES.

CHAPITRE PREMIER.

Nos crimes & nos fottifes.

En général les hommes font fots, ingrats, jaloux, avides du bien d'autrui, abufant de leur fupériorité quand ils font forts, & fripons quand ils font faibles.

Les femmes, pour l'ordinaire, nées avec des organes plus déliés, & moins robuftes que les hommes, font plus artificieufes, & moins barbares. Cela eft fi vrai que dans mille criminels qu'on exécute à mort, à peine trouve-t-on trois ou quatre femmes. Il eft vrai auffi qu'on rencontre quelques robuftes héroïnes auffi cruelles que les hommes; mais ces cas font affez rares.

Le pouvoir n'eft communément entre les mains des hommes dans les Etats & dans les familles, que parce qu'ils ont le poing plus fort, l'efprit plus ferme, & le cœur plus dur. De tout cela les moraliftes de tous les temps ont conclu que l'efpèce humaine ne vaut pas grand'chofe, & en cela ils ne fe font guère écartés de la vérité.

Ce n'eft pas que tous les hommes foient invinciblement portés par leur nature à faire le mal, &

qu'ils le faffent toujours. Si cette fatale opinion était vraie, il n'y aurait plus d'habitans fur la terre depuis long-temps. C'eft une contradiction dans les termes de dire : Le genre-humain eft néceffité à fe détruire, & il fe perpétue.

Je crois bien que de cent jeunes femmes qui ont de vieux maris, il y en a quatre-vingt-dix-neuf, au moins, qui fouhaitent fincèrement leur mort; mais vous en trouverez à peine une qui veuille fe charger d'empoifonner celui dont elle voudrait porter le deuil. Les parricides, les fratricides, ne font nulle part communs. Quelle eft donc l'étendue & la borne de nos crimes ? C'eft le degré de violence dans nos paffions, le degré de notre pouvoir, & le degré de notre raifon.

Nous avons la fièvre intermittente, la fièvre continue avec des redoublemens, le tranfport au cerveau, mais très-rarement la rage. Il y a des gens qui font en fanté. Notre fièvre intermittente, c'eft la guerre entre les peuples voifins. Le tranfport au cerveau, c'eft le meurtre que la colère & la vengeance nous excitent à commettre contre nos concitoyens. Quand nous affaffinons nos proches parens, ou que nous les rendons plus malheureux que fi nous leur donnions la mort; quand des fanatiques hypocrites allument les bûchers; c'eft la rage. Je n'entre point ici dans le détail des autres maladies, c'eft-à-dire, des menus crimes innombrables qui affligent la fociété.

Pourquoi eft-on en guerre depuis fi long-temps; & pourquoi commet-on ce crime fans aucun remords? On fait la guerre uniquement pour moiffonner les blés que d'autres ont femés, pour avoir leurs moutons,

leurs chevaux, leurs bœufs, leurs vaches, & leurs
petits meubles : c'eſt à quoi tout ſe réduit ; car c'eſt-
là le ſeul principe de toutes les richeſſes. Il eſt ridicule
de croire que *Romulus* ait célébré des jeux dans un
miſérable hameau entre trois montagnes pelées, &
qu'il ait invité à ces jeux trois cents filles du voiſi-
nage pour les ravir. Mais il eſt aſſez certain que lui
& ſes compagnons prirent les beſtiaux & les charrues
des Sabins.

Charlemagne fit la guerre trente ans aux pauvres
Saxons pour un tribut de cinq cents vaches. Je ne
nie pas que pendant le cours de ces brigandages,
Romulus & ſes ſénateurs, *Charlemagne* & ſes douze
pairs, n'aient violé beaucoup de filles, & peut-être de
gré à gré : mais il eſt clair que le grand but de la
guerre était d'avoir des vaches, du foin, & le reſte,
en un mot de voler.

Aujourd'hui même encore, un héros à une demi-
guinée par jour, qui entre avec des héros ſubalternes
à quatre ou cinq ſous, au nom de ſon auguſte maître,
dans le pays d'un autre auguſte ſouverain, commence
par ordonner à tous les cultivateurs de fournir bœufs,
vaches, moutons, foin, pain, vin, bois, linges,
couvertures, &c. Je liſais ces jours paſſés dans la
petite hiſtoire chronologique de la France notre voiſine,
faite par un homme de robe, ces paroles remarquables :
Grand fourrage le 11 *octobre* 1709 , *où le comte de
Broglie battit le prince de Lobkovitz ;* c'eſt-à-dire qu'on
tua le 11 octobre deux ou trois cents allemands
qui défendaient leurs foins : après quoi les Français,
déjà battus à Malplaquet, perdirent la ville de Mons.
Voilà ſans doute un exploit digne d'éternelle mémoire

que ce fourrage ! Mais cette misère fait voir qu'au fond dans toutes les guerres, depuis celle de Troye jufqu'aux nôtres, il ne s'agit que de voler.

Cela eft fi malheureufement vrai, que les noms de voleur & de foldat étaient autrefois fynonymes chez toutes les nations. Confultez le *Miles* de Plaute. *Latrocinatus annos decem mercedem accipio.* J'ai été voleur dix ans, je reçois ma paye. *Le roi Séleucus m'a donné commiffion de lui lever des voleurs.* Voyez l'ancien teftament. *Jephté fils de Galaad, & d'une proftituée, engage des brigands à fon fervice. Abimelec lève une troupe de brigands. David affemble quatre cents voleurs perdus de crimes,* &c.

Quand le chef des Malandrins a bien tué, & bien volé, il réduit à l'efclavage des malheureux dépouillés qui font encore en vie. Ils deviennent ou ferfs ou fujets, ce qui dans les neuf dixièmes de la terre revient à-peu-près au même. *Genferic* ufurpe le titre de roi. Il devient bientôt un homme facré, & il prend nos biens, nos femmes, nos vies, de droit divin, fi on le laiffe faire.

Joignez à tous ces brigandages publics les innombrables brigandages fecrets qui ont défolé les familles; les calomnies, les ingratitudes, l'infolence du fort, la friponnerie du faible; & on conclura que le genre humain n'a prefque jamais vécu que dans le malheur, & dans la crainte pire que le malheur même.

J'ai dit que toutes les horreurs qui marchent à la fuite de la guerre, font commifes fans le moindre remords. Rien n'eft plus vrai. Nul ne rougit de ce qu'il fait de compagnie. Chacun eft encouragé par l'exemple; c'eft à qui maffacrera, à qui pillera le plus, on y met

fa

fa gloire. Un foldat, à la prife de Berg-op-zoom,
s'écrie : je fuis las de tuer, je vais violer, & tout le
monde bat des mains.

Les remords, au contraire, font pour celui qui,
n'étant pas affuré par des compagnons, fe borne à
tuer, à voler en fecret. Il en a de l'horreur jufqu'à
ce que l'habitude l'endurciffe à l'égal de ceux qui
fe livrent au crime régulièrement & en front de
bandière.

CHAPITRE II.

*Remède approuvé par la faculté contre les maladies
ci-deffus.*

Les nations qu'on nomme *civilifées*, parce qu'elles
furent méchantes & malheureufes dans les villes, au
lieu de l'être en plein air ou dans des cavernes, ne
trouvèrent point de plus puiffant antidote contre
les poifons, dont les cœurs étaient pour la plupart
dévorés, que le recours à un DIEU rémunérateur
& vengeur.

Les magiftrats d'une ville avaient beau faire des
lois contre le vol, contre l'adultère, on les volait eux-
mêmes dans leurs logis, tandis qu'ils promulguaient
leurs lois dans la place publique; & leurs femmes
prenaient ce temps-là même pour fe moquer d'eux
avec leurs amans.

Quel autre frein pouvait-on donc mettre à la
cupidité, aux tranfgreffions fecrètes & impunies, que

l'idée d'un maître éternel qui nous voit, & qui jugera jufqu'à nos plus fecrètes penfées? Nous ne favons pas qui le premier enfeigna aux hommes cette doctrine. Si je le connaiffais, & fi j'étais fûr qu'il n'allât point au-delà, qu'il ne corrompît point la médecine qu'il préfentait aux hommes, je lui drefferais un autel.

Hobbes dit qu'il le ferait pendre. Sa raifon, dit-il, eft que cet apôtre de D I E U s'élève contre la puiffance publique qu'il appelle le *Léviatan*, en venant propofer aux hommes un maître fupérieur au léviatan, à la fouveraineté légiflative.

La fentence de *Hobbes* me paraît bien dure. Je conviens avec lui, que cet apôtre ferait très-puniffable, s'il venait dire à notre parlement, ou au roi d'Efpagne, ou au fénat de Venife : 99 Je viens vous annoncer un 99 D I E U dont je fuis le miniftre; il m'a chargé de 99 vous faire mettre en prifon à ma volonté, de vous 99 ôter vos biens, de vous tuer fi vous faites la moindre 99 chofe qui me déplaife. Je vous affaffinerai, comme 99 le faint homme *Aod* affaffina *Eglon*, roi de Moabie 99 & de Juiverie, comme le pontife *Joiada* affaffina 99 *Athalie* à la porte aux chevaux, & comme le fage 99 *Salomon* affaffina fon frère *Adoniah*, &c. &c. &c. 99

J'avoue que, fi un prédicateur venait nous parler fur ce ton, foit dans la chambre haute, foit dans la baffe, foit dans le Drawing Room, je donnerais ma voix pour ferrer le cou à ce drôle.

Mais fi les athées dominaient chez nous, comme on dit que cela eft arrivé dans notre ville de Londres du temps de *Charles II*, & à Rome du temps de *Sixte IV*, d'*Alexandre VI*, de *Léon X*, &c. &c.; je faurais très-bon gré à un honnête homme de venir fimplement nous dire, comme *Platon*, *Marc-Aurèle*, *Epiclète* : MORTELS, IL Y A UN DIEU JUSTE, SOYEZ JUSTES. Je ne vois point du tout de raifon de pendre un pareil concitoyen.

Quoique je me pique d'être très-tolérant, j'inclinerais plutôt à punir celui qui nous dirait aujourd'hui : Meffieurs & Dames, il n'y a point de DIEU; calomniez, parjurez-vous, friponnez, volez, affaffinez, empoifonnez, tout cela eft égal, pourvu que vous foyez les plus forts ou les plus habiles. Il eft clair que cet homme ferait très-pernicieux à la fociété, quoi qu'en ait pu dire le révérend père *Malagrida*, ci-devant jéfuite, qui a, dit-on, perfuadé à toute une famille que ce n'était pas même un péché véniel d'affaffiner par derrière un roi de Portugal en certain cas.

CHAPITRE III.

Un DIEU *chez toutes les nations civilifées.*

QUAND une nation eft affemblée en fociété, elle a befoin de l'adoration d'un DIEU, à proportion que les citoyens ont befoin de s'aider les uns les autres. C'eft par cette raifon qu'il n'y a jamais eu de nation raffemblée fous des lois, qui n'ait reconnu une divinité de temps immémorial.

L'Etre fuprême s'était-il révélé à ceux qui les premiers dirent qu'il faut aimer & craindre un DIEU, puniffeur du crime, & rémunérateur de la vertu?

Non, fans doute; DIEU ne parla pas à *Thaut* le légiflateur des Egyptiens, au *Brama* des Indiens, à l'*Orphée* de Thrace, au *Zoroaftre* des Perfes, &c. &c. Mais il fe trouva dans toutes les nations des hommes qui eurent affez de bon fens pour enfeigner cette doctrine utile ; de même qu'il y eut des hommes qui, par la force de leur raifon, enfeignèrent l'arithmétique, la géométrie, & l'aftronomie.

L'un, en mefurant fes champs, trouva que le triangle eft la moitié du quarré, & que les triangles, ayant même bafe & même hauteur, font égaux. L'autre, en femant, en recueillant, & gardant fes moutons, s'aperçut que le foleil & la lune revenaient à-peu-près au point d'où ces aftres étaient partis, & qu'ils ne s'écartaient pas d'une certaine borne au nord & au midi. Un troifième confidéra que les hommes, les animaux, les aftres, ne s'étaient pas faits eux-mêmes, & vit qu'il exifte un être fuprême. Un quatrième, effrayé des torts que les hommes fe fefaient les uns aux autres, conclut que, s'il y avait un être qui avait fait les aftres, la terre, & les hommes, cet être devait faire du bien aux honnêtes gens, & punir les méchans. Cette idée eft fi naturelle & fi honnête, qu'elle fut aifément reçue.

La même force de notre entendement qui nous fit connaître l'arithmétique, la géométrie, l'aftronomie, qui nous fit inventer des lois, nous fit donc auffi connaître DIEU. Il fuffit de deux ou trois bons argumens, tels qu'on en voit dans *Platon* parmi beaucoup de mauvais, pour adorer la Divinité. On n'a pas befoin d'une révélation pour favoir que le foleil, de mois en mois, correfpond à des étoiles différentes;

on n'a pas befoin de révélation pour comprendre que l'homme ne s'eft pas fait lui-même, & que nous dépendons d'un être fupérieur quel qu'il foit.

Mais fi des charlatans me difent qu'il y a une vertu dans les nombres; fi, en mefurant mes champs, ils me trompent; fi, en obfervant une étoile, ils prétendent que cette étoile fait ma deftinée; fi, en m'annonçant un DIEU jufte, ils m'ordonnent de leur donner mon bien de la part de DIEU, alors je les déclare tous des fripons, & je tâche de me conduire par moi-même avec le peu de raifon que DIEU m'a donné.

CHAPITRE IV.

Des anciens cultes, & en premier lieu de celui de la Chine.

PLUS une nation eft antique, plus elle a une religion ancienne.

A préfent que dans une grande partie de l'Europe on n'a plus de jéfuites à flatter ou à détefter; à préfent qu'il n'y a plus de mérite à combattre leurs opinions les plus ridicules, & que la haine qu'ils avaient affez méritée, eft éteinte avec eux; il faut bien convenir qu'ils avaient raifon, quand ils affuraient que le gouvernement chinois n'a jamais été athée. On avança en Europe ce paradoxe impertinent, parce que les jéfuites avaient acquis un très-grand crédit à la Chine avant d'en être chaffés. On voulait à Paris qu'ils favorifaffent l'athéifme à Pékin, parce qu'ils étaient perfécuteurs à Paris.

C'eft par ce même efprit de parti, c'eft par l'extravagance attachée à toutes les difputes pédantefques, que la forbonne s'avifait de condamner à la fois, & *Bayle* qui foutenait qu'une fociété d'athées pouvait fubfifter, & les jéfuites qu'on accufait d'approuver le gouvernement athée des Chinois ; de forte que ces pédans ridicules de forbonne prononçaient à la fois le pour & le contre, le oui & le non, ce qui leur eft arrivé prefque toujours à eux, & à leurs femblables. Ils difaient à *Bayle*, il n'eft pas poffible qu'il y ait dans le monde un peuple d'athées ; ils difaient aux jéfuites, la cour de Pékin eft athée, & vous auffi. Et le jéfuite *Hardouin* leur répondait : Oui, il y a des fociétés d'athées, car vous l'êtes, vous, *Arnauld, Pafcal, Quefnel*, & *Petit-pied*. Cette folie facerdotale a été affez relevée dans plufieurs bons livres ; mais il faut ici découvrir le prétexte qui femblait à nos docteurs occidentaux colorer le reproche d'athéifme qu'ils fefaient à la plus refpectable nation de l'Orient. L'ancienne religion chinoife confifte principalement dans la morale, comme celle de *Platon*, de *Marc-Aurèle*, d'*Epiclète*, & de tous nos philofophes. L'empereur chinois ne paya jamais des argumentans pour favoir fi un enfant eft damné, quand il meurt avant qu'on lui ait foufflé dans la bouche ; fi une troifième perfonne eft faite, ou engendrée, ou procédante ; fi elle procède d'une première perfonne, ou de la feconde, ou de toutes les deux à la fois ; fi une de ces perfonnes poffède deux natures ou une feule ; fi elle a une ou deux volontés ; fi la mère d'une de ces perfonnes eft maculée ou immaculée. Ils ne connaiffent ni confubftantiabilité, ni tranffubftantiation. Les quarante parlemens chinois qui gouvernent tout l'empire, ne favent rien de toutes ces chofes; donc ils font athées ! C'eft ainfi qu'on a toujours argumenté parmi les chrétiens. Quand fe mettra-t-on à raifonner?

C'eft abufer bien étrangement de la ftupidité du vulgaire, c'eft être bien ftupide foi-même, ou bien fourbe & bien méchant, que de vouloir faire accroire que la principale partie de la religion n'eft pas la morale. Adorez D i e u, & foyez jufte, voilà l'unique religion des lettrés chinois. Leurs livres canoniques, auxquels on attribue près de quatre mille ans d'antiquité, ordonnent que l'empereur trace de fes mains quelques fillons avec la charrue, & qu'il offre à l'être fuprême les épis venus de fon travail. O *Thomas d'Aquin*, *Scot*, *Bonaventure*, *François*, *Dominique*, *Luther*, *Calvin*, chanoines de Weftminfter, enfeignez-vous quelque chofe de mieux?

Il y a quatre mille ans que cette religion fi fimple & fi noble dure dans toute fon intégrité; & il eft probable qu'elle eft beaucoup plus ancienne : car puifque le grand empereur *Fohi*, que les plus modérés compilateurs placent au temps où nous plaçons le déluge, obfervait cette augufte cérémonie de femer du blé, il eft bien vraifemblable qu'elle était établie long-temps avant lui. Sans cela n'aurait-on pas dit qu'il en était l'inftituteur? *Fohi* était à la tête d'un peuple innombrable; donc cette nation raffemblée était très-antérieure à *Fohi*; donc elle avait depuis très-long-temps une religion : car quel grand peuple

M 4

fut jamais fans religion ? il n'en eft aucun exemple fur la terre.

Mais ce qui eft unique & admirable, c'eft que dans la Chine l'empereur a toujours été pontife & prédi-cateur. Les édits ont toujours été des exhortations à la vertu. L'empereur a toujours facrifié au *Tien*, au *Changti*. Point de prêtre affez infolent pour lui dire: *Il n'appartient qu'à moi de facrifier, de prier* DIEU *en public. Vous touchez à l'encenfoir, vous ofez prier* DIEU *vous-même, vous êtes un impie.*

Le bas peuple fut fot & fuperftitieux à la Chine comme ailleurs. Il adora dans les derniers temps des dieux ridicules. Il s'éleva plufieurs fectes depuis environ trois mille ans, le gouvernement fage & tolérant les a laiffé fubfifter, uniquement occupé de la morale & de la police ; il ne trouva pas mauvais que la canaille crût des inepties, pourvu qu'elle ne troublât point l'Etat, & qu'elle obéît aux lois. La maxime de ce gouvernement fut toujours : *Crois ce que tu voudras, mais fais ce que je t'ordonne.*

Lors même que, dans les premiers jours de notre ère vulgaire, je ne fais quel miférable nommé *Fo* prétendit être né d'un éléphant blanc par le côté gauche, & que fes difciples firent un dieu de ce pauvre charlatan, les quarante grands parlemens du royaume fouffrirent que la populace s'amufât de cette farce. Aucune des bêtifes populaires ne troubla l'Etat; elles ne lui firent pas plus de mal que les *métamorphofes d'Ovide* & l'âne *d'Apulée* n'en firent à Rome. Et nous, malheureux, & nous ! que d'inepties, que de fottifes, que de trouble & de carnage ! L'hiftoire chinoife n'eft fouillée d'aucun trouble religieux. Nul prophète qui ameutât le peuple, nul myſtère qui portât le ravage dans les ames. *Confutzée* fut le premier des médecins, parce qu'il ne fut jamais charlatan. Et nous, miférables ! & nous !

CHAPITRE V.

De l'Inde, des brachmanes, de leur théologie imitée très-tard par les Juifs, & enſuite par les chrétiens.

L A religion des brachmanes eſt encore plus ancienne que celle des Chinois. Du moins les brachmanes le proteſtent ; ils conſervent un livre qu'ils prétendent écrit plus de trois mille ans avant notre ère vulgaire dans la langue du *Hanſcrit*, que quelques-uns entendent encore. Perſonne ne doute, au moins chez les brachmanes modernes, que ce livre, ſi ſacré pour eux, ne ſoit très-antérieur au Veidam ſi célébre dans toute l'antiquité. Le livre dont je parle s'appelle le Shaſta. Il fut la règle des Indiens pendant quinze cents ans, juſqu'au temps où les brachmanes étant devenus plus puiſſans, donnèrent pour règle le Veidam, nouveau livre fondé ſur l'ancien Shaſta ; de ſorte que ces peuples ont eu une première & une ſeconde loi. (*a*)

La première loi des Indiens ſemble être l'origine de la théologie de pluſieurs autres nations.

C'eſt dans le Shaſta qu'on trouve un Etre ſuprême qui a débrouillé le chaos, & qui a formé des créatures

(*a*) Voyez le livre de M. *Holwell* qui a demeuré trente ans avec les brames.

céleftes. Ces demi-dieux fe font révoltés contre le grand
D I E U, qui les a bannis de fon féjour pendant un
grand nombre de fiècles. Et il eft à remarquer que la
moitié des demi-dieux refta fidelle à fon fouverain.

C'eft vifiblement ce qui a donné lieu depuis, chez
les Grecs, à la fable des géans qui combattirent contre
Zeus le maître des dieux. *Hercule* & d'autres dieux
prirent le parti de *Zeus*. Les géans vaincus furent
enchaînés.

Obfervons ici que les Juifs, qui ne formèrent un
corps de peuple que plufieurs fiècles après les Indiens,
n'eurent aucune notion de cette théologie myftique ;
on n'en trouve nulle trace dans la Genèfe. Ce né fut
que dans le premier fiècle de notre ère, qu'un fauffaire
très-mal adroit, foit juif, foit demi-juif & demi-
chrétien, ayant appris quelque chofe de la religion
des brachmanes, fabriqua un écrit qu'il ofa attribuer
à *Enoch*; c'eft dans le livre d'*Enoch* qu'il eft parlé de
la rebellion de quelques puiffances céleftes que ce
fauffaire appelle *anges*. *Semexiah* était, dit-il, à leur
tête. *Araciel* & *Chababiel* étaient fes lieutenans-géné-
raux. Les anges fidelles furent *Michel*, *Raphaël*,
Gabriel, *Uriel*. C'eft enfin fur ce fatras du livre prétendu d'*Enoch*, que *Milton* a bâti fon fingulier poëme
du *Paradis perdu*. Voilà comme toutes les fables ont
fait le tour du monde.

Quel lecteur fenfé pourra maintenant obferver fans
étonnement que la religion chrétienne eft uniquement
fondée fur cette chute des anges, dont il n'eft pas dit
un feul mot dans l'ancien Teftament ? On attribue à
Simon Barjone, furnommé *Pierre*, une lettre dans
laquelle on lui fait dire que D I E U *n'a pas épargné les*

anges qui ont péché; mais qu'il les a jetés dans le Tartare.
avec les cables de l'enfer. (b) On ne fait fi, par *anges*
pêcheurs, l'auteur entend des grands de la terre, & fi,
par le mot de *pêcheurs*, il peut entendre des efprits
céleftes révoltés contre DIEU. On eft encore très-
étonné que *Simon Barjone*, né en Galilée, connaiffe
le Tartare, & qu'on traduife ainfi au hafard des
chofes fi graves.

En un mot, ce n'eft que dans quatre lignes attribuées à *Simon Barjone*, qu'on trouve quelque faible
idée de la chute des anges, de ce premier fondement
de toute la religion chrétienne.

On a conclu depuis, que le capitaine de ces anges
rebelles, devenus diables, était un nommé *Lucifer*. Et
pourquoi? parce que l'étoile de *Vénus*, l'étoile du
matin s'appelait quelquefois en latin *Lucifer*. On a
trouvé dans *Ifaïe* une parabole contre le roi de Babylone. *Ifaïe* lui-même appelle cette apoftrophe *parabole*.
Il donne à ce roi & à fes exaĉteurs le titre de *verge*
de fer, de *bâton des impies*. Il dit que les cèdres & les
fapins fe réjouiffent de la mort de ce roi; il dit que
les géans lui ont fait compliment quand il eft venu
en enfer. *Comment es-tu tombé du ciel*, dit-il, *toi qui*
femblais l'étoile de Vénus, & qui te levais le matin? comment
es-tu tombé par terre, toi qui frappais les nations? &c.

Il a plu aux traduĉteurs de rendre ainfi ce paffage:
Comment es-tu tombé du ciel, *Lucifer?* Les commentateurs n'ont pas manqué d'en conclure que ce
difcours eft adreffé au diable; que le diable eft *Lucifer;*
que c'eft lui qui s'était révolté contre DIEU; que c'eft
lui qui eft en enfer pour jamais; que, pour avoir des

(b) Epitre II, chap. II.

compagnons, il perſuada à *Eve* de manger du fruit de la ſcience du bien & du mal ; qu'il a damné ainſi le genre-humain, & que toute l'économie de notre religion roule ſur *Lucifer*. O grand pouvoir de l'équivoque !

L'allégorie des anges révoltés contre DIEU, eſt originairement une parabole indienne, qui a eu cours long-temps après dans preſque tout l'Occident, ſous cent déguiſemens différens.

CHAPITRE VI.

De la métempſycoſe, des veuves qui ſe brûlent, de François Xavier, & de Warburton.

LES Indiens ſont le premier peuple qui ait montré un eſprit inventif. Qu'on en juge par le jeu des échecs & du trictrac, par les chiffres que nous leur devons, enfin par des voyages que de temps immémorial on fit chez eux pour s'inſtruire comme pour commercer.

Ils eurent le malheur de mêler à leurs inventions des ſuperſtitions, dont les unes ſont ridicules, les autres abominables. L'idée d'une ame diſtincte du corps, l'éternité de cette ame, la métempſycoſe, ſont de leur invention. Ce ſont-là ſans doute de belles idées ; il y a plus d'eſprit que dans l'*Utopie* & dans l'*Argénis*, & même dans les *Mille & une nuits*. La doctrine de la métempſycoſe ſurtout n'eſt ni abſurde, ni inutile.

Dès qu'ils admirent des ames, ils virent combien il ſerait impertinent d'occuper continuellement l'Etre fuprême à créer des ames nouvelles à mefure que les animaux s'accoupleraient. Ce ferait mettre DIEU éternellement aux aguets pour former vîte un efprit, à l'inftant que la femence d'un corps mâle eft dardée dans la matrice d'un corps femelle. Il aurait bien des affaires s'il fallait créer des ames à la fois pour tous les rendez-vous de notre monde, fans compter les autres; & que deviendront ces ames quand le fœtus périt? c'eft pourtant là l'opinion, ou plutôt le vain difcours de nos théologiens. Ils difent que DIEU crée une ame pour chaque fœtus, mais que ce n'eft qu'au bout de fix femaines. Ridicule pour ridicule, celui des brachmanes fut plus ingénieux. Les ames font éternelles; elles paffent fans ceffe d'un corps à un autre. Si votre ame a été méchante dans le corps d'un tyran, elle fera condamnée à entrer dans celui d'un loup qui fera fans ceffe pourfuivi par des chiens, & dont la peau fervira de vêtement à un berger.

Il y a dans cet antique fyftème, de l'efprit & de l'équité. Mais pourquoi tant de vaines cérémonies auxquelles les brames s'affujettiffent encore pendant toute leur vie? pourquoi tenir en mourant une vache par la queue? & furtout pourquoi, depuis plus de trois mille ans, les veuves indiennes fe font-elles un point d'honneur & de religion de fe brûler fur le corps de leurs maris?

J'ai lu d'un bout à l'autre les rites des brames anciens & nouveaux dans le livre du Cormovédam. Ce ne font que des cérémonies fatigantes, des idées myftiques de contemplation & d'union avec DIEU; mais je n'y ai rien vu qui ait le moindre rapport à la

queue de vache qui fanctifie les Indiens à la mort.
Je n'y ai pas lu un feul mot concernant le précepte
ou le confeil donné aux veuves de fe brûler fur le
bûcher de leurs époux. Apparemment ces deux coutumes anciennes, l'une extravàgante, l'autre horrible,
ont été d'abord pratiquées par quelque cerveau creux:
& d'autres cerveaux encore plus creux enchérirent
fur lui. Une femme s'arrache les cheveux, fe meurtrit
le vifage à la mort de fon mari. Une feconde fe fait
quelques bleffures, une troifième fe brûle, & avant
de fe brûler, elle donne de l'argent aux prêtres.
Ceux-ci ne manquent pas d'exhorter les femmes à
fuivre un fi bel exemple. Bientôt il y a de la honte à
ne fe pas brûler. Toutes les coutumes révoltantes
n'ont guère eu d'autre origine. Les légiflateurs font
d'ordinaire des gens d'affez bon fens, qui ne com-
mandent rien qui foit trop abfurde & trop contraire à
la nature. Ils augmentent feulement la vogue d'un
ufage fingulier quand il eft déjà reçu. *Mahomet* n'invente
point la circoncifion, mais il la trouve établie. Il avait
été circoncis lui-même. *Numa* n'ordonne rien d'impertinent, ni de révoltant. On ne lit point que *Minos*
ait donné aux Crétois des préceptes ridicules; mais
il y a des peuples plus enthoufiaftes que les autres,
chez qui on outre & on défigure tous les préceptes
des premiers légiflateurs; & nous en avons de terribles exemples chez nous. Les ufages extravagans &
barbares s'établiffent tout feuls, il n'y a qu'à laiffer
faire le peuple.

Ce qui eft très-remarquable, c'eft que ces mêmes
brachmanes, qui font d'une antiquité fi reculée, font
les feuls prêtres dans le monde qui aient confervé à

la fois leurs anciens dogmes & leur crédit. Ils forment
encore la première tribu, la première cafte, depuis
le rivage du Gange jufqu'aux côtes de Coromandel
& de Malabar. Ils ont gouverné autrefois. Leurs cérémonies actuelles en font foi encore. Le Cormovédam
ordonne qu'à la naiffance du fils d'un brame, on lui
dife gravement : *Vis pour commander aux hommes.*

Ils ont confervé leurs anciens emblèmes ; notre
célébre *Holwell*, qui a vécu trente ans parmi eux, nous
a donné les eftampes de leurs hiéroglyphes. La vertu
y eft repréfentée montée fur un dragon. Elle a dix
bras pour réfifter aux dix principaux vices. C'eft
furtout cette figure que les miffionnaires papiftes n'ont
pas manqué de prendre pour le diable, tant ces
meffieurs étaient équitables & favans.

L'evêque *Warburton* nous affure que le jéfuite
Xavier, dans une de fes lettres, prétend qu'un brame
de fes amis lui dit en confidence : *Il eft vrai qu'il y a un
Dieu, & nos pagodes ne font que des repréfentations des
mauvais génies; mais gardez-vous bien de le dire au peuple.
La politique veut qu'on l'entretienne dans l'ignorance de
toute divinité.* Xavier aurait eu bien peu de bon fens &
beaucoup d'effronterie en écrivant une fi énorme
fottife. Je n'examine point comment il avait pu en
peu de temps fe rendre capable de converfer familièrement dans la langue du Malabar, & avoir pour
intime ami un brame qui devait fe défier de lui ; mais
il n'eft pas poffible que ce brame fe foit décrié lui-
même fi indignement. Il eft encore moins poffible
qu'il ait dit que, par politique, il faut rendre le
peuple athée. C'eft précifément tout le contraire :

François-Xavier, l'apôtre des Indes, aurait très-mal entendu, ou aurait menti. Mais c'eft *Warburton* qui a très-mal lu, & qui a mal rapporté ce qu'il a lu, ce qui lui arrive très-fouvent.

Voici mot pour mot ce que dit *Xavier* dans le recueil de fes lettres choifies, imprimé en français à Varfovie chez *Veidman* en 1739, pages 36 & 37.

,, Un brachmane favant.... me dit comme un
,, grand fecret, premièrement que les docteurs de
,, cette univerfité fefaient jurer leurs écoliers de ne
,, jamais révéler leurs myftères, qu'il me les décou-
,, vrirait pourtant en faveur de l'amitié qu'il avait
,, pour moi. Un de ces myftères fut qu'il n'y a qu'un
,, Dieu, créateur du ciel & de la terre, lequel il faut
,, adorer : car les idoles ne font que les repréfentations
,, des démons ; que les brachmanes ont de certains
,, mémoires comme des monumens de leur écriture
,, fainte, où ils tiennent que les lois divines font
,, contenues, & que les maîtres fe fervent en enfei-
,, gnant, d'une langue inconnue au vulgaire, comme
,, eft parmi nous la langue latine. Il m'expliqua fort
,, clairement ces divins préceptes l'un après l'autre,
,, qu'il ferait long & hors de propos de vous écrire.
,, Les fages célébrent le jour du dimanche comme
,, une fête, & font ce jour-là de temps en temps cette
,, prière en leur langue : *Mon Dieu, je vous adore, &*
,, *j'implore votre fecours pour jamais*, qu'ils répètent
,, fouvent à voix baffe, parce qu'ils font obligés par
,, ferment de garder le fecret.... Il me pria enfin
,, de lui apprendre les principaux myftères de la
,, religion chrétienne, me promettant de n'en parler
,, jamais....Je lui expliquai feulement avec foin cette

,, parole

‚‚ parole de JESUS-CHRIST, qui contient un abrégé de
‚‚ notre foi : *Celui qui croira & fera baptifé fera fauvé.* ‚‚

Cette lettre eſt bien plus curieuſe que ne le croit
Warburton qui l'a falfifiée. Premièrement , on y voit
que les brachmanes adorent un Dieu ſuprême & ne
ſont point idolâtres. Secondement , la formule de
prière des brachmanes eſt admirable. Troiſièmement,
la formule que lui oppoſe *Xavier* ne fait rien à la
queſtion , & eſt très-mal appliquée. Le brachmane
dit qu'il faut adorer ; l'autre répond qu'il faut croire ,
& il ajoute qu'il faut être baptiſé. La religion du
brachmane eſt celle du cœur ; celle de l'apôtre
convertiſſeur eſt la religion des cérémonies ; & de
plus , il fallait que ce convertiſſeur fût bien ignorant,
pour ne pas ſavoir que le baptême était un des anciens
uſages des Indes , & qu'il a précédé le nôtre de pluſieurs ſiècles. On pourrait dire que c'était au brachmane
à convertir *Xavier* , & que ce *Xavier* ne devait pas
réuſſir à convertir le brachmane.

Plus nous avancerons dans la connaiſſance des
nations qui peuplent la terre , plus nous verrons
qu'elles ont preſque toutes un Dieu ſuprême. Nous
fîmes la paix il y a deux ans (c) dans la Caroline avec
les Chiroquois; leur chef, que nous appelons le petit
Carpenter , dit au colonel *Grant* ces propres mots :
*Les Anglais ſont plus blancs que nous ; mais un ſeul Dieu
eſt notre commun père ; le Tout-puiſſant a créé tous les
peuples , il les aime également.*

Que le diſcours du petit *Carpenter* eſt au-deſſus des
dogmatiques barbares & impies qui ont dit : *Il n'y
a qu'un peuple choiſi qui puiſſe plaire à* DIEU !

(c) C'était en 1760 , ainſi l'auteur écrivait en 1762.

Philoſophie &c. Tome II.   N

CHAPITRE VII.

Des Chaldéens.

ON n'eft pas affez étonné de dix-neuf cents trois ans d'obfervations aftronomiques que les Chaldéens remirent entre les mains d'*Alexandre.*

Cette fuite qui remonte à deux mille deux cents cinquante ans, ou environ, avant notre ère, fuppofe néceffairement une prodigieufe antiquité précédente. On a remarqué ailleurs que pour qu'une nation cultive l'aftronomie, il faut qu'elle ait été des fiècles fans la cultiver. Les Romains n'ont eu une faible connaiffance de la fphère que du temps de *Cicéron.*

Cependant ils pouvaient avoir recours aux Grecs depuis long-temps. Les Chaldéens ne dûrent leurs connaiffances qu'à eux-mêmes. Ces connaiffances vinrent donc fort tard. Il fallut perfectionner tous les arts mécaniques avant d'avoir un collége d'aftronomes. Or en accordant que ce collége ne fut fondé que deux mille ans avant *Alexandre,* ce qui eft un efpace bien court, fera-ce trop que de donner deux mille ans pour l'établiffement des autres arts avec la fondation de ce collége?

Certainement il faut plus de deux mille ans à des hommes, comme on l'a fouvent obfervé, pour inventer un langage, un alphabet, pour fe former dans l'art d'écrire, pour dompter les métaux. Ainfi quand on dira que les Chaldéens avaient au moins quatre mille ans d'antiquité au temps d'*Alexandre*, on fera très-circonfpect & très-modéré. Ils avaient alors une ère de quatre cents foixante & dix mille ans. Nous leur en retranchons tout d'un coup quatre cents foixante & fix mille; cela eft affez rigoureux. Mais, nous dira-t-on, malgré cet énorme retranchement, il fe trouve que les Chaldéens formaient déjà un peuple puiffant, mille ans avant notre déluge. Ce n'eft pas ma faute, je ne puis qu'y faire. Commencez par vous accorder fur votre déluge, que votre Bible hébraïque, celle des Samaritains, celle des prétendus Septante, placent dans des époques qui diffèrent d'environ fept cents années. Accordez plus de foixante fyftèmes fur votre chronologie, & vous vous moquerez enfuite des Chaldéens.

Quelle était la religion des Chaldéens avant que les Perfes conquiffent Babylone, & que la doctrine de *Zoroaftre* fe mêlât avec celle des mages de Chaldée ? C'était le fabifme, l'adoration d'un Dieu, & la véné- ration pour les étoiles regardées dans une partie de l'Orient comme des dieux fubalternes.

Il n'y a point de religion dans laquelle on ne voie un Dieu fuprême à la tête de tout. Il n'y en a point auffi qui ne foit inftituée pour rendre les hommes moins méchans.

Je ne vois pas pourquoi le chaldaïfme, le fabifme, pourrait être regardé comme une idolatrie. Première- ment, une étoile n'eft point une idole, une image ; c'eft un foleil comme le nôtre. Secondement, pourquoi ne pas vénérer Dieu dans ces admirables ouvrages, par qui nous réglons nos faifons & nos travaux ?

Troifièmement, toute la terre croyait que nos deftinées dépendaient de l'arrangement des conftellations. Cette erreur fuppofée, & les mages étant malheureufement aftrologues de profeffion, il leur était bien pardonnable d'offrir quelques priéres à ces grands corps lumineux, dans lefquelles la puiffance du grandêtre fe manifefte avec tant de majefté. Les aftres valent bien St Roch, St Pancrace, St Fiacre, Ste Urfule, Ste Potamienne, dont les catholiques romains adorent à genoux les prétendus offemens. Les planètes valent bien des morceaux de bois pourri, qu'on appelle la vraie croix. Encore une fois, que les papiftes ne fe moquent de perfonne, & gardons-nous-en bien auffi ; car fi nous valons mieux qu'eux, ce n'eft pas de beaucoup.

Les mages chaldéens enfeignaient la vertu comme tous les autres prêtres, & ne la pratiquaient pas davantage.

CHAPITRE VIII.

Des anciens Perfans, & de Zoroaftre.

TANDIS que les Chaldéens connaiffaient fi bien la vertu des étoiles, & qu'ils enfeignaient, comme a fait depuis l'almanach de Liége, quel jour il fallait fe rogner les ongles ; les anciens Perfans n'étaient pas fi habiles ; mais ils adoraient un Dieu comme les Chaldéens, & révéraient dans le feu l'emblème de la Divinité.

Soit que ce culte leur eût été enseigné par un *Zerdusth*, que les Grecs, qui changèrent tous les noms asiatiques, appelèrent long-temps après *Zoroastre*; soit qu'il y ait eu plusieurs *Zoroastres*, soit qu'il n'y en ait eu aucun, toujours est-il certain que les Perses furent les premiers qui entretinrent le feu sacré , & qu'ils admirent un lieu de délices en faveur des justes , & un enfer pour les méchans , un bon principe qui était DIEU , & un mauvais principe dont nous est venu le diable. Ce mauvais principe , cet *Arimane* , ce *Sathan* , n'était ni DIEU, ni coéternel avec DIEU ; mais enfin il existait. Et il était bien naturel d'admettre un mauvais principe , puisqu'il y a tant de mauvais effets.

Les Persans n'avaient d'abord ni autel ni temple ; ils n'en eurent que quand ils s'incorporèrent aux Babyloniens vaincus par eux ; ainsi que les Francs n'en eurent que quand ils eurent subjugué les Gaulois. Ces anciens Perses entretenaient seulement le feu sacré dans des antres écartés ; ils l'appelaient *Vesta*.

Ce culte passa long-temps après chez d'autres nations ; il s'introduisit à la fin jusque chez les Romains, qui prirent *Vesta* pour une déesse. Toutes les anciennes cérémonies sont presque fondées sur des méprises.

Lorsque les Perses conquirent le royaume de Babylone, la religion des vainqueurs se mêla avec celle des vaincus , & prévalut même beaucoup. Mais les Chaldéens restèrent toujours en possession de dire la bonne aventure.

Il est constant que les uns & les autres crurent l'immortalité de l'ame , sans savoir mieux que nous

N 3

ce que c'eft que l'ame. Quand on n'en aurait pas des preuves dans le livre du *Sadder* , qui contient la doctrine des anciens Perfes, il fuffirait pour en être convaincu, de jeter les yeux fur les ruines de Perfé-polis dont nous avons plufieurs deffins très-exacts. On y voit des tombeaux d'où fortent des têtes accompagnées chacune de deux ailes étendues ; elles prennent toutes leur vol vers le ciel.

De toutes les religions que nous avons jufqu'à préfent parcourues, il n'y a que celle de la Chine, qui n'admette pas l'immortalité de l'ame ; & remarquez que ces anciennes religions fubfiftent encore. Celle du gouvernement de la Chine s'eft confervée dans toute fon intégrité ; celle des brachmanes règne encore dans la prefqu'île de l'Inde ; celle de *Zoroaftre* ne s'eft point démentie, quoique ceux qui la profeffent foient difperfés.

CHAPITRE IX.

Des Phéniciens & de Sanchoniathon , antérieur au temps où l'on place Moïfe.

LES peuples de la Phénicie ne doivent pas être fi anciens que ceux dont nous avons parlé. Ils habitaient une côte de la Méditerranée , & cette côte était fort ftérile. Il eft vrai que cette ftérilité même fervit à la grandeur de ces peuples. Ils furent obligés de faire un commerce maritime qui les enrichit. Ces nouveaux courtiers de l'Afie pénétrèrent en Afrique, en Efpagne, & jufque dans notre Angleterre. Sidon,

Tyr, Biblos, Bérith, devinrent des villes opulentes. Mais il fallait bien que la Syrie, la Chaldée, la Perfe, fuffent des Etats déjà très-confidérables avant que les Phéniciens euffent effayé de la navigation ; car pourquoi auraient-ils entrepris des voyages fi hafardeux, s'ils n'avaient pas eu des voifins riches auxquels ils vendaient les productions des terres éloignées ? Cependant les Tyriens avaient un temple dans lequel *Hérodote* entra, & qu'il dit avoir deux mille trois cents ans d'antiquité ; ainfi il avait été bâti environ deux mille huit cents ans avant notre ère vulgaire ; ainfi, par ce calcul, le temple de Tyr fubfifta près de dix-huit cents ans avant celui de *Salomon* (en adoptant le calcul de la Vulgate.)

Les Phéniciens, étant de fi grands commerçans, cultivèrent néceffairement l'art de l'écriture ; ils tinrent des regiftres, ils eurent des archives, leur pays fut même appelé *le pays des lettres*. Il eft prouvé qu'ils communiquèrent aux Grecs leur alphabet ; & lorfque les Juifs vinrent s'établir très-long-temps après fur leurs confins, ces étrangers prirent leur alphabet & leur écriture. Vous trouvez même dans l'hiftoire de *Jofué*, qu'il y avait fur la frontière de la Phénicie, dans la contrée nommée par les feuls Juifs *Canaan*, une ville qu'on appelait *la ville des lettres*, *la ville des livres*, *Cariath Sepher*, qui fut prife & prefque détruite par le brigand *Othoniel*, à qui le brigand *Caleb* compagnon du brigand *Jofué* donna fa fille *Oxa* pour récompenfe. (*d*)

Un des plus curieux monumens de l'antiquité eft fans doute l'hiftoire de *Sanchoniathon* le Phénicien,

(*d*) Juges, chap. 1.

dont il nous reste des fragmens précieux conservés dans *Eusébe*. Il est incontestable que cet auteur écrivit long-temps avant l'irruption des Hébreux dans le pays de Canaan. Une preuve sans réplique, c'est qu'il ne parle pas des Hébreux. S'ils étaient déjà venus chez les Cananéens, s'ils avaient mis à feu & à sang le pays de *Sanchoniathon* même, s'ils avaient exercé dans son voisinage des cruautés dont il n'y a guère d'exemples dans l'ancienne histoire, il est impossible que *Sanchoniathon* eût passé sous silence des événemens auxquels il devait prendre le plus grand intérêt. S'il y avait eu un *Moïse* avant lui, il est bien certain qu'il n'aurait pas oublié ce *Moïse* & ces prodiges épouvantables opérés en Egypte. Il était donc évidemment antérieur au temps où l'on place *Moïse*. Il écrivit donc sa cosmogonie long-temps avant que les Juifs eussent leur Genèse.

Au reste, il ne faut pas s'étonner qu'on ne trouve dans cette cosmogonie de l'auteur phénicien aucun des noms cités dans la Genèse juive. Nul écrivain, nul peuple, n'a connu les noms d'*Adam*, de *Caïn*, d'*Abel*, d'*Enoch*, de *Mathusalem*, de *Noé*. Si un seul de ces noms avait été cité par *Sanchoniathon* ou par quelque écrivain de Syrie, ou de Chaldée, ou d'Egypte, l'historien *Josephe* n'aurait pas manqué de s'en prévaloir. Il dit lui-même, dans sa réponse à *Appion*, qu'il a consulté tous les auteurs étrangers qui ont parlé de sa nation; & quelque effort qu'il fasse, il n'en peut trouver un seul qui parle des miracles de *Moïse*; pas un seul qui rappelle un mot de la Genèse ou de l'Exode.

Ajoutons à ces preuves convaincantes que s'il y avait eu un seul mot dans *Sanchoniathon* ou dans quelqu'autre auteur étranger en faveur de l'hiſtoire juive, *Euſèbe* qui fait armes de tout, dans ſa *Préparation évangélique*, eût cité ce témoignage avec emphaſe. Mais ce n'eſt pas ici le lieu de pouſſer plus loin cette recherche ; il ſuffit de montrer que *Sanchoniathon* écrivit dans ſa langue long-temps avant que les Juifs puſſent ſeulement la prononcer.

Ce qui rend encore les fragmens de *Sanchoniathon* très-recommandables, c'eſt qu'il conſulta les prêtres les plus ſavans de ſon pays, & entr'autres *Gérombal* prêtre d'*Ihao* dans la ville de Bérith. Ce nom d'*Iaho* qui ſignifie Dieu, eſt le nom ſacré qui fut long-temps après adopté par les Juifs.

L'ouvrage de *Sanchoniathon* eſt encore plus digne de l'attention du monde entier, en ce que ſa côſmogonie eſt tirée (ſelon ſon propre témoignage) des livres du roi d'Egypte *Thaut*, qui vivait, dit-il, huit cents ans avant lui, & que les Grecs ont depuis appelé *Mercure*. Nous n'avons guère de témoignages d'une antiquité plus reculée. Voilà ſans contredit le plus beau monument qui nous reſte dans notre Occident.

Quelques ames timorées, effrayées de cette antiquité & de ce monument ſi antérieur à la Genèſe, n'ont eu d'autre reſſource que celle de dire que ces fragmens étaient un livre ſuppoſé ; mais cette malheureuſe évaſion eſt aſſez détruite par la peine qu'*Euſèbe* a priſe de les tranſcrire. Il en combat les principes ; mais il ſe donne bien de garde d'en combattre l'authenticité ; elle était trop reconnue de ſon temps. Le livre était traduit en grec par un citoyen du pays même de *Sanchoniathon*. Pour peu qu'il y eût eu le moindre jour à foupçonner l'antiquité de ce livre contraire en tout à la Bible, *Eufèbe* l'eût fait fans doute avec la plus grande force. Il ne l'a pas fait. Quelle plus éclatante preuve que l'aveu d'un adverfaire? Avouons donc fans difficulté que *Sanchoniathon* eft beaucoup plus ancien qu'aucun livre juif.

La religion de ces Phéniciens était, comme toutes les autres, une morale faine, parce qu'il ne peut y avoir deux morales; une métaphyfique abfurde, parce que toute métaphyfique l'a été jufqu'à *Locke;* des rites ridicules, parce que le peuple a toujours aimé les momeries. Quand je dis que toutes les religions ont des fimagrées indignes des honnêtes gens, j'excepte toujours celle du gouvernement chinois, que nulle fuperftition groffière n'a jamais fouillée.

Les Phéniciens admettaient d'abord un chaos comme les Indiens. L'efprit devint amoureux des principes confondus dans le chaos; il s'unit à eux, & l'amour débrouilla tout. La terre, les aftres, les animaux, en naquirent.

Ces mêmes Phéniciens facrifiaient aux vents; & cette fuperftition était très-convenable à un peuple navigateur. Chaque ville de Phénicie eut enfuite fes dieux, & fes rites particuliers.

C'eft furtout de Phénicie que vint le culte de la déeffe que nous appelons *Vénus.* La fable de *Vénus* & d'*Adonis* eft toute phénicienne. *Adoni* ou *Adonaï* était un de leurs dieux; & quand les Juifs vinrent long-temps après dans le voifinage, ils appelèrent leur dieu des noms phéniciens *Jéhova, Iaho, Adonaï, Sadaï,* &c.

Tout ce pays, depuis Tyr jufqu'au fond de l'Arabie, eft le berceau des fables , comme nous le verrons dans la fuite ; & cela devait être ainfi puifque c'était le pays des lettres.

CHAPITRE X.

Des Egyptiens.

L E poëte philofophe français qui le premier a dit que les Egyptiens font une nation toute nouvelle, fe fonde fur une raifon qui eft fans réplique. C'eft que l'Egypte étant inondée cinq mois de l'année , ces inondations accumulées devaient rendre le terrain fangeux entièrement impraticable ; qu'il a fallu des fiècles pour dompter le Nil, pour lui creufer des canaux, pour bâtir des villes élevées vingt pieds au-deffus du fol ; que l'Afie, au contraire, a des plaines immenfes, des rivières plus favorables , & que par conféquent tous les peuples afiatiques ont dû former des fociétés policées très-long-temps avant qu'on pût bâtir auprès du Nil une feule maifon tolérable.

Mais les pyramides font d'une antiquité fi reculée qu'elle eft inconnue ! mais *Thaut* donna des lois à l'Egypte huit cents ans avant *Sanchoniathon* qui vivait long-temps avant l'irruption des Juifs dans la Paleftine ! mais les Grecs & les Romains ont révéré les antiquités d'Egypte ! Oui : tout cela prouve que le gouvernement égyptien eft beaucoup plus ancien que les nôtres. Mais ce gouvernement était moderne en comparaison des peuples afiatiques.

Je compte pour rien quelques malheureux qui vivaient entre les rochers qui bordent le Nil , de même que je ne fais aucune mention des barbares nos prédéceffeurs qui habitèrent fi long-temps nos forêts fauvages avant d'être policés. Une nation n'exifte que quand elle a des lois & des arts. L'état de fauvage eft un état de brute. L'Egypte civilifée eft donc très-moderne. Elle l'eft au point qu'elle prit des Phéniciens le nom d'*Iaho* , nom cabaliftique , que les prêtres donnaient à DIEU.

Mais fans entrer dans ces difcuffions ténébreufes, bornons-nous à notre fujet , qui eft de chercher fi toutes les grandes nations reconnaiffent un Dieu fuprême. Il eft inconteftable que cette doctrine était le fondement de toute la théologie égyptienne. Cela fe prouve par ce nom même ineffable d'*Iaho* , qui fignifiait l'Eternel ; par ce globe qui était pofé fur la porte des temples, & qui repréfentait l'unité du grand être fous le nom de *Knef*. On le prouve furtout par ce qui nous eft refté des myftères d'*Ifis* , & par cette ancienne formule confervée dans Apulée : *Les puiffances céleftes te fervent , les enfers te font foumis , l'univers tourne fous ta main , tes pieds foulent le Tartare , les aftres répondent à ta voix , les faifons reviennent à tes ordres , les élémens t'obéiffent.*

Jamais l'unité d'un Dieu fuprême n'a été plus forte-ment énoncée : & pourquoi dit-on dans cette formule que les puiffances céleftes obéiffent , que les aftres répondent, à la voix du grand être ? C'eft que les aftres, les génies fuppofés répandus dans l'efpace , étaient regardés comme des dieux fecondaires , des êtres fupérieurs à l'homme & inférieurs à DIEU : doctrine familière à tout l'Orient, doctrine adoptée enfin en Grèce & en Italie.

Pour l'immortalité de l'ame, perfonne n'a jamais douté que ce ne fût un des deux grands principes de la religion d'Egypte. Les pyramides l'atteftent affez. Les grands du pays ne fe fefaient élever ces tombeaux fi durables, & on n'embaumait leurs corps avec tant de foin, qu'afin que l'efprit igné ou aérien qu'on a toujours fuppofé animer le corps, vînt retrouver ce corps au bout de mille ans, quelques-uns difent même au bout de trois mille. Rien n'eft fi avéré que l'immortalité de l'ame établie en Egypte.

Je ne parlerai point ici des folles & ridicules fuperfti- tions dont ce beau pays fut inondé beaucoup plus que des eaux de fon fleuve. Il devint le plus méprifable des grands peuples, comme les Juifs font devenus la plus haïffable & la plus honteufe des petites nations. Mon feul but eft de faire voir que tous les grands peuples civilifés, & même les petits, ont reconnu un Dieu fuprême de temps immémorial ; que tous les grands peuples ont admis expreffément la permanence de ce qu'on appelle *ame*, après la mort, excepté les Chinois. Encore ne peut-on pas dire que les Chinois l'aient niée formellement. Ils n'ont ni affuré ni com- battu ce dogme ; leurs livres n'en parlent point. En cela ont-ils été fages ou fimplement ignorans ?

C H A P I T R E X I.

Des Arabes, & de Bacchus.

*H*ERODOTE nous apprend que les Arabes adoraient *Vénus-Uranie* & *Bacchus*. Mais de quelle partie de l'Arabie parle-t-il ? C'est probablement de toutes les trois. *Alexandre*, dit-on, voulait établir le siége de son empire dans l'Arabie heureuse. Il fit dire aux peuples de l'Yémen & de Saanna qu'il avait fait autant que *Bacchus*, & qu'il voulait être adoré comme lui. Or il est très-vraisemblable que *Bacchus* étant adoré dans la grande Arabie, il l'était aussi dans la pétrée & dans la déserte. Les provinces pauvres se conforment toujours aux usages des riches. Mais comment des Arabes adoraient-ils *Vénus*? C'est qu'ils adoraient les étoiles en reconnaissant pourtant un Dieu suprême. Et il est si vrai qu'ils adoraient l'être suprême, que de temps immémorial ils partageaient leurs champs en deux parts. La première pour DIEU, & la seconde pour l'étoile qu'ils affectionnaient le plus. (*e*) *Allah* fut toujours chez eux le nom de DIEU. Les peuples voisins prononçaient *El*. Ainsi Babel sur l'Euphrate était la ville de DIEU; Israël chez les Perses signifiait voyant DIEU, & les Hébreux prirent ce nom d'*Israël* dans la suite, comme l'avoue le juif *Philon*. Tous les noms des anges persans finissaient en *el*; messager de DIEU,

(*e*) Voyez la préface de l'Alcoran dans *Sale*.

foldat de DIEU, ami de DIEU. Les Juifs même au nom phénicien de DIEU *Iaho*, ajoutèrent auffi le nom perfan *El*, dont ils firent *Eloi* ou *Eloa*.

Mais comment les Arabes adorèrent-ils *Vénus-Uranie? Vénus* eft un mot latin, *Uranie* eft grec ; les Arabes ne favaient affurément ni le grec ni le latin, & ils étaient incomparablement plus anciens que les peuples de Grèce & d'Italie. Auffi le nom arabe dont ils fe fervaient pour fignifier l'étoile de *Vénus* était *Alilat*, & *Mercure* était *Atarid*, &c.

Le feul homme à qui ils euffent accordé les honneurs divins était celui que les Grecs nommèrent depuis *Bacchus;* fon nom arabe était *Bac*, ou *Urotal* ou *Mifem*. Ce fera le feul homme divinifé dont je parlerai, attendu la conformité prodigieufe qui eft entre lui & le *Moïfe* des Hébreux.

Ce *Bacchus* arabe était né comme *Moïfe* en Egypte, & il avait été élevé en Arabie vers le mont Sina que les Arabes appelaient *Nifa*. Il avait paffé la mer Rouge à pied fec avec fon armée pour aller conquérir les Indes, & il y avait beaucoup de femmes dans cette armée. Il fit jaillir une fontaine de vin d'un rocher en le frappant de fon thyrfe. Il arrêta le cours du foleil & de la lune. Il fortait de fa tête des rayons de lumière. Enfin on le nomma *Mifem* qui eft un des noms de *Moïfe*, & qui fignifie *fauvé des eaux*, parce qu'on prétendait qu'il était tombé dans la mer pendant fon enfance. Toutes ces fables arabiques paffèrent chez les premiers Grecs ; & *Orphée* chanta ces aventures. Rien n'eft fi ancien que cette fable. Peut-être eft-elle allégorique. Jamais peuple n'inventa plus de paraboles que les Arabes. Ils les écrivaient d'ordinaire en vers.

Ils s'affemblaient tous les ans dans une grande place à Ocad (f) où fe tenait une foire qui durait un mois. On y donnait un prix au poëte qui avait récité le conte le plus extraordinaire. Celui de *Bacchus* avait fans doute un fondement réel.

CHAPITRE XII.

Des Grecs, de Socrate, & de la double doctrine.

ON a tant parlé des Grecs que j'en dirai peu de chofe. Je remarquerai feulement qu'ils adoraient un Dieu fuprême, & qu'ils reconnaiffaient l'immortalité de l'ame, à l'exemple des Afiatiques & des Egyptiens, non-feulement avant qu'ils euffent des hiftoriens, mais avant qu'*Homère* eût écrit. *Homère* n'inventa rien fur les dieux, il les prit comme ils étaient. *Orphée* long-temps avant lui avait fait recevoir fa théogonie dans la Grèce. Dans cette théogonie tout commence par un chaos comme chez les Phéniciens & chez les Perfes. Un artifan fuprême débrouille ce chaos, & en forme le foleil, la lune, les étoiles, & la terre. Cet être fuprême appelé *Zeus*, *Jupiter*, eft le maître de tous les autres dieux, le dieu des dieux. Vous voyez à chaque pas cette théologie dans *Homère*. *Jupiter* feul affemble le confeil, lui feul lance le tonnerre; il commande à tous les dieux, il les récompenfe, il les punit; il chaffe *Apollon* du ciel; il donne le fouet à

(f) Confultez la préface de la belle traduction anglaife de l'Alcoran.

Junon,

Junon, il l'attache entre le ciel & la terre avec une chaîne d'or ; mais le bon homme *Homère* ne dit pas à quel point fixe cette chaîne fut accrochée. Le même *Jupiter* précipite *Vulcain* du haut du ciel fur la terre, il menace le dieu *Mars*. Enfin, il eft par-tout le maître.

Rien n'eft plus clair dans *Homère* que l'ancienne opinion de l'immortalité de l'ame, quoique rien ne foit plus obfcur que fon exiftence. Qu'eft-ce que l'ame chez tous les anciens poëtes, & chez tous les philofophes ? un je ne fais quoi qui anime le corps, une figure légère, un petit compofé d'air qui reffemble au corps humain, & qui s'enfuit quand elle a perdu fon étui. *Ulyffe* en trouve par milliers dans les enfers. Le batelier *Caron* eft continuellement occupé à les tranf-porter dans fa barque. Cette théologie eft auffi ridicule que tout le refte, j'en conviens ; mais elle démontre que l'immortalité de l'ame était un point capital chez les anciens.

Cela n'empêcha pas des fectes entières de philofophes de fe moquer également de *Jupiter* & de l'immortalité de l'ame; & ce qu'il faut foigneufement obferver, c'eft que la fecte d'*Epicure*, qu'on peut regarder comme une fociété d'athées, fut toujours très-honorée. Je dis que c'était une fociété d'athées, car en fait de religion & de morale, admettre des dieux inutiles qui ne puniffent ni ne récompenfent, & n'en admettre point du tout, c'eft précifément la même chofe.

Pourquoi donc les épicuriens ne furent-ils jamais perfécutés, & que *Socrate* fut condamné à boire la ciguë ? Il faut abfolument qu'il y ait eu une autre raifon que celle du fanatifme pour condamner *Socrate*.

Philofophie &c. Tome II.   O

Les épicuriens étaient les hommes du monde les plus fociables, & *Socrate* paraît avoir été le plus infociable. Il avoue lui-même, dans fa défenfe, qu'il allait de porte en porte dans Athènes prouver aux gens qu'ils étaient des fots. Il fe fit tant d'ennemis qu'enfin ils vinrent à bout de le condamner à mort; après quoi on lui demanda bien pardon. C'eft précifément (au pardon près) l'aventure de *Vanini*. Il difputait aigrement dans Touloufe contre des confeillers de juftice. Ils lui perfuadèrent qu'il était athée & forcier, & ils le firent brûler en conféquence. Ces horreurs font plus communes chez les chrétiens que dans l'ancienne Grèce.

L'évêque *Warburton*, dans fon très-étrange livre de la divine légation de *Moïfe*, (g) prétend que les philofophes qui enfeignaient l'immortalité de l'ame n'en croyaient rien du tout. Il fe tourne de tous les fens, pour prouver que tous ceux qu'on nomme *les anciens fages*, avaient une double doctrine, la publique & la fecrète; qu'ils prêchaient en public l'immortalité de l'ame pour contenir le fot peuple, & qu'ils s'en moquaient tous en particulier avec les gens d'efprit. C'eft-là, je l'avoue, une fingulière affertion pour un évêque. Mais quelle néceffité y avait-il pour ces philofophes de dire tout haut ce qu'ils ne croyaient pas en fecret, puifqu'il était permis aux épicuriens de dire hautement que tout périt avec le corps, & que les pyrrhoniens pouvaient douter de tout impunément? Qui pouvait forcer les philofophes à mentir le matin pour dire le foir la vérité? Des coquins pouvaient en Grèce comme ailleurs abufer des paroles d'un

(g) Tome II, liv. III.

fage, & lui intenter un procès. On a mis en juftice des membres du parlement pour leurs paroles ; mais cela ne prouve pas que la chambre des communes ait deux doɛtrines différentes.

Cette double doɛtrine dont veut parler notre *Warburton*, était principalement dans les myftères d'*Ifis*, de *Cérés*, d'*Orphée*, & non chez les philofophes. On enfeignait l'unité de DIEU dans ces myftères, tandis qu'en public on facrifiait à des dieux ridicules. Voilà ce qui eft d'une vérité inconteftable. Toutes les formules des myftères atteftent l'adoration d'un Dieu unique. C'eft précifément comme s'il y avait chez les papiftes des congrégations de fages, qui après avoir affifté à la meffe de Ste *Urfule* & des onze mille vierges, de St *Roch* & de fon chien, de St *Antoine* & de fon cochon, allaffent enfuite défavouer ces étonnantes bëtiles dans une affemblée particulière ; mais au contraire, les confréries de papiftes enchériffent encore fur les fuperftitions auxquelles on les force. Leurs pénitens blancs, gris, & noirs, habillés en mafque, fe fouettent en l'honneur de ces beaux faints, au lieu d'adorer DIEU en hommes raifonnables.

Warburton, pour prouver que les Grecs avaient deux doɛtrines, l'une pour l'aréopage & l'autre pour leurs amis, cite *Céfar, Caton*, & *Cicéron*, qui dirent en plein fénat, dans l'examen du procès de *Catilina*, que la mort n'eft point un mal, que c'eft la fin de toutes les fenfations, qu'il n'y a rien après nous. Mais *Céfar*, *Caton*, & *Cicéron*, n'étaient pas grecs. Expliquaient-ils ainfi leur doɛtrine fecrète à trois ou quatre cents de leurs confidens en plein fénat ?

Cet évêque pouvait encore ajouter que dans la tragédie de la Troade de *Sénéque*, le chœur difait fecrétement au peuple romain affemblé :

> *Poſt mortem nihil eſt, ipſaque mors nihil.*
> *Quæris quo jaceant poſt obitum loco ?*
> *Quo non nata jacent.*

> Rien n'eſt après la mort, la mort même n'eſt rien.
> Après la vie où pourrai-je être ?
> Où j'étais avant que de naître. (1)

Quand on a fait fentir toutes ces difparates, toutes ces inconféquences de *Warburton*, il s'eſt fâché, il n'a répondu ni avec des raiſons ni avec de la politeſſe; il a reſſemblé à ces femmes qu'on prend fur le fait & qui n'en deviennent que plus hardies & plus méchantes: *nihil eſt audacius iſtis deprehenſis.* L'ardeur de fon courage l'a emporté encore plus loin, comme nous le verrons en traitant de la religion juive.

CHAPITRE XIII.

Des Romains.

Soyons auſſi courts fur les Romains que fur les Grecs. C'eſt la même religion, les mêmes dieux principaux, le même *Jupiter* maître des dieux & des

_____

(1) *Cyrano de Bergerac*, dans fa tragédie d'Agrippine, fait dire à *Séjan* :

> *Une heure après la mort, notre ame évanouie*
> *Devient ce qu'elle était une heure avant la vie.*

hommes, les mêmes champs Elyfées, le même Tartare, les mêmes apothéofes ; & quoique la fecte d'*Epicure* eût un très-grand crédit ; quoiqu'on fe moquât publiquement des augures , des arufpices , des champs Elyfées , & des enfers ; la religion romaine fubfifta jufqu'à la ruine de l'empire.

Il eft conftant par toutes les formules , que les Romains reconnaiffaient un feul Dieu fuprême. Ils ne donnaient qu'au feul *Jupiter* le titre de très-grand & très-bon, *optimus maximus*. La foudre n'était qu'entre fes mains. Tous les autres dieux peuvent fe comparer aux faints & à la vierge que l'Italie adore aujourd'hui. En un mot plus nous avançons dans la connaiffance des peuples policés, plus nous découvrons par-tout un Dieu, comme on l'a déjà dit.

Notre *Warburton*, dont le fens eft toujours l'ennemi du fens commun des autres hommes , ofe nous affurer dans la préface de la feconde partie de fa Légation , que les Romains fefaient peu de cas de *Jupiter ;* il veut s'appuyer de l'autorité de *Cicéron ;* il prétend que cet orateur, dans fon oraifon pour *Flaccus* , dit *qu'il n'eft pas de la majefté de l'empire de reconnaître un feul Dieu.* Il cite les paroles latines , *majeftatem imperii non decuiffe ut unus tantùm Deus colatur.* Qui le croirait ! il n'y a pas un mot , ni dans l'oraifon pour *Flaccus* , ni dans aucune autre , qui ait le moindre rapport à cette citation prétendue de *Cicéron ;* elle appartient toute entière à notre évêque qui, par cette fraude , non fraude pieufe, mais fraude impudente, a voulu tromper le monde. Il s'eft imaginé que perfonne ne fe donnerait la peine de feuilleter *Cicéron* & de découvrir fon impofture ; il s'eft trompé en cela comme dans tout le refte ; & déformais on n'aura pas plus de foi à fes commentaires fur *Cicéron* qu'à ceux qu'il nous a donnés fur *Shakefpeare*.

Ce qui eft peut-être de plus eftimable chez ce peuple roi, c'eft que pendant neuf cents années il ne perfécuta perfonne pour fes opinions. Il n'a point à fe reprocher de ciguë. La tolérance la plus univer-felle fut fon partage. Ces fages conquérans affié-geaient-ils une ville, ils priaient les dieux de la ville de vouloir bien paffer dans leur camp. Dès qu'elle était prife, ils allaient facrifier dans le temple des vaincus. C'eft ainfi qu'ils méritèrent de commander à tant de nations.

On ne les vit point égorger les Tofcans pour réformer l'art des arufpices, qu'ils tenaient d'eux. Perfonne ne mourut à Rome pour avoir mal parlé des poulets facrés. Les Egyptiens couverts de mépris eurent à Rome un temple d'*Ifis;* les Juifs plus méprifés encore y eurent des fynagogues après leurs fanglantes rebellions. Le peuple conquérant était le peuple tolérant.

Il faut avouer qu'il ne traita mal les chrétiens qu'après que ces nouveaux venus eurent déclaré hautement, & à plufieurs reprifes, qu'ils ne pouvaient fouffrir d'autre culte que le leur. C'eft ce que nous ferons voir évidemment quand nous en ferons à l'établiffement du chriftianifme.

Commençons par examiner la religion juive, dont le chriftianifme & le mahométifme font fortis.

CHAPITRE XIV.

Des Juifs & de leur origine.

Toutes les nations (excepté toujours les Chinois)
fe vantent d'une foule d'oracles & de prodiges ; mais
tout eft prodige & oracle dans l'hiftoire juive fans
exception. On a tant écrit fur cette matière qu'il ne
refte plus rien à découvrir. Nous ne voulons ni répéter
tous ces miracles continuels , ni les combattre ; nous
refpeĉtons la mère de notre religion. Nous ne parlerons du merveilleux judaïque qu'autant qu'il pourra
fervir à établir les faits. Nous examinerons cette
hiftoire comme nous ferions celle de *Tite-Live* ou
d'*Hérodote*. Cherchons par les feules lumières de la
raifon ce qu'étaient les Juifs, d'où ils venaient quand
ils s'établirent dans la Paleftine, quand leur religion
fut fixée , quand ils écrivirent ; inftruifons-nous &
tâchons de ne pas fcandalifer les faibles ; ce qui eft
bien difficile , quand on veut dire la vérité.

Nous ne trouvons guère plus de lumière chez les
étrangers fur le petit peuple hébreu , que nous n'en
trouvons fur les Francs, fur les Irlandais, & fur les
Bafques. Tous les livres égyptiens ont péri, leur langue
a eu le même fort. Nous n'avons plus les auteurs
perfans, chaldéens, & fyriens , qui auraient pu nous
inftruire ; nous voyageons ici dans un défert où des
animaux fauvages ont vécu. Tâchons de découvrir
quelques traces de leurs pas.

Les juifs étaient-ils originairement une horde vagabonde d'Arabes du défert qui s'étend entre l'Egypte
& la Syrie ? cette horde s'étant multipliée s'empara-
t-elle de quelques villages vers la Phénicie ? Rien n'eft
plus vraifemblable. Leur tour d'efprit, leur goût pour
les paraboles & pour le merveilleux incroyable, leur
extrême paffion pour le brigandage, tout concourt à
les faire regarder comme une nation très-nouvellement
établie, qui fortait d'une petite horde arabe.

Il y a plus ; ils prétendent dans leur hiftoire que
des tribus Arabes & eux defcendent du même père ;
que des enfans de quelques pafteurs errans, qu'ils
appellent *Abraham*, *Loth*, *Efaü*, habitèrent des contrées
d'Arabie. Voilà bien des conjectures : mais il ne refte
aucun monument qui puiffe les appuyer.

Si l'on examine ce grand procès avec le feul bon
fens, on ne peut regarder les livres juifs comme des
preuves. Ils ne font point juges en leur propre caufe.
Je ne crois point *Tite-Live* quand il nous dit que
Romulus était fils du dieu *Mars ;* je ne crois point nos
premiers auteurs anglais quand ils difent que *Vortiger*
était forcier ; je ne crois point les vieilles hiftoires des
Francs qui rapportent leur origine à *Francus* fils
d'*Hector*. Je ne dois pas croire les Juifs fur leur feule
parole, quand ils nous difent des chofes extraordi-
naires. Je parle ici felon la foi humaine, & je me
garde bien de toucher à la foi divine. Je cherche
donc ailleurs quelque faible lumière, à la lueur de
laquelle je puiffe découvrir les commencemens de la
nation juive.

Plus d'un ancien auteur dit que c'était une troupe
de lépreux qui fut chaffée de l'Egypte par le roi *Amafis*.

Ce n'eft-là qu'une préfomption. Elle acquiert un degré de probabilité par l'aveu que les Juifs font eux-mêmes, qu'ils s'enfuirent d'Egypte, & qu'ils étaient forts fujets à la lèpre ; mais ces deux degrés de probabilité, le confentement de plufieurs anciens, & l'aveu des Juifs, font encore loin de former une certitude.

Diodore de Sicile raconte, d'après les auteurs égyptiens qu'il a confultés, que le même *Amafis* ayant eu la guerre avec *Actifan* roi d'Ethiopie, cet *Actifan* vainqueur fit couper le nez & les oreilles à une horde de voleurs, qui avait infefté l'Egypte pendant la guerre. Il confina cette troupe de brigands dans le défert de Sina, où ils firent des filets avec lefquels ils prirent des cailles dont ils fe nourrirent. Ils habitèrent le pays qu'on appela depuis d'un nom qui fignifie en langue égyptienne *nez coupé*, & que les Grecs exprimèrent par celui de *Rhinocolure*. Ce paffage auquel on a fait trop peu d'attention, joint à l'ancienne tradition que les Hébreux étaient une troupe de lépreux chaffés d'Egypte, femble jeter quelque jour fur leur origine. Ils avouent qu'ils ont été à la fois lépreux & voleurs ; ils difent, qu'après avoir volé les Egyptiens ils s'enfuirent dans ce même défert, où fut depuis *Rhinocolure*. Ils fpécifient que la fœur de leur *Moïfe* eut la lèpre ; ils s'accordent avec les Egyptiens fur l'article des cailles.

Il eft donc vraifemblable, humainement parlant & abftraction faite de tout merveilleux, que les Juifs étaient des Arabes vagabonds fujets à la lèpre, qui venaient piller quelquefois les confins d'Egypte, & qui fe retirèrent dans le défert d'Horeb & de Sinaï,

quand on leur eut coupé le nez & les oreilles. Cette
haine qu'ils manifeſtèrent depuis contre l'Egypte,
donne quelque force à cette conjecture. Ce qui peut
encore augmenter la probabilité, c'eſt que l'égyptien
Appion d'Alexandrie, qui écrivit du temps de *Caligula*
une hiſtoire de ſon pays, & un autre auteur nommé
Chencres de la ville de Mendès, aſſurent tous deux
que ce fut ſous le roi ou pharaon *Amaſis* que les Juifs
furent chaſſés. Nous avons perdu leurs écrits, mais
le juif *Joſephe*, qui écrivit contre *Appion* après la
mort de cet Egyptien, ne le combat point ſur l'époque
d'*Amaſis*. Il le réfute ſur d'autres points : & tous ces
autres points prouvent que les Egyptiens avaient écrit
autant de fauſſetés ſur les Juifs qu'on reprochait aux
Juifs d'en avoir écrit eux-mêmes.

Flavien Joſephe fut le ſeul juif qui paſſa chez les
Romains pour avoir quelque bon ſens. Cependant
cet homme de bon ſens rapporte ſérieuſement la fable
des Septante & d'*Ariſtée*, dont *Vandale* & tant d'autres
ont fait voir le ridicule & l'abſurdité. Il ajoute à cette
ineptie que le roi d'Egypte *Ptolomée Philadelphe*, ayant
demandé aux traducteurs comment il ſe pouvait faire
que des livres auſſi ſages que ceux des Juifs n'euſſent
été jamais connus d'aucune nation, on répondit à
Ptolomée que ces livres étaient trop divins pour que
des profanes oſaſſent jamais les citer, & que Dieu
ne pouvait le permettre.

Remarquez qu'on feſait cette belle réponſe dans les
temps mêmes qu'on mettait ces livres entre les mains
des profanes. *Joſephe* ajoute que tous les étrangers qui
avaient été aſſez hardis pour dire un mot des lois
juives, avaient été ſur le champ punis de Dieu ; que

l'hiftorien *Théopompe* ayant eu deffein feulement d'en inférer quelque chofe dans fon ouvrage, devint fou fur le champ ; mais qu'au bout de trente jours, Dieu lui ayant fait connaître dans un fonge qu'il ne fallait pas parler des Juifs, il demanda bien pardon à Dieu & rentra dans fon bon fens.

Jofephe dit encore que le poëte *Théodeéte* ayant ofé parler des Juifs, dans une de fes tragédies, était devenu aveugle incontinent, & que Dieu ne lui rendit la vue que quand il eut bien demandé pardon & fait pénitence.

Si un homme qui paffe pour le feul hiftorien juif qui ait écrit raifonnablement, a dit de fi plates extravagances, que faut-il penfer des autres ? Je parle toujours humainement, je me mets toujours à la place d'un homme qui, n'ayant jamais entendu parler ni des Juifs ni des chrétiens, lirait ces livres pour la première fois ; & n'étant point illuminé par la grâce, aurait le malheur de n'en croire que fa faible raifon, en attendant qu'il fût éclairé d'en-haut.

CHAPITRE XV.

Quand les Juifs commencèrent-ils à demeurer dans les villes ? quand écrivirent-ils ? quand eurent-ils une religion fixe & déterminée ?

ON ne peut ici que confulter les Juifs eux-mêmes, confronter ce qu'ils rapportent, & voir ce qui eft le plus probable.

Selon eux, ils demeurèrent fous des tentes dans un défert au nombre de fix cents trente mille combattans, ce qui fefait environ trois millions de perfonnes en comptant les vieillards, les femmes & les enfans. Cela fortifie la conjecture qu'ils étaient des Arabes, puifqu'ils n'habitaient que des tentes & qu'ils changeaient fouvent de lieu. Mais comment trois millions d'hommes auraient-ils eu des tentes, s'ils s'étaient enfuis d'Egypte au travers de la mer? Chaque famille avait-elle porté fa tente fur fon dos ? Ils n'avaient pas démeuré fous des tentes en Egypte. Une preuve qu'ils étaient du nombre de ces Arabes errans qui ont de l'averfion pour les demeures des villes , c'eft que lorfqu'ils eurent pris Jéricho , ils le rafèrent & ne fe fixèrent nulle part : car ne jugeant ici qu'en profanes, & par les feules lumières de notre raifon , ce n'eft pas à nous de parler des trompettes qui firent tomber les murs de Jéricho. C'eft un de ces miracles que Dieu fefait tous les jours , & que nous n'ofons difcuter.

Quoi qu'il en foit, ils difent n'avoir eu une ville capitale , n'avoir été fixés à Jérufalem que du temps de *David ;* & , felon eux, entre leur fuite d'Egypte & leur établiffement à Jérufalem , il y a environ quatre cents cinquante années. Je n'examine pas ici leur chronologie , fur laquelle ils fe contredifent continuellement ; car , à bien compter, il y aurait plus de fix cents ans entre *Moïfe* & *David.* Je vois feulement qu'ils ont vécu dans la Paleftine en arabes vagabonds pendant plufieurs fiècles, attaquant tous leurs voifins l'un après l'autre, pillant tout, ravageant tout, n'épargnant ni fexe ni âge, tantôt vainqueurs, tantôt vaincus, & très-fouvent efclaves.

Cette vie vagabonde, cette fuite continuelle de meurtres , cette alternative fanglante de victoires &

de défaites, ces temps fi longs de fervitude, leur per-mirent-ils d'apprendre à écrire & d'avoir une religion fixe? n'eft-il pas de la plus grande vraifemblance, qu'ils ne commencèrent à former des lois & des hiftoires par écrit que fous leurs rois, & qu'auparavant ils n'avaient qu'une tradition vague & incertaine?

Jetons les yeux fur toutes les nations de notre occident, depuis Archangel jufqu'à Gibraltar; y en a-t-il une feule qui ait eu des lois & une hiftoire par écrit avant d'être raffemblée dans des villes ? Que dis-je? y a-t-il un feul peuple fur la terre qui ait eu des archives avant d'être bien établi? Comment les Juifs auraient-ils eu feuls cette prérogative?

CHAPITRE XVI.

Quelle fut d'abord la religion des Juifs.

Nous trouvons dans le livre intitulé *Jofué* ces propres paroles que ce chef fanguinaire dit à la horde juive, après s'être emparé de trente-un chefs de ces villages, appelés *rois* dans la Bible : (*h*) *Choififfez aujourd'hui ce qu'il vous plaira, & voyez qui vous devez plutôt adorer, ou les dieux que vos pères ont fervi dans la Méfopotamie, ou les dieux des Amorrhéens au pays defquels vous habitez ; mais pour ce qui eft de moi & de ma maifon, nous fervirons Adonaï ; & le peuple répondit : A* DIEU *ne plaife que nous abandonnions Adonaï, & que nous fervions d'autres dieux.*

(*h*) Chap. XXIV, v. 15 & 16.

Il eſt évident par ce paſſage que les Juifs y ſont
ſuppoſés avoir adoré *Iſis* & *Oſiris* en Egypte, & les
étoiles en Méſopotamie. *Joſué* leur demande s'ils
veulent adorer encore ces étoiles, ou *Iſis* & *Oſiris*, ou
Adonaï le Dieu des Phéniciens au milieu deſquels ils
ſe trouvent? Le peuple répond *qu'il veut adorer Adonaï*,
le Dieu des Phéniciens. C'était peut-être une politique
bien entendue que d'adopter le Dieu des vaincus pour
les mieux gouverner. Les barbares qui détruiſirent
l'empire romain, les Francs qui ſaccagèrent les
Gaules, les Turcs qui ſubjuguèrent les Arabes maho-
métans, tous ont eu la prudence d'embraſſer la religion
des vaincus pour les mieux accoutumer à la ſervitude.
Mais eſt-il probable qu'une ſi petite horde de barbares
juifs ait eu cette politique?

Voici une ſeconde preuve beaucoup plus forte que
ces Juifs n'avaient point encore de religion déterminée.
C'eſt que *Jephté*, fils de *Galaad* & d'une fille de joie,
élu capitaine de la horde errante, dit aux Moabites:
(*i*) *Ce que votre Dieu Chamos poſſède ne vous eſt-il pas
dû de droit? Et ce que le nôtre s'eſt acquis par ſes victoires
ne doit-il pas être à nous?* Certes il eſt évident qu'alors
les Juifs regardaient *Chamos* comme un véritable
Dieu; il eſt évident qu'ils croyaient que chaque petit
peuple avait ſon dieu particulier, & que c'était à qui
l'emporterait du dieu juif, ou du dieu moabite.

Apportons une troiſième preuve non moins ſenſible.
Il eſt dit au premier chapitre des Juges: (*k*) *Adonaï
ſe rendit maître des montagnes; mais il ne put vaincre les
habitans des vallées, parce qu'ils avaient des chariots armés
de faux.* Nous ne voulons pas examiner ſi les habitans

(*i*) Chap. II, v. 24.　　　　(*k*) Chap. I, v. 19.

de ces cantons hériffés de montagnes pouvaient avoir des chars de guerre, eux qui n'eurent jamais que des ânes. Il fuffit d'obferver que le dieu des Juifs n'était alors qu'un dieu local qui avait du crédit dans les montagnes & point du tout dans les vallées, à l'exemple de tous les autres petits dieux du pays qui poffédaient chacun un diftrict de quelques milles, comme *Chamos, Moloch, Remphan, Belphegor, Aftarot, Baal-Bérith, Baal-Zébuth*, & autres marmoufets.

Une quatrième preuve, plus forte que toutes les autres, fe tire des prophètes. Aucun d'eux ne cite les lois du Lévitique, ni du Deutéronome ; mais plufieurs affurent que les Juifs n'adorèrent point *Adonaï* dans le défert, ou qu'ils adorèrent auffi d'autres dieux locaux. *Jérémie* dit que (*l*) *le feigneur Melchom s'était emparé du pays de Gad.* Voilà donc *Melchom* reconnu dieu, & fi bien reconnu pour dieu par les Juifs, que c'eft ce même *Melchom* à qui *Salomon* facrifia depuis fans qu'aucun prophète l'en reprît.

Jérémie dit encore quelque chofe de bien plus fort, il fait ainfi parler DIEU : (*m*) *Je n'ai point ordonné à vos pères, quand je les ai tirés d'Egypte, de m'offrir des holocaufles & des victimes.* Y a-t-il rien de plus précis ? peut-on prononcer plus expreffément que les Juifs ne facrifièrent jamais au dieu *Adonaï* dans le défert ?

Amos va beaucoup plus loin. Voici comme il fait parler DIEU : (*n*) *Maifon d'Ifraël, m'avez-vous offert des hoflies & des facrifices dans le défert pendant quarante ans ? vous y avez porté le tabernacle de votre Moloch, l'image de vos idoles, & l'étoile de votre Dieu.*

(*l*) Chap. XLIX , v. 1.   (*n*) Chap. V, v. 25 & 26.
(*m*) Chap. VII , v. 22.

On fait que tous les petits peuples de ces contrées avaient des dieux ambulans qu'ils mettaient dans des petits coffres, que nous appelons *arche*, faute de temple. Les villages les plus voisins de l'Arabie adoraient des étoiles, & mettaient une petite figure d'étoile dans leur coffre.

Cette opinion que les Juifs n'avaient point adoré *Adonaï* dans le désert fut toujours si répandue, malgré l'Exode & le Lévitique, que *St Etienne* dans son discours au sanhédrin, n'hésite pas à dire : (o) *Vous avez porté le tabernacle de Moloch & l'astre de votre Dieu Remphan, qui sont des figures que vous avez faites pour les adorer* (pendant quarante ans.)

On peut répondre que cette adoration de *Melchom*, de *Moloch*, de *Remphan*, &c. était une prévarication. Mais une infidélité de quarante années, & tant d'autres dieux adorés depuis, prouvent assez que la religion juive fut très-long-temps à se former.

Après la mort de *Gédéon* il est dit que (p) *les Juifs adorèrent Baal-Bérith. Baal* est la même chose qu'*Adonaï*, il signifie le Seigneur. Les Juifs commençaient probablement alors à apprendre un peu la langue phénicienne, & rendaient toujours leurs hommages à des dieux phéniciens. Voilà pourquoi le culte de *Baal* se perpétua si long-temps dans Israël.

Une cinquième preuve que la religion juive n'était point du tout formée, est l'aventure de *Michas* rapportée dans le livre des Juges. (q) Une juive de la montagne d'Ephraïm, femme d'un nommé *Michas*,

(o) Act. des apôtres, chap. VII, v. 43.
(p) Juges, chap. VIII, v. 3, & chap. IX, v. 4.
(q) Chap. XVII.

ayant

ayant perdu onze cents ficles d'argent, ce qui eft une
fomme exorbitante pour ce temps-là, un de fes fils, qui
les lui avait apparemment volés, les lui rendit. Cette
bonne juive, pour remercier DIEU d'avoir trouvé fon
argent, en mit à part deux cents ficles pour faire jeter
en fonte des idoles qu'elle enferma dans une petite
chapelle portative. Un juif de Bethléem, qui était
lévite, fe chargea d'être le prêtre de ce petit temple
idolâtre, moyennant cinq écus par an, & deux habits.
Cette bonne femme s'écria alors : DIEU *me fera du*
bien, parce que j'ai chez moi un prêtre de la race de Lévi.

Quelques jours après, fix cents hommes de la tribu
de Dan, allant au pillage felon la coutume des Juifs,
& voulant faccager le village de Laïs, paffèrent auprès
de la maifon de *Michas.* Ils rencontrèrent le lévite,
& lui demandèrent fi leur brigandage ferait heureux.
Le lévite les affura du fuccès ; ils le prièrent de quittèr
fa maîtreffe, & d'être leur prêtre. L'aumônier de *Michas*
fe laiffa gagner ; la tribu de Dan emmena donc le
prêtre & les dieux, & alla tuer tout ce qu'elle rencontra dans le village de Laïs, qui fut depuis appelé
Dan. La pauvre femme courut après eux avec des
clameurs & des larmes. Ils lui dirent : *Pourquoi criez-*
vous ainfi ? Elle leur répondit : *Vous m'emportez mes*
dieux & mon prêtre & tout ce que j'ai, & vous me demandez
pourquoi je crie! La Vulgate met cette réponfe fur le
compte du mari même de *Michas;* mais foit qu'elle
eût encore fon mari, foit qu'elle fût veuve, foit que
le mari ou la femme ait crié, il demeure également
prouvé que la *Michas,* & fon mari, & fes enfans, &
le prêtre des *Michas,* & toute la tribu de Dan, étaient
idolâtres.

Ce qui eft encore plus fingulier & plus digne de l'attention de quiconque veut s'inftruire, c'eft que ces mêmes Juifs (r) qui avaient ainfi faccagé la ville & le pays de Dan, qui avaient volé les petits dieux de leurs frères, placèrent ces dieux dans la ville de Dan, & choifirent pour fervir ces dieux un petit-fils de *Moïfe* avec fa famille. Du moins cela eft écrit ainfi dans la Vulgate.

Il eft difficile de concevoir que le petit-fils & toute la famille d'un homme qui avait vu DIEU face à face, qui avait reçu de lui deux tables de pierre, qui avait été revêtu de toute la puiffance de DIEU même pendant quarante années, euffent été réduits à être chapelains de l'idolatrie pour un peu d'argent. Si la première loi des Juifs eût été alors de n'avoir aucun ouvrage de fculpture, comment les enfans de *Moïfe* fe feraient-ils faits tout d'un coup prêtres d'idoles? On ne peut donc douter, d'après les livres mêmes des Juifs, que leur religion ne fût très-incertaine, très-vague, très-peu établie, telle enfin qu'elle devait être chez un petit peuple de brigands vaga-bonds, vivant uniquement de rapines.

(r) Juges, chap. XVIII, v. 30.

CHAPITRE XVII.

*Changemens continuels dans la religion juive
jusqu'au temps de la captivité.*

Lorsqu'il ne resta que deux tribus & quelques
lévites à la maison de *David*, *Jéroboam*, à la tête des
dix autres tribus, adora d'autres dieux que *Roboam*
fils de *Salomon*. C'est du moins encore une preuve
sans réplique, que la religion juive était bien loin
d'être formée. *Roboam*, de son côté, adora des divinités
dont on n'avait point encore entendu parler. Ainsi,
la religion juive, telle qu'elle paraît ordonnée dans le
Pentateuque, fut entièrement négligée. Il est dit dans
l'histoire (s) des Rois, qu'*Achas*, roi de Jérusalem,
prit les rites de la ville de Damas, & fit faire un autel
tout semblable à celui du temple de Damas. Voilà
certainement une religion bien chancelante & bien
peu d'accord avec elle-même.

Pendant le règne d'*Achas* sur Jérusalem, lorsqu'*Ozée*
régnait sur les dix tribus d'Israël, *Salmanasar* prit cet
Ozée dans Samarie, & le chargea de chaînes ; il chassa
toutes les dix tribus du pays, & fit venir en leur place
des Babyloniens, des Chutéens, des Emathéens, &c.
On n'entendit plus parler de ces dix tribus ; personne
ne sait aujourd'hui ce qu'elles sont devenues : elles
disparurent de la terre avant qu'elles eussent une
religion à elles.

(s) Liv. II, chap. XVI.

Mais les petits rois de Jérusalem n'eurent pas long-
temps à se réjouir de la destruction de leurs frères.
Nabuchodonosor emmena captifs à Babylone, & le roi
de Juda *Joachim*, & un autre roi nommé *Sédékias*, que
ce conquérant avait établi à la place de *Joachim*. Il fit
crever les yeux à *Sédékias*, fit mourir ses enfans, brûla
Jérusalem, abattit les murailles; toute la nation fut
emmenée esclave dans les Etats du roi de Babylone.

Il est vrai que toutes ces aventures font racontées
dans le livre des Rois & dans celui des Paralipomènes,
de la manière la plus confuse & la plus contradictoire.
Si on voulait concilier toutes les contradictions des
livres juifs, il faudrait un volume beaucoup plus gros
que la Bible. Remarquons seulement que ces contradictions font une nouvelle preuve que rien ne fut
clairement établi chez cette nation.

Il est démontré, autant qu'on peut démontrer en
histoire, que la religion des Juifs ne fut, du temps de
leur vie errante & du temps de leurs rois, qu'un ramas
confus & contradictoire des rites de leurs voisins. Ils
empruntent les noms de Dieu chez les Phéniciens;
ils prennent les anges chez les Persans; ils ont l'arche
errante des Arabes; ils adoptent le baptême des
Indiens, la circoncision des prêtres d'Egypte, leurs
vêtemens, leur vache rousse, leurs chérubins, qui
ont une tête de veau & une tête d'épervier, leur bouc
Hazazel, & cent autres cérémonies. Leur loi (en
quelque temps qu'elle ait été écrite) leur défend
expressément tout ouvrage de sculpture, & leur temple
en est rempli. Leur roi *Salomon*, après avoir consulté
le Seigneur, place douze figures de veau au milieu
du temple, & des chérubins à quatre têtes dans le

fanctuaire, avec un ferpent d'airain. Tout eft contradictoire; tout eft inconféquent chez eux, ainfi que
dans prefque toutes les nations. C'eft la nature de
l'homme; mais le peuple de DIEU l'emporte en cela
fur tous les hommes.

Les Juifs changèrent toujours de rites jufqu'au
temps d'*Efdras* & de *Néhémie;* mais ils ne changèrent
jamais de mœurs, de leur propre aveu. Voyons en
peu de mots quelles font ces mœurs, après quoi nous
examinerons quelle fut leur religion au retour de
Babylone.

CHAPITRE XVIII.

Mœurs des Juifs.

Nous ne pouvons mieux faire que de renvoyer ici
à ce que dit milord *Bolingbroke* des mœurs antiques
de ce peuple dans les chapitres VII & VIII de fon
Examen important, écrit en 1736. Peut-être fon récit
eft-il un peu violent, mais on doit convenir qu'il eft
véritable.

Voyez ci-devant, page 26.

CHAPITRE XIX.

*De la religion juive au retour de la captivité
de Babylone.*

PLUSIEURS favans, après avoir conféré tous les
textes de la Bible, ont cru que les Juifs n'eurent une
théologie bien conftatée que du temps de *Néhémie*,
après la captivité de Babylone. Il ne reftait que deux
tribus & demie de toute la race juive; leurs livres
étaient perdus; le Pentateuque même avait été très-
long-temps inconnu. Il n'avait été trouvé que fous le
roi *Jofias*, trente-fix ans après la ruine de Jérufalem,
& la captivité.

Le quatrième livre des Rois (*t*) dit qu'un grand-
prêtre, nommé *Helcias*, trouva ce livre en comptant
de l'argent: il le donna à fon fecrétaire *Saphan*, qui
le porta de fa part au roi; le grand-prêtre *Helcias*
pouvait bien prendre la peine de le porter lui-même.
Il s'agiffait de la loi de la nation, d'une loi écrite
par DIEU même. On n'envoie pas un tel livre à un
fouverain par un commis avec un compte de recette
& de dépenfe. Les favans ont fort foupçonné ce prêtre
Helcias, ou *Helciah*, ou *Helkia*, d'avoir lui-même
compilé le livre. Il peut y avoir fait quelques addi-
tions, quelques correſtions, quoiqu'un livre divin
ne doive jamais être corrigé ni amplifié; mais le

(*t*) Rois, liv. **IV**, chap. XXII, v. 8; & II Paralip. chap. XXXIV,
v. 14.

grand *Newton* penfe que le livre avait été écrit par *Samuel*, & il en donne des preuves affez fpécieufes. Nous verrons dans la fuite de cet ouvrage fur quoi les favans fe font fondés en affurant que le Pentateuque ne pouvait avoir été écrit par *Moïfe*.

Quoi qu'il en foit, prefque tous les hommes verfés dans la connaiffance de l'antiquité, conviennent que ce livre n'a été public chez les Juifs que depuis *Efdras*, & que la religion juive n'a reçu une forme conftante que depuis ce temps-là. Ils difent que le mot feul d'*Ifraël* fuffit pour convaincre que les Juifs n'écrivirent plufieurs de leurs livres que pendant leur captivité en Chaldée, ou immédiatement après, puifque ce mot eft chaldéen ; cette raifon ne nous paraît pas péremptoire. Les Juifs pouvaient très-bien avoir emprunté ce mot long-temps auparavant d'une nation voifine.

Mais ce qui eft plus pofitif, & ce qui femble avoir plus de poids, c'eft la quantité prodigieufe de termes perfans qu'on trouve dans les écrits juifs. Prefque tous les noms qui finiffent en *el* ou en *al* font ou perfans, ou chaldéens. *Babel*, porte de Dieu ; *Bathuel*, venant de Dieu ; *Phégor-Béel* ou *Béel-Phégor*, Dieu du précipice ; *Zebuth-Béel*, ou *Béel-Zebuth*, Dieu des infectes ; *Bethel*, maifon de Dieu ; *Daniel*, jugement de Dieu ; *Gabriel*, homme de Dieu ; *Jabel*, affligé de Dieu ; *Jaïel*, la vie de Dieu ; *Ifraël*, voyant Dieu ; *Oziel*, force de Dieu ; *Raphaël*, fecours de Dieu ; *Uriel*, le feu de Dieu.

Les noms & le miniftère des anges font vifiblement pris de la religion des mages. Le mot de *Sathan* eft pris du perfan. La création du monde en fix jours a un tel rapport à la création que les anciens mages difent avoir été faite en fix gahambars, qu'il femble en effet que les Hébreux aient puifé une grande partie de leurs dogmes chez ces mêmes mages, comme ils en prirent l'écriture, lorfqu'ils furent efclaves en Perfe.

Ce qui achève de perfuader quelques favans, qu'*Efdras* refit entièrement tous les livres juifs, c'eft qu'ils paraiffent tous du même ftyle.

Que réfulte-t-il de toutes ces obfervations? obfcurité & incertitude.

Il eft étrange qu'un livre écrit par DIEU même pour l'inftruction du monde entier, ait été fi longtemps ignoré; qu'il n'y en ait qu'un exemplaire trentefix ans avant la captivité des deux tribus fubfiftantes; qu'*Efdras* ait été obligé de le rétablir; qu'étant fait pour toutes les nations, il ait été abfolument ignoré de toutes les nations; & que la loi qu'il contient étant éternelle, DIEU lui-même l'ait aboli.

CHAPITRE XX.

Que l'immortalité de l'ame n'eft ni énoncée, ni même fuppofée dans aucun endroit de la loi juive.

QUEL que foit l'auteur du Pentateuque, ou plutôt quels que foient les écrivains qui l'ont compilé, en quelque temps qu'on l'ait écrit, en quelque temps qu'on l'ait publié, il eft toujours de la plus grande certitude que le fyftème d'une vie future, d'une ame immortelle, ne fe trouve dans aucun endroit de ce livre. Il eft fûr que prefque toutes les nations dont les

Juifs étaient entourés, Grecs, Chaldéens, Perfans, Egyptiens, Syriens, &c. admettaient l'immortalité de l'ame, & que les Juifs n'avaient pas feulement examiné cette queftion.

On fait affez que, ni dans le Lévitique ni dans le Deutéronome, le légiflateur qu'on fait parler, ne les menace d'aucune peine après la mort, & ne leur promet aucune récompenfe. Il y a eu de grandes feétes de philofophes dans toute la terre, qui ont nié l'immortalité de l'ame, depuis Pékin jufqu'à Rome; mais ces feétes n'ont jamais fait une légiflation. Aucun légiflateur n'a fait entendre qu'il n'y a de peine & de récompenfe que dans cette vie. Le légiflateur des Juifs, au contraire, a toujours dit, répété, inculqué, que D I E U ne punirait les hommes que de leur vivant. Cet auteur, quel qu'il foit, fait dire à D I E U même : *Honorez père & mère afin que vous viviez long-temps ;* tandis que la loi des anciens Perfans, confervée dans le Sadder, dit : *Chériffez, fervez, foulagez vos parens, afin que* D I E U *vous faffe miféricorde dans l'autre vie, & que vos parens prient pour vous dans l'autre monde.* (porte 13.)

Si vous obéiffez, dit le légiflateur juif, *vous aurez de la pluie au printemps & en automne, du froment, de l'huile, du vin, du foin pour vos bêtes &c.*

Si vous ne gardez pas toutes les ordonnances, vous aurez la rogne, la gale, la fiftule, des ulcères aux genoux & dans le gras des jambes.

Il menace furtout les Juifs d'être obligés d'emprunter des étrangers à ufure, & qu'ils feront affez malheureux pour ne point prêter à ufure. Il leur recommande plufieurs fois d'exterminer, de maffacrer toutes les nations que D I E U leur aura livrées, de n'épargner ni la vieilleſſe, ni l'enfance, ni le ſexe ; mais pour l'immortalité de l'ame, il n'en parle jamais ; il ne la ſuppoſe même jamais.

Les philoſophes de tous les pays, qui ont nié cette immortalité, en ont donné des raiſons telles qu'on peut les voir dans le troiſième livre de *Lucrèce ;* mais les Juifs ne donnèrent jamais aucune raiſon. S'ils nièrent l'immortalité de l'ame, ce fut uniquement par groſſièreté & par ignorance ; c'eſt parce que leur légiſlateur très-groſſier n'en ſavait pas plus qu'eux. Quand nos docteurs ſe ſont mis, dans les derniers temps, à lire les livres juifs avec quelque attention, ils ont été effrayés de voir que dans les livres attribués à *Moïſe,* il n'eſt jamais queſtion d'une vie future. Ils ſe ſont tournés de tous les ſens pour tâcher de trouver dans le Pentateuque ce qui n'y eſt pas. Ils ſe ſont adreſſés à *Job,* comme ſi *Job* avait écrit une partie du Pentateuque ; mais *Job* n'était pas juif. L'auteur de la parabole de *Job* était inconteſtablement un arabe qui demeurait vers la Chaldée. Le *Sathan* qu'il fait paraître avec DIEU ſur la ſcène, ſuffit pour prouver que l'auteur n'était point juif. Le mot de *Sathan* ne ſe trouve dans aucun des livres du Pentateuque, ni même dans les Juges ; ce n'eſt que dans le ſecond livre des Rois que les Juifs nomment *Sathan* pour la première fois. (*u*)

D'ailleurs ce n'eſt qu'en interprétant ridiculement le livre de *Job,* qu'on cherche à trouver quelque idée de l'immortalité de l'ame dans cet auteur chaldéen qui écrivait très-long-temps avant que les Juifs euſſent écrit leur Genèſe. *Job* accablé de ſes maladies, de ſa

(*u*) Chap. XIX, v. 22.

pauvreté, & encore plus des impertinens difcours de
fes amis & de fa femme , dit (x) *qu'il efpère fa guérifon,*
que fa peau lui reviendra, qu'il reverra DIEU *dans fa*
chair, que DIEU *fera fon rédempteur, que ce rédempteur*
eft vivant, qu'il fe relevera un jour de la pouffière fur laquelle
il eft couché. Il eft clair que c'eft un malade qui dit qu'il
guérira. Il faut être auffi abfurde que le font nos commentateurs pour voir dans ce difcours l'immortalité
de l'ame, & l'avénement de JESUS-CHRIST. Cette
impertinence ferait inconcevable, fi cent autres extravagances de ces meffieurs ne l'emportaient encore fur
celle-ci.

On a pouffé le ridicule jufqu'à chercher dans des
paffages d'*Ifaïe* & d'*Ezéchiel* cette immortalité de l'ame
dont ils n'ont pas plus parlé que *Job.* On a tordu un
difcours de *Jacob* dans la Genèfe. Lorfque les déteſta-
bles patriarches fes enfans ont vendu leur frère *Jofeph,*
& viennent lui dire qu'il a été dévoré par des bêtes
féroces, *Jacob* s'écrie : Je n'ai plus qu'à mourir ; on me
mettra dans la foffe avec mon fils. Cette foffe, difent
les *Calmet,* eft l'enfer ; donc *Jacob* croyait à l'enfer, &
par conféquent à l'immortalité de l'ame. Ainfi donc,
pauvres *Calmet! Jacob* voulait aller en enfer, voulait
être damné, parce qu'une bête avait mangé fon fils.
Hé, pardieu ! c'était bien plutôt aux patriarches,
frères de *Jofeph,* à être damnés, s'ils avaient cru un
enfer ; les monftres méritaient bien cette punition.

Un auteur connu s'eft étonné qu'on voie dans le
Deutéronome une loi émanée de DIEU même, touchant la manière dont un juif doit pouffer fa felle, (y)

(x) *Job*, chap. XIX, v. 25 & 26.
(y) Chap. XXIII, v. 13.

& qu'on ne voie pas dans tout le Pentateuque un feul mot concernant l'entendement humain & une autre vie. Sur quoi cet auteur s'écrie : DIEU *avait-il plus à cœur leur derrière que leur ame!* Nous ne voudrions pas avoir fait cette plaifanterie. Mais certes elle a un grand fens : elle eft une bien forte preuve que les Juifs ne penfèrent jamais qu'à leur corps.

Notre *Warburton* s'eft épuifé à ramaffer, dans fon fatras de la divine légation, toutes les preuves que l'auteur du Pentateuque n'a jamais parlé d'une vie à venir, & il n'a pas eu grand'peine; mais il en tire une plaifante conclufion, & digne d'un efprit auffi faux que le fien. Il imprime, en gros caractères, *que la doctrine d'une vie à venir eft néceffaire à toute fociété; que toutes les nations éclairées fe font accordées à croire & à enfeigner cette doctrine; que cette fage doctrine ne fait point partie de la loi mofaïque ; donc la loi mofaïque eft divine.*

Cette extrême inconféquence a fait rire toute l'Angleterre; nous nous fommes moqués de lui à l'envi dans plufieurs écrits; & il a fi bien fenti lui-même fon ridicule, qu'il ne s'eft défendu que par les injures les plus groffières.

Il eft vrai qu'il a raffemblé dans fon livre plufieurs chofes curieufes de l'antiquité. C'eft un cloaque où il a jeté des pierres précieufes, prifes dans les ruines de la Grèce. Nous aimons toujours à voir ces ruines; mais perfonne n'approuve l'ufage qu'en a fait *Warburton* pour bâtir fon fyftème anti-raifonnable.

C H A P I T R E XXI.

Que la loi juive eſt la ſeule dans l'univers qui ait
ordonné d'immoler des hommes.

LES Juifs ne ſe ſont pas ſeulement diſtingués des
autres peuples par l'ignorance totale d'une vie à venir ;
mais ce qui les caractériſe davantage, c'eſt qu'ils ſont
encore les ſeuls dont la loi ait ordonné expreſſément
de ſacrifier des victimes humaines.

C'eſt le plus horrible effet des ſuperſtitions qui ont
inondé la terre, que d'immoler des hommes à la
Divinité. Mais cette abomination eſt bien plus naturelle qu'on ne croit. Les anciens actes de foi des
Eſpagnols & des Portugais, qui, grâces au ciel & à de
dignes miniſtres, ne ſe renouvellent plus ; (2) nos

---

(2) Depuis l'impreſſion de cet ouvrage, l'inquiſition a repris en
Eſpagne de nouvelles forces. Non-ſeulement un des plus ſavans juriſcon-
ſultes d'Eſpagne, un médecin très-éclairé, M. *Caſtelanos*, & le célèbre
Olavidès, l'honneur & le bienfaiteur de ſon pays, ont été plongés dans
les cachots du ſaint Office, & ont ſubi une humiliation publique, ſi
pourtant il eſt au pouvoir du rebut de l'eſpèce humaine d'humilier ceux
qui en ſont la gloire & la conſolation ; mais les inquiſiteurs ont eu la
barbarie, pour faire montre de leur puiſſance, de faire brûler vive une
malheureuſe femme accuſée de quiétiſme. Dans le même temps à-peu-
près, l'inquiſition de Lisbonne ne condamnait qu'à la priſon des hommes
convaincus d'athéiſme. C'eſt que l'inquiſition fait grâce de la vie à ceux
qu'elle ne ſuppoſe pas relaps ; mais elle a dans ſon abominable procé-
dure des moyens de trouver relaps tous ceux dont la mort eſt utile aux
paſſions & à l'intérêt du grand-inquiſiteur.

Dans un auto-da-ſé ſolemnel où le roi *Charles II* eut la faibleſſe
d'aſſiſter en 1680, & où l'on brûla vingt-une perſonnes, douze deſquelles
avaient des bâillons, le moine qui prononça le ſermon eut l'inſolence
de parler des ſacrifices humains offerts aux Dieux du Mexique : mais il
aſſura que ſi ces ſacrifices déplaiſaient à D I E U dans Mexico, ceux du
même genre qu'on offrait en Eſpagne, lui étaient fort agréables.

maſſacres d'Irlande, la Saint-Barthelemi de France, les croiſades des papes contre les empereurs, & enſuite contre les peuples de la langue d'*oc* ; toutes ces épouvantables effuſions de ſang humain ont-elles été autre choſe que des victimes humaines offertes à DIEU par des inſenſés & des barbares ?

On a cru dans tous les temps apaiſer les Dieux par des offrandes, parce qu'on calme ſouvent la colère des hommes en leur feſant des préſens, & que nous avons toujours fait DIEU à notre image.

Préſenter à DIEU le ſang de nos ennemis, rien n'eſt plus ſimple ; nous les haïſſons, nous nous imaginons que notre DIEU protecteur les hait auſſi. Le pape *Innocent III* crut donc faire une action très-pieuſe en offrant le ſang des Albigeois à JESUS-CHRIST.

Il eſt auſſi ſimple d'offrir à nos dieux ce que nous avons de plus précieux : & il eſt encore plus naturel que les prêtres exigent de tels ſacrifices, attendu qu'ils partagent toujours avec le ciel, & que leur part eſt la meilleure. L'or & l'argent, les joyaux ſont très-précieux ; on en a toujours donné aux prêtres. Quoi de plus précieux que nos enfans, ſurtout quand ils ſont beaux ? On a donc par-tout dans quelques occaſions, dans quelques calamités publiques, offert ſes enfans aux prêtres pour les immoler, & il fallait payer à ces prêtres les frais de la cérémonie. On a pouſſé la fureur religieuſe juſqu'à s'immoler ſoi-même. Mais toutes les fois que nous parlons de nos ſuperſtitions ſanguinaires & abominables, ne perdons point de vue qu'il faut toujours excepter les Chinois, chez leſquels on ne voit aucune trace de ces ſacrifices.

Heureufement il n'eft pas prouvé que dans l'antiquité on ait immolé des hommes régulièrement à certain jour nommé, comme les papiftes font en immolant leur Dieu tous les dimanches ; nous n'avons chez aucun peuple aucune loi qui dife : tel jour de la lune on immolera une fille, tel autre jour, un garçon ; ou bien, quand vous aurez fait mille prifonniers dans une bataille, vous en facrifierez cent à votre Dieu protecteur.

Achille facrifie dans l'Iliade douze jeunes troyens aux manes de *Patrocle ;* mais il n'eft point dit que cette horreur fût prefcrite par la loi.

Les Carthaginois, les Égyptiens, les Grecs, les Romains mêmes, ont immolé des hommes ; mais ces cérémonies ne font établies par aucune loi du pays. Vous ne voyez ni dans les douze tables romaines, ni dans les lois de *Lycurgue*, ni dans celles de *Solon*, *qu'on tue faintement des filles & des garçons avec un couteau facré.* Ces exécrables dévotions ne paraiffent établies que par l'ufage ; & ces crimes confacrés ne fe commettent que très-rarement.

Le Pentateuque eft le feul monument ancien dans lequel on voit une loi expreffe d'immoler des hommes, des commandemens exprès de tuer au nom du Seigneur. Voici ces lois.

1°. Ce qui aura été offert à *Adonaï* ne fe rachetera point, il fera mis à mort. (z) C'eft felon cette horrible loi qu'il eft dit que *Jephté* égorgea fa propre fille, *& il lui fit comme il avait voué.* Comment après un paffage fi clair, fi pofitif, trouve-t-on encore des barbouilleurs de papier qui ofent dire qu'il ne s'agit ici que de virginité ?

(z) Lévit. XXVII.

2°. *Adonaï* dit à *Moïse* : Vengez les enfans d'Ifraël des madianites.... *Tuez tous les mâles, & jufqu'aux enfans. Egorgez les femmes qui ont connu le coït..... réfervez les pucelles* .... Le butin de l'armée fut de fix cents foixante & quinze mille brebis, foixante & douze mille bœufs, foixante & un mille ânes, trente-deux mille pucelles, qui étaient dans le camp madianite, defquelles pucelles trente-deux feulement furent pour la part d'*Adonaï* (c'eft-à-dire furent facrifiées) &c. (*aa*) J'ai lu dans un ouvrage intitulé *des proportions*, que le nombre des ânes n'était pas en raifon de celui des pucelles.

3°. Il paraît que les coutumes des Juifs étaient à-peu-près celles des peuples barbares que nous avons trouvés dans le nord de l'Amérique, Algonquins, Iroquois, Hurons, qui portaient en triomphe le crâne & la chevelure de leurs ennemis tués. Le Deutéronome dit expreffément : (*bb*) J'enivrerai mes flèches de leur fang ; mon épée dévorera leur chair & le fang des meurtris ; on me préfentera leurs têtes nues.

4°. Prefque tous les cantiques juifs que nous récitons dévotement, (& quelle dévotion !) ne font remplis que d'imprécations contre tous les peuples voifins. Il n'eft queftion que de tuer, d'exterminer, d'éventrer les mères, & d'écrafer les cervelles des enfans contre les pierres.

5°. *Adonaï* met le roi d'Aran prince cananéen fous l'anathème ; les Hébreux le tuent, & détruifent fon village. (*cc*)

6°. *Adonaï* dit encore expreffément : Exterminez tous les habitans de Canaan. *Si vous ne voulez pas tuer tous*

(*aa*) Nomb. chap. III.   (*bb*) Chap. XXXII, v. 42.   (*cc*) Nomb. XXI.

les

& il fit mourir foixante & dix hommes du peuple & cinquante mille de la populace. (*k*)

Et le peuple pleura, parce que le Seigneur avait frappé le peuple d'une fi grande plaie.... Ils envoyèrent donc aux habitans de Cariathiarim ; & ceux de Cariathiarim ramenèrent l'arche du Seigneur en Gabaa dans la maifon d'*Abinadab*....

Et l'arche du Seigneur demeura donc à Cariathiarim ; & elle y était depuis vingt ans, quand la maifon d'Ifraël fe repofa après le Seigneur.

Il arriva que *Samuel*, étant devenu vieux, établit fes enfans juges fur Ifraël.... Mais ils ne fe promenèrent point, dans fes voies ; ils déclinèrent vers l'avarice ; ils reçurent des préfens ; ils pervertirent la juftice. (*l*)

(*k*) Le célèbre doɡeur *Kennicot* dit que l'évêque d'Oxford & lui *font bien revenus de leurs préjugés en faveur du texte. Les Juifs & les Chrétiens*, dit-il, *ne fe font point fait fcrupule d'exprimer leur répugnance à croire cette deftruɡion de cinquante mille foixante & dix hommes.*

Le Seigneur ne punit fes ennemis qu'en leur donnant une maladie *dans la plus facrète partie des fofſes*, pour avoir pris fon arche ; & il tue cinquante mille foixante & dix hommes de fon propre peuple pour l'avoir regardée ! une telle providence femble impénétrable. Nous avons déjà vu tant de milliers de ce peuple tués par ordre du Seigneur, que nous ne devons plus nous étonner. Plufieurs favans ont foutenu que ces phrafes hébraïques, *Dieu les frappa, Dieu les fit mourir de mort, Dieu les arma, Dieu les conduifit*, fignifient fimplement, *ils moururent, ils s'armèrent, ils allèrent ;* c'eft ainfi que dans l'Ecriture un *vent de Dieu* veut dire un *grand vent*, une *montagne de Dieu*, une *grande montagne*. Mais cette explication ne réfout pas la difficulté : on demande toujours pourquoi ces cinquante mille foixante & dix hommes moururent fubitement ? *Calmet*, il faut l'avouer, ne dit rien de fatisfefant. Convenons qu'il y a dans l'Ecriture bien des paffages qu'il n'eft pas donné aux hommes de comprendre : il eft bon de nous humilier.

(*l*) Il eft manifefte que les enfans de *Samuel* furent auffi corrompus que les enfans d'*Héli* fon prédéceffeur : cependant *Samuel* conferva toujours fon pouvoir fur le peuple.

Ainfi donc tous les anciens d'Ifraël affemblés vinrent vers *Samuel* à Ramatha, & lui dirent : Voilà que tu es vieux; tes enfans ne fe promènent point dans tes voies ; donne-nous donc un melch, un *roitelet*, comme en ont tous nos voifins, afin qu'il nous juge.

Ce difcours déplut dans les yeux de *Samuel*, parce qu'ils avaient dit : donne-nous un roitelet; & *Samuel* pria au Seigneur.

Et le Seigneur lui dit : Tu entends la voix de ce peuple qui t'a parlé; ce n'eft point toi qu'il rejette, c'eft moi; ils ne veulent plus que je règne fur eux. (*m*)

C'eft ainfi qu'ils ont toujours fait depuis que je les ai tirés d'Egypte; ils m'ont délaiffé; ils ont fervi d'autres dieux; ils t'en font autant.

A préfent rends-toi à leur voix; mais apprends-leur, & prédis-leur quels feront les ufages de ce roi qui régnera fur eux.

Samuel rapporta donc le difcours de DIEU au peuple qui lui avait demandé un roi, & lui dit : Voyez quel fera l'ufage du roi qui vous commandera.

(*m*) Ce peuple lui demande enfin un roi ; & *Samuel* fait dire expreffé-ment à DIEU : *ce n'eft point toi qu'il rejette , c'eft moi*. On fait fur cette parole de DIEU une difficulté : il eft certain, dit le docteur *Arbuthnot*, que DIEU pouvait gouverner auffi aifément fon peuple par un roi que par un prêtre ; ce roi pouvait lui être auffi fubordonné que *Samuel ;* la théocratie pouvait également fubfifter. M. *Huet*, petit-neveu de l'évêque d'Avranches, que nous connaiffons fous le nom de *Hut*, établi en Angleterre, dit, dans fon livre intitulé *The man after God's own heart*, qu'il eft évident que *Samuel* voulait toujours gouverner ; qu'il fut très-fâché de voir que le peuple voulait un roi ; que toute fa conduite dénote un fourbe ambitieux & méchant. Il n'eft pas permis d'avoir cette idée d'un prophète, d'un homme de DIEU. M. *Huet* le juge felon nos lois modernes : il le faut juger felon les lois juives, ou plutôt ne le point juger. Nous en parlerons ailleurs.

Il prendra vos fils pour en faire fes charretiers; &
il en fera des cavaliers; & il en fera des tribuns &
des centurions, & des laboureurs de fes champs, &
des moiffonneurs de fes blés, des forgerons pour lui
faire des armes & des chariots; & il fera de vos filles
fes parfumeufes, fes cuifinières & fes boulangères;
& il prendra vos meilleurs champs, vos meilleures
vignes, & vos meilleurs plants d'oliviers, (*n*) & les
donnera à fes valets. Il prendra la dixme de vos blés
& de vos vignes pour donner à fes eunuques; & il
prendra vos ferviteurs & vos fervantes, & vos jeunes
gens & vos ânes, & les fera travailler pour lui. (*o*)

Et vous crierez alors contre la face de votre roi;
& le Seigneur ne vous exaucera point, parce que
c'eft vous - mêmes qui avez demandé un roi.

(*n*) Cette énumération de toutes les tyrannies qu'un roi peut exercer
fur fon peuple, femble prouver que M. *Huet* pourrait être excufable de
penfer que *Samuel* voulait infpirer au peuple de l'horreur pour la royauté,
& du refpeét pour le pouvoir facerdotal. C'eft, dit *Arbuthnot*, le premier
exemple des querelles entre l'empire & le facerdoce. *Samuel*, dit-il, *conatur
evincere, reges fieri non jure divino, fed jure diabolico.*
Il eft vrai que dans une hiftoire profane la conduite du prêtre *Samuel*
pourrait être un peu fufpeéte; mais elle ne peut l'être dans un livre
canonique.

(*o*) *Pour donner à fes eunuques*, femble marquer qu'il y avait déjà des
eunuques dans la terre de Canaan, ou que du moins les princes voifins
fefaient châtrer des hommes pour garder leurs femmes & leurs concubines.
Cet ufage barbare eft bien plus ancien, s'il eft vrai que les pharaons
d'Egypte eurent des eunuques du temps de *Jofeph*.

Ceux qui penfent que tous les livres de la fainte Ecriture, jufqu'au livre
des Rois inclufivement, ne furent écrits que du temps d'*Efdras*, difent que
les rois de Babylone furent les premiers qui firent châtrer des hommes,
après qu'on eut châtré les animaux pour rendre leur chair plus tendre &
plus délicate. Les empereurs chrétiens ne prirent cette coutume que du
temps de *Conftantin*.

Or le peuple ne voulut point entendre ce difcours de *Samuel*, & lui dit : Non, nous aurons un roi fur nous ; nous ferons comme les autres peuples, & notre roi marchera à notre tête, & il combattra nos combats pour nous.

Samuel ayant entendu les paroles du peuple, les rapporta aux oreilles du Seigneur ; & le Seigneur lui dit : Fais ce qu'ils te difent ; établis un roi fur eux. Et *Samuel* dit aux enfans d'Ifraël : Que chacun s'en retourne dans fa bourgade.

Il y avait un homme de la tribu de *Benjamin*, nommé *Cis*, fort vigoureux ; il avait un fils appelé *Saül*, d'un belle figure, & qui furpaffait le peuple de toute la tête.

Cis, père de *Saül*, avait perdu fes âneffes. Et *Cis*, père de *Saül*, dit à fon fils : Prends un petit valet avec toi, & va me chercher mes âneffes.

Après avoir cherché, le petit valet dit : Voici un village où il y a un homme de DIEU ; c'eft un homme noble ; tout ce qu'il prédit arrive infailliblement ; allons à lui, peut-être il nous donnera des indications fur notre voyage.... *Saül* dit au petit valet : Nous irons ; mais que porterons-nous à l'homme de DIEU ? Le pain a manqué dans notre biffac, & nous n'avons rien pour donner à l'homme de DIEU. (*p*)

(*p*) Les incrédules prétendent que ce feul paffage prouve que les prêtres & les prophètes juifs n'étaient que des gueux entièrement femblables à nos devins de village qui difaient la bonne aventure pour quelque argent, & qui fefaient retrouver les chofes perdues. Milord *Bolingbroke*, M. *Mallet* fon éditeur, & M. *Huet*, en parlent comme des charlatans de Smitfields. Dom *Calmet*, bien plus judicieux, dit que fi on leur donnait de l'argent ou des denrées, c'était uniquement par refpeƈt pour leur perfonne.

Et le petit valet répondit : Voilà que j'ai trouvé
le quart d'un ficle par hafard dans ma main ; don-
nons-le à l'homme de DIEU pour qu'il nous montre
notre chemin.

Autrefois en Ifraël ceux qui allaient confulter
DIEU, fe difaient : Allons confulter le voyant. Car
celui qui s'appelle aujourd'hui prophète, s'appelait
alors le voyant. (q)

Et *Saül* dit au petit valet : Tu parles très-bien ;
viens, allons. Et ils entrèrent dans le bourg où était
l'homme de DIEU ; & comme ils montaient la colline
du bourg, ils rencontrèrent des filles qui allaient
puifer de l'eau. Ils dirent à ces filles : Y a-t-il ici un
voyant ? Les filles lui répondirent : Le voilà devant
toi ; va vîte.... Or le Seigneur avait révélé la veille à
l'oreille de *Samuel*, que *Saül* arriverait, en lui difant :
Demain à cette même heure j'enverrai un homme de
Benjamin ; & tu le facreras duc fur mon peuple
d'Ifraël ; & il fauvera mon peuple de la main des Philiftins, parce que j'ai regardé mon peuple, & que
fon cri eft venu jufqu'à moi.

(q) Ces meffieurs prennent occafion de ce demi-ficle, de ce shelling
donné par un petit garçon gardeur de chèvres au prophète *Samuel*, pour
couvrir de mépris la nation juive. *Saül* & fon valet demandent dans un
petit village la demeure du voyant, du devin qui leur fera retrouver deux
ou trois âneffes, comme on demande où demeure le favetier du village.
Ce nom de devin, de voyant, qu'on donnait à ceux qu'on a depuis nommés
prophètes, ces huit ou neuf fous préfentés à celui qu'on prétend avoir été
juge & prince du peuple, font, felon ces critiques, les témoignages les
plus palpables de la groffière ftupidité de l'auteur juif inconnu. Les fages
commentateurs penfent tout le contraire : la fimplicité du petit gardeur de
chèvres n'ôte rien à la dignité de *Samuel* ; s'il reçoit huit fous d'un petit
garçon, cela ne l'empêchera pas d'oindre deux rois & d'en couper un troifième par morceaux : ces trois fonctions annoncent un très-grand feigneur.

Q 3

Samuel ayant donc envifagé *Saül*, D<small>IEU</small> lui dit : Voilà l'homme dont je t'avais parlé ; ce fera lui qui dominera fur mon peuple.

Saül s'étant donc approché de *Samuel* au milieu de la porte, lui dit : Enfeigne-moi, je te prie, la maifon du voyant. *Samuel* répondit à *Saül*, difant : C'eft moi qui fuis le voyant; monte avec moi au lieu haut, afin que tu manges aujourd'hui avec moi ; & je te renverrai demain matin, & je te dirai tout ce que tu as fur le cœur....

Or *Samuel* prit une petite fiole d'huile, & il la répandit fur la tête de *Saül*, & le baifa, & dit : Voilà que le Seigneur t'a oint en prince; & tu déliveras fon peuple de la main de fes ennemis. (*r*)

***

(*r*) Le favant dom *Calmet* examine d'abord fi l'huilier que *Samuel* avait dans fa poche était un pot de terre, un godet, ou une fiole de verre ; quoique les Juifs ne connuffent point le verre ; & il ne réfout point cette queftion.

Non-feulement *Samuel* a une révélation que les âneffes de *Saül* font retrouvées, mais il répand une bouteille d'huile fur la tête de *Saül* en figne de fa royauté ; & c'eft de-là que tout roi juif s'eft depuis nommé *Oint*, *Chrift*, dans les traduêtions grecques, & que les Juifs ont appelé les grands rois de Babylone & de Perfe, du nom d'*Oint*, de *Chrift*, d'*Oint* du Seigneur, *Chrift* du Seigneur.

Il eft dit dans le Lévitique, qu'*Aaron*, tout prévaricateur, tout apoftat qu'il était, fut oint par *Mofé* en qualité de grand-prêtre. Il fe peut en effet que dans le défert, au milieu d'une difette affreufe, on eût trouvé une cruche d'huile que *Mofé* répandit fur les cheveux, la barbe & les habits d'*Aaron :* cette cérémonie convenait à un peuple pauvre ; & puifque le Dieu du ciel & de la terre y préfidait, elle était facrée. Les grands-prêtres juifs furent inftallés depuis avec la même onêtion d'huile. Toute cérémonie doit être publique ; *Samuel* pourtant n'huila pas d'abord la tête de *Saül* devant le peuple : il crut apparemment qu'il ne pouvait imprimer un caraêtère plus augufte à *Saül* qu'en l'oignant de la même huile dont on prétend que lui *Samuel* avait été oint : cependant il n'eft point dit que *Samuel* fut oint.

Et voici le figne qui t'apprendra que DIEU t'a oint en prince. Tu rencontreras, en t'en retournant, deux hommes près du fépulcre de *Rachel;* & ils te diront qu'on a retrouvé tes âneffes.... Tu viendras après à l'endroit nommé colline de DIEU, où il y a garnifon philiftine; & quand tu feras entré dans le bourg, tu rencontreras un troupeau de prophètes defcendant de la montagne avec des pfaltérions, des flûtes & des harpes.... Et l'efprit du Seigneur tombera fur toi, & tu prophétiferas avec eux, & tu feras changé en un autre homme.... Et lorfque *Saül* fut venu à la colline, il rencontra une troupe de prophètes; & l'efprit de DIEU tomba fur lui, & il prophétifa au milieu d'eux. Et tous ceux qui l'avaient vu hier & avant-hier, difaient : Qu'eft-il donc arrivé au fils de *Cis? Saül* eft-il devenu prophète? (*s*)

Après cela *Samuel* affembla le peuple à Mafphat ; & il dit aux enfans d'Ifraël : Voici ce que dit le Seigneur DIEU d'Ifraèl : J'ai tiré Ifraël de l'Egypte.... Mais aujourd'hui vous avez rejeté votre DIEU, qui feul vous avait fauvés; vous m'avez répondu, non ;

Quoi qu'il en foit, les rois juifs furent les feuls qui reçurent cette marque de la royauté. On ne connaît dans l'antiquité aucun prince oint par fes fujets. On prit cette coutume en Italie; & l'on croit que ce furent les ufurpateurs lombards, qui, devenus chrétiens, voulurent fanctifier leur ufurpation en fefant répandre de l'huile fur leur tête par la main d'un évêque. *Clovis* ne fut pas oint ; mais l'ufurpateur *Pepin* le fut. On oignit quelques rois efpagnols; mais il y a long-temps que cet ufage eft aboli en Efpagne.

On fait qu'un ange apporta du ciel une bouteille fainte, pleine d'huile pour facrer les rois de France ; mais l'hiftoire de cette bouteille, appelée *fainte ampoule*, eft révoquée en doute par plufieurs doctes ; c'eft une grande queftion.

(*s*) L'huile de *Saül* eut quelque chofe de divin, puifqu'elle le rendit prophète tout d'un coup ; ce qui était bien au-deffus de la dignité de roi.

vous m'avez dit., donnez-nous un roi. Eh bien, préfentez - vous donc devant le Seigneur par tribus &
par familles....

Et *Samuel* ayant jeté le fort fur toutes les tribus &
fur toutes les familles, il tomba enfin jufque fur
Saül fils de *Cis.* (*t*)

Samuel prononça enfuite devant le peuple la loi
du royaume, qu'il écrivit dans un livre, & la mit
en dépôt devant le Seigneur.... (*u*)

Environ un mois après, *Naas* l'ammonite combattit contre Galaad. Et les gens de Jabès en Galaad
dirent à *Naas :* Reçois-nous à compofition, & nous
te fervirons.

Naas l'ammonite leur répondit : Ma compofition
fera de vous arracher à tous l'œil droit. Les anciens
de Jabès lui dirent : Accordez-nous fept jours, afin
que nous envoyons des meffagers dans tout Ifraël ;

(*t*) Les critiques trouvent mauvais que *Samuel* oigne *Saül* roi, & le faffe
Chrift avant d'avoir affemblé le peuple & d'avoir obtenu fon fuffrage : s'il
fuffifait d'une bouteille d'huile pour régner, il n'y a perfonne qui ne pût
fe faire oindre roi par le vicaire de fon village. Cette objeƈtion eft forte en
certains pays ; mais *Samuel*, qui était le voyant, favait bien que quand le
peuple tirerait un roi au fort, le fort tomberait fur *Saül*, & qu'alors le
peuple reconnaîtrait fon légitime fouverain déjà oint.

(*u*) Ils foutiennent encore que de jouer un roi aux dés (comme dit
Boulanger) eft une chofe ridicule ; que le fort peut très-aifément tomber
fur un homme incapable ; qu'on n'a jamais tiré ainfi un monarque qu'au
gâteau des rois ; que chez les Grecs & chez les Romains on tirait aux dés
un roi du feftin ; mais que dans une affaire férieufe on devait procéder
férieufement. La réponfe déjà faite à cette critique, eft que D I E U
conduifait le fort, & qu'il difpofait non-feulement du tirage, mais auffi
de la volonté du peuple.

Pour la loi du royaume, que *Samuel* prononça, on difpute fi c'eft le
Lévitique ou le Deutéronome. Quelques commentateurs penfent que ce
fut une loi faite par *Samuel*.

& fi perfonne ne vient nous défendre, nous nous rendrons à toi.

Or *Saül* (*revenant du labourage*) ayant fait la revue à Béfech, il trouva que fon armée était de trois cents mille hommes des enfans d'Ifraël, & trente mille de Juda. Le lendemain il divifa fon armée en trois corps, & ne ceffa d'exterminer Ammon jufqu'à midi. (*x*)

Alors *Samuel* dit à tout le peuple d'Ifraël : Vous voyez que j'ai écouté votre voix, comme vous m'avez parlé; je vous ai donné un roi; pour moi, je fuis vieux, mes cheveux font blancs.... Et *il fe retira*. (*y*)

Or *Saül* était le fils de l'année lorfqu'il commença à régner; & il régna deux ans fur Ifraël. (*z*)

(*x*) Les incrédules ne font pas furpris que *Saül* revint du labourage ; mais ils ne peuvent confentir à le voir à la tête de trois cents trente mille combattans, dans le même temps que l'auteur dit que les Juifs étaient en fervitude, qu'ils n'avaient pas une lance, pas une épée ; que les Philiftins leurs maîtres ne leur permettaient pas feulement un inftrument de fer pour aiguifer leurs charrues, leurs hoyaux, leurs ferpettes. *Notre Gulliver*, dit le lord *Bolingbroke*, *a de telles fables, mais non de telles contradictions*.

Nous avouons que le texte eft embarraffant ; qu'il faut diftinguer les temps ; que probablement les copiftes ont fait des tranfpofitions. Ce qui était vrai dans une année, peut ne l'être pas dans une autre. Peut-être même ces trois cents trente mille foldats peuvent fe réduire à trois mille : il eft aifé de fe méprendre aux chiffres. Le révérend père dom *Calmet* s'exprime en ces mots : *Il eft fort croyable qu'il y a un peu d'exagération dans ce qui eft dit de Saül & de Jonathas*.

(*y*) M. *Huet* de Londres dit encore que la retraite de *Samuel*, en voyant *Saül* fi bien accompagné, prouve affez fon dépit de ne plus gouverner. Mais quand cela ferait, quand *Samuel* aurait eu cette faibleffe, quel eft le chef d'une églife qui ne ferait pas un peu fâché de perdre fon pouvoir ? Nous verrons cependant que le pouvoir de *Samuel* ne diminua pas.

(*z*) Le même M. *Huet* fe récrie ici fur la contradiction & fur l'anachronifme : dans d'autres endroits, dit-il, l'Ecriture marque que *Saül* régna quarante ans. Il eft vrai qu'il y a là une apparence de contradiction ; & dom *Calmet* lui-même n'a pu concilier les textes. Il fe peut qu'il y ait là une erreur de copifte.

Les Philiftins s'affemblèrent pour combattre contre
Ifraël avec trente mille chariots de guerre, fix mille
cavaliers, & une multitude comme le fable de la
mer; & ils fe campèrent à Machmas, à l'orient de
Bethaven. (*a*)

Quand ceux d'Ifraël fe virent ainfi preffés, ils fe
cachèrent dans les cavernes, dans les antres, dans
les rochers, dans les citernes. (*b*) Les autres paffèrent le Jourdain, & vinrent au pays de Gad & de
Galaad..... Et comme *Saül* était encore à Galgal,
tout le peuple qui le fuivait fut effrayé.

Saül attendit fept jours felon l'ordre de *Samuel;*
mais *Samuel* ne vint point à Galgal; & tout le peuple
l'abandonnait.

(*a*) MM. *le Clerc , Fréret , Boulanger , Mallet , Bolingbroke , Midleton*,
fe récrient fur ces trente mille chariots de guerre. Le docteur *Stakhoufe* ,
dans fon hiftoire de la Bible , rejette ce paffage. *Calmet* dit *que ce nombre
de chariots de guerre paraît incroyable , & qu'on n'en a jamais tant vu à la fois.
Pharaon* , continue-t-il , n'en avait que fix cents ; *Jabin* roi d'Azor neuf
cents ; *Séfac* roi d'Egypte douze cents ; *Zarar* roi d'Ethiopie trois
cents , &c.

Les critiques conteftent encore à *Calmet* les neuf cents chariots du roi
d'Azor. Tous conviennent d'ailleurs que tout le pays de Canaan ne connut
la cavalerie que très-tard. Nous avons obfervé que dans ce pays montueux ,
entre-coupé de cavernes , on ne fe fervit jamais que d'ânes. Quand nous
mettrions trois mille chariots au lieu de trente mille , nous ne contenterions
pas encore les incrédules. Nous ne connaiffons point de manière d'expliquer
cet endroit. Nous pourrions hafarder de dire que le texte eft corrompu ;
mais alors on nous répondrait que le Seigneur , qui a dicté ce texte , doit
en avoir empêché l'altération. Alors nous répondrions qu'il a prévenu en
effet les fautes de copiftes dans les chofes effentielles , mais non pas dans
les détails de guerre , qui ne font point néceffaires au falut.

(*b*) Les critiques difent que fi *Saül* avait trois cents trente mille foldats
& un prophète , & étant prophète lui-même , il n'avait rien à craindre ;
qu'il ne fallait pas s'enfuir dans des cavernes , quoique le pays en foit
rempli. Il eft à croire qu'on n'avait point alors des armées foudoyées qui
reftaffent continuellement fous le drapeau.

Saül dit donc alors : Qu'on m'apporte l'holocauste pacifique. Et il offrit l'holocauste ; & à peine eut-il fini d'offrir l'holocauste, voici que *Samuel* arriva ; & *Saül* alla au-devant de lui pour le faluer. *Samuel* lui dit : Qu'as-tu fait? *Saül* lui répondit : Voyant que tu ne venais point au jour que tu m'avais dit, & les Philistins étant en armes à Machmas, contraint par la néceffité, j'ai offert l'holocauste. *Samuel* dit à *Saül* : Tu as fait follement; tu n'as pas gardé les commandemens du Seigneur : fi tu n'avais pas fait cela, le Seigneur aurait affermi pour jamais ton règne fur Ifraël; mais ton règne ne fubfistera point : le Seigneur a cherché un homme felon fon cœur ; & il l'a destiné à régner fur fon peuple, parce que tu n'as pas observé les commandemens du Seigneur. (*c*)

Samuel s'en alla ; & *Saül* ayant fait la revue de ceux qui étaient avec lui, il s'en trouva environ fix cents. (*d*)

Même il ne fe trouvait point de forgerons dans toutes les terres d'Ifraël. Car les Philistins le leur

---

(*c*) M. *Huet* de Londres déclare que *Samuel* ne découvre ici que fa mauvaife volonté. Il prétend, avec *Eftius* & *Calmet*, que *Samuel* n'était point grand-prêtre, qu'il n'était que prêtre & prophète ; que *Saül* l'était comme lui ; qu'il avait prophétifé dès qu'il avait été oint, & qu'il était en droit d'offrir l'holocauste. *Samuel*, dit-il, femble avoir manqué exprès de parole pour avoir occafion de blâmer *Saül* & de le rendre odieux au peuple. Nous ne voyons pas que *Samuel* mérite cette accufation. *Huet* peut lui reprocher un peu de dureté, mais non pas de la fourberie. Cela ferait bon s'il avait été prêtre par-tout ailleurs que chez les Juifs.

(*d*) Le lecteur eft bien furpris de ne plus trouver *Saül* accompagné que de fix cents hommes, lorfque le moment d'auparavant il en avait trois cents trente mille. Nous en avons dit la raifon ; les armées n'étaient point foudoyées ; elles fe débandaient au bout de quelques jours, comme du temps de notre anarchie féodale.

avaient défendu, de peur que les Hébreux ne for-
geaffent une épée ou une lance ; & tous les Ifraëlites
étaient obligés d'aller chez les Philiftins pour aiguifer
le foc de leurs charrues, leurs cognées, leurs hoyaux
& leurs ferpettes. (*e*)

Et lorfque le jour du combat fut venu, il ne fe
trouva pas un Hébreu qui eût une épée ou une lance,
hors *Saül* & *Jonathas* fon fils.

Un certain jour il arriva que *Jonathas*, fils de *Saül*,
dit à fon écuyer : Viens-t-en avec moi, & paffons
jufqu'au camp des Philiftins. Et il n'en dit rien à
fon père.... *Jonathas* monta grimpant des pieds &
des mains, & fon écuyer derrière lui.... De façon
qu'une partie des ennemis tomba fous la main de
Jonathas ; & fon écuyer qui le fuivait, tua les autres.
Ils tuèrent vingt hommes dans la moitié d'un arpent ;
& ce fut la première défaite des Philiftins.... (*f*)

Et les Ifraëlites fe réunirent. *Saül* fit alors ce ferment : Maudit fera l'homme qui aura mangé du pain
de toute la journée, jufqu'à ce que je me fois vengé
de mes ennemis. Et le peuple ne mangea point de
pain....

En même temps ils vinrent dans un bois où la

(*e*) Nous avons parlé de cette puiffante objection ; mais elle n'eft pas
contre les trois cents trente mille hommes, qui peut-être n'avaient point
d'armes ; elle n'eft que contre les fix cents hommes qui reftaient à *Saül*, &
qui devaient être auffi défarmés. Le texte dit pofitivement que la victoire
de *Jonathas* fut un miracle ; & cela répond à toutes les critiques.

(*f*) Ce combat de deux hommes, qui n'ont qu'une lance & une épée,
contre toute une armée, eft fort extraordinaire : mais auffi le texte nous
apprend qu'il y avait là du miracle ; & nous devons nous fouvenir que
Samfon tua mille Philiftins avec une mâchoire d'âne dans le commencement
de fa fervitude.

terre était couverte de miel. Or *Jonathas* n'avait pas entendu le ferment de fon père ; il étendit fa verge qu'il tenait en main, & la trempa dans un rayon de miel ; & l'ayant porté à fa bouche, fes yeux furent illuminés. (*g*)

Saül confulta donc le Seigneur, & lui dit : Pour-fuivrai-je les Philiftins? & les livreras-tu entre les mains d'Ifraël dans ce jour? Et DIEU ne répondit point. . . .

Et *Saül* dit au Seigneur : Seigneur d'Ifraël ! pro-nonce ton jugement; pourquoi n'as-tu pas répondu aujourd'hui à ton ferviteur? Découvres-nous fi l'ini-quité eft dans moi ou dans mon fils *Jonathas;* & fi l'iniquité eft dans le peuple, donne la fainteté. . . . . *Jonathas* fut découvert auffi-bien que *Saül;* & le peuple échappa. . . . Et *Saül* dit : Qu'on jette le fort entre moi & mon fils ; & le fort prit *Jonathas.*

Saül dit à *Jonathas* : Dis-moi ce que tu as fait? *Jonathas* répondit : En tâtant j'ai tâté un peu de miel au bout de ma verge ; & voilà que je meurs. . . . (*h*)

(*g*) *Boulanger* ne peut digérer ce ferment de *Saül.* L'Ecriture, dit-il, nous le donne pour un homme attaqué de manie : il était fans doute dans un de fes accès quand il défendit à fes foldats de manger de toute la journée. La critique de *Boulanger* tombe à faux ; car *Saül* n'était pas encore fou alors, il ne le devint que quelque temps après.

La terre couverte de miel a paru à d'autres critiques une trop grande exagération. Les abeilles ne font leurs ruches que dans des arbres. Les voyageurs affurent qu'il n'y a aucun arbre dans cette partie de la Paleftine, excepté quelques oliviers dans lefquels les abeilles ne logent jamais. Cette critique ne regarde que l'hiftoire naturelle, & ne touche point au fond des chofes ; d'ailleurs *Jonathas* peut avoir trouvé une ruche dans le chêne de Mambré, qui fubfiftait encore du temps de *Conftantin,* à ce qu'on dit.

(*h*) Cette réfolution de *Saül,* d'immoler fon fils pour avoir mangé un peu de miel, a quelque chofe de femblable au ferment de *Jephté,* qui fut

Et le peuple dit à *Saül* : Quoi ! *Jonathas* mourra, lui qui a fait le grand salut d'Ifraël ! Cela n'eft pas permis. Vive DIEU ? il ne tombera pas un poil de fa tête. Ainfi le peuple fauva *Jonathas*, afin qu'il ne mourût point.... (*i*)

Après cela *Saül* fe retira, il ne pourfuivit point les Philiftins ; & les Philiftins fe retirèrent en leur lieu....

Et *Samuel* dit à *Saül* : Le Seigneur m'a envoyé pour t'oindre en roi fur le peuple d'Ifraël ; écoute donc maintenant la voix du Seigneur ; voici ce que dit le Seigneur des armées. Je me fouviens qu'autrefois *Amalec* s'oppofa à Ifraël dans fon chemin quand il s'enfuyait d'Egypte ; c'eft pourquoi marche contre *Amalec*, frappe *Amalec*, & détruis tout ce qui eft à lui, ne lui pardonne point, ne convoite rien de tout ce qui lui appartient, tue tout, depuis l'homme jufqu'à la femme, & le petit enfant qui tette, (*k*) le bœuf,

---

forcé de facrifier fa fille. *Saül* dit en propres mots à fon fils : Que DIEU me faffe tout le mal poffible, & qu'il y ajoute encore, fi tu ne meurs aujourd'hui, mon fils *Jonathas*.

Les favans allèguent encore cet exemple, pour prouver qu'il était très-commun d'immoler des hommes à DIEU. Mais les exemples de *Saül* & de *Jephté* ne concluent pas que les Juifs fiffent fi fouvent des facrifices de fang humain.

(*i*) On demande pourquoi le peuple n'empêcha pas *Jephté* d'immoler fa fille, comme il empêcha *Saül* d'immoler fon fils ? Nous n'en favons pas bien précifément la raifon ; mais nous oferons dire que le peuple, ayant mangé ce jour-là de la chair & du fang malgré la défenfe, craignait apparemment que le fort ne tombât fur lui comme il était tombé fur *Jonathas* ; & qu'il devait être très en colère contre *Saül*, qui avait été affez imprudent pour défendre à fes troupes de reprendre un peu de forces un jour de combat.

(*k*) La foule des critiques ne parle de ce paffage qu'avec horreur. Quoi ! s'écrie furtout le lord *Bolingbroke*, faire defcendre le créateur de l'univers

la brebis, le chameau & l'âne. Donc *Saül* commanda au peuple ; & l'ayant affemblé comme des agneaux, il trouva deux cents mille hommes de pied, & dix mille hommes de Juda. ...

Et il marcha à la ville d'*Amalec* ; & il dreffa des embufcades le long du torrent....

Et *Saül* frappa *Amalec* depuis Hévila jufqu'à Sur, vis-à-vis de l'Egypte. Et il prit vif *Agag* roi des Amalé-cites, & tua tout le peuple dans la bouche du glaive... Mais *Saül* & les Ifraëlites épargnèrent *Agag* & l'élite des brebis, des bœufs, des béliers, & de ce qu'il y avait de plus beau en meubles & en vêtemens ; ils ne démolirent que ce qui parut vil & méprifable. (*l*)

dans un coin ignoré de ce miférable globe, pour dire à des Juifs : A propos, je me fouviens qu'il y a environ quatre cents ans qu'un petit peuple vous refufa le paffage ; allons , vous avez une guerre terrible avec vos maîtres les Philiftins, contre lefquels vous vous êtes révoltés ; laiffez-là cette guerre embarraffante ; allez-vous-en contre ce petit peuple , qui ne voulut pas autrefois que vous vinffiez tout ravager chez lui en paffant ; tuez hommes , enfans , vieillards , femmes , filles , bœufs , vaches , chèvres , brebis , ânes ; car comme vous êtes en guerre avec le peuple puiffant des Philiftins, il eft bon que vous n'ayez ni bœufs ni moutons à manger , ni ânes pour porter le bagage.

Ces paroles nous font frémir ; & affurément fi c'était un homme qui parlât , nous ne l'approuverions point : mais c'eft D I E U qui parle ; & ce n'eft pas à nous de favoir quelle raifon il avait pour ordonner qu'on tuât tous les Amalécites, leurs moutons & leurs ânes.

(*l*) Toujours les mêmes objections fur ces prodigieufes armées , que le prétendu roi d'une horde d'efclaves lève en un moment. Les Turcs ont bien de la peine à conduire aujourd'hui une armée de quatre-vingts mille combattans complète. On demande encore ce que font devenus les autres cent vingt mille foldats du melch *Saül*, lefquels étaient venus combattre fans avoir une feule épée , une feule flèche. Tout-à-l'heure , dit le fameux curé *Mefflier* , l'armée de *Saül* était de trois cents trente mille hommes ; & il ne lui en refte plus que deux cents dix mille ; le refte apparemment eft allé conquérir le monde fur les pas de *Séfoftris*.

Alors le verbe du Seigneur fut fait à *Samuel*, difant : Je me repens d'avoir fait *Saül* roi, parce qu'il m'a abandonné. *Samuel* en fut enflammé, & cria au Seigneur toute la nuit.

Donc s'étant levé avant jour pour aller chez *Saül* au matin, on lui annonça que *Saül* était venu fur le mont Carmel où il s'érigeait un monument, un four triomphal, & que de-là il était defcendu à Galgal. *Samuel* vint donc à *Saül ;* & *Saül* offrait au Seigneur un holocaufte des prémices du butin pris fur Amalec.

Samuel lui dit : Le Seigneur t'a oint roi fur Ifraël ; le Seigneur t'a mis en voie, & t'a dit : Va, tue tous les pécheurs amalécites, & combats jufqu'à ce que tout foit tué ; pourquoi donc n'as-tu pas tout tué ? (*m*)

Ces railleries indécentes du curé *Meflier* ne font pas des raifons. Il était fort difficile de nourrir de fi grandes armées dans un petit pays tel que la Judée : on était obligé de licencier fes troupes au bout de peu de jours ; ainfi il ne ferait pas furprenant que *Saül* eût été un jour fuivi de trois cents mille hommes, & un autre de deux cents mille : il eft vrai qu'il faut au moins quelques épées, quelques flèches à tant de foldats, & que felon le texte ils n'en avaient point ; mais ils pouvaient fe fervir de frondes & de maffues.

(*m*) Les déclamations du lord *Bolingbroke* fur ce paffage font plus violentes que jamais. Si un prêtre, dit-il, avait été affez infolent & affez fou pour parler ainfi, je ne dis pas à notre roi *Guillaume*, mais au duc de *Marlborough*, on l'aurait pendu fur le champ au premier arbre. *Samuel*, ajoute-t-il, n'eft point un prêtre de DIEU, c'eft un prêtre du diable.

Toutes ces exclamations de tant de critiques partent du même principe ; ils jugent les Juifs comme ils jugeraient les autres hommes. *Pourquoi n'as-tu pas tout tué ?* ferait ailleurs un difcours infernal ; mais ici c'eft D I E U qui parle par la bouche de *Samuel ;* & il eft fans doute le maître de punir comme il veut, & quand il veut.

Les incrédules infiftent : ils difent qu'il n'eft que trop vrai qu'on s'eft toujours fervi du nom de DIEU pour excufer, fi l'on pouvait, les crimes des hommes. Ils ont raifon quand ils parlent des autres religions ; mais ils

Obéiffance

parler du *Moïfe* hébreu. Il eft fi naturel qu'une petite nation barbare inconnue imite les fables d'une grande nation civilifée & illuftre ; il y en a tant d'exemples , que cette feule réflexion fuffirait pour faire perdre le procès aux Juifs. En fait de fables comme en fait de toute invention, il paraît que les plus anciennes ont fervi de modèle aux autres. La légende dorée eft remplie de toutes les fables de l'ancienne Grèce, fous des noms de chré-tiens. On y trouve l'hiftoire d'*Hippolyte* , & celle d'*Oedipe* toute entière. Il y a un faint à qui un cerf prédit qu'il tuera fon père, & qu'il couchera avec fa mère. La prédiction du cerf eft accomplie ; le faint fait pénitence , & eft dans le martyrologe. Les hommes aiment tant les fables, que quand ils ne peuvent en inventer, ils en copient.

Nous ne fefons ces réflexions que pour nous tenir en garde contre l'efprit romanefque de l'antiquité ; efprit qui s'eft perpétué trop long-temps.

C H A P I T R E   X X V I I.

De la cofmogonie attribuée à Moïfe , & de fon déluge.

Toute la religion juive étant fondée fur la créa-tion de l'homme , fur la formation de la femme tirée d'une côte d'*Adam* , fur les ordres exprès de Dieu, donnés à cet *Adam* & à fa femme, fur la tranfgreffion de ces deux premières créatures trom-pées par un ferpent qui parlait & qui marchait fur

fes pieds , &c. ; *Moïfe* ayant appris toutes ces chofes
de la bouche de D I E U même , *Moïfe* les ayant
écrites au nom de D I E U pour être un monument
éternel au genre - humain; comment fe pouvait-il
faire qu'il fût défendu chez les Juifs de lire la
Genèfe avant l'âge de vingt-cinq ans? Etait-ce parce
que le fanhédrin craignait qu'on ne s'en moquât à
vingt ou à dix-huit? Si la lecture de la Genèfe
fcandalifait , plus on avance en âge , plus elle doit
fcandalifer. Si on refpecte le légiflateur , pourquoi
défendre de lire fa loi ?

Si D I E U eft le père de tous les hommes, pourquoi
leur création & leurs premières actions, écrites par
D I E U même, ont - elles été ignorées par tous les
hommes ? Pourquoi *Moïfe* en fut-il feul inftruit au
bout de deux mille cinq cents ans dans un défert?

D'où vient, par exemple, que du temps d'*Augufte*
il ne fe trouve pas un feul hiftorien, un feul poëte,
un feul favant , qui connaiffe les noms d'*Adam*,
d'*Eve*, d'*Abel*, de *Caïn*, de *Mathufalem*, de *Noé*, &c. ?
Chaque nation avait fa cofmogonie. Il n'y en
a pas une feule qui reffemble à celle des Juifs.
Certainement ni les Indiens , ni les Scythes , ni
les Perfes , ni les Egyptiens , ni les Grecs , ni les
Romains , ne comptaient leurs années , ni depuis
Adam , ni depuis *Noé* , ni depuis *Abraham*. Il faut
avouer que les *Varron* & les *Pline* riraient étrangement,
s'ils pouvaient voir aujourd'hui nos almanachs ,
& tous nos beaux livres de chronologie. *Abel mort
l'an* 130. *Mort d'Adam l'an* 930. *Déluge univerfel en*
1656...... *Noé fort de l'arche en* 1657 , &c. Cet
étonnant, ufage dans lequel nous donnons tous tête

baiffée, n'eft pas feulement remàrqué. Ces calculs fe trouvent à la tête de tous les almanachs de l'Europe, & perfonne ne fait réflexion que tout cela eft encore ignoré de tout le refte de la terre.

Suppofons que *Sanchoniathon* ait écrit du temps même où l'on place *Moïfe*, quoique certainement il ait écrit long-temps auparavant; comment fe peut-il faire que *Sanchoniathon* n'ait parlé ni d'*Adam*, ni de *Noé*, ni du déluge univerfel? Pourquoi ce prodigieux événement, qui réduifait la terre entière à une feule famille, a-t-il été abfolument ignoré dans toute l'antiquité? Il y a eu des inondations, fans doute; des contrées ont été fubmergées par la mer. Les déluges de *Deucalion* & d'*Ogygès* font affez connus. *Platon* dit que l'île Atlantide fut autrefois fubmergée. Que ce foit une fable ou une vérité, il n'importe; perfonne n'a jamais douté que plufieurs parties de notre globe n'aient fouffert de grandes révolutions; mais le déluge univerfel, tel qu'on le raconte, eft phyfiquement impoffible. Ni *Thucydide*, ni *Hérodote*, ni aucun ancien hiftorien, n'a déshonoré fa plume par une telle fable.

S'il y avait eu chez les hommes quelque reffouvenir d'un fi étrange événement, *Héfiode* & *Homère* l'auraient-ils paffé fous filence? ne retrouverait-on pas dans ces poëtes quelques allufions, quelques comparaifons tirées de ce bouleverfement de la nature? n'aurait-on pas confervé quelques vers d'*Orphée*, dans lefquels on aurait pu en retrouver des veftiges?

Les Juifs ne peuvent avoir imaginé le déluge univerfel qu'après avoir entendu parler de quelques déluges particuliers. Comme ils n'avaient aucune connaiffance du globe, ils prirent la partie pour le

tout, & l'inondation d'un petit pays pour l'inondation de la terre entière. Ils exagérèrent, & quel
peuple n'a pas été exagérateur?

Quelques romanciers, quelques poëtes dans la fuite
des temps exagérèrent chez les Grecs ; & de l'inondation d'une partie de la Grèce firent une inondation
univerfelle. *Ovide* la célébra dans fon livre charmant
des *Métamorphofes*. Il avait raifon ; une telle aventure
n'eft faite que pour la poëfie : c'eft pour nous un
miracle ; c'était une fable pour les Grecs & pour les
Romains.

Il y eut encore d'autres déluges qu'en Grèce ; &
voici probablement quelle eft la fource du récit du
déluge, que les Juifs firent dans leur Genèfe, quand
ils écrivirent dans la fuite des temps fous le nom
de *Moïfe*.

Eufèbe & *George* le fincelle, c'eft-à-dire le gref-
fier, nous ont confervé des fragmens d'un certain
Abidène.

Cet *Abidène* avait tranfcrit des fragmens de *Bérofe*
ancien auteur chaldéen. Ce *Bérofe* avait écrit des
romans ; & dans ces romans il avait parlé d'une
inondation arrivée fous un roi de Chaldée nommé
Xiffuter, dont on a fait depuis *Xiffutrus*, qu'on fuppofe
avoir vécu du temps où l'on fait vivre *Noé*.

Il difait donc, ce *Bérofe*, qu'un dieu chaldéen dont
on a fait depuis *Saturne*, apparut à *Xiffuter*, & lúi
dit : ,, Le 15 du mois Dœfi, le genre-humain fera
,, détruit par le déluge. Enfermez bien tous vos écrits
,, dans Sipara, la ville du foleil, afin que la mémoire
,, des chofes ne fe perde pas. Bâtiffez un vaiffeau,
,, entrez-y avec vos parens & vos amis, faites-y entrer

,, des oifeaux & des quadrupèdes, mettez-y des
,, provifions ; & quand on vous demandera où vous
,, voulez aller avec votre vaiffeau, répondez : Vers
,, les Dieux, pour les prier de favorifer le genre-
,, humain. ,,

Xiffuter ne manqua pas de bâtir fon vaiffeau qui
était large de deux ftades & long de cinq, c'eft-à-
dire que fa largeur était de deux cents cinquante pas
géométriques, & fa longueur de fix cents vingt-cinq.
Ce vaiffeau qui devait aller fur la mer Noire était
mauvais voilier. Le déluge vint. Lorfque le déluge
eût ceffé, *Xiffuter* lâcha quelques-uns de fes oifeaux,
qui ne trouvant point à manger revinrent au vaiffeau.
Quelques jours après il lâcha encore fes oifeaux qui
revinrent avec de la boue aux pattes. Enfin ils ne
revinrent plus. *Xiffuter* en fit autant ; il fortit de fon
vaiffeau qui était perché fur une montagne d'Arménie ;
& on ne le revit plus ; les Dieux l'enlevèrent.

C'eft-là l'unique fondement de la fable qui a tant
couru, que l'arche de *Noé* s'était arrêtée fur une
montagne d'Arménie, & qu'on en voit encore des
reftes.

Quelques lecteurs penferont peut-être que l'hiftoire de *Noé* eft la copie de la fable de *Xiffuter*. Ils
diront que fi les petits peuples copient toujours les
grands ; fi les Chaldéens & tous les peuples voifins
font inconteftablement plus anciens que les Juifs; fi
ces Juifs font en effet fi nouveaux ; il eft probable
encore qu'ils ont imité leurs voifins en tout, excepté
dans les fciences & dans les beaux arts où çe peuple
groffier ne put jamais atteindre. Pour nous, encore
une fois, nous nous bornons à refpecter la Bible.

Les incrédules allèguent qu'il eſt très-vraiſemblable
que le Pont-Euxin franchit autrefois ſes bornes, &
inonda une partie de l'ancienne Arménie. La mer Egée
peut en avoir fait autant en Grèce ; la mer Atlantique
peut avoir englouti une grande île. Les Juifs, qui en
auront entendu parler confuſément, ſe feront appro-
prié cet événement, ils auront inventé *Noé*. Il eſt
inconteſtable, ajoutent-ils, qu'il n'y eut jamais de
Noé; car ſi un tel perſonnage avait exiſté, il aurait
été regardé par toutes les nations comme le reſtaura-
teur & le père du genre-humain. Il eût été impoſſible
que la mémoire s'en fût perdue. *Noé* aurait été le
premier mot que toute la race humaine eût prononcé.
Cette fable juive a été, comme on l'a déjà dit,
entièrement ignorée du monde entier, juſqu'au temps
où les chrétiens commencèrent à faire connaître les
livres juifs traduits en grec. Enfin, puiſque les Juifs
n'ont été que des plagiaires ſur tout le reſte, ils
peuvent bien l'avoir été ſur le déluge. Je ne fais que
rapporter le raiſonnement des francs-penſans, auquel les non-penſans répondent par l'authenticité
du Pentateuque.

CHAPITRE XXVIII.

Des plagiats reprochés aux Juifs.

1°. *SANCHONIATHON* qui écrivait en Phénicie, long-temps avant que les Juifs fuffent raffemblés dans des déferts, donne aux hommes dix générations jufqu'au temps du prétendu déluge univerfel.

1°. LES livres attribués à *Moïfe* fuppofent auffi dix générations.

2°. La curiofité d'une femme nommée *Pandore*, eft fatale au genre-humain.

2°. La curiofité d'une femme nommée *Eve*, fait chaffer le genre-humain d'un prétendu paradis.

3°. *Bacchus* donne une loi écrite fur deux tables de marbre, élève les flots de la mer Rouge à droite & à gauche pour faire paffer fon armée, fufpend le cours du foleil & de la lune.

3°. *Moïfe* donne auffi des lois écrites fur deux tables de pierre, traverfe la mer Rouge à pied fec; & fon fucceffeur *Jofué* arrête le foleil & la lune.

4°. *Minerve* fait jaillir une fontaine d'huile, *Bacchus* une fontaine de vin.

4°. *Moïfe* ne donna aux Juifs qu'une fontaine d'eau dans le défert.

R 4

5°. *Philemon* & *Baucis* donnent à des dieux, en Phrygie, l'hofpitalité qu'un village leur refufe auprès de Thyane ; les dieux changent leur cabane en un temple & le village en un lac.

5°. Les Juifs imitent cette fable de la manière la plus infame, en difant que les habitans du village de Sodome voulurent violer deux anges : et Sodome eft changée en un lac.

6°. Les Grecs fuppofent qu'*Agamemnon* voulut immoler fa fille *Iphigénie*, & que les dieux envoyèrent une biche pour être facrifiée à la place de la fille.

6°. Les Juifs fuppofent qu'*Abraham* voulut immoler fon fils , & qu'*Adonaï* envoya un bélier pour être immolé à la place d'*Ifaac*.

7°. *Niobé* eft changée en ftatue de marbre.

7°. *Edith* femme de *Loth* eft changée en ftatue de fel.

8°. Travaux d'*Hercule*.

8°. Travaux de *Samfon*.

9°. *Hercule* trahi par des femmes.

9°. *Samfon* trahi par des femmes.

10°. L'âne de *Silène* parle.

10°. L'âneffe de *Balaam* parle.

11°. *Hercule* enlevé au ciel dans un quadrige.

11°. *Elie* monte au ciel dans un quadrige.

12°. Les dieux reffufcitent *Pélops*.

12°. *Elifée* reffufcite une petite fille.

Si on voulait fe donner la peine de comparer tous les événemens de la fable & de l'ancienne hiftoire grecque, on ferait étonné de ne pas trouver une feule page des livres juifs qui ne fût un plagiat.

Enfin les vers d'*Homère* étaient déjà chantés dans plus de deux cents villes avant que ces deux cents villes fuſſent que les Juifs étaient au monde. Lecteur, examinez & jugez. Décidez entre ceux que nous appelons francs-penſans & ceux que nous appelons non-penſans.

CHAPITRE XXIX.

De la ſecte des Juifs & de leur conduite après la captivité, juſqu'au règne de l'iduméen Hérode.

C'EST le propre des Juifs d'être par-tout courtiers, revendeurs, uſuriers; d'amaſſer de l'argent par la frugalité & l'économie. L'argent fut l'objet de leur conduite dans tous les temps, au point que dans le roman de leur *Tobie*, livre canonique ou non, un ange deſcend du ciel pendant leur captivité, non pas pour conſoler ces malheureux diſperſés, non pas pour les ramener à Jéruſalem, ce qu'un ange pouvait ſans doute, mais pour conduire dans une ville des Mèdes le jeune *Tobie*, qui va redemander de l'argent qu'on devait à ſon père.

> *Excudent alii ſpirantia molliùs æra, &c.*
> *Tu premere uſurâ populos, Judæe, memento.*

Ils trafiquèrent donc pendant les ſoixante & douze ans de leur tranſmigration. Ils gagnèrent beaucoup; & comme ils ont toujours financé & qu'ils financent encore pour obtenir dans pluſieurs Etats, & même à Rome, la permiſſion d'avoir des ſynagogues; il eſt de la plus grande probabilité qn'ils donnèrent beaucoup d'argent aux commiffaires de la tréforerie de *Cyrus* & au chancelier de l'échiquier, pour qu'on leur permît de rebâtir leur ville avec un petit temple moitié en pierre & moitié en bois. Mais quand ils retournèrent à leur Jérufalem ou à leur Hershalaïm, ils n'en furent guère plus heureux.

Sujets, ou plutôt efclaves des rois perfans, enfuite d'*Alexandre*, tantôt des rois de Syrie, tantôt de ceux d'Egypte, ils ne compofèrent plus un Etat; ils ne furent pas à beaucoup près çe qu'était la province de Galles en comparaifon de l'Angleterre du temps de notre *Henri VIII*. L'intérieur de leur petite république ne fut plus adminiftré que par des prêtres; alors tout fut fixé & déterminé dans leur feête, alors ils furent plus dévots que jamais. Ils furent d'autant plus Juifs que les Samaritains dédaignèrent de l'être & de paffer pour leurs compatriotes. Ces Samaritains ne voulaient avoir rien de commun avec le peuple juif, pas même leur Dieu. (*gg*) L'hiftorien *Jofephe* rapporte qu'ils écrivirent au roi de Syrie *Antiochus Epiphanes*, que *leur temple ne portait le nom d'aucun Dieu*, qu'ils ne participaient point aux fuperftitions judaïques, & qu'ils le fuppliaient de permettre qu'ils dédiaffent leur temple à *Jupiter*.

Lorfqu'*Antiochus Epiphanes* fit facrifier des cochons dans le temple de Jérufalem, quelques Juifs fenfés ne murmurèrent pas, mais la plupart crurent que c'était une impiété abominable. Ils penfaient que Dieu n'aime point la chair de cochon, qu'il lui faut abfolument des veaux ou des chevreaux, & que c'eft un péché horrible

(*gg*) Liv. II, chap. VII.

d'immoler un porc. Les *Machabées* profitèrent de ces beaux préjugés du peuple pour fe révolter. Cette révolte que les Juifs ont tant célébrée, & que tous nos prédicateurs propofent fi fouvent comme un modèle , n'empêcha pas *Antiochus Eupator* fils d'*Epiphanes* , de rafer les murs du temple, & de faire couper le cou au grand-prêtre *Onias* qui fomentait la rébellion.

Les Juifs pour qui Dieu avait fait tant de miracles, les Juifs qui , felon les oracles de leurs prophètes , devaient commander au monde entier, furent donc encore plus malheureux, plus humiliés, fous les Séleucides que fous les Perfes & les Babyloniens.

. Après une infinité de révolutions & de mifères, il s'éleva parmi eux des citoyens qui dépouillèrent les prêtres de leur autorité ufurpée, & qui prirent le nom de *rois*. Ces prétendus rois ne valurent pas mieux que les pontifes , ils s'égorgèrent les uns les autres comme ils fefaient avant la captivité de Babylone.

Pompée, en paffant, fit mettre au cachot un de ces rois nommé *Ariftobule*, & fit pendre enfuite fon fils le roitelet *Alexandre*.

Quelques temps après, le triumvir *Marc-Antoine* donna le royaume de Judée à l'arabe iduméen *Hérode.* C'eft le feul roi juif qui ait été véritablement puiffant, C'eft lui qui fit bâtir un temple affez magnifique fur une grande plate-forme qu'il joignit à la montagne Moria en comblant un précipice. Le temple de *Salomon,* bâti fur le penchant de la montagne, ne pouvait être qu'un édifice irrégulier & barbare , dans lequel il fallait continuellement monter & defcendre.

Hérode, après avoir réprimé plufieurs révoltes, fut maître abfolu fous la protection des Romains.

CHAPITRE XXX.

Des mœurs des Juifs sous Hérode.

LE peuple juif était si étrange, il vivait dans une telle anarchie, il était si adonné au brigandage avant le règne d'*Hérode*, qu'ils traitèrent ce prince de tyran lorfqu'il ordonna, par une loi très-modérée, qu'on vendrait déformais hors du royaume ceux qui voleraient dans les maifons après en avoir percé les murs ; ils fe plaignirent qu'on leur ôtait la plus chère de leurs libertés. Ils regardèrent furtout cette loi comme une impiété manifefte. Comment, difaient-ils, ofera-t-on vendre un voleur juif à un étranger qui n'eft pas de la fainte religion ? (*hh*) Ce fait rapporté dans *Jofephe*, caractérife parfaitement le peuple de DIEU.

Hérode régna trente-cinq ans avec quelque gloire. Il fut fans contredit le plus puiffant de tous les rois juifs, fans en excepter *David* & *Salomon*, malgré leur prétendu tréfor d'environ un milliar de nos livres fterling.

Comme la Judée ne fut point fous fon règne infeftée d'irruptions d'étrangers, les Juifs eurent tout le temps de tourner leur efprit vers la controverfe. C'eft ce qui occupe aujourd'hui tous les peuples fuperftitieux & ignorans ; quand ils n'ont point de jeux publics ni de fpectacles, ils s'adonnent alors aux difputes théologiques : c'eft ce qui nous arriva fous le déplorable règne

(*hh*) Liv. XVI, chap. I.

de notre *Charles I; & c'est ce qui fait bien voir qu'il faut toujours repaître de spectacles l'oisiveté du peuple.

Les pharisiens & les saducéens troublèrent l'Etat autant qu'ils le purent, comme parmi nous les épiscopaux & les presbytériens. *Jean-Baptiste* se donna pour prophète, il administrait l'ancien baptême juif, & se fefait suivre par la populace. (*ii*) L'historien *Josephe* dit expressément que c'était un homme de bien qui exhortait le peuple à la vertu; (*kk*) mais qu'*Hérode* craignant une sédition, parce que le peuple s'attroupait autour de *Jean*, le fit enfermer dans la forteresse de Machera, comme on dit qu'on fait enfermer en France les janséniftes.

Observons, surtout ici, que *Josephe* ne dit point qu'on ait fait ensuite mourir *Jean* sous le gouvernement d'*Hérode* le tétrarque. Personne ne devait être mieux instruit de ce fait que *Josephe*, auteur contemporain, auteur accrédité, de la race des Asmonéens, & revêtu d'emplois publics.

On disputa du temps d'*Hérode* sur le Messie, sur le Christ. C'était un libérateur que les Juifs attendaient dans toutes leurs afflictions, surtout sous les rois de Syrie. Ils avaient donné ce nom à *Judas Machabée*, ils l'avaient donné même à *Cyrus*, & à quelques autres princes étrangers. Plusieurs prirent *Hérode* pour un messie; il y eut une secte formelle d'hérodiens. D'autres qui regardaient son gouvernement comme tyrannique l'appelaient *Anti-Messie, Anti-Christ*.

Quelque temps après sa mort, il y eut un énergumène

(*ii*) Liv. XVIII, chap. VII.

(*kk*) Supposé que ce passage ne soit pas interpolé.

nommé *Theudas* qui fe fit paffer pour meffie. (*ll*) *Jofephe*
dit qu'il fe fit fuivre par une grande multitude de
canaille, qu'il lui promit de faire remonter le Jourdain
vers fa fource, comme *Jofué*, & que tous ceux qui
voudraient le fuivre le pafferaient à pied fec avec lui.
Il en fut quitte pour avoir le cou coupé.

Toute la nation juive était enthoufiafte. Les dévots
couraient de tous côtés pour faire des profélytes, pour
les baptifer, pour les circoncire. Il y avait deux fortes
de baptême, celui de profélyte & celui de juftice. Ceux
qui fe convertiffaient au judaïfme & vivaient parmi
les Juifs fans prétendre être du corps de la nation,
n'étaient forcés à recevoir ni le baptême ni la circoncifion. Ils fe contentaient prefque toujours de fe
faire baptifer. Cela eft moins douloureux que de fe
faire couper le prépuce : mais ceux qui avaient plus
de vocation, & qu'on appelait *profélytes de juftice*,
recevaient l'un & l'autre figne ; ils étaient baptifés &
circoncis. (*mm*) *Jofephe* raconte qu'il y eut un petit roi
de la province d'Adiabène, nommé *Ifath*, qui fut affez
imbécille pour embraffer la religion des Juifs. Il ne dit
point où était cette province d'Adiabène ; mais il y en
avait une vers l'Euphrate. On baptifa & on circoncit
Ifath ; fa mère *Hélène* fe contenta d'être baptifée du
baptème de juftice ; & on ne lui coupa rien.

Au milieu de toutes les factions juives, de toutes
les fuperftitions extravagantes, & de leur efprit de
rapine, on y voyait, comme ailleurs, des hommes
vertueux de même qu'à Rome & dans la Grèce. Il y
eut même des fociétés qui reffemblaient en quelque
forte aux pythagoriciens & aux ftoïciens. Ils en avaient

(*ll*) Liv. XX, chap. II.   (*mm*) Liv. XXI, chap. II.

la tempérance, l'efprit de retraite, la rigidité de mœurs, l'éloignement de tous les plaifirs, le goût de la vie contemplative. Tels étaient les efféniens, tels étaient les thérapeutes.

Il ne faut pas s'étonner que fous un auffi méchant prince qu'*Hérode*, & fous les rois précédens encore plus méchans que lui, on vît des hommes fi vertueux. Il y eut des *Epiéléte* à Rome du temps de *Néron*. On a cru même que JESUS-CHRIST était efsénien, mais cela n'eft pas vrai. Les efféniens avaient pour principe de ne fe point donner en fpeéacle, de ne point fe faire fuivre par la populace, de ne point parler en public. Ils étaient vertueux pour eux-mêmes, & non pour les autres. Ils ne fefaient aucun étalage. Tous ceux qui ont écrit la vie de JESUS-CHRIST lui donnent un caraétère tout contraire & très-fupérieur.

CHAPITRE XXXI.

De JESUS.

IL n'y a qu'un fanatique ou qu'un fot fripon, qui puiffe dire qu'on ne doit jamais examiner l'hiftoire de JESUS par les lumières de la raifon. Avec quoi jugera-t-on d'un livre quel qu'il foit? eft-ce par la folie? Je me mets ici à la place d'un citoyen de l'ancienne Rome, qui lirait les hiftoires de JESUS pour la première fois.

Nous avons des livres hébreux & grecs pour & contre JESUS, qui font d'une égale antiquité. Le *Toldos Jefchut* écrit contre lui eft en langue hébraïque. Dans

ce livre, on le traite de bâtard, d'impofteur, d'infolent, de féditieux, de forcier ; & dans les évangiles
grecs on le fait prefque participant de la divinité même.
Tous ces écrits font remplis de prodiges, & paraiffent
d'abord à nos faibles yeux contenir des contradiĉtions
prefqu'à chaque page.

Un auteur illuftre qui naquit très-peu de temps
après la mort de JESUS, & qui, fi l'on en croit *St Irénée*,
(*nn*) devait être fon contemporain ; en un mot, *Flavien
Jofephe* proche parent de la femme d'*Hérode*, *Jofephe*
fils d'un facrificateur qui devait avoir connu JESUS,
ne tombe ni dans le défaut de ceux qui lui difent
des injures, ni dans l'opinion de ceux qui lui donnent
des éloges fi prodigieux ; il n'en dit rien du tout. Il eft
avéré aujourd'hui que les cinq où fix lignes qu'on
attribue à *Jofephe* fur JESUS, ont été interpolées par
une fraude très-mal-adroite. Car fi *Jofephe* avait en
effet cru que JESUS était le Meffie, il en aurait écrit
cent fois davantage ; & en le reconnaiffant pour Meffie,
il eût été un de fes feĉtateurs.

Jufte de Tibériade, autre Juif qui écrivait l'hiftoire
de fon pays un peu avant *Jofephe*, garde un profond
filence fur JESUS. C'eft *Philon* qui nous en affure.

Philon autre célèbre auteur juif contemporain n'a
cité jamais le nom de JESUS. Aucun hiftorien romain
ne parle des prodiges qu'on lui attribue, & qui devaient
rendre la terre attentive.

Ajoutons encore une importante vérité à ces vérités
hiftoriques, c'eft que ni *Jofephe* ni *Philon* ne font en

(*nn*) *Saint Irénée* affure que JESUS mourut à cinquante ans paffés.
En ce cas *Flavien Jofephe* pourrait bien l'avoir connu.

aucun

aucun endroit la moindre mention de l'attente d'un meſſie.

Conclura-t-on de-là qu'il n'y a point eu de Jéſus, comme quelques-uns ont oſé conclure, par le Pentateuque même, qu'il n'y a point eu de *Moïſe?* Non; puiſqu'après la mort de JESUS on a écrit pour & contre lui, il eſt clair qu'il a exiſté. Il n'eſt pas moins évident qu'il était alors ſi caché aux hommes, qu'aucun citoyen un peu diſtingué, ſelon le monde, n'avait fait mention de ſa perſonne.

J'ai vu quelques diſciples de *Bolingbroke*, plus ingénieux qu'inſtruits, qui niaient l'exiſtence d'un Jéſus, parce que l'hiſtoire des trois mages, de l'étoile, & du maſſacre des innocens, eſt, diſaient-ils, le comble de l'extravagance : la contradiction des deux généalogies que *Matthieu* & *Luc* lui donnent, était ſurtout une raiſon qu'alléguaient ces jeunes gens pour ſe perſuader qu'il n'y a point eu de Jéſus; mais ils tiraient une très-fauſſe concluſion. Notre compatriote *Houet* s'eſt fait faire en France une généalogie fort ridicule ; quelques Irlandais ont écrit que lui & *Jeanſin* avaient un démon familier qui leur donnait toujours des as quand ils jouaient aux cartes. On a fait cent contes extravagans ſur eux. Cela n'empêche pas qu'ils n'aient réellement exiſté ; ceux qui ont perdu leur argent avec eux, en ont été bien convaincus.

Que de fadaiſes n'a-t-on pas dites du duc de *Buckingham!* Il n'en a pas moins vécu ſous *Jacques* & ſous *Charles.*

Apollonius de Thyane n'a certainement reſſuſcité perſonne; *Pythagore* n'avait pas une cuiſſe d'or; mais *Apollonius* & *Pythagore* ont été des êtres réels. Notre

divin JESUS n'a peut-être pas été emporté réellement
par le diable fur une montagne. Il n'a pas réellement
féché un figuier au mois de mars, pour n'avoir pas
porté de figues, *quand ce n'était pas le temps des figues.*
Il n'eft peut-être pas defcendu aux enfers, &c. &c. &c.
Mais il y a eu un Jéfus refpeçable, à ne confulter
que la raifon.

Qui était cet homme? Le fils reconnu d'un charpentier de village : les deux partis en conviennent ;
ils difputent fur la mère. Les ennemis de Jéfus difent
qu'elle fut engroffée par un nommé *Panther.* Ses partifans difent qu'elle fut enceinte de l'efprit de DIEU.
Il n'y a pas de milieu entre ces deux opinions des
Juifs & des chrétiens. Les Juifs auraient pu cependant
embraffer un troifième fentiment qui eft plus naturel ;
c'était que fon mari, qui lui fit d'autres enfans, lui fit
encore celui - là ; mais l'efprit de parti n'a jamais de
fentiment modéré. Il réfulte de cette diverfité d'opinions, que JESUS était un inconnu né dans la lie du
peuple ; & il réfulte que s'étant donné pour prophète
comme tant d'autres, & n'ayant jamais rien écrit,
les païens auraient pu raifonnablement douter qu'il
fût écrire, ce qui ferait conforme à fon état & à fon
éducation.

Mais, humainement parlant, un charpentier de
Nazareth qu'on fuppofe ignorant, aurait-il pu fonder
une fecte ? oui, comme notre *Fox*, cordonnier de
village très-ignorant, fonda la fecte des quakers dans
le comté de Leicefter. Il courait les champs vêtu d'un
habit de cuir ; c'était un fou d'une imagination forte,
qui parlait avec enthoufiafme à des imaginations
faibles. Ayant lu la Bible, en fefant des applications

à fa mode, il fe fit fuivre par des imbécilles; il était ignorant, mais des favans lui fuccédèrent. La fecte de *Fox* fe forma & fubfiste avec honneur, après avoir été fiflée & perfécutée. Les premiers anabaptistes fûrent des malheureux payfans fans lettres.

Enfin, l'exemple de *Mahomet* ne fouffre point de réplique. Il fe donna le titre de prophète ignorant. Bien des gens même doutent qu'il fût écrire. Le fait est qu'il écrivait mal, & qu'il fe battait bien. Il avait été facteur, ou fi l'on veut, valet d'une marchande de chameaux; (3) ce n'est pas là un commencement fort illustre; il devint pourtant un très-grand homme. Revenons à J E S U S, qui n'a rien de commun avec lui, & pour qui nous fommes tenus d'avoir un profond refpect, indépendamment même de notre religion, de laquelle nous ne parlons pas ici.

C H A P I T R E X X X I I.

Recherches fur J E S U S.

*B*OLINGBROKE, *Toland*, *Wolston*, *Gordon*, &c., & d'autres francs-penfans ont conclu de ce qui fut écrit en faveur de J E S U S, & contre fa perfonne, que

---

(3) Suivant les auteurs mufulmans, *Mahomet* était pauvre, mais d'une des tribus les plus illustres & les plus riches de l'Arabie, à laquelle la garde du temple de la Mecque était confiée. Le premier exploit de *Mahomet* fut de fe rendre maître de fa tribu, & de detruire l'idolatrie qui s'était établie dans ce temple. Il avait époufe une riche veuve de fa tribu, après avoir été quelque temps fon facteur; mais les Arabes n'avaient pas l'idée de ce que nous appelons derogeance. Un conducteur de chameaux, un facteur, s'il était d'une tribu illustre, confervait toute la fierté de fa naiffance.

c'était un enthoufiafte qui voulait fe faire un nom dans la populace de la Galilée.

Le *Toldos Jefchut* dit qu'il était fuivi de deux mille hommes armés, quand *Judas* vint le faifir de la part du fanhédrin, & qu'il y eut beaucoup de fang répandu. Mais fi le fait était vrai, il eft évident que JESUS aurait été auffi criminel que *Barcokebas*, qui fe dit meffie après lui. Il réfulterait que fa conduite répondait à quelques points de fa doctrine : *Je fuis venu apporter non la paix, mais le glaive.* Ce qui pourrait encore faire conjecturer que *Judas* était un officier du fanhédrin, envoyé pour diffiper les factieux du parti de JESUS, c'eft que l'évangile de *Nicodème*, reçu pendant quatre fiècles, & cité par *Juftin*, par *Tertullien*, par *Eusèbe*, reconnu pour authentique par l'empereur *Théodofe*; cet évangile, dis-je, commence par introduire *Judas* parmi les principaux magiftrats de Jérufalem, qui vinrent accufer JESUS devant le préteur romain. Ces magiftrats font *Annah*, *Caïpha*, *Summas*, *Dathan*, *Gamaliel*, *Judas*, *Levi*, *Alexandre*, *Nephtalim*, *Karoh*.

On voit par cette conformité entre les amis & les ennemis de JESUS, qu'il fut en effet pourfuivi & pris par un nommé *Judas*. Mais ni le *Toldos*, ni le livre de *Nicodème*, ne difent que *Judas* ait été un difciple de JESUS, & qu'il ait trahi fon maître.

Le *Toldos* & les évangiles font encore d'accord fur l'article des miracles. Le *Toldos* dit que JESUS en fefait en qualité de forcier. Les évangiles difent qu'il en fefait en qualité d'homme envoyé de DIEU. En effet, dans cet âge, & avant & après, l'univers croyait aux prodiges. Point d'écrivain qui n'ait raconté des prodiges ; & le plus grand sans doute qu'ait fait JESUS dans une province soumise aux Romains , c'est que les Romains n'en entendirent point parler. A ne juger que par la raison, il faut écarter tout miracle, toute divination. Il n'est question ici que d'examiner historiquement si JESUS fut en effet à la tête d'une faction, ou s'il eut seulement des disciples. Comme nous n'avons pas les pièces du procès fait pardevant *Pilate* , il n'est pas aisé de prononcer.

Si on veut peser les probabilités , il paraît vraisemblable par les évangiles , qu'il usa de quelque violence , & qu'il fut suivi par quelques disciples emportés.

JESUS , si nous en croyons les évangiles , est à peine arrivé dans Jérusalem , qu'il chasse & qu'il maltraite des marchands , qui étaient autorisés par la loi à vendre des pigeons dans le parvis du temple, pour ceux qui voulaient y sacrifier. Cet acte qui paraît si ridicule à milord *Bolingbroke* , à *Wolston* , & à tous les francs-pensans , serait aussi répréhensible que si un fanatique s'ingérait parmi nous de fouetter les libraires qui vendent auprès de St Paul , le livre des *communes prières*. Mais aussi il est bien difficile que des marchands établis par les magistrats se soient laissé battre & chasser par un étranger sans aveu , arrivé de son village dans la capitale, à moins qu'il n'ait eu beaucoup de monde à sa suite.

On nous dit encore qu'il noya deux mille cochons. S'il avait ruiné ainsi plusieurs familles qui eussent

S 3

demandé justice, il faut convenir que, selon les lois ordinaires; il méritait châtiment. Mais comme l'évangile nous dit que JESUS avait envoyé le diable dans le corps de ces cochons, dans un pays où il n'y eut jamais de cochons, un homme qui n'est encore ni chrétien, ni juif, peut raisonnablement en douter. Il dira aux théologiens : ,, Pardonnez si, en voulant ,, justifier JESUS, je suis forcé de réfuter vos livres. ,, Les évangiles l'accusent d'avoir battu des mar- ,, chands innocens, d'avoir noyé deux mille porcs, ,, d'avoir séché un figuier qui ne lui appartenait ,, pas, & de n'en avoir privé le possesseur, que parce ,, que cet arbre ne portait pas de figues, *quand ce* ,, *n'était pas le temps des figues.* Ils l'accusent d'avoir ,, changé l'eau en vin pour des convives qui *étaient* ,, *déjà ivres ;* de s'être transfiguré pendant la nuit ,, pour parler à *Elie* & à *Moïse*, d'avoir été trois fois ,, emporté par le diable. Je veux faire de JESUS un ,, juste & un sage; il ne serait ni l'un ni l'autre, si ,, tout ce que vous dites était vrai, & ces aventures ,, ne peuvent être vraies, parce qu'elles ne convien- ,, nent ni à DIEU, ni aux hommes. Permettez-moi, ,, pour estimer JESUS, de rayer de leurs évangiles ces ,, passages qui le déshonorent. Je défends JESUS ,, contre vous.

,, S'il est vrai, comme vous dites & comme il est ,, très-vraisemblable, qu'il appelait les pharisiens, ,, les docteurs de la loi, *race de vipères, sépulcres* ,, *blanchis, fripons, intéressés*, noms que les prêtres ,, de tous les temps ont quelquefois mérités; c'était ,, une témérité très-dangereuse, & qui a coûté plus ,, d'une fois la vie à des imprudens véridiques. Mais

,, on peut être très-honnête homme , & dire qu'il y
,, a des prêtres fripons. ,,

Concluons donc , en ne confultant que la fimple
raifon , concluons que nous n'avons aucun monument digne de foi , qui nous montre que J E S U S
méritait le fupplice dont il mourut ; rien qui prouve
que c'était un méchant homme.

Le temps de fon fupplice eft inconnu. Les rabbins
diffèrent en cela des chrétiens de cinquante années.
Irénée diffère de vingt ans de notre opinion commune.
Il y a une différence de dix années entre *Luc* &
Matthieu, qui tous deux lui font d'ailleurs une généalogie abfolument différente , & abfolument étrangère
à la perfonne de J E S U S. Aucun auteur romain ni
grec ne parle de J E S U S ; tous les évangéliftes juifs
fe contredifent fur J E S U S : enfin , comme on fait,
ni *Jofephe*, ni *Philon* , ne daignent nommer J E S U S.

Nous ne trouvons aucun document chez les
Romains , qui , dit-on , le firent crucifier : il faut
donc , en attendant la foi, fe borner à tirer cette
conclufion : Il y eut un Juif obfcur de la lie du peuple,
nommé J E S U S, crucifié comme blafphémateur , du
temps de l'empereur *Tibère*, fans qu'on puiffe favoir
en quelle année.

S 4

CHAPITRE XXXIII.

De la morale de JESUS.

IL eft très-probable que JESUS prêchait dans les villages une bonne morale, puifqu'il eut des difciples. Un homme qui fait le prophète peut dire & faire des extravagances qui méritent qu'on l'enferme : nos millénaires, nos piétiftes, nos méthodiftes, nos memnonites, nos quakers, en ont dit & fait d'énormes. Les prophètes de France font venus chez nous, & ont prétendu reffufciter des morts.

Les prophètes juifs ont été, aux yeux de la raifon, les plus infenfés de tous les hommes. *Jérémie* fe met un bât fur le dos, & des cordes au cou. *Ezéchiel (oo)* mange de la matière fécale fur fon pain. *Ozée* prétend que DIEU, par un privilège fpécial, lui ordonne de prendre une fille publique, & enfuite une femme adultère, & d'en avoir des enfans. Ce dernier trait n'eft pas édifiant ; il eft même très-puniffable. Mais enfin, il n'y a jamais eu fur la terre d'homme foidifant envoyé de DIEU, qui ait affemblé d'autres hommes pour leur dire : ,, Vivez fans raifon & fans ,, loi ; abandonnez-vous à l'ivrognerie ; foyez adul- ,, tères, fodomites ; volez dans la poche ; volez, ,, affaffinez fur les grands chemins, & ne manquez ,, pas d'affaffiner ceux que vous aurez dépouillés, ,, afin qu'ils ne vous accufent pas ; tuez jufqu'aux

_____

(oo) *Ezéchiel*, chap. IV. *Ozée*, chap. I.

,, enfans à la mamelle; c'eſt ainſi qu'en uſait *David*
,, avec les ſujets du roitelet *Achis* ; aſſociez-vous à
,, d'autres voleurs, & tuez-les enſuite par derrière, au
,, lieu de partager avec eux le butin ; tuez vos pères
,, & vos mères pour en hériter plutôt, &c. &c. ,,

Beaucoup d'hommes, beaucoup de Juifs ſurtout,
ont commis ces abominations; mais aucun homme
ne les a prêchées dans des pays un peu policés. Il
eſt vrai que les Juifs, pour excuſer leurs premiers
brigandages, ont imputé à leur *Moïſe* des ordonnances atroces. Mais au moins ils adoptèrent les
dix commandemens communs à tous les peuples.
Ils défendirent le meurtre, le vol, & l'adultère : ils
recommandèrent l'obéiſſance aux enfans envers les
pères & les mères, comme tous les anciens légiſla-
teurs. Pour réuſſir, il faut toujours exhorter à la
vertu. J E S U S ne put prêcher qu'une morale honnête : il n'y en a pas deux. Celle d'*Epiɛtète*, de
Sénèque, de *Cicéron*, de *Lucrèce*, de *Platon*, d'*Epicure*,
d'*Orphée*, de *Thaut*, de *Zoroaſtre*, de *Brama*, de
Confucius, eſt abſolument la même.

Une foule de francs-penſans nous répond que
J E S U S a trop dérogé à cette morale univerſelle. Si
on en croit les évangiles, diſent-ils, il a déclaré qu'il
faut haïr ſon père & ſa mère; qu'il eſt venu au monde
pour apporter le glaive & non la paix, pour mettre
la diviſion dans les familles. Son *contrains - les
d'entrer* eſt la deſtruɛtion de toute ſociété, & le
ſymbole de la tyrannie. Il ne parle que de jeter
dans les cachots les ſerviteurs qui n'ont pas fait
valoir l'argent de leur maître à uſure; il veut qu'on
regarde comme un commis de la douane, quiconque

n'eft pas de fon Eglife. Ces philofophes rigides trouvent enfin dans les livres nommés *Evangiles* autant
de maximes odieufes que de comparaifons baffes &
ridicules.

Qu'il nous foit permis de répliquer à leurs affertions. Sommes-nous bien furs que JESUS ait dit ce
qu'on lui fait dire? Eft-il bien vraifemblable (à ne
juger que par le fens commun) que JESUS ait dit
qu'il détruirait le temple, & qu'il le rebâtirait en trois
jours; qu'il ait converfé avec *Elie* & *Moïfe* fur une montagne; qu'il ait été trois fois emporté par le *Knat-bull*,
par le diable, la première fois dans le défert, la
feconde fur le comble du temple, la troifième fur une
colline, d'où l'on découvrait tous les royaumes de la
terre, & qu'il ait argumenté avec le diable?

Savons-nous d'ailleurs quel fens il attachait à des
paroles qui (fuppofé qu'il les ait prononcées) peuvent
s'expliquer en cent façons différentes, puifque c'étaient
des paraboles, des énigmes? Il eft impoffible qu'il ait
ordonné de regarder comme un commis de la douane
quiconque n'écouterait pas fon Eglife, puifqu'alors il
n'y avait point d'Eglife.

Mais prenons les fentences qu'on lui attribue, &
qui font le moins fufceptibles d'un fens équivoque;
nous y verrons l'amour de DIEU & du prochain, la
morale univerfelle.

Quant à fes actions, nous ne pouvons en juger que
par ce qu'on nous en rapporte. En voit-on une feule
(excepté l'aventure des marchands dans le temple)
qui annonce un brouillon, un factieux, un perturba-
teur du repos public, tel qu'il eft peint dans le *Toldos
Jefchut*?

. - Il va aux noces, il fréquente des exaɡeurs, des femmes de mauvaise vie ; ce n'eſt pas là conſpirer contre les puiſſances. Il n'excite point ſes diſciples à le défendre, quand la juſtice vient ſe ſaiſir de ſa perſonne. *Wolſton* dira, tant qu'on voudra, que *Simon Barjone* coupant l'oreille au ſergent *Malchus*, & J E S U S rendant au ſergent ſon oreille, eſt un des plus impertinens contes que le fanatiſme idiot ait pu imaginer. Il prouve du moins que l'auteur, quel qu'il ſoit, regardait J E S U S comme un homme pacifique. En un mot, plus on conſidère ſa conduite (telle qu'on la rapporte) par la ſimple raiſon, plus cette raiſon nous perſuade qu'il était enthouſiaſte de bonne foi, & un bon homme qui avait la faibleſſe de vouloir faire parler de lui, & qui n'aimait pas les prêtres de ſon temps.

Nous n'en pouvons juger que par ce qui a été écrit de ſa perſonne. Enfin, ſes panégyriſtes le repréſentent comme un juſte. Ses adverſaires ne lui imputent d'autre crime que d'avoir ameuté deux mille hommes ; & cette accuſation ne ſe trouve que dans un livre rempli d'extravagances. Toutes les reſſemblances ſont donc, qu'il n'était point du tout malfeſant, & qu'il ne méritait pas ſon ſupplice.

Les francs-penſans inſiſtent ; ils diſent que, puiſqu'il a été puni par le ſupplice des voleurs, il fallait bien qu'il fût coupable au moins de quelque attentat contre la tranquillité publique.

Mais que l'on conſidère quelle foule de gens de bien les prêtres outragés ont fait mourir. Non-ſeulement ceux qui ont été en bute à la rage des prêtres, ont été perſécutés par eux, en tout pays, excepté dans l'ancienne Rome ; mais les lâches magiſtrats ont

prêté leur voix & leurs mains à la vengeance facerdotale, depuis *Prifcillien* jufqu'au martyre des fix cents
perfonnes immolées fous notre infame *Marie*; (4) & on
a continué ces maffacres juridiques chez nos voifins.
Que de fupplices & d'affaffinats! les échaffauds, les
gibets, n'ont-ils pas été dreffés dans toute l'Europe,
pour quiconque était accufé par des prêtres? Quoi!
nous plaindrions *Jean Hus*, *Jérôme de Prague*, l'archevêque *Crammer*, *Dubourg*, *Servet*, &c.; & nous ne
plaindrions pas J E S U S!

Pourquoi le plaindre? dit-on: il a établi une fecte
fanguinaire qui a fait couler plus de fang que les
guerres les plus cruelles de peuple à peuple n'en ont
jamais répandu.

Non: j'ofe avancer, mais avec les hommes les plus
inftruits & les plus fages, que J E S U S n'a jamais fongé
à fonder cette fecte. Le chriftianifme, tel qu'il a été
dès le temps de *Conftantin*, eft plus éloigné de J E S U S
que de *Zoroaftre* ou de *Brama*. J E S U S eft devenu le
prétexte de nos doctrines fantafques, de nos perfécutions, de nos crimes religieux; mais il n'en a pas
été l'auteur. Plufieurs ont regardé J E S U S comme un
médecin juif, que des charlatans étrangers ont fait
le chef de leur pharmacie. Ces charlatans ont voulu
faire croire qu'ils avaient pris chez lui leurs poifons.
Je me flatte de démontrer que J E S U S n'était pas chrétien; qu'au contraire il aurait condamné avec horreur
notre chriftianifme, tel que Rome l'a fait; chriftianifme abfurde & barbare, qui avilit l'ame, & qui fait

(4) Les hiftoriens en comptent onze mille. Mais M. de *Voltaire* ne
parle ici que des victimes immolées à la fuperftition; il ne compte point
les crimes, les affaffinats juridiques, que la politique & la vengeance
firent commetrre à la digne époufe de *Philippe II*.

mourir le corps de faim, en attendant qu'un jour
l'un & l'autre foient brûlés de compagnie pendant
l'éternité; chriftianifme qui, pour enrichir des moines
& des gens qui ne valent pas mieux, a réduit les
peuples à la mendicité, & par conféquent à la néceffité du crime ; chriftianifme qui expofe les rois au
premier dévot affaffin qui veut les immoler à la fainte
Eglife ; chriftianifme qui a dépouillé l'Europe, pour
entaffer dans la maifon de la madone de Lorette, venue
de Jérufalem à la Marche d'Ancone, par les airs,
plus de tréfors qu'il n'en faudrait pour nourrir les
pauvres de vingt royaumes; chriftianifme enfin qui
pouvait confoler la terre, & qui l'a couverte de fang,
de carnage, & de malheurs innombrables de toute
efpèce.

CHAPITRE XXXIV.

De la religion de JESUS.

EN s'en rapportant aux feuls évangiles, n'eft-il
pas de la plus grande évidence que JESUS naquit
d'un juif & d'une juive; qu'il fut circoncis comme
juif; qu'il fut baptifé comme juif, dans le Jourdain,
du baptême de juftice par le juif *Jean*, à la manière
juive; qu'il allait au temple juif; qu'il fuivait tous
les rites juifs ; qu'il obfervait le fabbat & toutes les
fêtes juives, & qu'enfin il mourut juif?

Je dis plus : tous fes difciples furent conftamment
juifs. Aucun de ceux qui ont écrit les évangiles, n'ofe

faire dire à Jesus-Christ qu'il veut abolir la loi
de *Moïfe*. Au contraire, ils lui font dire : *Je ne fuis pas
venu diffoudre la loi , mais l'accomplir*. Il dit dans un
autre endroit : N'ont-ils pas la loi & les prophètes ?
Non-feulement je défie qu'on trouve un feul paffage
où il foit dit que Jesus renonça à la religion dans
laquelle il naquit ; mais je défie qu'on puiffe en tordre,
en corrompre un feul, d'où l'on puiffe raifonnablement inférer qu'il voulût établir un culte nouveau
fur les ruines du judaïfme.

Lifez les Actes des apôtres : *Bolingbroke* , *Collins* ,
Toland , & mille autres , difent que c'eft un livre farci
de menfonges, de miracles ridicules, de contes ineptes,
d'anachronifmes, de contradictions, comme tous les
autres livres juifs des temps antérieurs. Je l'accorde
pour un moment. Mais c'eft par cette raifon-là
même que je le propofe. Si dans ce livre où l'on ofe
rapporter, felon vous, tant de fauffetés, l'auteur des
Actes n'a jamais ofé dire que Jesus ait inftitué une
religion nouvelle ; fi l'auteur de ce livre n'a jamais
été affez hardi pour dire que Jesus fût Dieu ; ne
faudra-t-il pas convenir que notre chriftianifme
d'aujourd'hui eft abfolument contraire à la religion
de Jesus, & qu'il eft même blafphématoire ?

Tranfportons-nous au jour de la Pentecôte où
l'on fait defcendre l'efprit (quel que foit cet efprit)
fur la tête des apôtres, en langues de feu, dans un
grenier. Faites réflexion feulement au difcours que
l'auteur des *Actes* fait tenir à *Pierre*, difcours qu'on
regarde comme la profeffion de foi des chrétiens.
Vous me dites que c'eft un galimathias : mais à travers
ce galimathias même voyez les traits de la vérité.

D'abord *Pierre* cite le prophète *Joël* qui a dit : *Je répandrai mon esprit sur toute chair.*

Pierre conclut de-là qu'en qualité de bons juifs, lui & ses compagnons ont reçu l'esprit. Remarquez soigneusement ces paroles :

Vous savez que JESUS *de Nazareth était un homme que* DIEU *a rendu célébre, par les vertus & les prodiges que* DIEU *a faits par lui.*

Remarquez surtout la valeur de ces paroles : *Un homme que* DIEU *a rendu célébre;* voilà un aveu bien authentique que JESUS ne poussa jamais le blasphème jusqu'à se dire vraiment participant de la Divinité, & que ses disciples étaient bien loin d'imaginer ce blasphème.

DIEU *l'a ressuscité en arrêtant les douleurs de l'enfer &c.* C'est donc DIEU qui a ressuscité un homme.

C'est ce JESUS *que* DIEU *a ressuscité; & après qu'il a été élevé par la puissance de* DIEU *&c.*

Observez que dans tous ces passages JESUS est un bon juif, un homme juste que DIEU a protégé, qu'il a laissé mourir, à la vérité, publiquement du dernier supplice, mais qu'il a ressuscité secrétement.

En ce même temps, Pierre & Jean montaient au temple pour la priere de la neuviéme heure.

Voilà qui démontre sans réplique que les apôtres persistaient dans la religion juive comme JESUS y avait persisté.

Moïse a dit à nos peres : Le Seigneur votre Dieu vous suscitera d'entre vos freres un prophéte comme moi; écoutez-le dans tout ce qu'il vous dira..... Quiconque n'écoutera pas ce prophéte sera exterminé du milieu du peuple.

J'avoue que *Pierre* à qui on fait tenir ce diſcours, rapporte très-mal les paroles du Deutéronome, attribuées à *Moïſe*. Il n'y a point dans le texte du Deutéronome : *Quiconque n'écoutera pas ce prophète ſera exterminé du milieu du peuple.*

. J'avoue encore qu'il y a plus de trente textes de l'ancien Teſtament qu'on a falſifiés dans le nouveau, pour les faire cadrer avec ce qu'on y dit de JESUS ; mais cette falſification même eſt une preuve que les diſciples de JESUS ne le regardaient que comme un prophète juif. Il eſt vrai qu'ils appelaient quelquefois JESUS fils de DIEU ; & l'on n'ignore pas que *fils de* DIEU ſignifiait *homme juſte* ; & *fils de Bélial*, *homme injuſte.* Les ſavans diſent qu'on s'eſt ſervi de cette équivoque pour attribuer dans la ſuite la divinité à JESUS-CHRIST.

On prend, à la vérité, le nom de *fils de* DIEU au propre dans l'évangile attribué à *Jean*. Auſſi eſt-il dit que cette expreſſion fut regardée en ce ſens comme un blaſphème par le grand-prêtre.

Lorſqu'*Etienne* parle au peuple avant que d'être lapidé, il lui dit : *Quel eſt le prophète que vos pères n'ont pas perſécuté? Vous avez tué tous ceux qui vous prédiſaient la venue du juſte dont vous avez été proditoirement les homicides. Etienne* ne donne à JESUS que le nom de *juſte* ; il ſe garde bien de l'appeler Dieu. *Etienne* en mourant ne renonce point à la religion judaïque ; aucun apôtre n'y renonce ; ils baptiſaient ſeulement au nom de JESUS, comme on baptiſait au nom de *Jean*, du baptême de juſtice.

Paul lui-même, qui commença par être valet de *Gamaliel*, & qui finit par être ſon ennemi ; *Paul*, que

les

les Juifs prétendent ne s'être brouillé avec *Gamaliel*, que parce que ce prêtre lui avait refusé sa fille en mariage; *Paul* qui après avoir été satellite de *Gamaliel* & avoir persécuté les disciples de J E S U S, se mit lui-même de sa propre autorité au rang des apôtres; *Paul* qui était si enthousiaste & si emporté, regarde toujours J E S U S-C H R I S T comme un homme; il est bien loin de l'appeler Dieu. Il ne dit en aucun endroit que J E S U S n'ait pas été soumis à la loi juive : *Paul* lui-même fut toujours juif. *Je n'ai péché*, (*pp*) dit-il au proconsul *Festus*, *ni contre la loi juive*, *ni contre le temple*. *Paul* va sacrifier lui-même dans le temple pendant sept jours : *Paul* circoncit *Timothée* fils d'un païen & d'une fille de joie.

Le vrai juif, (*qq*) dit-il dans son épître aux Romains, *est celui qui est juif intérieurement*. En un mot, *Paul* ne fut jamais qu'un juif qui se mit au rang des partisans de J E S U S contre les autres Juifs. Dans tous les passages où il parle de J E S U S-C H R I S T, il le préconise toujours comme un bon juif à qui D I E U s'est communiqué, que D I E U a exalté, que D I E U a mis dans sa gloire. Il est vrai que *Paul* place J E S U S tantôt immédiatement au-dessus des anges, tantôt au-dessous. Que pouvons-nous en conclure? Que l'inintelligible *Paul* est un juif qui se contredit.

Il est très-certain que les premiers disciples de J E S U S n'étaient autre chose qu'une secte particulière de Juifs, comme les vicléfistes n'ont été parmi nous qu'une secte particulière. Il fallait certainement que J E S U S se fût fait aimer de ses disciples, puisque plusieurs années après la mort de J E S U S, ceux qui embrassèrent

(*pp*) Act. chap. XXV.   (*qq*) Chap. I I.

son parti écrivirent cinquante-quatre évangiles dont quelques-uns ont été confervés en entier, dont les autres font connus par de longs fragmens, & quelques-uns cités feulement par les pères de l'Eglife. Mais ni dans ces citations, ni dans ces fragmens, ni dans aucun des évangiles entièrement confervés, la perfonne de JESUS n'eft jamais annoncée qu'en qualité d'un jufte fur lequel DIEU a répandu les plus grandes grâces.

Il n'y a que l'évangile attribué à *Jean*, évangile qui eft probablement le dernier de tous, évangile évidemment falfifié depuis, dans lequel on trouve des paffages concernant la divinité de JESUS. On indique dans le premier chapitre qu'il eft le verbe, & il eft clair que ce premier chapitre fut compofé dans des temps poftérieurs par un chrétien platonicien; le mot de *verbe*, *logos*, ayant été abfolument inconnu à tous les Juifs.

Cependant cet évangile de *Jean* fait dire pofitivement à JESUS: *Je monte à mon père qui eft votre père; à mon Dieu qui eft votre Dieu.* Ce paffage contredit tous les paffages qui pourraient faire regarder JESUS comme un Dieu-homme. Chaque évangile eft contraire aux autres, & tous ont été, dit-on, falfifiés ou corrompus par les copiftes.

On falfifia bien davantage une épître attribuée à ce même *Jean*. On lui a fait dire *qu'il y en a trois qui rendent témoignage dans le ciel, le père, le verbe, & l'efprit faint; & ces trois font un: & il y en a trois qui rendent témoignage fur la terre, l'efprit, l'eau, & le fang; & ces trois font un.*

Il a été prouvé que ce paſſage avait été ajouté à l'épître de *Jean* vers le ſixième ſiècle. Nous dirons un mot dans un autre chapitre des énormes falſifications que les chrétiens ne rougirent pas de faire, & qu'ils appelèrent *des fraudes pieuſes*. Nous ne voulons ici que faire toucher au doigt la vérité de tout ce qui concerne la perſonne de JESUS, & faire voir clairement que lui & ſes premiers diſciples ont toujours été conſtamment de la religion des Juifs. Diſons en paſſant qu'il eſt démontré par-là que c'eſt une choſe auſſi abſurde qu'abominable à des chrétiens de brûler les Juifs qui ſont leurs pères. Car les Juifs envoyés aux bûchers ont dû dire à leurs juges infernaux : *Monſtres, nous ſommes de la religion de votre Dieu, nous feſons tout ce que votre Dieu a fait ; & vous nous brûlez !*

CHAPITRE XXXV.

Des mœurs de JESUS, *de l'établiſſement de la ſecte de* JESUS, *& du chriſtianiſme.*

LES plus grands ennemis de JESUS doivent convenir qu'il avait la qualité très-rare de s'attacher des diſciples. On n'acquiert point cette domination ſur les eſprits ſans des talens, ſans des mœurs exemptes de vices honteux. Il faut ſe rendre reſpectable à ceux qu'on veut conduire ; il eſt impoſſible de ſe faire croire quand on eſt mépriſé. Quelque choſe qu'on ait écrit de lui, il fallait qu'il eût de l'activité, de la force, de la douceur, de la tempérance, l'art de plaire, & ſurtout de bonnes mœurs. J'oſerais l'appeler un *Socrate* ruſtique: tous deux prêchant la morale, tous deux ayant des diſciples & des ennemis, tous deux diſant des injures aux prêtres, tous deux ſuppliciés & diviniſés. *Socrate* mourut en ſage; JESUS eſt peint par ſes diſciples comme craignant la mort. Je ne ſais quel écrivain, à idées creuſes, & à paradoxes contradictoires, s'eſt aviſé de dire, en inſultant le chriſtianiſme, que JESUS *était mort en Dieu*. A-t-il vu mourir des Dieux? les Dieux meurent-ils? Je ne crois pas que l'auteur de tant de fatras ait jamais rien écrit de plus abſurde; (5) & notre ingénieux M. *Walpole* a bien raiſon d'avoir écrit qu'il le mépriſe.

Il ne paraît pas que JESUS ait été marié, quoique tous ſes diſciples le fuſſent, & que chez les Juifs ce fût une eſpèce d'opprobre de ne pas l'être. La plupart de ceux qui s'étaient donnés pour prophètes vécurent ſans femmes; ſoit qu'ils vouluſſent s'écarter en tout de l'uſage ordinaire; ſoit parce qu'embraſſant une profeſſion qui les expoſait toujours à la haine, à la perſécution, à la mort même, & qu'étant tous pauvres, ils trouvaient rarement une femme qui oſât partager leur miſère & leurs dangers.

Ni *Jean* le baptiſeur, ni JESUS n'eurent de femme; du moins à ce qu'on croit; ils s'adonnèrent tout entiers à la profeſſion qu'ils embraſſèrent; & ayant été ſuppliciés comme la plupart des autres prophètes, ils laiſſèrent après eux des diſciples. Ainſi *Sadoc* avait formé les ſaducéens. *Hillel* était le père des phariſiens. On prétend qu'un nommé *Judas* fut le principal fon-

(5) *Rouſſeau*, dans la profeſſion de foi du vicaire ſavoyard.

dateur des esséniens du temps même des *Machabées ;* les récabites, encore plus auftères que les esséniens, étaient les plus anciens de tous.

Les difciples de *Jean* s'établirent vers l'Euphrate & en Arabie ; ils y font encore. Ce font eux qu'on appelle par corruption *les chrétiens de St Jean.* (rr) Les *Actes des apôtres* racontent que *Paul* en rencontra plufieurs à Ephèfe. Il leur demanda qui leur avait conféré le St Efprit ? Nous n'avons jamais entendu parler de votre St Efprit, lui répondirent-ils. Mais quel baptême avez-vous donc reçu ? Celui de *Jean. Paul* les affura que celui de J E S U S valait mieux. Il faut qu'ils n'en aient pas été perfuadés, car ils ne regardent aujourd'hui J E S U S que comme un fimple difciple de *Jean.*

Leur antiquité & la différence entr'eux & les chrétiens font affez conftatées par la formule de leur baptême ; elle eft entièrement juive, la voici. *Au nom du* D I E U *antique, puiffant, qui eft avant la lumière & qui fait ce que nous fefons.*

Les difciples de J E S U S reftèrent quelque temps en Judée ; mais étant pourfuivis ils fe retirèrent dans les villes de l'Afie mineure & de la Syrie où il y avait des Juifs. Alexandrie, Rome même, étaient remplies de courtiers juifs. Les difciples de *Paul*, de *Pierre*, de *Barnabé*, allèrent dans Alexandrie & dans Rome.

Jufque-là nulle trace d'une religion nouvelle. Les fectateurs de J E S U S fe bornaient à dire aux Juifs : vous avez fait crucifier notre maître qui était un homme de bien ; D I E U l'a reffufcité ; demandez pardon à D I E U. Nous fommes Juifs comme vous, circoncis comme vous, fidelles comme vous à la loi mofaïque,

(rr) Chap. X I X.

T 3

ne mangeant point de cochon, point de boudin, point
de lièvre parce qu'il rumine & qu'il n'a pas le pied
fendu, (quoiqu'il ait le pied fendu & qu'il ne rumine
pas; mais nous vous aurons en horreur jufqu'à ce que
vous confeffiez que J e s u s valait mieux que vous, &
que vous viviez avec nous en frères.

La haine divifait ainfi les Juifs ennemis de Jesus,
& fes fectateurs. Ceux-ci prirent enfin le nom de
chrétiens pour fe diftinguer. *Chrétien* fignifiait fuivant
d'un Chrift, d'un Oint, d'un Meffie. Bientôt le fchifme
éclata entre eux fans que l'empire romain en eût la
moindre connaiffance. C'étaient des hommes de la plus
vile populace qui fe battaient entre eux pour des querelles ignorées du refte de la terre.

Séparés entièrement des Juifs, comment les chrétiens pouvaient-ils fe dire alors de la religion de Jesus?
Plus de circoncifion, excepté à Jérufalem; plus de
cérémonies judaïques; ils n'obfervèrent plus aucun
des rites que J e s u s avait obfervés; ce fut un culte
abfolument nouveau.

Les chrétiens de diverfes villes écrivirent leurs
évangiles qu'ils cachaient foigneufement aux autres
Juifs, aux Romains, aux Grecs; ces livres étaient
leurs myftères fecrets. Mais quels myftères, difent les
francs-penfans? un ramas de prodiges & de contradictions; les abfurdités de *Matthieu* ne font point celles de
Jean, & celles de *Jean* font différentes de celles de *Luc*.
Chaque petite fociété chrétienne avait fon grimoire,
qu'elle ne montrait qu'à fes initiés. C'était parmi les
chrétiens un crime horrible de laiffer voir leurs livres
à d'autres. Cela eft fi vrai qu'aucun auteur romain
ni grec, parmi les païens, pendant quatre fiècles

entiers, n'a jamais parlé d'évangiles. La fecte chrétienne défendait très-rigoureusement à fes initiés de montrer leurs livres, encore plus de les livrer à ceux qu'ils appelaient *profanes*. Ils fefaient fubir de longues péni- tences à quiconque de leurs frères en fefait part à ces infidelles.

Le fchifme des donatiftes, comme on fait, arriva en 305 à l'occafion des évêques, prêtres, & diacres, qui avaient livré les évangiles aux officiers de l'empire ; on les appela *traditeurs*, & de-là vint le mot *traître*. Leurs confrères voulurent les punir. On affembla le concile de Cirthe, dans lequel il y eut les plus violentes querelles, au point qu'un évêque nommé *Purpuris*, accufé d'avoir affaffiné deux enfans de fa fœur, menaça d'en faire autant aux évêques fes ennemis. (*ss*)

On voit par-là qu'il fut impoffible aux empereurs romains d'abolir la religion chrétienne, puifqu'ils ne la connurent qu'au bout de trois fiècles.

CHAPITRE XXXVI.

Fraudes innombrables des chrétiens.

PENDANT ces trois fiècles, rien ne fut plus aifé aux chrétiens que de multiplier fecrétement leurs évan- giles jufqu'au nombre de cinquante-quatre. Il eft même étonnant qu'il n'y en ait pas eu un plus grand nombre. Mais en récompenfe, avouons qu'ils s'occu- pèrent continuellement à compofer des fables, à fuppofer de fauffes prophéties, de fauffes ordonnances,

(*ss*) Hift. Eccl. liv. IX.

T 4

de fauffes aventures, à falfifier d'anciens livres, à
forger des martyres & des miracles. C'eft ce qu'ils
appelaient des *fraudes pieufes*. La multitude en eft
prodigieufe. Ce font les lettres de *Pilate* à *Tibère*, & de
Tibère à *Pilate*; des lettres de *Paul* à *Sénèque*, & de
Sénèque à *Paul*; une hiftoire de la femme de *Pilate*;
des lettres de J e s u s à un prétendu roi d'Edeffe; je ne
fais quel édit de *Tibère* pour mettre J e s u s au rang des
Dieux; cinq ou fix apocalypfes reffemblant à des rêves
d'un malade qui a le tranfport au cerveau; un teftament des douze patriarches qui prédifent J e s u s-C h r i s t
& les douze apôtres; le teftament de *Moïfe*; le teftament d'*Enoch* & de *Jofeph*; l'afcenfion de *Moïfe* au ciel;
celle d'*Abraham*, d'*Elda*, de *Moda*, d'*Elie*, de *Sophonie*, &c.
le voyage de *Pierre*; l'apocalypfe de *Pierre*; les actes de
Pierre; les récognitions de *Clément*; & mille autres.

On fuppofa, furtout, des conftitutions, des décrets
apoftoliques, dans lefquels on ne manque pas de dire
que les évêques font au-deffus des empereurs.

On pouffa l'impudence jufqu'à fuppofer des vers
grecs attribués aux fibylles, qui font rares par l'excès
du ridicule.

Enfin les quatre premiers fiècles du chriftianifme
n'offrent qu'une fuite continuelle de fauffaires qui n'ont
guère écrit que des œuvres de menfonge. Nous
l'avouons avec douleur; c'eft de ces menfonges que les
prêtres chrétiens nourrirent leurs petits troupeaux. Ils
le favent bien, les *Abadies* & les autres écrivains à gages
qui, pour obtenir quelque petit bénéfice de l'archevêque de Dublin engraiffé de notre fubftance, effayent
encore de juftifier, s'il eft poffible, les fectes chrétiennes.
Ils n'ont rien à répondre à ces accufations terribles,

auffi n'y ont-ils jamais répondu ; & quand ils font forcés d'en dire quelques mots, ils paffent rapidement fur toutes ces falfifications, fur ces crimes de faux des premiers fiècles, fur les brigandages des conciles, fur ce long amas de fourberies. Ils font comme les déferteurs pruffiens qui courent de toutes leurs forces quand ils paffent par les verges, afin d'être un peu moins fouettés.

Ils fe jettent enfuite au plus vîte fur les prophéties, comme dans un défert couvert d'épines & de bruyères, dans lequel ils croient qu'on ne pourra pas les fuivre ; ils penfent s'y fauver à la faveur des équivoques. Si un patriarche nommé *Jacob* a dit que *Juda* (*tt*) lierait fon ânon à la vigne, ils vous difent que JESUS eft entré à Jérufalem fur un âne, & ils prétendent que l'ânon de *Juda* eft une prédiction de l'âne de JESUS.

Si *Efaïa* (*uu*) dit qu'il fera un enfant à la prophéteffe fa femme, & que cet enfant s'appellera *Maher Sal-al-as-bas*, cela veut dire que *Marie* de Bethléem étant vierge accouchera de l'enfant JESUS.

Si le même *Efaïa* (*xx*) fe plaint qu'on ne l'écoute pas, s'il fe compare à une racine dans une terre féche, s'il dit qu'il n'a nulle réputation, qu'il eft regardé comme un lépreux, qu'il a été frappé pour les iniquités du peuple, qu'il eft mené à la boucherie comme une brebis &c. ; tout cela eft appliqué à JESUS.

J'ai lu dans le teftament du célèbre curé *Meflier* qu'en expliquant ainfi les ouvrages de ceux qu'on appelle *Nabi*, prophètes chez les Juifs, il y avait trouvé toute l'hiftoire de dom *Quichotte* clairement prédite.

(*tt*) Genèfe, chap. XLIX, v. 11.   (*uu*) *Ifaïe*, chap. VIII, v. 3.
(*xx*) Chap. LIII.

Remarquons que ce curé, le plus charitable des hommes, & le plus juſte, a demandé pardon à DIEU en mourant d'avoir accepté un emploi dans lequel on eſt obligé de tromper les hommes. Il a conſigné dans un gros teſtament les motifs de ſon repentir : c'eſt un fait connu & avéré ; mais l'opinion d'un curé picard n'eſt pas une preuve pour un Anglais, il m'en faut d'autres encore.

Les premières ſont les erreurs & les fauſſes citations qui ſe trouvent dans les évangiles. *St Luc* dit (*yy*) que *Cirénius* était gouverneur de Syrie quand JESUS naquit. Cette fauſſeté eſt reconnue de tout le monde ; on ſait que le gouverneur était *Quintilius Varus*. Voilà, dit-on, un des plus groſſiers menſonges, & des plus avérés dont on ait jamais ſouillé l'hiſtoire. Il ſuffirait ſeul pour décréditer tous les évangiles, & pour démontrer qu'ils ne furent écrits que long-temps après, par des fauſſaires ignorans. C'eſt préciſément comme ſi un de nos pamphleters écrivait que la bataille de Blenheim, qui a ſignalé le règne de la reine *Anne*, s'eſt donnée ſous le règne de *George I.* J'avoue que je ſuis accablé de ce menſonge, & que le plus effronté, ou le plus imbécille commentateur, fût-ce un *Calmet*, ne peut le pallier.

Matthieu dit (*zz*) que la fuite de JESUS en Egypte a été prédite par *Ozée*, (*a*) & ſelon *Luc* il n'alla jamais en Egypte.

Matthieu dit que JESUS habita à Nazareth pour accomplir la prophétie qui aſſure *qu'il ſera appelé nazaréen ;* & cette prophétie ne ſe trouve nulle part.

(*yy*) *Luc*, chap. I, v. 1 & 2. (*a*) *Ozée*, chap. XII, v. 1.
(*zz*) *Matth.* chap. II, v. 14 & 15.

Milord *Bolingbroke* ne ceſſe de dire dans ſon *Examen important*, que tout eſt rempli de pareilles prédictions, ou *entièrement imaginaires*, ou *interprétées comme celles de Merlin & de Noſtradamus, avec une mauvaiſe foi qui indigne, & un ridicule qui fait pitié.* Je ne fais que rapporter ces paroles, je ne les adopte pas; c'eſt au lecteur à les peſer.

Les récits des miracles ne ſont pas moins extravagans, ſi l'on en croit tous les francs - penſans. *Jérôme* écrit ſérieuſement, qu'un corbeau apporta tous les jours la moitié d'un pain à l'ermite *Paul* dans le déſert de la Thébaïde pendant quarante années; que le corbeau apporta un pain entier le jour que l'ermite *Antoine* vint rendre viſite à l'ermite *Paul;* & que *Paul* étant mort le jour ſuivant, il vint deux lions qui creuſèrent ſa foſſe avec leurs ongles. *St Pacome* allait faire ſes viſites monté ſur un crocodile.

On croira aiſément que les chrétiens groſſirent à la fois le nombre de leurs martyrs & celui de leurs miracles. Quels écrivains de parti n'ont pas exagéré tout ce qui pouvait leur attirer la bienveillance publique? On exagère pour le ſeul plaiſir d'être lu ou écouté, à plus forte raiſon quand l'enthouſiaſme & l'intérêt d'une faction ſemblent autoriſer le menſonge. Mais les archives ſecrètes des chrétiens furent perdues depuis l'an 300. Le pape *Grégoire I* l'avoue dans ſa ſeptième lettre à *Euloge.* On ne retrouvait plus de ſon temps qu'une très - petite partie des *Actes des martyrs*, conſervés par *Euſebe.* Tout ce qu'on a écrit depuis ſur les anciens martyrs & les anciens miracles, ne peut donc être qu'un recueil de fables.

Le plus terrible de ces miracles eſt celui qui eſt rapporté dans les *Aɛtes des apôtres*. Ils diſent qu'*Anania* & *Saphira* ſa femme, deux proſélytes de *St Pierre*, moururent l'un après l'autre de mort ſubite pour n'avoir pas donné tout leur argent aux apôtres. Ils étaient coupables d'avoir caché quelques ſchellings pour vivre, & de ne l'avoir pas avoué à *St Pierre*. Quel miracle, grand DIEU, & quels apôtres!

La plupart des autres miracles ſont plus plaiſans. *St Grégoire Thaumaturge*, c'eſt-à-dire *l'opérateur admirable*, apprend d'abord ſon catéchiſme de la bouche d'un beau vieillard qui deſcend du ciel. A peine fait-il ſon catéchiſme qu'il écrit une lettre au diable. Il la poſe ſur un autel, la lettre eſt fidellement portée à ſon adreſſe, & le diable ne manque pas de faire tout ce que l'opérateur admirable lui ordonne. Les païens irrités veulent le ſaiſir lui & ſon diſciple. Ils ſe changent tous deux ſur le champ en arbres, & échappent à la pourſuite de leurs ennemis.

L'hiſtoire des martyrs eſt encore plus merveilleuſe. Le préfet de Rome fait cuire le diacre *Laurent* ſur un gril de ſix pieds de long. *Ste Potamienne*, pour n'avoir pas voulu coucher avec le gouverneur d'Alexandrie, eſt bouillie dans de la poix réſine, & en ſort avec la peau la plus fraîche & la plus blanche, qui dut inſpirer de nouveaux déſirs au gouverneur. Sept demoiſelles chrétiennes de la ville d'Ancire, dont la plus jeune avait ſoixante & dix ans, ſont condamnées à être violées par tous les jeunes gens d'Ancire, ou plutôt ces jeunes gens ſont condamnés à les violer, & c'eſt-là l'événement le plus naturel de leur hiſtoire.

Qu'on nous montre un seul miracle évidemment prouvé, c'est celui-là seul que nous croirons. Nous avons entendu parler de cinq ou six cents miracles faits de nos jours en France en faveur des convulfionnaires; la liste en a été donnée au roi de France par un magistrat qui lui-même était témoin des miracles. Qu'en est-il arrivé? le magistrat a été enfermé comme un fou qu'il était; on s'est moqué de ses miracles à Paris & dans le reste de l'Europe.

Pour constater les miracles, il faut faire tout le contraire de ce qu'on fait à Rome quand on canonise un saint. On commence par attendre que le saint soit mort, & on attend cent années au moins; après quoi, lorsque la famille du saint ou même la province qui s'intéresse à son apothéose, a cent mille écus tout prêts pour les frais de la chambre apostolique, on fait comparaître des témoins qui ont entendu dire, il y a cinquante ans, à de vieilles femmes qui le savaient de bonne part, que cinquante ans auparavant le saint en question avait guéri leur tante ou leur cousine d'un mal de tête effroyable, en disant la messe pour leur guérison.

Ce n'est pas ainsi que l'on met l'œuvre de DIEU au-dessus de tout soupçon. Le mieux, sans doute, est de s'y prendre comme nous fîmes en 1707, lorsque *Fatio Duillier* & le bon homme *Daudé* vinrent chez nous des montagnes du Dauphiné & des Cévènes avec deux ou trois cents prophètes au nom du Seigneur. Nous leur demandâmes par quel prodige ils voulaient prouver leur mission. Le St Esprit déclara par leur bouche qu'ils étaient prêts à ressusciter un mort. Nous leur permîmes de choisir le mort le plus puant qu'ils puſſent trouver. Cette pièce ſe joua dans la place publique en préſence des commiſſaires de la reine *Anne*, du régiment des gardes & d'un peuple immenſe. Le réſultat, comme on ſait, fut de mettre les prétendus reſſuſciteurs au pilori. Peut-être dans cent ans d'ici quelque nouveau prophète trouvera dans ſes archives que l'enthouſiaſte *Fatio* & l'imbécille *Daudé* rendirent en effet un mort à la vie, & qu'ils ne furent piloriés que par la perverſité des mécréans qui ne ſe rendent jamais à l'évidence.

Les premiers chrétiens devaient en uſer ainſi, & c'eſt ce que notre docteur *Midleton* a très-bien aperçu. Ils devaient ſe préſenter en plein ſénat, & dire : Pères conſcrits, ayez la bonté de nous donner un mort à reſſuſciter ; nous ſommes ſurs de notre fait, quand ce ne ſerait qu'une couturière, comme la couturière *Dorcas* qui rétabliſſait les robes des fidelles, & que *St Pierre* reſſuſcita ; nous voici prêts, ordonnez. Le ſénat n'aurait pas manqué de mettre les chrétiens à l'épreuve ; le mort rendu à la vie par leurs prières, ou par un jet d'eau bénite, aurait baptiſé tout le ſénat de Rome, l'empereur & l'impératrice ; & on aurait baptiſé tout le peuple romain ſans la moindre difficulté. Rien n'était plus aiſé, plus ſimple. Cela ne s'eſt pas fait : qu'on en diſe, s'il ſe peut, la raiſon.

Mais qu'on nous diſe d'abord pourquoi la religion chrétienne parvint enfin à ſubjuguer l'empire romain avec des fables qui ſemblent aux *Bolingbroke*, aux *Collins*, aux *Toland*, aux *Wolſtons*, aux *Gordons*, ne mériter que l'horreur & le mépris. On n'en ſera pas ſurpris ſi on lit les chapitres ſuivans. Mais il les faut lire dans l'eſprit d'un philoſophe, homme de bien, qui n'eſt pas encore illuminé.

CHAPITRE XXXVII.

Des causes des progrès du christianisme. De la fin du monde, & de la résurrection annoncée de son temps.

Nous n'avons parlé que suivant les faibles principes de la raison. Nous continuerons avec cette honnête liberté. La crainte & l'espérance d'un côté, & le merveilleux théologique de l'autre, ont eu toujours un empire absolu sur les esprits faibles; & de ces esprits faibles il y en a parmi les grands, comme parmi les servantes d'hôtellerie.

Il s'éleva dans l'empire romain, après la mort de *César*, une opinion assez commune que le monde allait finir. Les horribles guerres des triumvirs, leurs proscriptions, le saccagement des trois parties de la terre alors connues, ne contribuèrent pas peu à fortifier cette idée chez les fanatiques.

Les disciples de JESUS en profitèrent si bien que dans un de leurs évangiles, cette fin du monde est clairement prédite, & l'époque en est fixée à la fin de la génération contemporaine de JESUS-CHRIST. *Luc* est le premier qui parle de cette prophétie, bientôt adoptée par tous les chrétiens. *Il y aura des signes dans la lune & dans les étoiles, des bruits de la mer & des flots; les hommes séchant de crainte attendront ce qui doit arriver à l'univers entier. Les vertus des cieux seront ébranlées, & alors ils verront le fils de l'homme venant dans une nuée avec grande puissance & grande majesté. En vérité, je vous dis que la génération présente ne paſſera point que tout cela ne s'accompliſſe.*

La tête illuminée de *Paul* effraya plus d'une fois ſes diſciples de Theſſalonique en enchériſſant ſur cette prophétie. *Nous qui vivons*, leur dit-il, *& qui parlons, nous ferons emportés au-devant du Seigneur au milieu des airs.*

Simon Barjone ſurnommé *Pierre*, & que J E S U S par une ſingulière équivoque nomma, dit-on, pour être la pierre angulaire de ſon Egliſe, dit dans ſa première épître que *la fin du monde approche*, & dans la ſeconde *qu'on attend de nouveaux cieux & une nouvelle terre.*

La première épître attribuée à *Jean* aſſure que *le monde eſt à ſa dernière heure. Thadée, Judé*, ou *Juda*, voit *le Seigneur qui va venir avec des milliers de ſaints pour juger les hommes.*

Comme cette cataſtrophe n'arriva point dans la génération où elle était annoncée, on remit la partie à une ſeconde génération, & puis à une troiſième. Une nouvelle Jéruſalem parut en effet dans l'air pendant pluſieurs nuits. Quelques pères de l'Egliſe la virent diſtinctement ; mais elle diſparaiſſait au point du jour, comme les diables s'enfuient au chant du coq.

On remit donc les nouveaux cieux & la nouvelle terre pour une quatrième génération ; & de ſiècle en ſiècle les chrétiens attendirent la fin de ce monde qui était ſi prochaine.

A cette crainte ſe joignait l'eſpérance du royaume des cieux que les évangiles comparent à de la moutarde, à des noces, à de l'argent mis à uſure. Quel était ce royaume ? Où était-il ? Etait-ce dans les

nuées

nuées où l'on avait vu la Jérusalem de l'Apocalypse ?
Etait-ce dans une des sept planètes, ou dans une
étoile de la première grandeur, ou dans la voie
lactée, à travers laquelle notre vicaire *Dérham* a vu le
firmament ?

Paul avait assuré les Juifs de Thessalonique qu'il
irait avec eux par les airs à ce firmament en corps
& en ame. Mais il régnait une autre opinion du temps
de *Paul* & de JESUS, non moins séduisante ; c'est
qu'on ressusciterait pour entrer dans le royaume des
cieux.

Paul avait beau dire aux Thessaloniciens qu'ils
iraient droit au firmament sans mourir, ils sentaient
bien qu'ils passeraient le pas tout comme les autres
hommes, & que *Paul* mourrait lui-même ; mais ils
se flattaient de la résurrection.

Cette espérance n'était pas une idée neuve : la
métempsycose était une espèce de résurrection. Les
Egyptiens ne fesaient embaumer leurs corps que pour
qu'ils reçussent un jour leur ame. La résurrection est
nettement annoncée dans l'Enéide.

> . . . . . *Animæ, quibus altera fato*
> *Corpora debentur, lethæi ad fluminis undam,*
> *Securos latices & longa oblivia potant.*

On disputait déjà dans Jérusalem sur cette résurrection du temps de JESUS. La chose n'est guère
possible aux yeux d'un sage qui raisonne ; mais elle
est consolante pour un ignorant qui espère & qui ne
raisonne pas. Il s'imagine d'abord que sa faculté de
penser & de sentir ira droit en paradis, où elle pensera
& sentira sans organes. Ensuite il se figure que ses

organes , devenus une pouffière difperfée dans les quatre parties du monde , viendront reprendre leur première forme dans des millions de fiècles , traver-feront tous les globes céleftes ; qu'il fera le même homme qu'il était autrefois ; qu'ayant penfé & fenti fans corps pendant tant de fièeles dans le paradis, il penfera & fentira enfin avec fon corps, dont à la vérité il n'a nul befoin, mais qu'il aime toujours.

Platon n'était pas ennemi de la réfurreétion ; il fait reffufciter *Hérès* pour quinze jours, dans fa *république.* Je ne fais pas bien pofitivement pour combien de temps *Lazare* reffufcita : mes compatriotes qui voyagent dans les parties méridionales de France pourront aifément s'en inftruire ; car *Lazare* alla à Marfeille avec *Marie-Magdeléne;* & les moines de ce pays-là ont fans doute fon extrait-mortuaire.

Je ne fais quel rêveur nommé *Bonnet* , dans un recueil de facéties appelées par lui *Palingénéfie* , paraît perfuadé que nos corps reffufciteront fans eftomac, & fans les parties de devant & de derrière, mais avec des *fibres intelleétuelles* , & d'excellentes têtes. (6) Celle de *Bonnet* me paraît un peu fêlée ; il faut la mettre avec celle de notre *Ditton;* je lui confeille, quand il reffufcitera, de demander un peu plus de bon fens,

---

(6) M. *Bonnet* , célèbre naturalifte, connu par un excellent ouvrage fur les feuilles des plantes, par la découverte d'un puceron hermaphro-dite , & par des obfervations fur la réproduétion des parties des animaux , avait eu le malheur de faire quelques ouvrages ridicules de métaphyfique & de théologie , dans les inftans où la faibleffe de fa vue ne lui permet-tait pas de faire des obfervations. Il parlait quelquefois avec mépris de M. de *Voltaire* dans ces ouvrages , & dans fes lettres à l'anatomifte *Haller* , qui avait auffi le malheur d'être théologien. M. de *Voltaire* prend ici la liberté de fe moquer d'une des plus plaifantes rêveries méta-phyfico-théologiques qui foient échappées au favant naturalifte.

& des fibres un peu plus intellectuelles que celles qu'il eut en partage de fon vivant. Mais que *Charles Bonnet* reffufcite ou non, milord *Bolingbroke*, qui n'eft pas encore reffufcité, nous prouvait pendant fa vie combien toutes ces chimères tournaient la tête des idiots fubjugués par des enthoufiaftes.

Il eft utile que les hommes croient un Dieu rémunérateur & vengeur. Cette idée encourage la probité & ne choque point le fens commun : mais la réfurrection révolte tous les gens qui penfent, & encore plus ceux qui calculent. C'eft une très-mauvaife politique de vouloir gouverner les hommes par des fictions : car tôt ou tard les yeux s'ouvrent, & on détefte d'autant plus les erreurs dans lefquelles on a été nourri, qu'on y a été affervi davantage.

Dans les commencemens la populace fe livra en aveugle aux demi juifs, demi-chrétiens, demi plato niciens, qui avaient la fureur de faire des profélytes, fureur fi chère à l'amour-propre; les ignorans, difciples d'ignorans, en attiraient d'autres au parti; & les femmes, toujours bien dévotes & bien crédules, fe fefaient chrétiennes par la même faibleffe que d'autres fe fefaient forcières.

Cela ne fuffifait pas fans doute, pour que des fénateurs romains, des fucceffeurs de *Scipion*, de *Caton*, de *Metellus*, de *Cicéron*, de *Varron*, s'embéguinaffent d'un tel *conte du tonneau*. Et en effet, il n'y eut prefque aucun fénateur jufqu'à *Théodofe* qui embraffât une fecte fi chimérique. *Conftantin* même, lorfque l'argent des chrétiens l'eut fait empereur, & lorfqu'il donna ouvertement dans ce parti qui était devenu le plus riche, fut obligé de quitter pour jamais

V   2

Rome, dont le sénat le haïssait, & il alla établir le christianisme dans sa nouvelle ville de Constantinople.

Il avait donc fallu, pour que le christianisme triomphât à ce point, employer des ressorts plus puissans que cette crainte de la fin du monde, cette espérance d'une nouvelle terre & d'un nouveau ciel, & ce plaisir d'habiter dans une nouvelle Jérusalem céleste.

Le platonisme fut cette force étrangère qui, appliquée à la secte naissante, lui donna de la consistance & de l'activité. Rome n'entra pour rien dans ce mélange de platonisme & de christianisme. Les évêques secrets de Rome, dans les premiers siècles, n'étaient que des demi-juifs très-ignorans qui ne savaient qu'accumuler de l'argent; mais de la théologie philosophique, c'est ce qu'ils ne connurent pas. On ne compte aucun évêque de Rome parmi les pères de l'Eglise pendant six siècles entiers. C'est dans Alexandrie, devenue le centre des sciences, que les chrétiens devinrent des théologiens raisonneurs; & c'est ce qui releva la bassesse qu'on reprochait à leur origine : ils devinrent platoniciens dans l'école d'Alexandrie.

Certainement aucun homme de distinction, aucun homme d'esprit, ne serait entré dans leur faction, s'ils s'étaient contentés de dire : ,, JESUS est né d'une vierge;
,, les ancêtres de son père putatif remontent à *David*
,, par deux généalogies entièrement différentes.
,, Lorsqu'il naquit dans une étable, trois mages ou
,, trois rois vinrent du fond de l'Orient l'adorer dans
,, son auge. Le roi *Hérode*, qui se mourait alors, ne
,, douta pas que JESUS ne fût un roi qui le détrônerait
,, un jour, & il fit égorger tous les enfans des villages

,, voifins, comptant que Jesus ferait enveloppé dans
,, le maffacre. Ses parens, felon les évangéliftes qui
,, ne peuvent mentir, l'emmenèrent en Egypte ; &
,, felon d'autres, qui ne peuvent mentir non plus,
,, il refta en Judée. Son premier miracle fut d'être
,, emporté par le diable fur une montagne d'où l'on
,, découvrait tous les royaumes de la terre. Son
,, fecond miracle fut de changer l'eau en vin dans
,, une noce de payfans lorfqu'ils étaient déjà ivres.
,, Il fécha par fa toute-puiffance un figuier qui ne lui
,, appartenait pas, parce qu'il n'y trouva point de
,, fruit dans le temps qu'il ne devait pas en porter :
,, car ce n'était pas le temps des figues. Il envoya le
,, diable dans le corps de deux mille cochons &
,, les fit périr au milieu d'un lac, dans un pays
,, où il n'y a point de cochons, &c. &c. Et quand il
,, eut fait tous ces beaux miracles, il fut pendu. ,,

Si les premiers chrétiens n'avaient dit que cela,
ils n'auraient jamais attiré perfonne dans leur parti ;
mais ils s'enveloppèrent dans la doctrine de *Platon*,
& alors quelques demi-raifonneurs les prirent pour
des philofophes.

CHAPITRE XXXVIII.

Chrétiens platoniciens. Trinité.

Tous les métaphyficiens, tous les théologiens de l'antiquité, furent néceffairement des charlatans qui ne pouvaient s'entendre. Le mot feul l'indique. *Métaphyfique* au-deffus de la nature. *Théologie* connaiffance de DIEU. Comment connaître ce qui n'eft pas naturel ? Comment l'homme peut-il favoir ce que DIEU a penfé & ce qu'il eft ? Il fallait bien que les métaphyficiens ne diffent que des paroles, puifque les phyficiens ne difaient que cela, & qu'ils ofaient raifonner fans faire d'expériences. La métaphyfique n'a été jufqu'à *Locke* qu'un vafte champ de chimère ; *Locke* n'a été vraiment utile que parce qu'il a refferré ce champ où l'on s'égarait. Il n'a eu raifon, & il ne s'eft fait entendre, que parce qu'il eft le feul qui fe foit entendu lui-même.

L'obfcur *Platon*, difert plus qu'éloquent, poëte plus que philofophe, fublime parce qu'on ne l'entendait guère, s'était fait admirer chez les Grecs, chez les Romains, chez les Afiatiques & les Africains, par des fophifmes éblouiffans. Dès que les *Ptolomées* établirent des écoles dans Alexandrie, elles furent platoniciennes.

Platon, dans un ftyle ampoulé, avait parlé d'un Dieu qui forma le monde par fon verbe. Tantôt ce verbe eft un fils de DIEU, tantôt c'eft la fageffe de

DIEU, tantôt c'eſt le monde qui eſt le fils de DIEU. Il n'y a point à la vérité de St Eſprit dans *Platon ;* mais il y a une eſpèce de Trinité. Cette Trinité eſt, ſi vous voulez, la puiſſance, la ſageſſe, & la bonté. Si vous voulez auſſi, c'eſt DIEU, le verbe, & le monde. Si vous voulez, vous la trouverez encore dans ces belles paroles d'une de ſes lettres à ſon capricieux & méchant ami *Denis* le tyran. *Les plus belles choſes ont en* DIEU *leur cauſe première, les ſecondes en perfeĉtion ont en lui une ſeconde cauſe, & il eſt la troiſième cauſe des ouvrages du troiſième degré.*

N'êtes-vous pas content de cette Trinité ? en voici une autre dans ſon *Timée. C'eſt la ſubſtance indiviſible, la diviſible eſt la troiſième qui tient du même & de l'autre.*

Tout cela eſt bien merveilleux ; mais ſi vous aimez des trinités vous en trouverez par-tout. Vous verrez en Egypte *Iſis, Oſiris,* & *Horus ;* en Grèce *Jupiter, Neptune,* & *Pluton,* qui partagent le monde entre eux ; cependant *Jupiter* ſeul eſt le maître des Dieux. *Birma, Brama,* & *Vitſnou,* ſont la trinité des Indiens. Le nombre trois a toujours été un terrible nombre.

Outre ces trinités, *Platon* avait ſon monde intelligible. Celui-ci était compoſé d'idées archétypes qui demeuraient toujours au fond du cerveau, & qu'on ne voyait jamais.

Sa grande preuve de l'immortalité de l'ame, dans ſon dialogue de *Phédon* & d'*Ekecratès,* était que *le vivant vient du mort & le mort du vivant ;* & de-là il conclut que *les ames après la mort vont dans le royaume des*

V 4

enfers. **T**out ce beau galimatias valut à *Platon* le furnom de *divin*, comme les Italiens le donnent aujourd'hui à leur charmant fou l'*Ariofte* qui eft pourtant plus intelligible que *Platon*.

Mais qu'il y ait dans *Platon* du divin ou un peu de ce profond enthoufiafme qui approche de la folie, on l'étudiait dans Alexandrie depuis plus de trois cents années. Toute cette métaphyfique eft même beaucoup plus ancienne que *Platon*, il la puifa dans *Timée* de Locres. On voit chez les Grecs une belle filiation d'idées romanefques. Le *Logos* eft dans ce *Timée*, & ce *Timée* l'avait pris chez l'ancien *Orphée*. Vous trouvez, dans *Clément* d'Alexandrie & dans *Juftin*, ce fragment d'une hymne d'*Orphée* : *Je jure par la parole qui procéda du père, & qui devint fon confeiller quand il créa le monde.*

Cette doctrine fut enfin tellement accréditée par les platoniciens, qu'elle pénétra jufque chez les Juifs d'Alexandrie.

Philon né dans cette ville, l'un des plus favans juifs & juif de très-bonne foi, fut un platonicien zélé. Il alla même plus loin que *Platon*, puifqu'il dit que DIEU *fe maria au verbe, & que le monde naquit de ce mariage.* Il appelle le verbe, DIEU.

Les premiers fectateurs de JESUS qui vinrent dans Alexandrie, y trouvèrent donc des juifs platoniciens. Il faut remarquer qu'il y avait alors beaucoup plus de juifs en Egypte qu'on ne peut en fuppofer du temps des pharaons. Ils avaient même un très-beau temple dans Bubafte, quoique leurs lois défendiffent de facrifier ailleurs qu'à Jérufalem. Ces juifs parlaient tous grec, & c'eft pourquoi les évangiles furent écrits en

grec. Les juifs grecs étaient détestés de ceux de Jérufalem qui les maudissaient pour avoir traduit leur
Bible, & qui expiaient tous les ans ce facrilége par
une fête lugubre.

Il ne fut donc pas difficile aux sectateurs de JESUS
d'attirer à eux quelques-uns de leurs frères d'Alexandrie & des autres villes, qui haïssaient les juifs de
Judée : ils se joignirent furtout à ceux qui avaient
embrassé la doctrine de *Platon*. C'est-là le grand nœud
& le premier développement du christanisme ; c'est-là
que commence réellement cette religion. Il y eut
dans Alexandrie une école publique de christianisme
platonicien, une chaire où *Marc* enseigna : (ce n'est
pas celui dont le nom est à la tête d'un évangile.) A ce
Marc succéda un *Athénagore*, à celui-ci *Panthène* ; à
Panthène, *Clément* furnommé *Alexandrin* ; & à ce
Clément, *Origène* &c.

C'est là que le verbe fut connu des chrétiens, c'est
là que JESUS fut appelé le *verbe*. Toute la vie de
JESUS devint une allégorie, & la Bible juive ne fut
plus qu'une autre allégorie qui prédifait JESUS. Les
chrétiens, avec le temps, eurent une Trinité ; tout
devint myftère chez eux ; moins ils furent compris,
plus ils obtinrent de considération.

Il n'avait point encore été queftion chez les chrétiens de trois fubftances diftinctes, compofant un feul
Dieu, & nommées *le Père, le Fils, & le Saint-Efprit.*

On fabriqua l'évangile de *Jean*, & on y coufut un
premier chapitre où JESUS fut appelé *verbe & lumière
de lumière* ; mais pas un mot de la Trinité telle qu'on
l'admit depuis, pas un mot du Saint-Efprit regardé
comme Dieu.

Cet évangile dit de ceux qui écoutent JESUS : *Ils n'avaient pas encore reçu l'esprit ;* il dit, *l'esprit souffle où il veut*, ce qui ne signifie que le vent ; il dit que JESUS *fut troublé d'esprit* lorsqu'il annonça qu'un de ses disciples le trahirait ; *il rendit l'esprit*, ce qui veut dire, il mourut ; *ayant proféré ces mots, il souffla sur eux, & leur dit : Recevez l'esprit.* Or il n'y a pas d'apparence qu'on envoie DIEU dans le corps des gens en soufflant sur eux. Cette méthode était pourtant très-ancienne ; l'ame était un souffle ; tous les prétendus sorciers soufflaient & soufflent encore sur ceux qu'ils imaginent ensorceler. On sesait entrer un malin esprit dans la bouche de ceux à qui on voulait nuire. Un malin esprit était un souffle ; un esprit bienfesant était un souffle. Ceux qui inventèrent ces pauvretés n'avaient pas certainement beaucoup d'esprit, en quelque sens qu'on prenne ce mot si vague & si indéterminé.

Aurait-on jamais pu prévoir qu'on ferait un jour de ce mot *souffle*, vent, esprit, un être suprême, un Dieu, la troisième personne de DIEU, procédant du père, procédant du fils, n'ayant point la paternité, n'étant ni fait ni engendré ; quel épouvantable *non-sense !*

Une grande objection contre cette secte naissante, était : Si votre JESUS est le verbe de DIEU, comment DIEU a-t-il souffert qu'on pendît son verbe ? Ils répondirent à cette question assommante par des mystères encore plus incompréhensibles. JESUS était verbe, mais il était un second *Adam* ; or le premier *Adam* avait péché, donc le premier devait être puni. L'offense était très-grande envers DIEU, car *Adam* avait voulu être savant, & pour le devenir il avait mangé une

pomme. D I E U étant infini, était irrité infiniment ;
donc il fallait une fatisfaction infinie. Le verbe, en
qualité de D I E U, était infini auffi ; donc il n'y avait
que lui qui pût fatisfaire. Il ne fut pas pendu feulement comme verbe, mais comme homme. Il avait
donc deux natures ; & de l'affemblage merveilleux de
ces deux, il réfulta des myftères plus merveilleux
encore.

Cette théologie fublime étonnait les efprits, & ne
fefait tort à perfonne. Que des demi-juifs adoraffent
le verbe ou ne l'adoraffent pas, le monde allait fon
train ordinaire ; rien n'était dérangé. Le fénat romain
refpectait les platoniciens, il admirait les ftoïciens,
il aimait les épicuriens, il tolérait les reftes de la
religion ifiaque. Il vendait aux Juifs la liberté d'établir
des fynagogues au milieu de Rome. Pourquoi aurait-
il perfécuté des chrétiens ? Fait-on mourir les gens
pour avoir dit que JESUS eft un verbe ?

Le gouvernement romain était le plus doux de la
terre. Nous avons déjà remarqué que perfonne n'avait
été jamais perfécuté pour avoir penfé.

CHAPITRE XXXIX.

Des dogmes chrétiens abfolument différens de ceux de JESUS.

A proprement parler, ni les Juifs ni JESUS n'avaient
aucun dogme. Faites ce qui eft ordonné dans la loi.
Si vous avez la lèpre, montrez-vous aux prêtres, ce
font d'excellens médecins. Si vous allez à la felle, ne

manquez pas de porter avec vous un bâton ferré , & couvrez vos excrémens. Ne remuez pas , le jour du fabbat. Si vous foupçonnez votre femme, faites-lui boire des eaux de jaloufie. Préfentez des offrandes le plus que vous pourrez. Mangez au mois de Nifan un agneau rôti avec des laitues , ayant fouliers aux pieds, bâton en main, ceinture aux reins , & mangez vîte , &c. &c.

Ce ne font point là des dogmes , des difcuffions théologiques ; ce font des obfervances auxquelles nous avons vu que JESUS fut toujours affujetti. Nous ne fefons rien de ce qu'il a fait , & il n'annonça rien de ce que nous croyons. Jamais il ne dit dans nos évangiles : ,, Je fuis venu & je mourrai pour extirper ,, le péché originel. Ma mère eft vierge. Je fuis ,, confubftantiel à DIEU, & nous fommes trois per- ,, fonnes en DIEU. J'ai pour ma part deux natures & ,, deux volontés, & je ne fuis qu'une perfonne. Je ,, n'ai pas la paternité, & cependant je fuis la même ,, chofe que DIEU le père. Je fuis lui, & je ne fuis ,, pas lui. La troifième perfonne procédera un jour ,, du père felon les Grecs, & du père & du fils felon ,, les Latins. Tout l'univers eft né damné, & ma mère ,, auffi ; cependant ma mère eft mère de DIEU. Je ,, vous ordonne de mettre , par des paroles , dans un ,, petit morceau de pain mon corps tout entier, mes ,, cheveux, mes ongles, ma barbe, mon urine, mon ,, fang, & de mettre en même temps mon fang à ,, part dans un gobelet de vin ; de façon qu'on boive ,, le vin, qu'on mange le pain, & que cependant ils ,, foient anéantis. Souvenez-vous qu'il y a fept vertus, ,, quatre cardinales & trois théologales, qu'il n'y a

„ que fept péchés capitaux , comme il n'y a que fept
„ douleurs , fept béatitudes, fept cieux , fept anges
„ devant DIEU , fept facremens qui font fignes vifibles
„ de chofes invifibles , & fept fortes de grâce qui
„ répondent aux fept branches du chandelier. „

Que dis-je? Nous apprit-il jamais ce que c'eft que
notre ame ; fi elle eft fubftance ou faculté refferrée
dans un point , ou répandue dans le corps , préexiftante
à notre corps , ou en quel temps elle y entre ? Il nous
en a donné fi peu de notion que plufieurs pères ont
écrit que l'ame eft corporelle.

JESUS parla fi peu des dogmes, que chaque fociété
chrétienne qui s'éleva après lui eut une croyance particulière. Les premiers qui raifonnèrent s'appelèrent
gnoftiques , c'eft-à-dire favans , qui fe divifèrent en
barbelonites , floriens, phébéonites, zachéens, codices,
borborites , ophrites , & encore en plufieurs autres
petites fectes. Ainfi l'Eglife chrétienne n'exifta pas un
feul moment réunie ; elle ne l'eft pas aujourd'hui ,
elle ne le fera jamais. Cette réunion eft impoffible,
à moins que les chrétiens ne foient affez fages pour
facrifier les dogmes de leur invention à la morale.
Mais qu'ils deviennent fages , n'eft-ce pas encore une
autre impoffibilité ? Ce qu'on peut feulement affurer
c'eft qu'il en eft beaucoup qui le deviendront , & qui
même le deviennent déjà tous les jours , malgré les
barbares hypocrites qui veulent conftamment mettre
la théologie à la place de la vertu.

CHAPITRE XL.

Des querelles chrétiennes.

LA difcorde fut le berceau de la religion chrétienne, & en fera probablement le tombeau. Dès que les chrétiens exiftent, ils infultent les Juifs leurs pères, ils infultent les Romains fous l'empire defquels ils vivent, ils s'infultent eux-mêmes réciproquement. A peine ont-ils prêché le CHRIST qu'ils s'accufent les uns les autres d'être anti-chrifts.

Plus de fix cents querelles, grandes ou petites, ont porté & entretenu le trouble dans l'Eglife chrétienne, tandis que toutes les autres religions de la terre étaient en paix; & ce qui eft très-vrai, c'eft qu'il n'eft aucune de ces querelles théologiques qui n'ait été fondée fur l'abfurdité & fur la fraude. Voyez la guerre de langue, de plume, d'épées, & de poignards, entre les ariens & les athanafiens. Il s'agiffait de favoir fi JESUS était femblable au Créateur, ou s'il était identifié avec le Créateur. L'une & l'autre de ces propofitions étaient également abfurdes & impies. Certainement vous ne les trouverez énoncées dans aucun des évangiles. Les partifans d'*Arius* & ceux d'*Athanafe* fe battaient *pour l'ombre de l'âne.* L'empereur *Conftantin*, en qui les crimes n'avaient pas éteint le bon fens, commença par leur écrire qu'ils étaient tous des fous, & qu'ils fe déshonoraient par des difputes fi frivoles & fi impertinentes : c'eft la fubftance de la lettre qu'il envoie aux chefs des deux factions ; mais bientôt après, la ridicule envie d'affembler un concile, d'y préfider avec une couronne en tête, & la vaine efpérance de mettre des théologiens d'accord, le rendirent auffi fou qu'eux. Il convoqua le concile de Nicée pour favoir précifément fi un juif était Dieu. Voilà l'excès de l'abfurdité ; voici maintenant l'excès de la fraude.

Je ne parle pas des intrigues que les deux factions employèrent ; des menfonges, des calomnies fans nombre ; je m'arrête aux deux beaux miracles que les athanafiens firent à ce concile de Nicée.

L'un de ces deux miracles, qui eft rapporté dans l'appendix (b) de ce concile, eft que les pères étant fort embarraffés à décider quels évangiles, quels pieux écrits il fallait adopter & quels il fallait rejeter, s'avifèrent de mettre pêle-mêle fur l'autel, tous les livres qu'ils purent trouver, & d'invoquer le St Efprit qui ne manqua pas de faire tomber par terre tous les mauvais livres ; les bons reftèrent, & depuis ce moment on ne devait plus douter de rien.

Le fecond miracle rapporté par *Nicéphore*, (c) *Baronius*, (d) *Aurélius Perugimus*, (e) c'eft que deux évêques nommés *Chrifante* & *Mufonius* étant morts pendant la tenue du concile, & n'ayant pu figner la condamnation d'*Arius*, ils reffufcitèrent, fignèrent, & remoururent. Ce qui prouve la néceffité de condamner les hérétiques.

Il femblait qu'on dût attendre de ce grand concile une belle décifion formelle fur la Trinité ; il n'en fut

(b) Concil. Labb. tome I, page 84.
(c) Liv. VIII, chap. 23. (d) Tome IV, n. 82. (e) Ann. 325.

pas queſtion. On ſe contenta d'en dire à la fin un
petit mot dans la profeſſion de foi du concile. Les
pères, après avoir déclaré que JESUS eſt engendré &
non fait, & qu'il eſt conſubſtantiel au père, déclarent
qu'ils croient auſſi au ſouffle que nous appelons
St Eſprit, & dont on a fait depuis un troiſième Dieu.
Il faut avouer avec un auteur moderne que le St Eſprit
fut traité fort cavalièremenr à Nicée. Mais qu'eſt-ce
que ce St Eſprit ? On trouve dans le vingtième chapitre
de Jean, que JESUS reſſuſcité ſecrétement apparut à
ſes diſciples, ſouffla ſur eux, & leur dit: Recevez mon
ſaint ſouffle. Et aujourd'hui ce ſouffle eſt DIEU.

Le concile d'Epheſe, qui anathématiſa le patriarche
de Conſtantinople Neſtorius, n'eſt pas moins curieux
que le premier concile de Nicée. Après avoir déclaré
JESUS Dieu, on ne ſavait en quel rang placer ſa mère.
JESUS en avait uſé durement avec elle à la noce de
Cana ; il lui avait dit : Femme, qu'y a-t-il entre vous &
moi? & lui avait d'abord refuſé tout net de changer
l'eau en vin pour les garçons de la noce. Cet affront
devait être réparé. St Cyrille, évêque d'Alexandrie,
réſolut de faire reconnaître Marie pour mère de DIEU.
L'entrepriſe parut d'abord hardie. Neſtorius patriarche
de Conſtantinople, déclara hautement en chaire que
c'était trop faire reſſembler Marie à Cybéle ; qu'il était
bien juſte de lui donner quelques honneurs, mais
que de lui donner tout d'un coup le rang de mère de
DIEU, cela était un peu trop roide.

Cyrille était un grand feſeur de galimatias, Neſtorius
auſſi. Cyrille était un perſécuteur, Neſtorius ne l'était
pas moins. Cyrille s'était fait beaucoup d'ennemis par
ſa turbulence, Neſtorius en avait encore davantage,

&

& les pères du concile d'Ephèse en 431 se donnèrent le plaisir de les déposer tous deux. Mais si ces deux évêques perdirent leur procès, la Ste Vierge gagna le sien : elle fut enfin déclarée mère de DIEU, & tout le peuple battit des mains.

On proposa depuis de l'admettre dans la Trinité : cela paraissait fort juste ; car étant mère de DIEU, on ne pouvait lui refuser la qualité de déesse. Mais comme la Trinité serait devenue par-là une quaternité, il est à croire que les arithméticiens s'y opposèrent. On aurait pu répondre que puisque trois fesaient un, ils feraient aussi-bien quatre ; ou que les quatre feraient un si on l'aimait mieux. Ces fières disputes durent encore, & il y a aujourd'hui beaucoup de nestoriens qui sont courtiers de change chez les Turcs & chez les Persans, comme les Juifs le sont parmi nous. Belle catastrophe d'une religion !

JESUS n'avait pas plus parlé de ses deux natures & de ses deux volontés que de la divinité de sa mère. Il n'avait jamais laissé soupçonner de son vivant qu'il n'y avait en lui qu'une personne avec deux volontés & deux natures. On tint encore des conciles pour éclaircir ces systèmes, & ce ne fut pas sans de très-grandes agitations dans l'empire.

Jamais JESUS n'eut aucune image dans sa maison, à moins que ce ne fût le portrait de sa mère qu'on dit peinte par St Luc. On a beau répéter qu'il n'avait point de maison, qu'il ne savait où reposer sa tête ; que quand il aurait été aussi bien logé que notre archevêque de Kenterburi, il n'en aurait pas plus connu le culte des images. On a beau prouver que pendant trois cents ans les chrétiens n'eurent ni statues ni portraits dans leurs affemblées ; cependant un fecond concile de Nicée a déclaré qu'il fallait adorer des images.

On fait affez quelles ont été nos difputes fur la tranffubftantiation, & fur tant d'autres points. Enfin, difent les francs-penfans, prenez l'évangile d'une main, & vos dogmes de l'autre; voyez s'il y a un feul de ces dogmes dans l'évangile ; & puis jugez fi les chrétiens qui adorent J E S U S font de la religion de J E S U S. Jugez fi la fecte chrétienne n'eft pas une bâtarde juive, née en Syrie, élevée en Egypte, chaffée avec le temps du lieu de fa naiffance, & de fon berceau ; dominante aujourd'hui dans Rome moderne, & dans quelques autres pays d'Occident par l'argent, la fraude, & les bourreaux. Ne nous diffimulons pas que ce font là les difcours des hommes de l'Europe les plus inftruits, & avouons devant D I E U que nous avons befoin d'une réforme univerfelle.

C H A P I T R E　X L I.

Des mœurs de J E S U S & de l'Eglife.

J'E N T E N D S ici par mœurs les ufages, la conduite, la dureté ou la douceur, l'ambition ou la modération, l'avarice ou le défintéreffement. Il fuffit d'ouvrir les yeux & les oreilles pour être certain qu'en toutes ces chofes, il y eut toujours plus de différence entre les Eglifes chrétiennes & J E S U S, qu'entre la tempête & le calme, entre le feu & l'eau, entre le foleil & la nuit.

Parlons un moment du pape de Rome, quoique nous ne le reconnaiffions pas en Angleterre depuis près de deux fiècles & demi. N'eft-il pas évident qu'un faquir des Indes reffemble plus à J E S U S qu'un pape ? J E S U S fut pauvre, alla fervir le prochain de bourgade en bourgade, mena une vie errante ; il marchait à pied, ne favait jamais où il coucherait, rarement où il mangerait. C'eft précifément la vie d'un faquir, d'un talapoin, d'un fanton, d'un marabou. Le pape de Rome, au contraire, eft logé à Rome dans les palais des empereurs. Il poffède environ huit à neuf cents mille livres fterling de revenu, quand fes finances font bien adminiftrées. Il eft humblement fouverain abfolu ; il eft ferviteur des ferviteurs ; & en cette qualité il a dépofé des rois, & donné prefque tous les royaumes de la chrétienté ; il a même encore un roi pour vaffal, à la honte du trône.

Paffons du pape aux évêques. Ils ont tous imité le pape autant qu'ils ont pu. Ils fe font arrogé par-tout les droits régaliens ; ils font fouverains en Allemagne, & parmi nous barons du royaume. Aucun évêque ne prend, à la vérité, le titre de ferviteur des ferviteurs ; au contraire, prefque tous les évêques papiftes s'inti-tulent, *évêques par la permiffion du ferviteur des ferviteurs ;* mais tous ont affecté la puiffance fouveraine. Il ne s'en eft pas trouvé parmi eux un feul qui n'ait voulu écrafer l'autorité féculière & la magiftrature. Ce font eux-mêmes qui apprirent aux papes à détrôner les rois ; les évêques de France avaient dépofé *Louis* fils de *Charlemagne,* long-temps avant que *Grégoire VII* fût affez infolent pour dépofer l'empereur *Henri IV.*

Des évêques efpagnols dépofèrent leur roi *Henri IV*

l'impuiffant : ils prétendirent qu'un homme dans cet état n'était pas digne de régner. Il faut que le nom de *Henri IV* foit bien malheureux, puifque le *Henri IV* de France, qui était très-digne de régner par une raifon contraire, fut pourtant déclaré incapable du trône par les trois quarts des évêques du royaume, par la forbonne, par les moines, ainfi que par les papes.

Ces exécrables momeries font aujourd'hui regardées avec autant de mépris que d'horreur par toutes les nations; mais elles ont été révérées pendant plus de dix fiècles, & les chrétiens ont été traités par-tout comme des bêtes de fomme par les évêques. Aujourd'hui même encore dans les malheureux pays papiftes, les évêques fe mêlent defpotiquement de la cuifine des particuliers; ils leur font manger ce qu'ils veulent dans certain temps de l'année ; ils font plus, ils fufpendent à leur gré la culture de la terre. Ils ordonnent aux nourriciers du genre-humain de ne point labourer, de ne point femer, de ne point recueillir, certains jours de l'année; & ils pouffent dans quelques occafions la tyrannie jufqu'à défendre pendant trois jours de fuite, d'obéir à la Providence & à la nature. Ils condamnent les peuples à une oifiveté criminelle, & cela de leur autorité privée, fans que les peuples ofent fe plaindre, fans que les magiftrats ofent interpofer le pouvoir des lois civiles, feul pouvoir raifonnable.

Si les évêques ont par-tout ufurpé les droits des princes, il ne faut pas croire que les pafteurs de nos Eglifes réformées aient eu moins d'ambition & de fureur. On n'a qu'à lire dans notre hiftorien philofophe

Hume les fombres & abfurdes atrocités de nos presbytériens d'Ecoffe. Le fang s'allume à une telle lecture ;
on eft tenté de punir, des infolences de leurs prédéceffeurs, ceux d'aujourd'hui qui étalent les mêmes
principes. Tout prêtre, n'en doutons point, ferait,
s'il le pouvait, tyran du genre-humain. J E S U S n'a
été que victime. Voyez donc comme ils reffemblent à
J E S U S !

S'ils nous répondent ce que j'ai entendu dire à
plufieurs d'entr'eux, que J E S U S leur a communiqué
un droit dont il n'a pas daigné ufer. Je répéterai ici
ce que je leur ai dit, qu'en ce cas c'eft aux *Pilates* de
nos jours à leur faire fubir le fupplice que ne méritait
pas leur maître.

Nous avons encore brûlé deux ariens fous le règne
de *Jacques I.* De quoi étaient-ils coupables ? de n'avoir
pas attribué à J E S U S l'épithète de confubftanticl,
qu'affurément il ne s'était pas donné lui-même.

Le fils de *Jacques I* a porté fa tête fur un échafaud ;
nos infames querelles de religion ont été la principale
caufe de ce parricide. Il n'était pas plus coupable que
nos deux ariens éxécutés fous fon père.

X 3

C H A P I T R E X L I I.

De J E S U S , & des meurtres commis en son nom.

I L faut prendre J E S U S-C H R I S T comme on nous le donne. Nous ne pouvons juger de ses mœurs que par la conduite qu'on lui attribue. Nous n'avons ni de *Clarendon* ni de *Hume* qui ait écrit sa vie. Ses évangélistes ne lui imputent d'autre action d'homme violent & emporté, que celle d'avoir battu & chassé très-mal-à-propos les marchands de bêtes de sacrifice qui tenaient leur boutique à l'entrée du temple. A cela près c'était un homme fort doux, qui ne battit jamais personne ; & il ressemblait assez à nos quakers, qui n'aiment pas qu'on répande le sang. Voyez même comme il remit l'oreille à *Malchus* quand le très-inconstant & très-faible S*t Pierre* eut coupé l'oreille à cet archer du guet, (ƒ) quelques heures avant de renier son maître. Ne me dites point que cette aventure est le comble du ridicule, je le sais tout aussi-bien que vous ; mais je suis obligé encore une fois de ne juger ici que d'après les pièces qu'on produit au procès.

Je suppose donc que J E S U S a été toujours honnête, doux, modeste ; examinons en peu de mots comment les chrétiens l'ont imité, & quel bien leur religion a fait au genre-humain.

Il ne sera pas mal-à-propos de faire ici un petit

(ƒ) Il y a dans l'anglais *to that constable.* On l'a traduit par *archer du guet.*

relevé de tous les hommes qu'elle a fait maſſacrer , ſoit dans les ſéditions , ſoit dans les batailles , ſoit ſur les échafauds , ſoit dans les bûchers , ſoit par de ſaints aſſaſſinats , ou prémédités , ou ſoudainement inſpirés par l'eſprit.

Les chrétiens avaient déjà excité quelques troubles à Rome lorſque , l'an 251 de notre ère vulgaire , le prêtre *Novatien* diſputa ce que nous appelons *la chaire de Rome* , la papauté au prêtre *Corneille :* car c'était déjà une place importante qui valait beaucoup d'argent ; & préciſément dans le même temps la chaire de Carthage fut diſputée de même par *Cyprien* , & un autre prêtre nommé *Novat* qui avait tué ſa femme à coups de pied dans le ventre. (*g*) Ces deux ſchiſmes occaſionnèrent beaucoup de meurtres dans Carthage & dans Rome. L'empereur *Décius* fut obligé de réprimer ces fureurs par quelques ſupplices : c'eſt ce qu'on appelle la grande , la terrible perſécution de *Décius.* Nous n'en parlerons pas ici ; nous nous bornons aux meurtres commis par les chrétiens ſur d'autres chrétiens. Quand nous ne compterons que deux cents perſonnes tuées ou grièvement bleſſées dans ces deux premiers ſchiſmes qui ont été le modèle de tant d'autres , nous croyons que cet article ne ſera pas trop fort. Poſons donc 200

Dès que les chrétiens peuvent ſe livrer impunément à leurs ſaintes vengeances ſous *Conſtantin* , ils aſſaſſinent le jeune *Candidien* (*h*) fils de l'empereur *Galère* , l'eſpérance de l'empire , & que l'on comparait à *Marcellus ;*

(*g*) Hiſt. eccléſiaſtiq·   (*h*) Année 313.

De l'autre part. . . 200.

un enfant de huit ans fils de l'empereur *Maximin;* une fille du même empereur, âgée de fept ans. L'impératrice leur mère fut traînée hors de fon palais avec fes femmes dans les rues d'Antioche, & elles furent jetées avec elle dans l'Oronte. L'impératrice *Valérie*, veuve de *Galère* & fille de *Dioclétien*, fut tuée à Theffalonique, en 315, & eut la mer pour fépulture.

Il eft vrai que quelques auteurs n'accufent pas les chrétiens de ce meurtre, & l'imputent à *Licinius;* mais réduifons encore le nombre de ceux que les chrétiens égorgèrent dans cette occafion à deux cents ; ce n'eft pas trop : ci 200

Dans le fchifme des donatiftes en Afrique, on ne peut guère compter moins de quatre cents perfonnes affommées à coups de maf-fue ; car les évêques ne voulaient pas qu'on fe battît à coups d'épées : pofe . . . 400

On fait de quelles horreurs & de com-bien de guerres civiles le feul mot de *confubf-tantiel* fut l'origine & le prétexte. Cet incendie embrafa tout l'empire à plufieurs reprifes, & fe ralluma dans toutes les provinces dévaftées par les Goths, les Bourguignons, les Vandales, pendant près de quatre cents années. Quand nous ne mettrons que trois cents mille chrétiens égorgés par des chré-tiens pour cette querelle, fans compter les

De l'autre part. . . 800

familles errantes réduites à la mendicité, on ne pourra pas nous reprocher d'avoir enflé nos comptes : ci 300000

La querelle des iconoclastes & des iconolâtres n'a pas certainement coûté moins de soixante mille vies : ci 60000

Nous ne devons pas passer sous silence les cent mille manichéens que l'impératrice *Théodora*, veuve de *Théophile*, fit égorger dans l'empire grec, en 845. C'était une pénitence que son confesseur lui avait ordonnée, parce que jusqu'à cette époque on n'en avait encore pendu, empalé, noyé, que vingt mille. Ces gens-là méritaient bien qu'on les tuât tous pour leur apprendre qu'il n'y a qu'un bon principe, & point de mauvais. Le tout se monte à cent vingt mille au moins : ci 120000

N'en comptons que vingt mille dans les séditions fréquentes excitées par les prêtres qui se disputèrent par-tout des chaires épiscopales. Il faut avoir une extrême discrétion : pose 20000

On a supputé que l'horrible folie des saintes croisades avait coûté la vie à deux millions de chrétiens ; mais je veux bien, par la plus étonnante réduction qu'on ait jamais faite, les réduire à un million : ci . 1000000

La croisade des religieux chevaliers porte-glaives, qui dévastèrent si honnêtement

1500800

De l'autre part. . . 1500800

& fi faintement tous les bords de la mer
Baltique, doit aller au moins à cent mille
morts : ci 100000

Autant pour la croifade contre le Languedoc, où l'on ne vit long-temps que les
cendres des bûchers, & les offemens de
morts dévorés par les loups dans les campagnes : ci 100000

Pour les croifades contre les empereurs
depuis *Grégoire VII*, nous voulons bien
n'en compter que cinquante mille : ci . 50000

Le grand fchifme d'Occident au quator-
zième fiècle fit périr affez de monde pour
qu'on rende juftice à notre modération, fi
nous ne comptons que cinquante mille victimes de la rage papale, *rabbia papale*,
comme difent les Italiens : ci . . . 50000

La dévotion avec laquelle on fit brûler
à la fin de ce grand fchifme, dans la ville de
Conftance, les deux prêtres *Jean Hus* &
Jérôme de Prague, fit beaucoup d'honneur
à l'empereur *Sigifmond*, & au concile ; mais
elle caufa, je ne fais comment, la guerre
des huffites, dans laquelle nous pouvons
compter hardiment cent cinquante mille
morts : ci 150000

Après ces grandes boucheries, nous
avouons que les maffacres de Mérindol &
de Cabrières font bien peu de chofe. Il ne
s'agit que de vingt-deux gros bourgs mis en

1950800.

De l'autre part.   .   . 1950800

cendres ; de dix-huit mille innocens égorgés,
brûlés ; d'enfans à la mamelle jetés dans
les flammes ; de filles violées, & coupées
enfuite par quartiers; de vieilles femmes qui
n'étaient plus bonnes à rien , & qu'on fefait
fauter en l'air en leur enfonçant des car-
touches chargées de poudre dans leurs deux
orifices. Mais comme cette petite exécution
fut faite juridiquement, avec toutes les for-
malités de la juftice , par des gens en robe ,
il ne faut pas omettre cette partie du droit
français : pofe donc   18000

Nous voici parvenus à la plus fainte, à la
plus glorieufe époque du chriftianifme, que
quelques gens fans aveu voulurent réformer
au commencement du feizième fiècle. Les
faints papes , les faints évêques , les faints
abbés , ayant refufé de s'amender , les deux
partis marchèrent fur des corps morts pendant deux fiècles entiers , & n'eurent que
quelques intervalles de paix.

Si l'ami lecteur voulait bien fe donner
la peine de mettre enfemble tous les affaffinats commis depuis le règne du faint pape
Léon X jufqu'à celui du faint pape *Clément IX;*
affaffinats foit juridiques , foit non juridiques , têtes de prêtres , de féculiers, de
princes abattues par le bourreau ; le bois
renchéri dans plufieurs provinces par la
multitude de bûchers allumés ; le fang

1968800.

De l'autre part.   .   ⸢1968800

répandu d'un bout de l'Europe à l'autre ;
les bourreaux laffés en Flandre, en Allemagne, en Hollande, en France, en Angleterre même ; trente guerres civiles pour la
tranffubftantiation, la prédeftination, le
furplis, & l'eau bénite ; les maffacres de la
Saint-Barthelemi, les maffaçres d'Irlande,
les maffacres des Vaudois, les maffacres
des Cévènes, &c. &c. &c. &c. ; on trouverait
fans doute plus de deux millions de morts
fanglantes avec plus de trois millions de
familles infortunées, plongées dans une
mifère pire, peut-être, que la mort. Mais
comme il ne s'agit ici que de morts, paffons
vîte, avec horreur, deux millions : ci . . 2000000

Ne foyons point injuftes, n'imputons
point à l'inquifition plus de crimes qu'elle
n'en a commis en furplis & en étole ; n'exa-
gérons rien ; réduifons à deux cents mille le
nombre des ames qu'elle a envoyées au ciel
ou en enfer : ci 200000

Réduifons même à cinq millions les douze
millions d'hommes que l'évêque *las Cafas*
prétend avoir été immolés à la religion chrétienne dans l'Amérique ; & fefons furtout
la réflexion confolante qu'ils n'étaient pas
des hommes puifqu'ils n'étaient pas chrétiens : ci 5000000

Réduifons avec la même économie les
_____
9168800

De l'autre part. . . 9168800

quatre cents mille hommes qui périrent dans
la guerre du Japon, excitée par les révé-
rends pères jésuites ; ne portons notre
compte qu'à trois cents mille : ci . . . 300000

Total. 9468800

Le tout calculé ne montera qu'à la fomme de neuf
millions quatre cents foixante huit mille huit cents
perfonnes, ou égorgées, ou noyées, ou brûlées, ou
rouées, ou pendues, pour l'amour de DIEU. Quelques
fanatiques demi-favans me répondront qu'il y eut une
multitude effroyable de chrétiens expirans par les plus
horribles fupplices, fous les empereurs romains avant
Conflantin ; mais je leur dirai avec *Origène* ; (i) *Qu'il
y a eu très-peu de perfécutions , & encore de loin à loin.*
J'ajouterai : quand vous auriez eu autant de martyrs,
que la *Légende dorée* & dom *Ruinard* le bénédictin en
étalent, que prouveriez-vous par-là ? que vous avez
forcé le gouvernement romain, ce gouvernement le
plus humain de la terre, à vous perfécuter, lui qui
donnait une liberté entière aux Juifs & aux Egyptiens ;
que votre intolérance n'a fervi qu'à verfer votre fang,
& à faire répandre celui des autres hommes vos frères;
& que vous êtes coupables non-feulement des meurtres
dont vous avez couvert la terre, mais encore de votre
propre fang qu'on a répandu autrefois. Vous vous
êtes rendus les plus malheureux de tous les hommes,
parce que vous avez été les plus injuftes.

Qui que tu fois, lecteur, fi tu conferves les
archives de ta famille, confulte-les, & tu verras que

(i) *Origène* contre *Celfe* , liv. III

tu as plus d'un ancêtre immolé au prétexte de la religion , ou du moins cruellement perfécuté , (ou perfécuteur ce qui eft encore plus funefte.) T'appelles tu *Argile* , ou *Perth* , ou *Montrofe* , ou *Hamilton* , ou *Douglas* ? fouviens-toi qu'on arracha le cœur à tes pères fur un échafaud pour la caufe d'une liturgie & de deux aunes de toile. Es-tu Irlandais? lis feulement la déclaration du parlement d'Angleterre du 25 juillet 1643 ; elle dit que dans la conjuration d'Irlande il périt cent cinquante-quatre mille proteftans par les mains des catholiques. Crois , fi tu veux , avec l'avocat *Brooke* , qu'il n'y eut que quarante mille hommes d'égorgés fans défenfe , dans le premier mouvement de cette fainte & catholique confpiration. Mais quelle que foit ta fupputation , tu defcends des affaffins ou des affaffinés. Choifis & tremble. Mais toi , prélat de mon pays , réjouis-toi , notre fang t'a valu cinq mille guinées de rente.

Notre calcul eft effrayant , je l'avoue ; mais il eft encore fort au deffous de la vérité. Nous favons bien que fi on préfente ce calcul à un prince , à un évêque , à un chanoine , à un receveur des finances , pendant qu'ils fouperont avec leurs maîtreffes . qu'ils chanteront des vaudevilles orduriers , ils ne daigneront pas nous lire. Les dévotes de Vienne, de Madrid, de Verfailles, ne prendront même jamais la peine d'examiner fi le calcul eft jufte. Si par hafard elles apprennent ces étonnantes vérités , leurs confeffeurs leur diront qu'il faut reconnaître le doigt de DIEU dans toutes ces boucheries ; que DIEU ne pouvait moins faire en faveur du petit nombre des élus ; que JESUS étant mort du dernier fupplice , tous les chrétiens, de quelque fecte qu'ils foient, devraient mourir de même ; que c'eft une impiété horrible de ne pas tuer fur le champ tous les petits enfans qui viennent de recevoir le baptême ; parce qu'alors ils feraient éternellement heureux par les mérites de JESUS, & qu'en les laiffant vivre on rifque de les damner. Nous fentons toute la force de ces raifonnemens ; mais nous allons propofer un autre fyftème avec la défiance que nous devons avoir de nos propres lumières.

CHAPITRE XLIII.

Propofitions honnêtes.

NOTRE doyen *Swift* a fait un bel écrit, par lequel il croit avoir prouvé qu'il n'était pas encore temps d'abolir la religion chrétienne. Nous fommes de fon avis : c'eft un arbre qui, de l'aveu de toute la terre, n'a porté jufqu'ici que des fruits de mort; cependant nous ne voulons pas qu'on le coupe, mais qu'on le greffe.

Nous propofons de conferver dans la morale de JESUS tout ce qui eft conforme à la raifon univer-felle, à celle de tous les grands philofophes de l'antiquité, à celle de tous les temps, & de tous les lieux, à celle qui doit être l'éternel lien de toutes les fociétés.

Adorons l'être fuprême par JESUS, puifque la chofe eft établie ainfi parmi nous. Les cinq lettres qui compofent fon nom ne font certainement pas un crime. Qu'importe que nous rendions nos hommages à l'être fuprême, par *Confucius*, par *Marc-Aurèle*, par J E S U S, ou par un autre, pourvu que nous foyons juftes ? La religion confifte affurément dans la vertu, & non dans le fatras impertinent de la théologie. La morale vient de D I E U, elle eft uniforme par-tout. La théologie vient des hommes, elle eft par-tout différente & ridicule; on l'a dit fouvent, & il faut le redire toujours.

L'impertinence & l'abfurdité ne peuvent être une religion. L'adoration d'un Dieu qui punit & qui récompenfe, réunit tous les hommes; la déteftable & méprifable théologie raifonneufe les divife.

Cette théologie raifonneufe eft en même temps le plus abfurde, & le plus abominable fléau qui ait jamais affligé la terre. Les nations anciennes fe conten- taient d'adorer leurs dieux, & n'argumentaient pas; mais nous autres nous avons répandu le fang de nos frères pendant des fiècles pour des fophifmes. Hélas ! qu'importe à D I E U & aux hommes que J E S U S foit *Omoufios* ou *Omoioufios*, que fa mère foit *Theotocos*, ou *Jefutocos*; & que l'efprit procède, ou ne procède pas ? Grand D I E U ! fallait-il fe haïr, fe perfécuter, s'égorger, pour ces incompréhenfibles chimères? Chaffez les théologiens, l'univers eft tran- quille (du moins en fait de religion.) Admettez-les, donnez-leur de l'autorité, la terre eft inondée de fang. Ne fommes-nous pas déjà affez malheureux, fans vouloir faire fervir à nos mifères une religion qui devrait les foulager ? Les calamités horribles dont la religion chrétienne a inondé fi long-temps

tous

tous les pays où elle eft parvenue, m'affligent & me font verfer des larmes ; mais les horreurs infernales qu'elle a répandues dans les trois royaumes dont je fuis membre, déchirent mes entrailles. Je méprife un cœur de glace qui n'eft pas faifi des mêmes tranfports que moi, quand il confidère les troubles religieux qui ont agité l'Angleterre, l'Ecoffe, & l'Irlande. Dans les temps qui virent naître ce trop facile & trop incertain roi *Charles I*, & cet étrange *Cromwell*, moitié fou, moitié héros, moitié fanatique, moitié fripon, moitié politique, & moitié barbare, le chriftianifme alluma les flambeaux qui mirent nos villes en cendre, & fourbit les épées qui couvrirent fi long-temps nos campagnes des cadavres de nos ancêtres.

Malheureux & déteftables compatriotes, quelle fut la principale caufe de vos fureurs ? Vous vous égorgeâtes pour favoir s'il fallait un furplis ou une foutane, pour un convenant, pour des cérémonies, ou ridicules, ou du moins inutiles.

Les Ecoffais vendirent pour deux cents mille livres fterling aux Anglais leur roi réfugié chez eux ; roi condamné à Rome, parce qu'il n'était pas foumis à la fuperftition papiftique ; roi condamné à Edimbourg, parce qu'il n'était pas foumis au ridicule convenant écoffais ; roi mort à Londres fur l'échafaud, parce qu'il n'était pas presbytérien.

Nos compatriotes irlandais ont porté plus loin leur fureur, quand, un peu avant cette exécution abominable, nos papiftes ont affaffiné un nombre prodigieux de proteftans, quand plufieurs fe font

Philofophie &c. Tome II.   Y

nourris de la chair de ces victimes, & se sont éclairés de la chandelle faite avec leur graisse.

Ce qui doit être remarqué avec des yeux attentifs, mais avec des yeux long-temps mouillés de larmes, c'est que dans tous les temps où les chrétiens se sont souillés par des assassinats religieux, en Angleterre, en Irlande, en Ecosse, dans le temps de *Charles I*, de *Charles II*, & de *Jacques II*; en France, depuis *Charles IX* jusqu'à *Louis XIII*; en Allemagne, en Espagne, en Flandre, en Hollande, sous *Charles-Quint* & *Philippe II*; dans ces temps, dis-je, si horribles & si voisins de nous, dans les massacres réciproques, commis dans les cinq vallées de Savoie & dans les Cévènes de France; tous ces crimes furent justifiés par les exemples de *Phinée*, d'*Aod*, de *Jahel*, de *Judith*, & par tous les assassinats dont l'Ecriture sainte regorge.

Religion chrétienne, voilà tes effets! tu es née dans un coin de la Syrie d'où tu es chassée; tu as passé les mers pour venir porter ton inconcevable rage aux extrémités du continent; & cependant je propose qu'on te conserve, pourvu qu'on te coupe les ongles dont tu as déchiré ma patrie, & les dents dont tu as dévoré nos pères.

Encore une fois, adorons DIEU par JESUS s'il le faut, si l'ignorance a tellement prévalu, que ce mot juif doive être encore prononcé; mais qu'il ne soit plus le mot du guet pour la rapine & pour le carnage.

DIEU des innombrables mondes! DIEU de justice & de paix, expions par la tolérance les crimes que la fureur exécrable de l'intolérance nous a fait commettre.

Viens chez moi, raifonnable focinien, cher quaker, viens, bon anabaptifte, dur luthérien, fombre pres- bytérien, épifcopal (*l*) très-indifférent, memnonifte, millénaire, méthodifte, piétifte, toi-même, infenfé efclave papifte; viens, pourvu que tu n'aies point de poignard dans ta poche; profternons-nous enfemble devant l'Etre fuprême, remercions-le de nous avoir donné des poulardes, des chevreuils, & de bon pain pour notre nourriture, une raifon pour le connaître, & un cœur pour l'aimer; foupons enfemble gaiement après lui avoir rendu grâces.

Que les princes papiftes faffent comme ils voudront avec l'idole de leur pape dont ils commencent tous à fe moquer. Qu'ils effaient tous leurs efforts pour empêcher que la religion ne foit dangereufe dans leurs Etats. Qu'ils changent, s'ils le peuvent, d'inu- tiles moines en bons laboureurs. Qu'ils ne foient plus affez fots pour demander à un prêtre la permiffion de manger un poulet le vendredi. Qu'ils changent en hôpitaux les écoles de théologie. Qu'ils faffent tout le bien dont ils font capables, c'eft leur affaire; la nôtre eft d'être inviolablement attachés à notre heureufe conftitution, d'aimer DIEU, la vérité, & notre patrie; & d'adreffer au Dieu père de tous les hommes nos prières pour tous les hommes.

_____

(*l*) *N. B.* On appelle épifcopal un homme de la fecte des évêques, un homme de la haute Eglife; au lieu qu'en France ce mot n'eft qu'un adjectif, la grandeur épifcopale, la fierté épifcopale.

C H A P I T R E   X L I V.

Comment il faut prier DIEU.

Nous entendons les clameurs de nos eccléfiaftiques; ils nous crient : S'il faut adorer DIEU en
efprit & en vérité; fi les hommes font fages; il n'y
aura plus de culte public, on n'ira plus à nos
fermons, nous perdrons nos bénéfices. Raffurez-
vous, mes amis, fur la plus grande de vos craintes.
Nous ne rejetons point les prêtres, quoique dans
la Caroline & dans la Penfilvanie chacun de nos
pères de famille puiffe être miniftre du Très-Haut
dans fa maifon. Non-feulement vous garderez vos
bénéfices, mais nous prétendons augmenter le revenu
de ceux qui travaillent le plus, & qui font le moins
payés.

Loin d'abolir le culte public, nous voulons le
rendre plus pur & moins indigne de l'Etre fuprême.
Vous fentez combien il eft indécent de ne chanter à
DIEU que des chanfons juives, & combien il eft
honteux de n'avoir pas eu affez d'efprit pour faire
vous-mêmes des hymnes plus convenables. Louons
DIEU, remercions DIEU, invoquons DIEU à la
manière d'*Orphée*, de *Pindare*, d'*Horace*, de *Dryden*,
de *Pope*, & non à la manière hébraïque. De bonne
foi, fi vous commenciez d'aujourd'hui à inftituer des
prières publiques, qui de vous oferait propofer de
chanter le barbare galimatias attribué au juif *David*?

Ne rougiffez-vous pas de dire à DIEU : (*m*) Tu gouverneras toutes les nations que tu nous foumettras, avec une verge de fer, tu les briferas comme le potier fait un vafe.

(*n*) Tu briferas les dents des pécheurs.

(*o*) La terre a tremblé, les fondemens des montagnes fe font ébranlés, parce que le Seigneur s'eft fâché contre les montagnes ; il a lancé la grêle & des charbons.

(*p*) Il a logé dans le foleil, & il en eft forti comme un mari qui fort de fon lit.

(*q*) DIEU brifera leurs dents dans leur bouche; il mettra en poudre leurs dents mâchelières ; ils deviendront à rien comme de l'eau : car il a tendu fon arc pour les abattre ; & ils feront engloutis tout vivans dans fa colère, avant d'entendre que tes épines foient auffi hautes qu'un prunier.

(*r*) Les nations viendront, vers le foir, affamées comme des chiens; & toi, Seigneur, tu te moqueras d'elles, & tu les réduiras à rien.

(*s*) La montagne du Seigneur eft une montagne coagulée, pourquoi regardez-vous les monts coagulés? Le Seigneur a dit : Je jeterai Bafan, je le jeterai dans la mer, afin que ton pied foit teint de fang, & que la langue de tes chiens lèche leur fang.

(*t*) Ouvre la bouche bien grande, & je la remplirai.

(*m*) Pf. II. (*q*) Pf. LVII.
(*n*) Pf. III. (*r*) Pf. LVIII.
(*o*) Pf. XVII. (*s*) Pf. LXVII.
(*p*) Pf. XIX. (*t*) Pf. LXXX.

(*u*) Rends les nations comme une roue qui tourne toujours, comme la paille devant la face du vent, comme un feu qui brûle une forêt, comme une flamme qui brûle des montagnes; tu les pourſuis dans la tempête, & ta colère les troublera.

(*x*) Le Seigneur racontera dans les écritures des peuples & des princes, de ceux qui ont été en Sion.

(*y*) Et ma corne fera comme la corne de la licorne, (qui n'exiſte point) & ma vieilleſſe dans la miſéricorde de la mamelle.

(*z*) Ta jeuneſſe ſe renouvellera comme la jeuneſſe de l'aigle (qui ne ſe renouvelle point.)

(*a*) Il jugera dans les nations, il les remplira de ruines, il caſſera la tête dans la terre de pluſieurs.

(*b*) Jéruſalem qui eſt bâtie comme une ville, dont la participation d'elle eſt en lui-même.

(*c*) Bienheureux celui qui prendra tes petits enfans, & qui les écraſera contre la pierre.

Vous m'avouerez que l'ode d'*Horace*, *Cœlo tonantem credidimus Jovem*, & celle des jeux féculaires, valent un peu mieux que cet effroyable *non ſenſe* d'antiques *ballades*, (*d*) pillé chez un peuple que vous mépriſez. Conſidérez, je vous prie, à qui l'on attribue la plupart de ces chanſons. C'eſt à un ſcélérat qui commence par être violon du roitelet *Saül*, qui devient ſon gendre, & qui ſe révolte contre lui; qui ſe met à la tête de quatre cents voleurs, qui pille, qui égorge,

---

(*u*) Pſ. LXXXII.
(*x*) Pſ. LXXXVI.
(*y*) Pſ. XCI.
(*z*) Pſ. CIX.
(*a*) Pſ. CXI.

(*b*) Pſ. CXXI.
(*c*) Pſ. CXXXVI.
(*d*) Le mot *Ballad* en anglais ſignifie *chanſon*.

femmes, filles, enfans à la mamelle; qui paſſe ſa vie dans les aſſaſſinats, dans l'adultère, dans la débauche; & qui aſſaſſine encore par ſon teſtament. Tel eſt *David*, tel eſt l'homme ſelon le cœur de D I E U. Notre digne concitoyen *Hut* ne fait nulle difficulté de l'appeler *monſtre*, page 75. Grand D I E U, ne peut-on pas vous louer, ſans répéter les prétendues odes d'un juif ſi criminel ?

Au reſte, mes chers compatriotes, chantez peu : car vous chantez fort mal. Prêchez, mais rarement, afin de prêcher mieux. Des ſermons trop fréquens aviliſ-ſent la prédication & le prédicateur.

Comme parmi vous il y a néceſſairement beaucoup de gens qui n'ont ni le don de la parole, ni le don de la penſée, il faut qu'ils ſe défaſſent du ſot amour-propre de débiter de mauvais diſcours, & qu'ils ceſſent d'ennuyer les chrétiens. Il faut qu'ils liſent au peuple les beaux diſcours de *Tillotſon*, de *Smaldrige*, & de quelques autres ; le nombre en eſt très-petit. *Addiſſon* & *Steele* vous l'ont déja conſeillé.

C'eſt une très-bonne inſtitution de ſe raſſembler une fois par mois, ou même ſi l'on veut, une fois par ſemaine, pour entendre une exhortation à la vertu. Mais qu'un diſcours moral ne ſoit jamais une méta-phyſique abſurde, encore moins une ſatire, & encore moins une harangue ſéditieuſe.

D I E U nous préſerve de bannir le culte public ! On a oſé nous en accuſer ; c'eſt une impoſture atroce. Nous voulons un culte pur. Nous commençâmes depuis deux ſiècles & demi à nettoyer les temples qui étaient devenus les écuries d'*Augias* ; nous avons ôté les toiles d'araignées, les chiffons pourris, les os de morts, que Rome nous avait envoyés pour infecter les nations. Achevons un si noble ouvrage.

Oui, nous voulons une religion ; mais simple, sage, augufte, moins indigne de DIEU, & plus faite pour nous ; en un mot, nous voulons servir DIEU *& les hommes.*

AXIOMES.

NULLE fociété ne peut fubfifter fans juftice ; annonçons donc un Dieu jufte.

Si la loi de l'Etat punit les crimes connus ; annonçons donc un Dieu qui punira les crimes inconnus.

Qu'un philofophe foit fpinofifte s'il veut ; mais que l'homme d'Etat foit théifte.

Vous ne favez pas ce que c'eft que DIEU, comment il punira, comment il récompenfera ; mais vous favez qu'il doit être la fouveraine raifon, la fouveraine équité ; c'en eft affez. Nul mortel n'eft en droit de vous contredire, puifque vous dites une chofe probable & néceffaire au genre-humain.

Si vous défiguriez cette probabilité confolante & terrible par des fables abfurdes, vous feriez coupable envers la nature humaine.

Ne dites point qu'il faut tromper les hommes au nom de DIEU : ce ferait le difcours d'un diable, s'il y avait des diables.

Quiconque ofe dire, DIEU m'a parlé, eft criminel envers DIEU & les hommes ; car DIEU le père commun de tous fe ferait-il communiqué à un feul ?

Si DIEU avait voulu donner quelque ordre, il l'aurait fait entendre à toute la terre, comme il a donné la lumière à tous les yeux ; auffi fa loi eft dans le cœur de tous les êtres raifonnables, & non ailleurs.

C'eft le comble de l'horreur & du ridicule d'annoncer DIEU comme un petit defpote infenfé & barbare, qui dicte fecrétement une loi incompréhenfible à quelques-uns de fes favoris, & qui égorge les reftes de la nation pour avoir ignoré cette loi.

DIEU fe promener ! DIEU parler ! DIEU écrire fur une petite montagne ! DIEU combattre ! DIEU devenir homme ! DIEU-homme mourir du dernier fupplice ! idées dignes de *Punch.*

Un homme prédire l'avenir ! idée digne de *Noftradamus.*

Inventer toutes ces chofes, extrême friponnerie. Les croire, extrême bêtife. Mettre un DIEU puiffant & jufte à la place de ces étonnantes farces, extrême fageffe.

Mais fi mon peuple raifonne, il s'élèvera contre moi. Tu te trompes ; moins il fera fanatique, plus il fera fidelle.

Des princes barbares dirent à des prêtres barbares : Trompez mon peuple pour que je fois mieux fervi, & je vous paierai bien. Les prêtres enforcelèrent le peuple, & détrônèrent les princes.

Calchas force *Agamemnon* à immoler fa fille pour avoir du vent ; *Grégoire VII* fait révolter *Henri V* contre l'empereur *Henri IV* fon père, qui meurt dans la mifère , & à qui on refufe la fépulture : *Grégoire* eft bien plus terrible que *Calchas.*

Voulez-vous que votre nation foit puiffante & paifible ? que la loi de l'Etat commande à la religion.

Quelle eft la moins mauvaife de toutes les religions ? celle où l'on voit moins de dogmes, & plus de vertu. Quelle eft la meilleure ? c'eft la plus fimple.

Papiftes, luthériens, calviniftes, ce font autant de factions fanguinaires. Les papiftes font des efclaves qui ont combattu fous les enfeignes du pape leur tyran. Les luthériens ont combattu pour leurs princes ; les calviniftes pour la liberté populaire.

Les janféniftes & les moliniftes ont joué une farce en France. Les luthériens , les calviniftes, avaient donné des tragédies fanglantes à l'Angleterre, à l'Allemagne , à la Hollande.

Le dogme a fait mourir dans les tourmens dix millions de chrétiens. La morale n'eût pas produit une égratignure.

Le dogme porte encore la divifion , la haine , l'atrocité , dans les provinces, dans les villes, dans les familles. O vertu , confolez-nous !

ADDITION

DU TRADUCTEUR.

Après le chapitre des chrétiens platoniciens, j'en ajouterais un pour confirmer l'opinion de l'auteur, s'il m'était permis de mêler mes idées aux siennes. Je pourrais dire que toutes les opinions des premiers chrétiens ont été prises de *Platon*, jusqu'au dogme même de l'immortalité de l'ame que les anciens Juifs ne connurent jamais. Je ferais voir que le *royaume des cieux*, dont il est parlé si souvent dans l'Evangile, se trouve dans le *Phédon* de *Platon*. Voici les propres mots de ce philosophe grec qui, sans le savoir, a fondé le christianisme : *Un autre monde pur est au-dessus de ce ciel pur où sont les astres ; la terre que nous habitons n'est que le sédiment grossier de ce monde éthéré &c.*

Platon ajoute ensuite *que nous verrions ce royaume des cieux, ce séjour des bienheureux, si nous pouvions nous élancer au-delà de notre air grossier, comme les poissons peuvent voir notre terre en s'élançant à fleur d'eau.*

Ensuite voici comme il s'exprime : *Dans cette terre si parfaite tout est parfait ; elle produit des pierres précieuses dont les nôtres n'approchent pas.... elle est couverte d'or & d'argent ; ce spectacle est le plaisir des bienheureux. Leurs saisons sont toujours tempérées ; leurs organes, leur intelligence, leur santé, les mettent infiniment au-dessus de nous &c.*

Qui ne reconnaît dans cette defcription la Jérufalem célefte ? La feule différence, c'eft qu'il y a du
moins quelque philofophie dans la ville célefte de
Platon, & qu'il n'y en a point dans celle de l'Apocalypfe attribuée à S*t* *Jean*. ,, Elle eft femblable, dit-il,
,, à une pierre de jafpe comme du criftal.... Celui
,, qui parlait avec moi avait une canne d'or pour
,, mefurer la ville...., La ville eft bâtie en quarré,
,, auffi longue que large, & il la trouva de douze
,, mille ftades, & fa longueur & fa largeur & fa hau-
,, teur font égales.... Le premier lit du fondement
,, de la ville était de jafpe, le fecond de faphir, le
,, troifième de calcédoine, c'eft-à-dire d'agathe, le
,, quatrième d'émeraude &c. ,,

Le purgatoire, furtout, a été pris vifiblement dans
le *Phédon;* les paroles de *Platon* font remarquables.
*Ceux qui ne font ni entièrement criminels, ni abfolument
innocens, font portés vers l'Achéron; c'eft là qu'ils fouffrent
des peines proportionnées à leurs fautes, jufqu'à ce qu'ayant
été purgés de leurs péchés, ils reçoivent parmi les bienheureux
la récompenfe de leurs bonnes actions.*

La doctrine de la réfurrection eft encore toute
platonicienne, puifque dans le dixième livre de la
république, le philofophe grec introduit *Hérès* reffufcité,
& racontant ce qui s'eft paffé dans l'autre monde.

Il importe peu que *Platon* ait puifé fes opinions,
ou fi l'on veut, fes fables, chez d'anciens philofophes
Egyptiens, ou chez *Timée* de Locres, ou dans fon
propre fonds. Ce qui eft très-important à confidérer.
c'eft qu'elles étaient confolantes pour la nature
humaine; & c'eft ce qui a fait dire à *Cicéron* qu'il
aimerait mieux fe tromper avec *Platon*, que d'avoir

raifon avec *Epicure*. Il eft certain que le mal moral &
le mal phyfique fe font mis en poffeffion de notre
courte vie, & qu'il ferait doux d'efpérer une vie
éternelle dont nul mal n'oferait approcher. Mais
pourquoi commencer par le mal pour arriver au bien ?
pourquoi cette vie éternelle & heureufe ne nous a-t-
elle pas été donnée d'abord ? Ne ferait-il pas ridicule
& barbare de bâtir pour fes enfans un palais magnifique & rempli de toutes les délices imaginables, mais
dont le veftibule ferait un cachot habité par des
crapauds & par des ferpens, & d'emprifonner fes
enfans dans ce cachot horrible pendant foixante &
dix ou quatre-vingts ans, pour leur faire mieux goûter
enfuite toutes les voluptés dont le palais abonde ;
voluptés qu'ils ne fentiront que quand les ferpens du
veftibule auront dévoré leur peau & leurs os ?

Quoi qu'il en foit, il eft indubitable que toute
cette doctrine était répandue dans la Grèce entière
avant que le peuple juif en eût la moindre connaiffance. La loi juive, que les Juifs prétendaient leur
avoir été donnée par DIEU même, ne parla jamais
ni de l'immortalité de l'ame, ni des peines & des
récompenfes après la mort, ni de la réfurrection du
corps. C'eft le comble du ridicule de dire que ces
idées étaient fous-entendues dans le Pentateuque. Si
elles font divines, elles ne devaient pas être fous-
entendues ; elles devaient être clairement expliquées.
Elles n'ont commencé à luire pour quelques Hébreux
que long-temps après *Platon ;* donc *Platon* eft le véritable fondateur du chriftianifme.

Si l'on confidère enfuite que la doctrine du verbe
& de la Trinité, n'eft expreffément dans aucun auteur

excepté *Platon*, il faut abfolument le regarder comme l'unique fondateur de la métaphyfique chrétienne. JESUS qui n'a jamais rien écrit, qui eft venu fi long-temps après *Platon*, & qui ne parut que chez un peuple groffier & barbare, ne peut être le fondateur d'une doctrine plus ancienne que lui, & qu'affurément il ne connaiffait pas.

Le platonifme, encore une fois, eft le père du chriftianifme, & la religion juive eft la mère. Or, quoi de plus dénaturé que de battre fon père & fa mère? Qu'un homme s'en tienne aujourd'hui au platonifme; un cüiftre de théologie préfentera requête pour le faire cuire en place publique, s'il le peut, comme un cuiftre de Noyon fit autrefois cuire *Michel Servet*. Qu'un Efpagnol *nuevo chriftiano* imite JESUS-CHRIST, qu'il fe faffe circoncire comme lui, qu'il obferve le fabbat comme lui, qu'il mange comme lui l'agneau pafcal avec des laitues dans le mois de mars; les familiers de l'inquifition voudront le faire brûler en place publique.

C'eft une chofe également remarquable & horrible que la fecte chrétienne ait prefque toujours verfé le fang; & que la fecte épicurienne, qui niait la providence & l'immortalité de l'ame, ait toujours été pacifique. Il n'y a pas un foufflet donné dans l'hiftoire des épicuriens; & il n'y a peut-être pas une feule année, depuis *Athanafe* & *Arius* jufqu'à *Quefnel* & *le Tellier*, qui n'ait été marquée par des exils, des emprifonnemens, des brigandages, des affaffinats, des confpirations, ou des combats meurtriers.

Platon n'imaginait pas, fans doute, qu'un jour fes fublimes & inintelligibles rêveries deviendraient le prétexte de tant d'abominations. Si on a perverti fi horriblement la philofophie, le temps eft venu de lui rendre enfin fa première pureté.

Toutes les anciennes fectes, excepté la chrétienne, fe fupportaient les unes les autres ; fupportons donc jufqu'à celle des chrétiens : mais auffi qu'ils nous fupportent. Qu'on ne foit point un monftre intolérant ; parce que le premier chapitre de l'Evangile attribué à *Jean* a été évidemment compofé par un chrétien, ce n'eft pas là une raifon pour me perfécuter. Qu'un prêtre qui n'eft nourri, vêtu, logé, que des décimes que je lui paye, qui ne fubfifte que par la fueur de mon front ou par celle de mes fermiers, ne prétende plus être mon maître, & un maître méchant ; je le paye pour enfeigner la morale, pour donner l'exemple de la douceur, & non pour être un tyran.

Tout prêtre eft dans ce cas ; le pape lui-même n'a des officiers, des valets, & des gardes, qu'aux dépens de ceux qui cultivent la terre, & qui font nés fes égaux. Il n'y a perfonne qui ne fente que le pouvoir du pape eft uniquement fondé fur des préjugés. Qu'il n'en abufe plus, & qu'il tremble que ces préjugés ne fe diffipent.

REMONTRANCES

Du corps des pasteurs du Gévaudan à Antoine-Jacques Rustan, pasteur suisse à Londres.

I.

Que prêtre doit être modeste.

Notre cher & vénérable confrère, nous avons lu avec douleur votre facétie intitulée : *L'état présent du christianisme.* Vous avez avoué, il est vrai, (pag. 7) que *l'ami de la vérité doit être toujours décent & modeste :* ah ! notre frère, montrez-nous votre foi par vos œuvres. Vous insultez dans votre licencieux écrit, les hommes les plus respectables, français & anglais ; & même jusqu'à ceux qui nous ont rendu les plus grands services ; qui ont souvent arrêté le bras du ministère, appesanti sur nous en France ; qui ont inspiré la tolérance à tant de magistrats ; qui ont été les principaux moteurs de la réhabilitation des *Calas*, & de la justice rendue après trois ans de soins aux cendres de notre frère innocent, roué, & brûlé, dans Toulouse. Ignorez-vous qu'ils ont tiré des galères plusieurs de nos martyrs ? Ignorez-vous qu'aujourd'hui même ils travaillent à nous procurer un asile où nous puissions jouir de la liberté qui est le droit de tous les hommes ? C'est à eux qu'on doit le mépris où est tombée la

tyrannie

tyrannie de la cour de Rome, & tout ce qu'on ofe contr'elle; & vous prenez ce temps-là pour faire contr'eux un libelle! Hélas! notre vénérable camarade, vous ne connaiffez pas l'efprit du gouvernement de France; il regarde la cour de Rome comme une ufur-patrice, & nous comme des factieux. *Louis XIV* d'une main faififfait Avignon, & nous fefait rouer de l'autre.

Voilà pourquoi des chrétiens catholiques ont fait mourir tant de pafteurs proteftans; c'eft le cas, notre ami, de vous dire : *Ce n'eft pas le tout d'être roué, il faut encore être poli.*

Nous demandons pardon au Seigneur de répéter ce mauvais quolibet; mais, en vérité, il ne convient que trop à notre trifte fituation, & à votre libelle diffamatoire. Ne voyez-vous pas que vous juftifiez en quelque forte nos cruels perfécuteurs? Ils diront : Nous ne pendons, nous ne rouons, que des brouillons infolens qui troublent la fociété. Vous attaquez vos fauveurs, ceux qui ont prêché la tolérance; ne voyez-vous pas qu'ils n'ont pu obtenir cette tolérance, pour les calvi-niftes paifibles, fans infpirer l'indifférence pour les dogmes; & qu'on nous pendrait encore fi cette indifférence n'était pas établie? Remercions nos bienfaiteurs, ne les outrageons pas.

Vous avez de l'efprit, vous ne manquez pas d'éloquence; mais malheureufement vous joignez à d'infi-pides railleries un ftyle violent & emporté qui ne convient nullement à un prêtre à qui nous avons impofé les mains; & nous craignons pour vous que, fi jamais vous revenez en France, vous ne trouviez dans la foule de ceux que vous outragez fi indignement, des gens qui auront les mains plus lourdes que nous.

De quoi vous avifez-vous, page 148, de dire que *tous les prépofés aux finances (fans faire la moindre exception) font des fang fues du peuple, des fripons, qui femblent n'avoir en dépôt la puiffance du fouverain que pour la rendre déteftable?* Quoi! notre malheureux frère, le chancelier de l'échiquier, les gardes des rôles, font des coquins fuivant vous? les chambres des finances de tous les Etats, le contrôleur général, & les intendans de France, méritent la corde? Vous ofez ajouter qu'*il ferait difficile d'ajouter à la haine & au mépris que les parlemens & les peuples ont pour eux.*

C'eft donc ainfi que vous voulez juftifier ces paroles: *Que celui qui n'écoute pas l'affemblée foit regardé comme un païen & un publicain.* Vous ne défendez la religion chrétienne que par des difcours qui vous attireraient le pilori. A-t-on jamais vu une infolence fi brutale & fi puniffable? & quel eft l'homme qui s'élève ainfi contre un miniftère néceffaire à tous les Etats? Y penfez-vous bien, notre frère? avez-vous oublié qui vous êtes?

Nous ne fommes pas étonnés que vous vous déchaîniez contre la nobleffe. Vous dites qu'*il eft permis aux fots d'en faire le bouclier de leur fottife,* (page 93) *& que les gens fenfés ne connaiffent de noble que l'homme de bien;* c'eft un *fcandalum magnatum;* c'eft le difcours d'un vil féditieux, & non pas d'un miniftre de l'évangile. Tout juré vidangeur, tout gadouard, tout favetier, tout geolier, tout bourreau même, peut fans doute être homme de bien; mais il n'eft pas noble pour cela. Ceffez d'outrer la malheureufe manie de votre ami *Jean-Jacques Rouffeau* qui crie que tous les hommes font égaux. Ces maximes font le fruit d'un orgueil ridicule qui détruirait toute fociété. Songez que Dieu a dit par la bouche de *Jéfus* fils de *Sirach : Je hais, je ne puis fupporter le gueux fuperbe.*

Oui, notre frère, tous les hommes font égaux en ce qu'ils ont les mêmes membres & les mêmes befoins, les mêmes droits à la juftice diftributive; mais ils ne peuvent pas tous être à la même place. Il y a de la différence entre le foldat & le capitaine, entre le fujet & le prince, entre le plaideur & le juge. Le grand Dieu nous préferve de vouloir vous humilier! mais quand votre père était à l'hôpital de Genève, où fon ivrognerie le conduifit affez fouvent, était-il l'égal des directeurs de l'hôpital & du premier fyndic? Prenez garde qu'on ne vous dife : *Ne futor ultrà crepidam.*

Nous favons que M. *Rilliet* a dit aux Génevois, chez qui nous accourons en foule de nos provinces, qu'ils font au-deffus des ducs & pairs de France, & des grands d'Efpagne. Si cela eft, il n'y a point là d'égalité, puifque les Génevois font fupérieurs; mais remarquez bien que M. *Rilliet* n'a parlé qu'aux citoyens, & que vous n'êtes pas citoyen.

Vous répondrez que vous êtes prêtre, & que, félon le révérend docteur *Hics, le prêtre eft au-deffus du prince; que les rois & les reines doivent fléchir le genou devant un prêtre; que vouloir juger un prêtre, c'eft vouloir juger* Dieu *lui-même &c.* Nous convenons de toutes ces vérités : cependant il eft toujours bon d'être modefte, car *Euripide* a dit :

    Sterkei de mc fôphrofuna
    Dorema callifton theon.

& *Plutarque* dit auffi de merveilleufes chofes fur la modeftie.

I I.

Que prêtre de l'églife fuiffe à Londres doit être chrétien.

NOTRE vénérable frère, vous dites, page 18 de votre libelle, *que vous n'êtes pas chrétien; mais que vous feriez bien fâché de voir la chûte du chriftianifme, furtout dans votre patrie;* nous ignorons fi vous entendez par votre patrie, l'Angleterre où vous prêchez, ou bien la France d'où vous êtes originaire, ou bien Genève qui vous a nourri. Mais nous fommes très-fâchés que vous ne foyez pas chrétien. Vous vous excuferez peut-être en difant que ce n'eft pas vous qui parlez, que c'eft un de vos amis dont vous rapportez un très-long difcours. Mais comment pouvez-vous être l'ami intime d'un homme qui n'eft pas chrétien, & qui eft fi bavard? on voit trop que ce bon ami c'eft vous-même; Vous lui prêtez vos phrafes, votre ftyle déclamatoire; on ne peut s'y méprendre. Ce bon ami eft *Antoine Ruftan; tu es ille vir.*

Je mets cet ami, dites-vous, *au-deffus des chrétiens vulgaires,* page 23. Toujours de l'orgueil, notre frère! toujours de la fuperbe! ne vous corrigerez-vous jamais? *Chrift* fignifie oint, *chrétien* fignifie onctueux. Mettez donc de l'onction dans vos paroles, & de la charité dans votre conduite; ne faites plus de libelle; parlez furtout avec décence de JESUS-CHRIST. Page 61 vous l'appelez *fils putatif d'un charpentier.* Ah! frère, que cela eft indécent dans un pafteur! *Fils putatif* entraîne de fi vilaines idées! fi! ne vous fervez jamais de ces expreffions groffières : mais hélas ! à qui adreffons-nous notre correction fraternelle ? à un homme qui n'eft pas chrétien. Revenez au giron, cher frère, faites-vous rebaptifer ; mais que ce foit par immerfion. Le bain eft excellent pour les cerveaux trop allumés.

I I I.

Que prêtre ne doit point engager les gens dans l'athéifme.

Vous employez votre feconde lettre à prouver que tous les théiftes font athées ; mais c'eft comme fi vous difiez que tous les Mufulmans, les Chinois, les Parfis, les Tartares, qui ne croient qu'en un feul Dieu, font athées. Où eft votre logique, frère ? adorer un feul Dieu, eft-ce n'en point reconnaître ? Non content de cette extravagance, vous pouffez la déraifon jufqu'à prétendre que les athées feraient intolérans s'ils étaient les maîtres. Mais qui vous l'a dit ? où avez-vous pris cette chimère ? fouvenez-vous de ce proverbe des anciens Arabes rapporté par *Benfira* : *Qu'y a-t-il de meilleur fur la terre ? la tolérance.*

On vous accufe, vous, d'être intolérant comme le font tous les parvenus orgueilleux. Vous nous apprenez que vous n'êtes point chrétien ; nous favons que vous ne penfez pas que JESUS foit confubftantiel à DIEU ; vous êtes donc théifte, Vous affurez que les théiftes font athées ; voyez quelle conclufion on doit tirer de vos beaux argumens ? Ah ! notre pauvre frère, vous n'avez pas le fens commun. Les directeurs de l'hôpital

Z 3

de Genève se repentent bien de vous avoir fait
apprendre à lire & à écrire. Si jamais vous y revenez,
vous y pourrez causer de grands maux, & surtout à
vous-même. Vous avez dans l'esprit une inquiétude
& une violence, & dans le style une virulence qui vous
attirera de mauvaises affaires. Vous commençâtes
avant d'être prêtre, & avant même que vous fussiez
précepteur chez M. *Labat*, par faire un libelle scan-
daleux contre *Louis XIV*, & contre le ministère de
Louis XV; M. de *Montpérou* le fit supprimer par les
scolarques. Songez que les rois ont les bras longs, &
que vous nous exposez à porter la peine de vos
sottises.

I V.

*Que prêtre, soit réformé, soit réformable, ne doit ni
déraisonner, ni mentir, ni calomnier.*

Vous accusez la Suisse & Genève (dans votre
troisième lettre à je ne sais qui, page 47) *de produire
de petits docteurs incrédules.* Vous avez entendu, dites-
vous, *des femmes beaux esprits argumenter dans Genève
contre* JESUS-CHRIST, *& faire les agréables sur l'histoire
des évangiles.*

Nous jugeons qu'il est infame de calomnier ainsi
& la ville qui vous a nourri par charité, & tout le
pays helvétique. Si vous ne voulez pas être chrétien,
à la bonne heure, nous sommes tolérans; soyez juif,
ou mahométan, ou guèbre, ou brame, ou sabéen,
ou confutzéiste, ou spinosiste, ou anabaptiste, ou
hernoutte, ou piétiste, ou méthodiste, ou janséniste,

pourvu que vous foyez honnête. Mais n'accufez pas les Suiffes & les Génevois vos bienfaiteurs, d'être fans religion. Portez furtout un grand refpect aux dames; c'eft par elles qu'on parvient : c'eft *Hélène*, l'intendante des écuries de *Conftance Chlore*, qui mit la religion chrétienne fur le trône de *Conftantin* fon bâtard : ce font des reines qui ont rendu l'Angleterre, la Hongrie, la Ruffie, chrétiennes. Nous fûmes protégés par la ducheffe de *Ferrare*, par la mère & la fœur du grand *Henri IV*. Nous avons toujours befoin de dévotes; ne les aliénez pas de nous. Si les femmes nous abandonnent, nous fommes perdus.

Loin que la Suiffe, Genève, la baffe Allemagne, l'Angleterre, renoncent, comme vous le prétendez, au chriftianifme, tous ces pays devenus plus éclairés demandent un chriftianifme plus pur. Les laïques font inftruits, & trop inftruits aujourd'hui pour les prêtres. Les laïques favent que la décifion du premier concile de Nicée fut faite contre le vœu unanime de dix-fept évêques & de deux mille prêtres. Ils croient qu'il eft impoffible que deux perfonnes foient la même chofe; ils croient qu'un homme ne peut pas avoir deux natures; ils croient que le péché originel fut inventé par *Auguftin*.

Ils fe trompent fans doute; mais ayons pour eux de l'indulgence. Ils révèrent JESUS; mais JESUS fage, modefte, & jufte, qui jamais, difent-ils, *n'a fait fa proie de s'égaler à* DIEU, JESUS qui jamais n'a dit avoir deux natures, & deux volontés, le JESUS véritable en un mot, & non pas le JESUS qu'ils prétendent défiguré dès les premiers temps, & encore plus dans les derniers.

Z 4

On a fait une petite réforme au feizième fiècle ; on en demande par-tout une nouvelle à grands cris. Le zèle eft peut-être trop fort ; mais on veut adorer DIEU, & non les chimères des hommes.

Nous nous fouviendrons toute notre vie d'un de nos confrères du Gévaudan ; ce n'eft pas de la bête dont nous voulons parler ; c'eft d'un pafteur qui fefait affez joliment des vers pour un homme qui n'avait jamais été à Paris. Il nous dit quelques heures avant de rendre fon ame à DIEU :

> Amis, j'ai long-temps combattu
> Pour le fanatifme & la fable :
> Moins de dogme & plus de vertu,
> Voilà le culte véritable.

CES paroles fe gravèrent dans tous nos cœurs. Hélas ! ce font les difputes fur le dogme qui ont tout perdu. Ces feuls mots : *tu es pierre, & fur cette pierre je fonderai mon affemblée*, ont produit fept cents ans de guerre entre les empereurs & les papes. Les interprétations de deux ou trois autres paroles ont inondé la terre de fang : le dogme eft fouvent diabolique, comme vous favez ; & la morale eft divine.

V.

Que prêtre doit se garder de dire des sottises le plus qu'il pourra.

CE n'eſt qu'une bagatelle de dire que c'eſt M. de *la Chalotais* qui vous a appris que les ſauvages n'admettent ni ne nient la Divinité ; cela ſe trouve à l'article *athée* dans toutes les éditions du Dictionnaire philoſophique , recueil tiré des meilleurs auteurs anglais & français, recueil imprimé long-temps avant le livre de M. de *la Chalotais*, recueil enfin où l'on trouve pluſieurs articles d'un de nos plus illuſtres confrères, pluſieurs de M. *Abauzit*, pluſieurs tirés de *Midleton* , &c.

Voici le paſſage en queſtion :

» Il y a des peuples athées, dit *Bayle* dans ſes
» penſées ſur les comètes : les Caffres, les Hottentots, les
» Topinanboux, & beaucoup d'autres petites nations,
» n'ont point de Dieu ; mais ils ne le nient ni ne
» l'affirment, ils n'en ont jamais entendu parler. Dites-
» leur qu'il y en a un, ils le croient aiſément ; dites-
» leur que tout ſe fait par la nature des choſes, ils
» vous croiront de même. Prétendre qu'ils ſont athées,
» c'eſt la même imputation que ſi on diſait qu'ils ſont
» anti-cartéſiens. Ils ne ſont ni pour ni contre
» *Deſcartes*, ce ſont de vrais enfans ; un enfant n'eſt
» ni athée ni déiſte ; il n'eſt rien.

» Quelles concluſions tirerons-nous de tout ceci ?
» que l'athéiſme eſt un ſyſtème très-pernicieux dans

,, ceux qui gouvernent, & qu'il l'eſt auſſi dans les
,, gens de cabinet, quoique leur vie ſoit innocente,
,, parce que de leur cabinet il peut percer juſqu'à
,, ceux qui ſont en place; que s'il n'eſt pas ſi funeſte
,, que le fanatiſme, il eſt preſque toujours fatal à la
,, vérité. Ajoutons ſurtout qu'il y a moins d'athées
,, aujourd'hui que jamais, depuis que les philoſophes
,, ont reconnu qu'il n'y a aucun être végétant ſans
,, germe, aucun germe ſans deſſein, & que le blé ne
,, vient point de pourriture.

,, Des géomètres non philoſophes ont rejeté les
,, cauſes finales; mais les vrais philoſophes les
,, admettent; & comme l'a dit un auteur très-connu,
,, *un catéchiſme annonce* DIEU *aux enfans*, & *Newton le*
,, *démontre aux ſages.* ,,

Mais voici des choſes plus ſérieuſes : on dit que
vous êtes un théiſte inconſidéré, un théiſte vaillant,
un théiſte inconſtant, un chrétien déſerteur, un
mauvais théiſte, un calomniateur de tous les partis :
on vous reproche de falſifier tout ce que vous rapportez; de mentir continuellement, en attaquant ſans
pudeur, & le théiſme, & le chriſtianiſme. On ſe
plaint que vous imputiez dans vingt endroits aux
théiſtes de n'admettre ni peines ni récompenſes après
la mort; & que vous les accuſiez de reſſembler à la
fois aux épicuriens qui n'admettent que des Dieux
inutiles, & aux Juifs, qui, juſqu'au temps d'*Hérode*,
ne connurent ni l'immortalité de l'ame dont le Pentateuque n'a jamais parlé, ni la juſtice de DIEU dans
une autre vie de laquelle le Pentateuque n'a point
parlé davantage. Vous oſez charger de ces impiétés
les plus ſages, les plus pieux théiſtes, c'eſt-à-dire

ceux qui ouvrent le fanctuaire de la religion par les mains de DIEU même avant d'y entrer avec JESUS. Lifez leurs livres, & voyez-y votre condamnation.

La profeffion de foi des théiftes eft un ouvrage prefque divin, adreffé à un grand roi; on y lit ces paroles, (page 7 :) ,, Nous adorons depuis le commencement ,, des chofes la divinité unique, éternelle, rémunéra- ,, trice de la vertu, & vengereffe du crime; jufque-là ,, tous les hommes font d'accord, tous répètent après ,, nous cette confeffion de foi. Le centre où tous les ,, hommes fe réuniffent dans tous les temps, dans tous ,, les lieux, eft donc la vérité; & les écarts de ce centre ,, font donc le menfonge. ,,

Au refte, quand nous difons que cet ouvrage eft prefque divin, nous ne prétendons louer que la faine morale, l'adoration de l'être fuprême, la bienfefance, la tolérance, que ce petit livre enfeigne; & nous regardons ces préceptes comme des préparations à l'Evangile.

Le lord *Bolingbroke* s'exprime ainfi, page 216. nouvelle édition de fon admirable livre de l'*Examen important.*

,, Vous avez le front de demander ce qu'il faut ,, mettre à la place de vos fables! je vous réponds, ,, DIEU, la vérité, la vertu, des lois, des peines, ,, & des récompenfes; prêchez la probité & non le ,, dogme; foyez les prêtres de DIEU, & non les ,, prêtres d'un homme. ,,

L'auteur du *Militaire philofophe*, de cet excellent ouvrage qu'on ne peut trop méditer, s'exprime ainfi, page 41 de la nouvelle édition.

,, Je mets au nombre des momens les plus heu-
,, reux de ma vie, celui où mes yeux ont commencé
,, à s'ouvrir : indépendamment du calme & de la
,, liberté d'esprit dont je jouis depuis que je ne suis
,, plus sous le joug des préjugés religieux, je sens
,, que j'ai de DIEU, de sa nature, & de ses puissances
,, infinies, des sentimens plus élevés & plus dignes
,, de ces grands objets. Je suis plus fidelle à mes
,, devoirs, je les remplis avec plus de plaisir &
,, d'exactitude, depuis que je les ai reduits à leurs
,, véritables bornes, & depuis que j'ai fondé l'obli-
,, gation morale sur sa vraie base : en un mot, je
,, suis tout un autre homme, tout un autre père,
,, tout un autre fils, tout un autre mari, tout un
,, autre maître, tout un autre sujet ; je serais de
,, même tout un autre soldat, ou tout un autre
,, capitaine. Dans mes actions je consulte la nature,
,, la raison, & la conscience, qui m'instruisent de la
,, véritable justice ; au lieu que je ne consultais
,, auparavant que ma secte qui m'étourdissait de
,, prétextes frivoles, injustes, impraticables, &
,, nuisibles. Mes scrupules ne tombent plus sur ces
,, vaines pratiques dont l'observation tient lieu à tant
,, de gens de la probité, & des vertus sociales. Je ne
,, me permets plus ces petites injustices qu'on a si
,, souvent occasion de commettre dans le cours de
,, la vie, & qui entraînent quelquefois de très-grands
,, malheurs. ,,

Nous voyons avec une extrême satisfaction que
tous les grands théistes admettent un Dieu juste qui
punit, qui récompense, & qui pardonne. Les vrais
chrétiens doivent révérer le théisme comme la base

de la religion de JESUS; point de religion fans théifme, c'eft-à-dire fans la fincère adoration d'un Dieu unique. Soyons donc théiftes avec JESUS, & comme JESUS, que vous appelez fi indignement fils putatif d'un charpentier.

INSTRUCTIONS

A ANTOINE-JACQUES RUSTAN.

SI vous vouliez être véritablement utile à vos frères, nous vous exhorterions à écrire fagement contre ceux des théiftes, qui fe font écartés de la religion chrétienne; mais en les réfutant, que ce foit avec fageffe, & avec charité; faites quelques pas vers eux, afin qu'ils viennent à nous. Si vous combattez l'erreur, rendez juftice au mérite.

N'écrivez qu'avec refpect contre le curé *Meflier*, qui demanda pardon en mourant d'avoir enfeigné le chriftianifme; il n'aurait pas eu ces remords s'il avait enfeigné un feul Dieu ainfi que JESUS.

Vous ne gagnerez rien à vomir des injures contre milord *Herbert*, milord *Shaftesbury*, milord *Bolingbroke*, le comte de *Boulainvilliers*, le conful *Maillet*, le favant & judicieux *Bayle*, l'intrépide *Hobbes*, le hardi *Toland*, l'éloquent & ferme *Trenchard*, l'eftimable *Gordon*, le favant *Tandal*, l'adroit *Midleton*, & tant d'autres.

Ce n'eft pas une petite entreprife de répondre à *l'examen important*, au *catéchifme de l'honnête homme*, au *militaire philosophe*, au livre du savant & judicieux *Fréret*, au dialecticien *du Marsais*, au livre de *Boulanger*, à l'*évangile de la raison*, au *vicaire savoyard*, le seul véritablement bon ouvrage qu'ait jamais fait *Jean-Jacques Rousseau*.

Tous ces auteurs prétendent que le système qu'ils combattent, s'est établi naturellement & sans aucun prodige. Ils disent qu'à la vérité les prêtres d'*Isis*, ceux de la déesse de Syrie, ceux de *Cérès Eleusine*, & tant d'autres, avaient le secret pour chasser les esprits malins du corps des lunatiques ; que les Juifs, depuis qu'ils avaient embrassé la doctrine des diables, les chassaient par la vertu de la racine Barat, & de la clavicule de *Salomon* ; que dans *Matthieu* & *Luc* (a) on convient de cette puissance du peuple juif ; mais ils ajoutent avec audace que ce miracle n'est pas bien avéré chez les prêtres de Syrie. Les Galiléens, dit *du Marsais*, ajoutèrent à leurs exorcismes des déclamations contre les riches. Ils criaient : *La fin du monde approche, le royaume du ciel va venir ; il n'y aura que les pauvres qui entreront dans ce royaume ; donnez tout ce que vous avez, & nous vous ferons entrer.* Ils prédisaient toutes sortes de malheurs à l'empire romain, comme le rapporte *Lucien* qui en a été témoin. (b) Les malheurs ne manquent jamais d'arriver : tout homme qui prédira des malheurs sera toujours un vrai prophète ; le peuple criait miracle, & prenait les Galiléens pour des sorciers. Peu-à-peu les Galiléens s'instruisirent chez les platoniciens ; ils mélèrent leurs contes avec les dogmes de *Platon*, ils en composèrent une secte nouvelle.

(a) *Matthieu*, chap. XII, *Luc* chap. II.
(b) Voyez le Philopatris de *Lucien*.

Voilà ce que *du Marſais* dit & ce qu'il faut abſolu-
mene réfuter.

Milord *Bolingbroke* va encore plus loin : il cite
l'exemple du cardeur de laine *le Clerc*, qui le premier
établit le calviniſme en France, & qui fut martyriſé ;
Fox le patriarche des quakers qui était un payſan ;
Jean de Leide tailleur qui fut roi des anabaptiſtes ; & vingt
exemples ſemblables. Voilà, dit-il, comme les ſectes
s'établiſſent. Il faut réfuter milord *Bolingbroke*.

Le prince reſpectable qui a fait le *Sermon des cinquante*
réimprimé ſix fois dans le *Recueil néceſſaire*, (*) s'exprime
ainſi : ,, La ſecte de JESUS ſubſiſte cachée ; le fana-
,, tiſme s'augmente ; on n'oſe pas d'abord faire de cet
,, homme un dieu, mais bientôt on s'encourage. Je
,, ne ſais quelle métaphyſique de *Platon* s'amalgame
,, avec la ſecte nazaréenne. On fait de JESUS le logos,
,, le verbe de DIEU, puis conſubſtantiel à DIEU
,, ſon père. On imagine la Trinité, & pour la faire
,, croire, on falſifie les premiers évangiles. On ajoute
,, un paſſage touchant cette Trinité, de même qu'on
,, falſifie l'hiſtorien *Joſephe* pour lui faire dire un mot
,, de JESUS, quoique *Joſephe* ſoit un hiſtorien trop
,, grave pour avoir fait mention d'un tel homme. On
,, va juſqu'à forger des vers des ſibylles ; on ſuppoſe
,, des canons des apôtres, des conſtitutions des apôtres,
,, un ſymbole des apôtres, un voyage de *Simon Pierre* à
,, Rome, un aſſaut de miracles entre ce *Simon* & un
,, autre *Simon* prétendu magicien. En un mot point
,, d'artifice, de fraude, d'impoſture, que les nazaréens
,, ne mettent en œuvre : & après cela on vient nous dire
,, tranquillement que les apôtres prétendus n'ont pu

(*) Ou l'*Evangile du jour*. Voy. le T. I, *philoſophie &c.* de cette édition.

» être ni trompés, ni trompeurs, & qu'il faut croire
» à des témoins qui se sont fait égorger pour soutenir
» leurs dépofitions.

» O malheureux trompeurs & trompés qui parlez
» ainsi ! quelle preuve avez-vous que ces apôtres ont
» écrit ce qu'on met sous leur nom ? Si on a pu
» suppofer des canons, n'a-t-on pas pu suppofer des
» évangiles ? n'en reconnaiffez-vous pas vous-mêmes
» de suppofés ? qui vous a dit que les apôtres sont
» morts pour soutenir leur témoignage ? Il n'y a pas
» un seul hiftorien contemporain qui ait seulement
» parlé de JESUS & de ses apôtres. Avouez que vous
» soutenez des menfonges par des menfonges ; avouez
» que la fureur de dominer sur les efprits, le fanatifme,
» & le temps, ont élevé cet édifice qui croule aujour-
» d'hui de tous côtés, mazure que la raifon détefte,
» & que l'erreur veut soutenir. »

Réfutez le prince auteur de ces paroles ; à moins
que vous n'aimiez mieux être son aumônier ; ce qui
vous ferait plus avantageux.

Quand vous réfuterez ces auteurs, gardez-vous de
falfifier les faintes écritures ; ne défendez pas la vérité
par le menfonge : on vous reproche affez d'avoir
corrompu le texte en difant dans votre libelle, que
lorfque le Seigneur, fur le bord du fleuve Chobar,
commanda à *Ezéchiel* de manger un livre de parchemin,
& de fe coucher pendant trois cents foixante & dix
jours fur le côté gauche ; & pendant quarante fur le
côté droit ; il *lui ordonna auffi de fe faire du pain de*
plufieurs fortes de graines, & de fe fervir pour le cuire de
boufe de vaches. Lifez la Vulgate, vous y trouverez ces
propres mots : *comedes illud, & ftercore quod egreditur*

de

de homine operies illud in oculis eorum. Tu *mangeras ce pain & tu le couvriras de l'excrément qui fort du corps de l'homme.* Couvrir fon pain avec cet excrément, n'eft pas cuire fon pain avec cet excrément. Le Seigneur fe laiffe enfuite toucher aux prières du prophète ; il lui dit : Je te donne de la fiente de bœuf au lieu de fiente d'homme.

Pourquoi donc avoir falfifié le texte ? pourquoi nous expofez-vous aux plaintes amères des incrédules ; c'eft-à-dire de ceux qui ne font pas crédules, & qui ne vous en croiront pas fur votre parole ?

Nous n'approuvons pas la fimplicité de ceux qui traduifent *ftercore* par *de la merde :* c'eft le mot propre, difent-ils ; oui, mais la bienféance & l'honnêteté font préférables au mot propre, quand la fidélité de la traduction n'en eft point altérée.

On prétend que vous avez traduit auffi infidelle-ment tout ce qui regarde les deux fœurs *Oolla* & *Oliba* dans le même *Ezéchiel*, aux chapitres XVI & XXIII. Le texte porte : *Ubera tua intumuerunt, pilus tuus germi-navit ; vos tetons ont groffi, votre poil a pointé : ædificavifti tibi lupanar ; vous vous êtes bâti un b.....: divififti pedes omni tranfeunti ; vous avez ouvert vos cuiffes à tous les paffans : Oolla infanivit libidine fuper concubitum eorum quorum carnes funt ut carnes afinorum, & ficut fluxus equo-rum fluxus eorum ; Oolla s'eft abandonnée paffionnément au coït avec ceux qui ont des membres d'âne, & dont la femence eft comme la femence des chevaux.* Vous pourriez certaine-ment adoucir les mots fans gâter la pureté du texte ; la langue hébraïque fe permettait des expreffions que la françaife réprouve.

Philofophie &c. Tome II.　　　　　A a

Ainſi nous ne voudrions point que vous traduiſiſſiez les révélations du prophète *Ozée* ſelon la lettre, mais ſelon l'eſprit. L'hébreu s'exprime ainſi à la vérité, le Seigneur dit : (*Ozée*, chap. I.) *prenez une femme de fornication, & faites-lui des fils de fornication; filios fornicationum,* ſelon la Vulgate. Vous avez traduit ces mots par *fils de putain :* cela eſt trop groſſier ; & vous deviez dire enfans de la débauche, enfans du crime.

Enſuite lorſqu'au chapitre III, le Seigneur lui ordonne encore de prendre une femme adultère, & que le prophète dit : *Fodi eam pro quindecim argenteis & coro hordei ; je la careſſai pour quinze drachmes & un ſetier d'orge.* Vous rendez ce mot *fodi* par le terme déshonnête, qui lui répond : gardez-vous de jamais tomber dans ces indécences.

Le commentaire ſur le nouveau teſtament, auquel vous travaillez, a d'autres inconvéniens. Cette entrepriſe eſt d'une extrême difficulté ; elle exige bien plus de connaiſſances qu'on ne croit ; celles même des *Simon,* des *Fabricius,* des *Cotelliers,* des *Caves,* des *Gréaves,* & des *Grabes,* ne ſuffiſent pas. Il faut comparer tout ce qui peut nous reſter des cinquante évangiles négligés ou rejetés avec les quatre reçus. Il eſt très-difficile de décider leſquels furent écrits les premiers. Une connaiſſance approfondie du Talmud eſt abſolument néceſſaire ; on y rencontre quelques traits de lumière, mais ils diſparaiſſent bientôt & la nuit redouble. Les Juifs ne donnent point à *Marie* le même époux que lui donnent les évangiles ; ils ne font point naître JESUS ſous *Hérode :* l'arrivée des mages, leur étoile, le maſſacre des innocens, ne ſe liſent dans aucun auteur juif, pas même chez *Flavien Joſephe* parent de

Mariamne, femme d'*Hérode* : le *Sépher Toldos Jefchut* eft trop rempli de fables abfurdes, pour qu'on y puiffe bien difcerner le peu de vérités hiftoriques qu'il peut contenir.

Dans nos évangiles il fe trouve malheureufement des contradictions qu'il femble impoffible à l'efprit humain de concilier ; telles font les deux généalogies de JESUS, l'une par *Matthieu*, & l'autre par *Luc*. Perfonne n'a jamais pu jufqu'à préfent trouver un fil pour fortir de ce labyrinthe, & *Pafcal* a été réduit à dire feulement : *cela ne s'eft pas fait de concert :* non fans doute, ils ne fe font pas concertés, mais il faut voir comment on peut les rapprocher.

Le commencement de *Luc* n'eft pas moins embarraffant ; il eft conftant qu'il n'y eut qu'un feul dénombrement des citoyens romains fous *Augufte*, & il eft avéré que ceux qui en ont fuppofé deux, fe font trompés. Il eft encore avéré, par l'hiftoire & par les médailles, que *Cirénius* ou *Quirinus* n'était point gouverneur de Syrie quand JESUS naquit, & que la Syrie était gouvernée par *Quintilius Varus*. Cependant voici comme *Luc* s'exprime : *Dans ces jours émana un édit de Céfar Augufte, qu'il fût fait un dénombrement de tout l'univers. Ce fut le premier dénombrement, lequel fut fait par Cirinius ou Quirinius préfident de Judée ; & comme chacun allait fe faire enregiftrer dans fa ville, Jofeph monta de la ville de Galilée Nazareth à la cité de David Bethléem en Judée, parce qu'il était de la maifon & de la famille de David.*

Nous avouons qu'il n'y a prefque pas un mot dans ce récit qui ne femble d'abord une erreur groffière. Il faut lire St *Juftin*, St *Irénée*, St *Ambroife*, St *Cyrille*,

Philofophie, &c. Tome II.   A a 2 *

Flavien Jofephe, *Hervard*, *Perizonius*, *Caʒaubon*, *Grotius*, *le Clerc*, pour fe tirer de cette difficulté; & quand on les a lus, la difficulté augmente.

Le chap. XXI de *Luc* vous jette dans de plus grandes perplexités; il femble prédire la fin du monde pour la génération qui exiftait alors. Il y eft dit expreffément que le *fils de l'homme viendra dans une nuée avec une grande puiffance & une grande majefté.* S*t* Paul & S*t* Pierre annoncent clairement la fin du monde, pour le temps où ils vivent.

Nous avons plus de cinquante explications de ces paffages, lefquelles n'expliquent rien du tout. Vous n'entendrez jamais S*t* Paul fi vous ne lifez tout ce que les rabbins ont dit de lui, & fi vous ne conférez les actes de *Thècle* avec ceux des apôtres. Vous n'aurez aucune connaiffance du premier fiècle de l'Eglife, fi vous ne lifez le pafteur d'*Hermas*, les récognitions de *Clément*, les conftitutions apoftoliques, & tous les ouvrages de ce temps-là, écrits fous des noms fuppofés. Vous verrez dans les fiècles fuivans une foule de dogmes, tous détruits les uns par les autres. Il eft très-difficile de démêler comment le platonifme fe fondit peu à-peu dans le chriftianifme; vous ne trouvez plus qu'un chaos de difputes que dix-fept cents ans n'ont pu débrouiller. Ah, notre frère! une bonne action vaut mieux que toutes ces recherches; foyons doux, modeftes, patiens, bienfefans. Ne barbotons plus dans les cloaques de la théologie, & lavons-nous dans les eaux pures de la raifon & de la vertu.

Nous n'avons plus qu'un mot à vous dire. Vous vantez avec juftice des exemples de bienfefance que les Anglais ont donnés, & des foufcriptions qu'ils ont ouvertes en faveur de leurs ennemis mêmes : mais les Anglais prétendent qu'ils ne fe font portés à ces actes d'humanité que depuis les livres des *Shaftesburys*, des *Bolingbrokes*, des *Collins*, &c. Ils avouent qu'il n'y eut aucune action généreufe de cette nature dans le temps que *Cromwell* prêchait le fanatifme le fer à la main ; aucune lorfque *Jacques I* écrivait fur la controverfe ; aucune quand le tyran *Henri VIII* fefait le théologien : ils difent que le théifme feul a rendu la nation bien-fefante. Vous pourrez tirer un grand parti de ces aveux, en montrant que c'eft l'adoration d'un D I E U qui eft la fource de tout bien, & que les difputes fur le dogme font la fource de tout mal. Retranchez de la morale de J E S U S les fadaifes théologiques, elle reftera divine ; c'eft un diamant couvert de fange & d'ordure.

Nous vous fouhaitons la modération & la paix.

CONSEILS RAISONNABLES

A M. BERGIER,

POUR LA DÉFENSE DU CHRISTIANISME ;

Par une société de bacheliers en théologie.

I.

Nous vous remercions, Monfieur, d'avoir effayé de juftifier la religion chrétienne des reproches que le favant M. *Fréret* lui fait dans fon livre ; & nous efpérons que dans une nouvelle édition, vous donnerez à votre réponfe encore plus de force & de vérité. Nous commençons par vous fupplier, pour l'honneur de la religion, de la France, & de la maifon royale, de retrancher ces cruelles paroles qui vous font échappées : (*a*)

C'eft une fauffeté d'attribuer uniquement au fanatifme l'affaffinat de Henri IV. Il n'eft plus douteux que la vraie caufe du parricide n'ait été la jaloufie furieufe d'une femme, & l'ambition de quelques gens de la cour.

Eft-il poffible, Monfieur, que pour défendre le chriftianifme, vous accufiez une aïeule du roi régnant du plus horrible des parricides, je ne dis pas fans la moindre preuve, je dis fans la moindre préfomption ? Eft-ce à un défenfeur de la religion chrétienne à être

(*a*) Page 102.

l'écho de l'abbé *Langlet*, & à ofer affirmer même ce
que ce compilateur n'a fait que foupçonner ?

Un théologien ne doit pas adopter des bruits
populaires. Quoi ! Monfieur, une rumeur odieufe
l'emportera fur les pièces authentiques du procès de
Ravaillac ! quoi ! lorfque *Ravaillac* jure fur fa damnation à fes deux confeffeurs qu'il n'a point de com-
plices, lorfqu'il le répète dans la torture, lorfqu'il
le jure encore fur l'échafaud, vous lui donnez pour
complice une reine à qui l'hiftoire ne reproche aucune
action violente ! (1)

Eft-il poffible que vous vouliez infulter la maifon
royale pour difculper le fanatifme ? mais n'eft-ce pas
ce même fanatifme qui arma le jeune *Châtel* ? n'avoua-
t-il pas qu'il n'affaffina notre grand, notre adorable
Henri IV que pour être moins rigoureufement damné ?
& cette idée ne lui avait elle point été infpirée par le
fanatifme des jéfuites ? *Jacques Clément* qui fe confeffa
& qui communia pour fe préparer faintement à
l'affaffinat du roi *Henri III; Balthazar Gérard* qui fe
munit des mêmes facremens avant d'affaffiner le prince
d'*Orange ;* étaient ils autre chofe que des fanatiques ?
Nous vous montrerions cent exemples effroyables de
ce que peut l'enthoufiafme religieux, fi vous n'en
étiez pas inftruit mieux que nous.

---

(1) M. *Bergier* a répandu qu'il n'avait pas voulu parler de la reine,
mais de la marquife de *Verneuil :* or il n'eft pas beaucoup plus chrétien de
charger gratuitement d'une imputation atroce la mémoire d'une femme
que celle d'une reine. L'imputation eft au moins également abfurde. La
marquife de *Verneuil* était vindicative, mais elle était ambitieufe ; quel
intérêt avait-elle de fe mettre elle, fa famille, & fon fils, à la merci de la
reine qui la haïffait & qui l'avait outragée ?

I I.

Ayez encore la bonté de ne plus faire l'apologie du meurtre de *Jean Hus*, & de *Jérôme de Prague*. (*b*) Oui, Monfieur, le concile de Conftance les affaffina avec des formes juridiques, malgré le fauf-conduit de l'empereur. Jamais le droit des gens ne fut plus folemnellement violé, jamais on ne commit une action plus atroce avec plus de cérémonies. Vous dites pour vos raifons : *La principale caufe du fupplice de Jean Hus fut les troubles que fa doctrine avait excités en Bohême*. . . . Non, Monfieur, ce ne fut point le trouble excité en Bohème, qui porta le concile à ce meurtre horrible. Il n'eft pas dit un mot de ce trouble dans fon libelle de profcription appelé Décret. *Jean Hus*, & *Jérôme de Prague* ne furent juridiquement affaffinés que parce qu'ils n'étaient pas jugés orthodoxes, & qu'ils ne voulurent pas fe rétracter. Il n'y avait encore aucun vrai trouble en Bohème. Ce fut cet affaffinat qui fut vengé par vingt ans de troubles & de guerres civiles. S'il y avait eu des troubles, c'était à l'empereur, & non au concile à en juger ; à moins qu'étant prêtre, vous ne prétendiez que les prêtres doivent être les feuls magiftrats, comme on l'a prétendu à Rome.

Ce qu'il y eut de plus étrange, c'eft qu'il fut arrêté fur un fimple ordre du pape, de ce même pape *Jean XXIII*, chargé des crimes les plus énormes, mis enfuite en prifon lui-même, & dépofé par le concile. Cet homme convaincu d'affaffinat, de fimonie, & de fodomie, ne fut que dépofé; & *Jean* & *Jérôme*, pour avoir dit qu'un mauvais pape n'eft point pape,

(*b*) Page 106.

que les chrétiens doivent communier avec du vin, & que l'Eglife ne doit pas être trop riche, furent condamnés aux flammes.

Ne juftifiez pas les crimes religieux ; vous cano-niferiez bientôt la Saint-Barthelemi & les maffacres d'Irlande ; ce ne font pas là des preuves de la vérité du chriftianifme.

I I I.

VOUS dites : (c) *Il eft faux que l'on doive à la religion catholique les horreurs de la Saint-Barthelemi* ; hélas ! Monfieur, eft-ce à la religion des Chinois & des brames qu'on en eft redevable ?

I V.

VOUS citez l'aveu d'un de vos ennemis (d) qui dit que les guerres de religion ont leur caufe à la cour. Mais ne voyez-vous pas que cet auteur s'exprime auffi mal qu'il penfe ? ne favez-vous pas que fous *François I*, *Henri II*, & *François II*, on avait brûlé plus de quatre cents citoyens, & entre autres le confeiller du parlement *Anne Dubourg*, avant que le prince de *Condé* prît fecrétement le parti des réformés ? fentez combien l'auteur que vous citez fe trompe.

Nous vous défions de nous montrer aucune fecte parmi nous, qui n'ait pas commencé par des théolo-giens & par la populace, à commencer par les querelles d'*Athanafe* & d'*Arius*, jufqu'aux convulfionnaires. Quand les efprits font échauffés ; quand le gouverne-ment, en exerçant des rigueurs imprudentes, allume lui-même par fa perfécution le feu qu'il croit éteindre ;

(c) Page 112.   (d) Page 110. *J. J. Rouffeau.*

quand les martyrs ont fait de nouveaux profélytes ; alors quelque homme puiffant fe met à la tête du parti ; alors l'ambition crie de tous côtés : Religion, religion ; DIEU, DIEU ; alors on s'égorge au nom de DIEU. Voilà, Monfieur, l'hiftoire de toutes les feétes, excepté celle des primitifs appelés quakers.

Nous ofons donc nous flatter que déformais, en réfutant M. *Fréret*, vous aurez plus d'attention à ne pas affaiblir notre caufe par des allégations trop indignes de vous.

V.

NOUS penfons qu'il faut convenir que la religion chrétienne eft la feule au monde dans laquelle on ait vu une fuite prefque continue, pendant quatorze cents années, de difcordes, de perfécutions, de guerres civiles, & d'affaffinats, pour des argumens théologiques. Cette funefte vérité n'eft que trop connue ; plût-à-DIEU qu'on pût en douter. Il eft donc, à notre avis, très-néceffaire que vous preniez une autre route. Il faut que votre fcience & votre efprit fe confacrent à démêler par quelle voie une religion fi divine a pu feule avoir ce privilége infernal.

V I.

Nos adverfaires prétendent que la caufe de ces fléaux fi longs & fi fanglans eft dans ces paroles de l'évangile : *Je fuis venu apporter le glaive & non la paix.*

Que celui qui n'écoute pas l'Eglife foit comme un gentil, ou comme un chevalier romain, un fermier de l'empire. (car publicain fignifiait un chevalier romain, fermier des revenus de l'Etat.)

Ils difent enfuite que JESUS étant venu donner une loi, n'a jamais rien écrit ; que les évangiles font obfcurs & contradiĉtoires ; que chaque fociété chrétienne les expliqua différemment ; que la plupart des doĉteurs eccléfiaftiques furent des grecs platoniciens, qui chargèrent notre religion de nouveaux myftères dont il n'y a pas un feul mot dans les évangiles ; que ces évangiles n'ont point dit que J E S U S fût confubftantiel à D I E U , que J E S U S fût defcendu aux enfers, qu'il eût deux natures & deux volontés, que *Marie* fût mère de D I E U , que les laïques ne duffent pas faire la pâque avec du vin, qu'il y eût un chef de l'Eglife qui dût être fouverain de Rome, qu'on dût acheter de lui des difpenfes & des indulgences, qu'on dût adorer les cadavres d'un culte de dulie, & cent autres nouveautés qui ont enfanglanté la terre pendant tant de fiècles. Ce font-là les funeftes affertions de nos ennemis ; ce font-là les preftiges que vous deviez détruire.

V I I.

I L ferait très-digne de vous de diftinguer ce qui eft néceffaire & divin, de ce qui eft inutile & d'invention humaine.

Vous favez que la première néceffité eft d'aimer D I E U & fon prochain, comme tous les peuples éclairés l'ont reconnu de tous les temps. La juftice, la charité, marchent avant tout. La *Brinvilliers*, la *Voifin*, la *Tophana*, cette célèbre empoifonneufe de Naples, croyaient que J E S U S - C H R I S T avait deux natures & une perfonne, & que le St Efprit procédait du Père & du Fils. *Ravaillac*, le jéfuite *le Tellier*, &

Damiens, en étaient perfuadés. Il faut donc, à ce qu'il nous femble, infifter beaucoup fur ce premier, fur ce grand devoir d'aimer DIEU, de le craindre, & d'être jufte. (*e*)

V I I I.

A l'égard de la foi, comme les écrits de *St Paul* font les feuls dans lefquels le précepte de croire foit expofé avec étendue, ne pourriez-vous pas expliquer clairement ce que veut dire ce grand apôtre par ces paroles divines, adreffées aux Juifs de Rome & non aux Romains, car les Juifs n'étaient pas romains?

La circoncifion eft utile fi vous obfervez la loi judaïque; mais fi vous prévariquez contre cette loi, votre circoncifion devient prépuce. Si donc le prépuce garde les juftices de la loi, ce prépuce ne fera-t-il pas réputé circoncifion? Ce qui eft prépuce de fa nature, confommant la loi, te jugera toi qui prévariques contre la loi par la lettre & la circoncifion; & enfuite, détruifons-nous donc la loi? (c'eft toujours la loi judaïque) à DIEU *ne plaife, mais nous établiffons la foi...... Si Abraham a été juftifié par fes œuvres, il y a de quoi fe glorifier, mais non devant* DIEU.

Il y a cent autres endroits pareils qui, mis par vous dans un certain jour, pourraient éclairer nos incrédules dont le nombre prodigieux augmente fi fenfiblement.

I X.

APRÈS ces préliminaires, venons à préfent, Monfieur, à votre difpute avec feu M. *Fréret*, fur la

_____

(*e*) *Diliges Dominum Deum tuum, & proximum tuum ficut te ipfum.*

manière dont il faut s'y prendre pour réfuter nos ennemis.

Nous aurions fouhaité que vous euffiez donné moins de prife contre vos apologies, en regardant comme des auteurs irréfragablés *Tertullien* & *Eufèbe*. Vous favez bien que le révérend père *Mallebranche* traite de fou *Tertullien*, & qu'*Eufèbe* était un arien qui compilait tous les contes d'*Hégéfippe*. Né montrons jamais nos côtés faibles, quand nous en avons de fi forts.

X.

Nous fommes fâchés que vous avanciez (*f*) que *les auteurs des évangiles n'ont point voulu infpirer d'admiration pour leur maître.* Il eft évident qu'on veut infpirer de l'admiration pour celui dont on dit qu'il s'eft transfiguré fur le Thabor, & que fes habits font devenus tout blancs pendant la nuit ; qu'*Elie* & *Moïfe* font venus converfer avec lui ; qu'il a confondu les docteurs dès fon enfance ; qu'il a fait des miracles, qu'il a reffufcité des morts, qu'il s'eft reffufcité lui-même. Vous avez peut-être voulu dire que le ftyle des évangiles eft très-fimple ; qu'il n'a rien d'admirable ; nous en convenons : mais il faut convenir auffi qu'ils tendent, dans leur fimplicité, à rendre admirable J E S U S-C H R I S T, comme ils le doivent.

Il n'y a en cela nulle différence entre ce qui nous refte des cinquante évangiles rejetés & les quatre évangiles admis. Tous parlent avec cette même fimplicité que nos adverfaires appellent groffièreté : exceptons-en le premier chapitre de St *Jean*, que les

(*f*) Page 23.

alogiens & d'autres ont cru n'être pas de lui. Il eſt tout-à-fait dans le ſtyle platonicien ; & nos adverſaires ont toujours ſoupçonné qu'un grec platonicien en était l'auteur.

X I.

VOUS prétendez, Monſieur, (g) que feu M. *Fréret* confond deux choſes très-différentes , la vérité des évangiles & leur authenticité. Comment n'avez-vous pas pris garde qu'il faut abſolument que ces écrits ſoient authentiques pour être reconnus vrais ? Il n'en eſt pas d'un livre divin qui doit contenir notre loi , comme d'un ouvrage profane : celui-ci peut être vrai ſans avoir des témoignages publics & irréfragables qui dépoſent en ſa faveur. L'hiſtoire de *Philippe de Comines* peut contenir quelques vérités ſans le ſceau de l'appro-bation des contemporains ; mais les actions d'un Dieu doivent être conſtatées par le témoignage le plus authentique. Tout homme peut dire : DIEU m'a parlé, DIEU a fait tels & tels prodiges ; mais on ne doit le croire qu'après avoir entendu ſoi-même cette voix de DIEU ; après avoir vu ſoi-même ces prodiges ; & ſi on ne les a ni vus ni entendus , il faut des enquêtes qui nous tiennent lieu de nos yeux & de nos oreilles.

Plus ce qu'on nous annonce eſt ſurnaturel & divin, plus il nous faut de preuves. Je ne croirai point la foule des hiſtoriens qui ont dit que *Veſpaſien* guérit un aveugle & un paralytique , s'ils ne m'apportent des preuves authentiques & indubitables de ces deux miracles.

(g) Page 16.

Je ne croirai point ceux d'*Apollonius* de Thyane, s'il ne font conftatés par la fignature de tous ceux qui les ont vus. Ce n'eft pas affez ; il faut que ces témoins aient tous été irréprochables, incapables d'être trompeurs & d'être trompés ; & encore après toutes ces conditions effentielles, tous les gens fenfés douteront de la vérité de ces faits ; ils en douteront, parce que ces faits ne font point dans l'ordre de la nature.

C'eft donc à vous, Monfieur, de nous prouver que les évangiles ont toute l'authenticité que nous exigeons fur les miracles de *Vefpafien*, & d'*Apollonius* de Thyane. Le nom d'évangile n'a été connu d'aucun auteur romain ; ces livres étaient même en très-peu de mains parmi les chrétiens. C'était entr'eux un myftère facré qui n'était même jamais communiqué aux catéchumènes pendant les trois premiers fiècles. Les évangiles font vrais, mais on vous foutiendra qu'ils n'étaient pas authentiques. Les miracles de l'abbé *Pâris* ont eu mille fois plus d'authenticité ; ils ont été recueillis par un magiftrat, fignés d'un nombre prodigieux de témoins oculaires, préfentés publiquement au roi par ce magiftrat même. Jamais il n'y eut rien de plus authentique ; & cependant jamais rien de plus faux, de plus ridicule, & de plus univerfellement méprifé.

Voyez, Monfieur, à quoi vous nous expofez par vos raifonnemens qu'on peut fi aifément faire valoir contre nos faintes vérités.

X I I.

JESUS, dites-vous, (*h*) *nous a affuré lui-même de fa*
propre bouche qu'il était né d'une vierge par l'opération du
St Efprit. Hélas, Monfieur, où avez-vous pris cette
étrange anecdote? Jamais JESUS n'a dit cela dans
aucun de nos quatre évangiles ; jamais il n'a même
rien dit qui en approche. Eft-il poffible que vous
ayez préparé un tel triomphe à nos ennemis ? eft-il
permis de citer à faux JESUS-CHRIST ? avez-vous pu
lui attribuer de votre propre main ce que fa propre
bouche n'a point prononcé ? avez-vous pu imaginer
qu'on-ferait affez ignorant pour vous en croire fur
votre propre méprife ? & cela feul ne répand-il pas
une dangereufe faibleffe fur votre propre livre ?

X I I I.

NOUS vous fefons, Monfieur, des repréfentations
fans fuite, comme vous écrivez ; mais elles tendent
toutes au même but. Vous dites que c'eft une témérité
condamnable dans M. *Fréret*, d'avoir foutenu que le
fymbole des apôtres n'avait point été fait par les apôtres.
Rien n'eft cependant plus vrai que cette affertion du
favant *Fréret.* Ce fymbole, qui eft fans doute un
réfumé de la croyance des apôtres, fut rédigé en articles
diftints vers la fin du quatrième fiècle. En effet, fi
les apôtres avaient compofé cette formule pour fervir
de règle aux fidelles, les actes des Apôtres auraient-ils
paffé fous filence un fait fi important ? Avouons que
le fauffaire qui attribue à *St Auguflin* l'hiftoire du
fymbole des apôtres dans fon fermon quarante, eft bien
repréhenfible. Il fait parler ainfi *St Auguflin : Pierre*
dit, *je crois en* DIEU *père tout-puiffant*; *André dit, &*

(*h*) Page 23.

en

en JESUS-CHRIST *fon fils* ; *Jacques ajouta*, *qu'il a été conçu du St Efprit*, .&c. dans le fermon 115 tout cet ordre eft renverfé. Malheureufement le premier auteur de ce conte eft *St Ambroife* dans fon trente huitième fermon. Tout ce que nous pouvons faire, c'eft d'avouer que *St Ambroife* & *St Auguftin* étant hommes & fujets à l'erreur, fe font trompés fur la foi d'une tradition populaire.

X I V.

HÉLAS ! que les premiers chrétiens n'ont-ils pas fuppofé ? Le teftament des douze patriarches, les conftitutions apoftoliques, des vers des fibylles en acroftiches, des lettres de *Pilate*, des lettres de *Paul* à *Sénéque*, des lettres de JESUS-CHRIST à un prince d'Edeffe, &c. &c. ne le diffimulons point ; à peine avaient-ils dans le fecond fiècle un feul livre qui ne fût fuppofé. Tout ce qu'on a répondu avant vous, c'eft que ce font des fraudes pieufes ; mais que direz-vous quand on vous foutiendra que toute fraude eft impie, & que c'eft un crime de foutenir la vérité par le menfonge ?

X V.

QUE vous importe que le livre des pafteurs foit d'*Hermas* ? Quel que foit fon auteur, le livre en eft-il moins ridicule ? relifez-en feulement les premières lignes, & vous verrez s'il y a rien de plus platement fou. *Celui qui m'avait nourri vendit un jour une certaine fille à Rome. Or après plufieurs années je la vis & je la reconnus ; & je commençais à l'aimer comme ma fœur. Quelque temps après je la vis fe baigner dans le Tibre, je lui tendis la main, je la fis fortir de l'eau ; & l'ayant*

Philofophie &c. Tome II.   B b

regardée, je difais dans mon cœur que je ferais heureux fi j'avais une telle femme fi belle & fi bien prife.

Ne trouvez-vous pas , Monfieur , qu'il eft bien effentiel au chriftianifme que ces bêtifes aient été écrites par un *Hermas*, ou par un autre ?

XVI.

CESSEZ de vouloir juftifier la fraude de ceux qui inférèrent dans l'hiftoire de *Flavien Jofephe* ce fameux paffage touchant JESUS-CHRIST, paffage reconnu pour faux par tous les vrais favans. Quand il n'y aurait dans ce paffage fi mal-adroit que ces feuls mots : *il était le chrift*, ne ferait-il pas fuffifant pour conftater la fraude aux yeux de tout homme de bon fens ? N'eft-il pas abfurde que *Jofephe* fi attaché à fa nation & à fa réligion ait reconnu JESUS pour *chrift* ? Eh , mon ami, fi tu le crois *chrift*, fais-toi donc chrétien ; fi tu le crois chrift fils de DIEU , DIEU lui-même, comment n'en dis-tu que quatre mots ?

Prenez garde , Monfieur , quand on combat dans le fiècle où nous fommes en faveur des fraudes pieufes des premiers fiècles , il n'y a point d'homme de bon fens qui ne vous faffe perdre votre caufe. Confeffons, encore une fois , que toutes ces fraudes font très-criminelles ; mais ajoutons qu'elles ne font tort à la vérité, que par l'embarras extrême & par la difficulté qu'on éprouve tous les jours en voulant diftinguer le vrai du faux.

XVII.

LAISSEZ-LA , croyez-moi, le voyage de St *Pierre* à Rome, & fon pontificat de vingt-cinq ans. S'il était allé à Rome, les Actes des apôtres en auraient dit quelque chofe ; St *Paul* n'aurait pas dit expreffément : Mon évangile eft pour le prépuce, & celui de *Pierre* pour les circoncis. (*i*) Un voyage à Rome eft bien mal prouvé quand on eft forcé de dire qu'une lettre écrite de Babylone a été écrite de Rome. Pourquoi St *Pierre* feul de tous les difciples de JESUS aurait-il diffimulé le lieu d'où il écrivait ? Cette fauffe date eft-elle encore une fraude pieufe ? quand vous datez vos lettres de Befançon, cela veut-il dire que vous êtes à Quimpercorentin ?

Il y a très-grande apparence que fi on avait été bien perfuadé dans les premiers fiècles du féjour de St *Pierre* à Rome, la première églife qu'on y a bâtie n'aurait pas été dédiée à St *Jean*. Les premiers qui ont parlé de ce voyage méritent-ils d'ailleurs tant de croyance? Ces premiers auteurs font *Marcel*, *Abdias*, & *Hégéfippe*. Franchement ce qu'ils rapportent du défi fait par *Simon* le prétendu magicien à *Simon-Pierre* le prétendu voyageur, l'hiftoire de leurs chiens & de leur querelle en préfence de l'empereur *Néron*, ne donnent pas une idée bien avantageufe des écrivains de ce temps-là. Ne fouillons plus dans ces mafures ; leurs décombres nous feraient trop fouvent tomber.

X V I I I.

NOUS avons peur que vous n'ayez raifonné d'une manière dangereufe en vous prévalant du témoignage de l'empereur *Julien*. Songez que nous n'avons point tout l'ouvrage de *Julien* ; nous n'en avons que des fragmens rapportés par St *Cyrille* fon adverfaire, qui

(*i*) Epit. aux Galates chap. II

ne lui répondit qu'après fa mort, ce qui n'eft pas généreux. Penfez-vous en effet que *Cyrille* ne lui aura pas fait dire tout ce qui pouvait être le plus aifément réfuté ? Et penfez-vous que *Cyrille* l'ait en effet combattu avec avantage ? Pefez bien les paroles qu'il rapporte de cet empereur ; les voici : JESUS *n'a fait pendant fa vie aucune action remarquable , à moins qu'on ne regarde comme une grande merveille de guérir des boiteux & des aveugles , & d'exorcifer les démons dans les villages de Bethzaïde & de Béthanie.*

Le fens de ces paroles n'eft-il pas évidemment : ,, JESUS n'a rien fait de grand ? vous prétendez qu'il ,, a paffé pour guérir des aveugles & des boîteux & ,, pour chaffer des démons ; mais tous nos demi- ,, dieux ont eu la réputation de faire de bien plus ,, grandes chofes : il n'eft aucun peuple qui n'ait fes ,, prodiges , il n'eft aucun temple qui n'attefte des ,, guérifons miraculeufes. Vous n'avez en cela aucun ,, avantage fur nous ; au contraire, notre religion a ,, cent fois plus de prodiges que la vôtre. Si vous ,, avez fait de JESUS un Dieu , nous avons fait avant ,, vous cent dieux de cent héros; nous poffédons ,, plus de dix mille atteftations de guérifons opérées ,, au temple d'*Efculape* , & dans les autres temples. ,, Nous enchantions les ferpens, nous chaffions les ,, mauvais génies , avant que vous exiftaffiez. Pour ,, nous prouver que votre Dieu l'emporte fur les ,, nôtres, & eft le Dieu véritable, il faudrait qu'il fe ,, fût fait connaître par toutes les nations ; rien ne ,, lui était plus aifé ; il n'avait qu'un mot à dire ; il ,, ne devait pas fe cacher fous la forme d'un char- ,, pentier de village. Le Dieu de l'univers ne devait

,, pas être un misérable juif condamné au supplice
,, des esclaves. Enfin de quoi vous avisez-vous ,
,, charlatans & fanatiques nouveaux, de vous préférer
,, insolemment aux anciens charlatans & aux anciens
,, fanatiques ? ,,

Voilà nettement le sens des paroles de *Julien*.
Voilà sûrement son opinion , voilà son argument
dans toute sa force ; il nous fait frémir ; nous ne
le rapportons qu'avec horreur ; mais personne n'y
a jamais répondu : vous ne deviez pas exposer la
religion chrétienne à de si terribles rétorsions.

X I X.

VOUS avouez qu'il y a eu souvent de la fraude
& des illusions dans les possessions & dans les exorcismes ; & après cet aveu, vous voulez prouver que
JESUS envoya le diable, du corps de deux possédés,
dans le corps de deux mille cochons qui allèrent se
noyer dans le lac de Génézareth. Ainsi un diable
se trouva dans deux mille corps à la fois, ou si
vous voulez deux diables dans mille corps , ou bien
DIEU envoya deux mille diables.

Pour peu que vous eussiez eu de prudence vous
n'auriez pas parlé d'un tel miracle ; vous n'auriez
pas excité les risées de tous les gens de bon sens ;
vous auriez dit avec le grand *Origène* que ce sont
des types , des paraboles ; vous vous seriez souvenu
qu'il n'y eut jamais de cochons chez les Juifs ni
chez les Arabes leurs voisins. Vous auriez fait
réflexion , que si , contre toute vraisemblance ,
quelque marchand eût conduit deux mille cochons

dans ces contrées, JESUS aurait commis une très-méchante action de noyer ces deux milles porcs ; qu'un tel troupeau eſt une richeſſe très-confidérable. Le prix de deux mille porcs a toujours ſurpaſſé celui de dix mille moutons. Noyer ces bêtes ou les empoiſonner c'eſt la même choſe. Que feriez-vous d'un homme qui aurait empoiſonné dix mille moutons ?

Des témoins oculaires, dites-vous, rapportent cette hiſtoire. Ignorez-vous ce que répondent les incrédules ? Ils ne regardent comme vrais témoins oculaires que des citoyens domiciliés dignes de foi, qui interrogés publiquement par le magiſtrat ſur un fait extraordinaire, dépoſent unanimement qu'ils l'ont vu, qu'ils l'ont examiné ; des témoins qui ne ſe contredifent jamais ; des témoins dont la dépoſition eſt conſervée dans les archives publiques, revêtue de toutes les formes. Sans ces conditions, ils ne peuvent croire un fait ridicule en lui-même, & impoſſible dans les circonſtances dont on l'accompagne. Ils rejettent avec indignation & avec dédain des témoins dont les livres n'ont été connus dans le monde que plus de cent années après l'événement ; des livres dont aucun auteur contemporain n'a jamais parlé ; des livres qui ſe contredifent les uns les autres à chaque page ; des livres qui attribuent à JESUS deux généalogies abfolument différentes, & qui ne font que la généalogie de *Joſeph*, qui n'eſt point ſon père ; des livres pour leſquels, difent-ils, vous auriez le plus profond mépris, & que vous ne daigneriez pas réfuter s'ils étaient écrits par des hommes d'une autre religion que la vôtre. Ils crient

que vous penſez comme eux dans le fond de votre
cœur , & que vous avez la lâcheté de ſoutenir ce
qu'il vous eſt impoſſible de croire. Pardonnez-nous
de vous rapporter leurs funeſtes diſcours. Nous n'en
uſons ainſi que pour vous convaincre qu'il fallait
employer, pour ſoutenir la religion chrétienne, une
méthode toute différente de celle dont on s'eſt ſervi
juſqu'à préſent. Il eſt évident qu'elle eſt très-mau-
vaiſe , puiſqu'à meſure qu'on fait un nouveau livre
dans ce goût, le nombre des incrédules augmente.
L'ouvrage de l'abbé *Houtteville*, qui ne chercha qu'à
étaler de l'eſprit & des mots nouveaux , a produit
une foule de contradicteurs ; & nous craignons que
le vôtre n'en faſſe naître davantage.

X X.

DIEU nous préſerve de penſer que vous ſacrifiez la
vérité à un vil intérêt ; que vous êtes du nombre
de ces malheureux mercenaires qui combattent par
des argumens, pour aſſurer & pour faire reſpecter les
immenſes fortunes de leurs maîtres ; qui s'exténuent
dans la triſte recherche de tous les fatras théologiques , afin que de voluptueux ignorans, comblés d'or
& d'honneurs , laiſſent tomber pour eux quelques
miettes de leur table! Nous ſommes très-loin de
vous prêter des vues ſi baſſes & ſi odieuſes. Nous
vous regardons comme un homme abuſé par la
ſimplicité de ſa candeur.

Vous alléguez , pour prouver la réalité des poſſeſ-
ſions , que St *Paulin* vit un poſſédé qui ſe tenait les
pieds en haut à la voûte d'une égliſe , & qui

marchait la tête en bas fur cette voûte comme un antipode , fans que fa robe fe retrouffât ; vous ajoutez que *St Paulin* , furpris d'une marche fi extraor-dinaire , crut mon homme poffédé du diable , & envoya vîte chercher des reliques de *St Félix* de Nole, qui le guérirent fur le champ. Cette cure confiftait apparemment à le faire tomber de la voûte, la tête la première. Eft-il poffible , Monfieur , que dans un fiècle tel que le nôtre , vous ofiez rapporter de telles niaiferies qui auraient été fifflées au quin-zième fiècle !

Vous ajoutez que *Sulpice Sevère* attefte qu'un homme à qui on avait donné des reliques de *St Martin* s'éleva tout d'un coup en l'air , les bras étendus, & y refta long-temps. Voilà fans doute un beau miracle , bien utile au genre-humain , bien édifiant ! comptez-vous cela , Monfieur , parmi les preuves du chriftianifme ?

Nous vous confeillons de laiffer ces hiftoires avec celle de *St Paul l'ermite* , à qui un corbeau apporta tous les jours pendant quarante ans la moitié d'un pain, & à qui il apporta un pain entier quand *St Antoine* vint dîner avec lui ; avec l'hiftoire de *St Pacôme*, qui fefait fes vifites, monté fur un crocodile ; avec celle d'un autre *St Paul ermite*, qui trouvant un jour un jeune homme couché avec fa femme, lui dit: Couchez avec ma femme tant que vous voudrez , & avec mes enfans auffi ; après quoi il alla dans le défert.

X X I.

ENFIN , Monfieur , vous regrettez que les poffef-fions du diable , les fortiléges , & la magie, *ne foient plus de mode* , (ce font vos expreffions ,) nous joignons nos regrets aux vôtres. Nous convenons en effet que l'ancien teftament eft fondé en partie fur la magie ; témoin les miracles des forciers de *Pharaon* , la pythoniffe d'Endor , les enchantemens des ferpens , &c. Nous favons auffi que Jesus donna miffion à fes difciples de chaffer les diables ; mais , croyez-moi , ce font-là de ces chofes dont il eft convenable de ne jamais parler. Les papes ont très-fagement défendu la lecture de la Bible ; elle eft trop dangereufe pour ceux qui n'écoutent que leur raifon : elle ne l'eft pas pour vous qui êtes théologien , & qui favez immoler la raifon à la théologie ; mais quel trouble ne jette-t-elle pas dans un nombre prodigieux d'ames éclairées & timorées? Nous fommes témoins que votre livre leur imprime mille doutes. Si tous les laïques avaient le bonheur d'être ignorans, ils ne douteraient pas. Ah , Monfieur , que le fens commun eft fatal !

X X I I.

Vous auriez pu vous paffer de dire que les apôtres & les difciples ne s'adreffèrent pas feulement à la plus vile populace , mais qu'ils perfuadèrent auffi quelques grands feigneurs. Premièrement ce fait eft évidemment faux. En fecond lieu , cela marque un peu trop d'envie de plaire aux grands feigneurs de l'Eglife d'aujourd'hui , & vous favez trop bien que du temps des apôtres , il n'y avait ni évêque intitulé monfeigneur & doté de cent mille écus de rentes , ni d'abbé croffé , mitré , ni ferviteur des ferviteurs de DIEU, maître de Rome & de la cinquième partie de l'Italie.

XXIII.

VOUS parlez toujours de martyrs. Hé! Monfieur, ne fentez-vous pas combien cette miférable preuve s'éleve contre nous? infenfés & cruels que nous fommes! quels barbares ont jamais fait plus de martyrs que nos barbares ancêtres? Ah! Monfieur, vous n'avez donc pas voyagé; vous n'avez pas vu à Conftance la place où *Jérôme de Prague* dit à un des bourreaux du concile, qui voulait allumer fon bûcher par derrière: *Allume pardevant; fi j'avais craint les flammes je ne ferais pas venu ici.*

Avez-vous jamais paffé dans Paris par la Grêve, où le confeiller-clerc *Anne Dubourg*, neveu du chancelier, chanta des cantiques avant fon fupplice? Savez-vous qu'il fut exhorté à cette héroïque conftance par une jeune femme de qualité nommée madame de *la Caille*, qui fut brûlée quelques jours après lui? elle était chargée de fers dans un cachot voifin du fien, & ne recevait le jour que par une petite grille pratiquée en haut dans le mur qui féparait ces deux cachots. Cette femme entendait le confeiller qui difputait fa vie contre fes juges par les formes des lois. *Laiffez-là*, lui cria-t-elle, *ces indignes formes; craignez-vous de mourir pour votre* DIEU?

Voilà ce qu'un indigne hiftorien tel que le jéfuite *Daniel* n'a garde de rapporter, & ce que d'*Aubigné* & les contemporains nous certifient.

Faut-il vous montrer ici la foule de ceux qui furent exécutés à Lyon dans la place des Terreaux,

depuis 1546 ? Faut-il vous faire voir mademoifelle
de *Cagnon* fuivant dans une charette cinq autres
charrettes chargées d'infortunés condamnés aux
flammes , parce qu'ils avaient le malheur de ne pas
croire qu'un homme pût changer du pain en DIEU ?
cette fille , malheureufement perfuadée que la religion
réformée eft la véritable , avait toujours répandu des
largeffes parmi les pauvres de Lyon ; ils entouraient ,
en pleurant , la charrette où elle était traînée , chargée
de fers. *Hélas !* lui criaient-ils , *nous ne recevrons plus
d'aumônes de vous. Hé bien*, dit-elle , *vous en recevrez encore* ,
& elle leur jeta fes mules de velours que fes bourreaux
lui avaient laiffées.

Avez-vous vu la place de l'eftrapade à Paris ? elle
fut couverte fous *François I* de corps réduits en cendres.
Savez-vous comme on les fefait mourir ? on les fufpen-
dait à de longues bafcules qu'on élevait & qu'on
baiffait tour-à-tour fur un vafte bûcher , afin de leur
faire fentir plus long-temps toutes les horreurs de la
mort la plus douloureufe. On ne jetait ces corps fur
les charbons ardens , que lorfqu'ils étaient prefqu'entièrement rôtis , & que leurs membres retirés , leur
peau fanglante & confumée, leurs yeux brûlés , leur
vifage défiguré ne leur laiffaient plus l'apparence de
la figure humaine.

Le jéfuite *Daniel* fuppofe , fur la foi d'un infame
écrivain de ce temps-là , que *François I* dit publiquement qu'il traiterait ainfi le dauphin fon fils , s'il
donnait dans les opinions des réformés ; perfonne ne
croira qu'un roi qui ne paffait pas pour un *Néron* ,
ait jamais prononcé de fi abominables paroles. Mais

la vérité eſt que tandis qu'on feſait à Paris ces ſacrifices de ſauvages , qui ſurpaſſent tout ce que l'inquiſition a jamais fait de plus horrible , *François I* plaiſan-
tait avec ſes courtiſans, & couchait avec ſa maîtreſſe.

Ce ne ſont pas là , Monſieur , des hiſtoires de
Ste Potamienne, de *S^{te} Urſule*, & des onze mille vierges.
C'eſt un récit fidelle de ce que l'hiſtoire a de moins
incertain.

Le nombre des martyrs réformés , ſoit vaudois , ſoit
albigeois , ſoit évangéliſtes, eſt innombrable. Un de
vos ancêtres, du moins un homme de votre nom ,
Pierre Bergier , fut brûlé à Lyon en 1552 avec *René
Poyet*, parent du chancelier *Poyet*. On jeta dans le
même bûcher *Jean Chambon*, *Louis Dimonet*, *Louis de
Marſac*, *Etienne de Gravot*, & cinq jeunes écoliers. Je
vous ferais trembler ſi je vous feſais voir la liſte des
martyrs que les proteſtans ont conſervée.

Pierre Bergier chantait un pſeaume de *Marot* en
allant au ſupplice. Dites-nous de bonne foi ſi vous
chanteriez un pſeaume latin en pareil cas ? Dites-nous
ſi le ſupplice de la potence, de la roue, ou du feu, eſt
une preuve de la religion ? c'eſt une preuve ſans doute
de la barbarie humaine ; c'eſt une preuve que d'un
côté il y a des bourreaux , & de l'autre des perſuadés.

Non , ſi vous voulez rendre la religion chrétienne
aimable , ne parlez jamais de martyrs ; nous en avons
fait cent fois plus que les païens. Nous ne voulons
point répéter ici ce qu'on a tant dit des maſſacres
des Albigeois , des habitans de Mérindol , de la
St Barthelemi , de ſoixante ou quatre - vingts mille
irlandais proteſtans, égorgés , aſſommés , pendus ,

brûlés, par les catholiques, de ces millions d'Indiens tués comme des lapins dans des garennes, aux ordres de quelques moines. Nous frémissons, nous gémissons; mais il faut le dire ; parler des martyrs à des chrétiens, c'est parler de gibets & de roues à des bourreaux & à des recors.

X X I V.

QUE pourrions-nous vous représenter encore, Monsieur, après ce tableau aussi vrai qu'épouvantable que vous nous avez forcé de vous tracer de nos mains tremblantes ? Oui, à la honte de la nature, il y a encore des fanatiques assez barbares, des hommes assez dignes de l'enfer, pour dire qu'il faut faire périr dans les supplices tous ceux qui ne croient pas à la religion chrétienne que vous avez si mal défendue. C'est ainsi que pensent encore les inquisiteurs ; tandis que les rois & leurs ministres, devenus plus humains, émoussent dans toute l'Europe le fer dont ces monstres sont armés. Un évêque en Espagne a proféré ces paroles devant des témoins respectables de qui nous les tenons : *Le ministre d'Etat qui a signé l'expulsion des jésuites, mérite la mort.* Nous avons vu des gens qui ont toujours à la bouche ces mots cruels, *contrainte & châtiment*, & qui disent hautement que le christianisme ne peut se conserver que par la terreur & par le sang.

Je ne veux pas vous citer ici un autre évêque de la plus basse naissance, qui, séduit par un fanatique, s'est expliqué avec plus de fureur qu'on n'en a jamais reproché aux *Dioclétiens* & aux *Décius*.

La terre entière s'eft élevée contre les jéfuites, parce qu'ils étaient perfécuteurs ; mais qu'il fe trouve quelque prince affez peu éclairé, affez mal confeillé, affez faible, pour donner fa confiance à un capucin, à un cordelier ; vous verrez les cordeliers & les capucins auffi infolens, auffi intrigans, auffi perfécuteurs, auffi ennemis de la puiffance civile que les jéfuites l'ont été. Il faut que la magiftrature foit par-tout occupée fans ceffe à réprimer les attentats des moines. Il y a maintenant dans Paris un cordelier qui prêche avec la même impudence & la même fureur que le cordelier *Feu-ardent* prêchait du temps de la ligue.

Quel homme a jamais été plus perfécuteur chez ces mêmes cordeliers, que leur prédicateur *Poiffon* ? Il exerça fur eux un pouvoir fi tyrannique, que le miniftère fut obligé de le faire dépofer de fa place de provincial & de l'exiler. Que n'eût-il point fait contre les laïques ? Mais cet ardent perfécuteur était-il un homme perfuadé, un fanatique de religion ? non, c'était le plus hardi débauché qui fût dans tout l'ordre ; il ruina le grand couvent de Paris en filles de joie. Le procès de la femme du *Moutier*, qui redemanda quatre mille francs après la mort de ce moine, exifte encore au greffe de la tournelle criminelle. Percez la muraille du parvis avec *Ezéchiel*, (*k*) vous verrez des ferpens, des monftres, & l'abomination de la maifon d'Ifraël.

X X V.

Si vous avez malheureufement invité nos ennemis à s'irriter de tant de fcandales, de tant de cruautés,

(*k*) *Ezéchiel*, chap. VII, v. 7.

d'une foif fi intariffable de l'argent, des honneurs, &
du pouvoir, de cette lutte éternelle de l'Eglife contre
l'Etat, de ces procès interminables dont les tribunaux
retentiffent; ne leur apprêtez point à rire en difcutant
des hiftoires qu'on ne doit jamais approfondir.
Qu'importe, hélas! à notre falut que le démon *Afmodée*
ait tordu le cou à fept maris de *Sara*, & qu'il foit
aujourd'hui enchaîné chez les Turcs dans la haute
Egypte ou dans la baffe?

Vous auriez pu vous abftenir de louer l'action de
Judith, qui affaffina *Holopherne* en couchant avec lui.
Vous dites pour la juftifier, (*l*) *que chez les anciens
peuples, comme chez les fauvages, le droit de la guerre était
féroce & inhumain.* Vous demandez *en quoi l'action de
Judith eft différente de celle de Mutius Scevola?* Voici la
différence, Monfieur; *Scevola* n'a point couché avec
Porfenna, & *Tite-Live* n'eft point mis par le concile
de Trente au rang des livres canoniques.

Pourquoi vouloir examiner l'édit d'*Affuérus*, qui
fit publier que dans dix mois on maffacrerait tous
les Juifs, parce qu'un d'eux n'avait pas falué *Aman*?
Si ce roi a été infenfé, s'il n'a pas prévu que les Juifs
auraient pendant dix mois le temps de s'enfuir, quel
rapport cela peut-il avoir à nos devoirs, à la piété,
à la charité?

On vous arrêterait à chaque page, à chaque ligne:
il n'y en a prefque point qui ne prépare un funefte
triomphe à nos ennemis.

Enfin, Monfieur, nous fommes perfuadés que,
dans le fiècle où nous vivons, la plus forte preuve
qu'on puiffe donner de la vérité de notre religion

(*l*) Page 154, deuxième pièce.

eft l'exemple de la vertu. La charité vaut mieux que
la difpute. Une bonne aâion eft préférable à l'intelligence du dogme. Il n'y a pas huit cents ans que
nous favons que le St Efprit procède du père & du
fils. Mais tout le monde fait depuis quatre mille ans
qu'il faut être jufte & bienfefant. Nous en appelons de votre livre à vos mœurs mêmes , & nous
vous conjurons de ne point déshonorer des mœurs
fi honnêtes par des argumens fi faibles & fi miférables &c.

Signé , CHAMBON , DUMOULINS , DESJARDINS ,
& VERZENOT.

LES

LES QUESTIONS

DE ZAPATA,

TRADUITES PAR LE SIEUR TAMPONET,
DOCTEUR EN SORBONNE.

Le licencié Zapata, nommé professeur en théologie dans l'université de Salamanque, présenta ces questions à la junta des docteurs en 1629. Elles furent supprimées. L'exemplaire espagnol est dans la bibliothèque de Brunsvick.

SAGES MAITRES,

1°. COMMENT dois-je m'y prendre pour prouver que les Juifs, que nous fesons brûler par centaines, furent pendant quatre mille ans le peuple chéri de DIEU?

2°. Pourquoi DIEU, qu'on ne peut, sans blasphème, regarder comme injuste, a-t-il pu abandonner la terre entière pour la petite horde juive, & ensuite abandonner sa petite horde pour une autre, qui fut pendant deux cents ans beaucoup plus petite & plus méprisée?

3°. Pourquoi a-t-il fait une foule de miracles incompréhensibles, en faveur de cette chétive nation avant les temps qu'on nomme *historiques*? Pourquoi n'en fait-il plus depuis quelques siècles? & pourquoi n'en voyons-nous jamais, nous qui fommes le peuple de DIEU?

4°. Si DIEU eſt le Dieu d'*Abraham*, pourquoi brûlez - vous les enfans d'*Abraham*? & ſi vous les brûlez, pourquoi récitez - vous leurs prières, même en les brûlant? Comment, vous qui adorez le livre de leur loi, les faites - vous mourir pour avoir ſuivi leur loi?

5o. Comment concilierai - je la chronologie des Chinois, des Chaldéens, des Phéniciens, des Egyptiens, avec celle des Juifs? & comment accorderai-je entre elles quarante manières différentes de ſupputer les temps chez les commentateurs? Je dirai que DIEU diĉta ce livre; & on me répondra que DIEU ne ſait donc pas la chronologie.

6o. par quels argumens prouverai-je que les livres attribués à *Moïſe* furent écrits par lui dans le déſert? a - t - il pu dire qu'il écrivait au - delà du Jourdain, quand il n'a jamais paſſé le Jourdain? On me répondra que DIEU ne ſait donc pas la géographie.

7°. Le livre intitulé *Joſué* dit que *Joſué* fit graver le Deutéronome ſur des pierres enduites de mortier: ce paſſage de *Joſué*, & ceux des anciens auteurs, prouvent évidemment que, du temps de *Moïſe* & de *Joſué*, les peuples orientaux gravaient ſur la pierre & ſur la brique leurs lois & leurs obſervations. Le Pentateuque nous dit que le peuple juif manquait dans le déſert de nourriture & de vêtemens; il était peu probable qu'on eût des gens aſſez habiles pour graver un gros livre, lorſqu'on n'avait ni tailleurs ni cordonniers. Mais comment conſerva-t-on ce gros ouvrage gravé ſur du mortier?

8°. Quelle eſt la meilleure manière de réfuter les objections des ſavans, qui trouvent dans le Penta- teuque des noms de villes qui n'exiſtaient pas alors, des préceptes pour les rois que les Juifs avaient alors en horreur , & qui ne gouvernèrent que ſept cents ans après *Moïſe;* enfin, des paſſages où l'auteur, très- poſtérieur à *Moïſe*, ſe trahit lui-même en diſant : *Le lit d'Og qu'on voit encore aujourd'hui à Ramatha. Le cananéen était alors dans le pays?* &c. &c. &c. &c.

Ces ſavans fondés ſur des difficultés & ſur des contradictions qu'ils imputent aux chroniques juives, pourraient faire quelque peine à un licencié.

9°. Le livre de la Genèſe eſt-il phyſique ou allégorique ? D I E U ôta-t-il en effet une côte à *Adam* , pour en faire une femme ? & comment eſt-il dit auparavant qu'il le créa mâle & femelle ? Comment D I E U créa-t-il la lumière avant le ſoleil ? Comment diviſa-t-il la lumière des ténèbres , puiſque les ténèbres ne ſont autre choſe que la privation de la lumière ? Comment fit-il le jour avant que le ſoleil fût fait ? Comment le firmament fut-il formé au milieu des eaux, puiſqu'il n'y a point de firmament, & que cette fauſſe notion d'un firmament n'eſt qu'une imagination des anciens Grecs ? Il y a des gens qui conjecturent que la Genèſe ne fut écrite que quand les Juifs eurent quelque connaiſſance de la philoſo- phie erronée des autres peuples, & j'aurai la douleur d'entendre dire que D I E U ne fait pas plus la phy- ſique que la chronologie & la géographie.

10°. Que dirai-je du jardin d'Eden dont il ſortait un fleuve qui ſe diviſait en quatre fleuves, le Tigre , l'Euphrate , le Phiſon, qu'on croit le Phaſe, le Géon,

qui coule dans le pays d'Ethiopie, & qui par conféquent ne peut être que le Nil, & dont la fource eft
diftante de mille lieues de la fource de l'Euphrate?
On me dira encore que DIEU eft un bien mauvais
géographe.

11°. Je voudrais de tout mon cœur manger du fruit
qui pendait à l'arbre de la fcience ; & il me femble
que la défenfe d'en manger eft étrange ; car DIEU
ayant donné la raifon à l'homme, il devait l'encourager à s'inftruire. Voulait-il n'être fervi que par un
fot ? Je voudrais parler auffi au ferpent, puifqu'il
a tant d'efprit ; mais je voudrais favoir quelle langue
il parlait. L'empereur *Julien*, ce grand philofophe,
le demanda au grand S*t* *Cyrille*, qui ne put fatisfaire
à cette queftion, mais qui répondit à ce fage empereur : c'eft vous qui êtes le ferpent. S*t* *Cyrille* n'était
pas poli ; mais vous remarquerez qu'il ne répondit
cette impertinence théologique que quand *Julien* fut
mort.

La Genèfe dit que le ferpent mange de la terre ;
vous favez que la Genèfe fe trompe, & que la terre
feule ne nourrit perfonne. A l'égard de DIEU qui
venait fe promener familièrement tous les jours à
midi dans le jardin, & qui s'entretenait avec *Adam*
& *Eve* & avec le ferpent, il ferait fort doux d'être en
quatrième. Mais comme je vous crois plus fait pour
la compagnie que *Jofeph* & *Marie* avaient dans l'étable
de Bethléem, je ne vous proposerai pas un voyage
au jardin d'Eden, furtout depuis que la porte en
eft gardée par un chérubin armé jufqu'aux dents. Il
eft vrai que, felon les rabbins, *chérubin* fignifie bœuf.
Voilà un étrange portier. De grâce, dites-moi au
moins ce que c'eft qu'un chérubin.

12°. Comment expliquerai-je l'hiftoire des anges qui devinrent amoureux des filles des hommes, & qui engendrèrent les géans? Ne m'objectera-t-on pas que ce trait eft tiré des fables païennes? Mais puifque les Juifs inventèrent tout dans le défert, & qu'ils étaient fort ingénieux, il eft clair que toutes les autres nations ont pris d'eux leur fcience. *Homère*, *Platon*, *Cicéron*, *Virgile*, n'ont rien fu que par les Juifs. Cela n'eft-il pas démontré?

13°. Comment me tirerai-je du déluge, des cataractes du ciel qui n'a point de cataractes, de tous les animaux arrivés du Japon, de l'Afrique, de l'Amérique, & des terres auftrales, enfermés dans un grand coffre avec leurs provifions pour boire & pour manger pendant un an, fans compter le temps où la terre, trop humide encore, ne put rien produire pour leur nourriture? Comment le petit ménage de *Noé* put-il fuffire à donner à tous ces animaux leurs alimens convenables? Il n'était compofé que de huit perfonnes.

14°. Comment rendrai-je l'hiftoire de la tour de Babel vraifemblable? Il faut bien que cette tour fût plus haute que les pyramides d'Egypte, puifque DIEU laiffa bâtir les pyramides. Allait-elle jufqu'à Vénus, ou du moins jufqu'à la lune?

15°. Par quel art juftifierai-je les deux menfonges d'*Abraham*, le père des croyans, qui à l'âge de cent trente-cinq ans, à bien compter, fit paffer la belle *Sara* pour fa fœur en Egypte & à Gérar, afin que les rois de ce pays-là en fuffent amoureux, & lui fiffent des préfens? Fi! qu'il eft vilain de vendre fa femme!

16°. Donnez-moi des raifons qui m'expliquent pourquoi DIEU ayant ordonné à *Abraham* que toute fa poftérité fût circoncife, elle ne le fut point fous *Moïfe*.

17°. Puis-je par moi-même favoir fi les trois anges à qui *Sara* fervit un veau tout entier à manger, avaient un corps, ou s'ils en empruntaient un? & comment il fe peut faire que DIEU ayant envoyé deux anges à Sodome, les Sodomites vouluffent commettre certain péché avec ces anges? Ils devaient être bien jolis. Mais pourquoi *Loth* le jufte offrit-il fes deux filles à la place des deux anges aux Sodomites? Quelles commères? elles couchèrent un peu avec leur père. Ah! fages maîtres, cela n'eft pas honnête!

18°. Mon auditoire me croira-t-il, quand je lui dirai que la femme de *Loth* fut changée en une ftatue de fel? que répondrai-je à ceux qui me diront que c'eft peut-être une imitation groffière de l'ancienne fable d'*Eurydice*, & que la ftatue de fel ne pouvait pas tenir à la pluie?

19°. Que dirai-je, quand il faudra juftifier les bénédictions tombées fur *Jacob* le jufte qui trompa *Ifaac* fon père, & qui vola *Laban* fon beau-père? Comment expliquerai-je que DIEU lui apparut au haut d'une échelle? & comment *Jacob* fe battit-il toute la nuit contre un ange? &c. &c.

20°. Comment dois-je traiter le féjour des Juifs en Egypte, & leur évafion? L'Exode dit qu'ils reftèrent quatre cents ans en Egypte; & en fefant le compte jufte, on ne trouve que deux cents cinq ans. Pourquoi la fille de *Pharaon* fe baignait-elle dans le Nil, où l'on ne fe baigne jamais à caufe des crocodiles? &c. &c.

21°. *Moïse* ayant épousé la fille d'un idolâtre, comment DIEU le prit-il pour son prophète sans lui en faire des reproches? Comment les magiciens de *Pharaon* firent-ils les mêmes miracles que *Moïse*, excepté ceux de couvrir le pays de poux & de vermine? Comment changèrent-ils en sang toutes les eaux qui étaient déjà changées en sang par *Moïse?* Comment *Moïse* conduit par DIEU même, & se trouvant à la tête de six cents trente mille combattans, s'enfuit-il avec son peuple, au lieu de s'emparer de l'Egypte dont tous les premiers-nés avaient été mis à mort par DIEU même? L'Egypte n'a jamais pu rassembler une armée de cent mille hommes, depuis qu'il est fait mention d'elle dans les temps historiques. Comment *Moïse* en s'enfuyant avec ces troupes de la terre de Gessen, au lieu d'aller en droite ligne dans le pays de Canaan, traversa-t-il la moitié de l'Egypte, & remonta-t-il jusque vis-à-vis de Memphis entre Baal-Séphon & la mer Rouge? Enfin, comment *Pharaon* put-il le poursuivre avec toute sa cavalerie, puisque, dans la cinquième plaie de l'Egypte, DIEU venait de faire périr tous les chevaux & toutes les bêtes, & que d'ailleurs l'Egypte, coupée par tant de canaux, eut toujours très-peu de cavalerie?

22°. Comment concilierai-je ce qui est dit dans l'Exode avec le discours de *S*[t] *Etienne* dans les Actes des apôtres, & avec les passages de *Jérémie* & d'*Amos?* L'Exode dit qu'on sacrifia à *Jéhova* pendant quarante ans dans le désert; *Jérémie, Amos,* & *S*[t] *Etienne,* disent qu'on n'offrit ni sacrifice ni hostie pendant tout ce temps-là. L'Exode dit qu'on fit le tabernacle dans lequel était l'arche de l'alliance; & *S*[t] *Etienne,* dans

les Actes, dit qu'on portait le tabernacle de *Molos* &
de *Remphan*.

23º. Je ne suis pas assez bon chimiste pour me
tirer heureusement du veau d'or, que l'Exode dit
avoir été formé en un seul jour, & que *Moïse* réduisit
en cendre. Sont-ce deux miracles, font-ce deux
chofes possibles à l'art humain?

24º. Est-ce encore un miracle que le conducteur
d'une nation dans un défert ait fait égorger vingt-
trois mille hommes de cette nation par une feule
des douze tribus, & que vingt-trois mille hommes
fe foient laiffés maffacrer fans fe défendre?

25º. Dois-je encore regarder comme un miracle,
ou comme un acte de justice ordinaire, qu'on fit
mourir vingt-quatre mille Hébreux, parce qu'un
d'entre eux avait couché avec une madianite, tandis
que *Moïse* lui-même avait pris une madianite pour
femme? & ces Hébreux qu'on nous peint fi féroces,
n'étaient-ils pas de bonnes gens de fe laiffer ainfi
égorger pour des filles? Et à propos de filles, pourrai-je tenir mon férieux, quand je dirai que *Moïse*
trouva trente-deux mille pucelles dans le camp
madianite, avec foixante & un mille ânes? Ce n'est
pas deux ânes par pucelle.

26º. Quelle explication donnerai-je à la loi qui
défend de manger du lièvre *parce qu'il rumine, & qu'il
n'a pas le pied fendu*, tandis que les lièvres ont le pied
fendu, & ne ruminent pas? Nous avons déjà vu que
ce beau livre a fait de D I E U un mauvais géographe,
un mauvais chronologiste, un mauvais physicien; il
ne le fait pas meilleur naturalifte. Quelles raifons
donnerai-je de plufieurs autres lois non moins fages,

comme celle des eaux de jaloufie, & de la punition de mort contre un homme qui a couché avec fa femme dans le temps qu'elle a fes règles? &c. &c. &c. Pourrai-je juftifier ces lois barbares & ridicules, qu'on dit émanées de DIEU même?

27°. Que répondrai-je à ceux qui feront étonnés qu'il ait fallu un miracle pour faire paffer le Jourdain, qui, dans fa plus grande largeur, n'a pas plus de quarante-cinq pieds, qu'on pouvait fi aifément franchir avec le moindre radeau, & qui était guéable en tant d'endroits, témoin les quarante-deux mille Ephraïmites égorgés à un gué de ce fleuve par leurs frères?

28°. Que répondrai-je à ceux qui demanderont comment les murs de Jéricho tombèrent au feul fon des trompettes, & pourquoi les autres villes ne tombèrent pas de même?

29°. Comment excuferai-je l'action de la courtifane *Rahab* qui trahit Jéricho fa patrie? en quoi cette trahifon était-elle néceffaire, puifqu'il fuffifait de fonner de la trompette pour prendre la ville? & comment fonderai-je la profondeur des décrets divins qui ont voulu que notre divin Sauveur JESUS-CHRIST naquît de cette courtifane *Rahab*, auffi-bien que de l'incefte que *Thamar* commit avec *Juda* fon beau-père, & de l'adultère de *David* & de *Betzabée;* tant les voies de DIEU font incompréhenfibles?

30°. Quelle approbation pourrai-je donner à *Jofué,* qui fit pendre trente & un roitelets dont il ufurpa les petits Etats, c'eft-à-dire les villages?

31°. Comment parlerai-je de la bataille de *Jofué* contre les Amorrhéens à Béthoron fur le chemin de Gabaon? Le Seigneur fait pleuvoir du ciel de groffes

pierres, depuis Béthoron jufqu'à Aféca; il y a cinq
lieues de Béthoron à Aféca; ainfi, les Amorrhéens
furent exterminés par des rochers qui tombaient du
ciel pendant l'efpace de cinq lieues. L'Ecriture dit
qu'il était midi; pourquoi donc *Jofué* commande-t-il
au foleil & à la lune de s'arrêter au milieu du ciel
pour donner le temps d'achever la défaite d'une petite
troupe qui était déjà exterminée? pourquoi dit-il à
la lune de s'arrêter à midi? comment le foleil & la
lune reftèrent-ils un jour à la même place? A quel
commentateur aurai-je recours pour expliquer cette
vérité extraordinaire?

32°. Que dirai-je de *Jephté* qui immola fa fille, &
qui fit égorger quarante-deux mille Juifs de la tribu
d'Ephraïm qui ne pouvaient pas prononcer *Shibolet*?

33°. Dois-je avouer ou nier que la loi des Juifs
n'annonce en aucun endroit des peines ou des récompenfes après la mort? comment fe peut-il que ni
Moïfe, ni *Jofué*, n'aient parlé de l'immortalité de
l'ame, dogme connu des anciens Egyptiens, des
Chaldéens, des Perfans, & des Grecs; dogme qui ne
fut un peu en vogue chez les Juifs qu'après *Alexandre*,
& que les faducéens réprouvèrent toujours, parce
qu'il n'eft pas dans le Pentateuque.

34°. Quelle couleur faudra-t-il que je donne à
l'hiftoire du lévite qui, étant venu fur fon âne à Gabaa
ville des Benjamites, devint l'objet de la paffion
fodomitique de tous les Gabaonites qui voulurent le
violer? Il leur abandonna fa femme, avec laquelle
les Gabaonites couchèrent pendant toute la nuit: elle
en mourut le lendemain. Si les Sodomites avaient
accepté les deux filles de *Loth* au lieu des deux anges,
en feraient-elles mortes?

35°. J'ai befoin de vos enfeignemens pour entendre ce verfet 19 du premier chapitre des Juges : *Le Seigneur accompagna Juda, & il fe rendit maître des montagnes; mais il ne put défaire les habitans de la vallée, parce qu'ils avaient une grande quantité de chariots armés de faux.* Je ne puis comprendre par mes faibles lumières comment le Dieu du ciel & de la terre, qui avait changé tant de fois l'ordre de la nature, & fufpendu les lois éternelles en faveur de fon peuple juif, ne put venir à bout de vaincre les habitans d'une vallée, parce qu'ils avaient des chariots. Serait-il vrai, comme plufieurs favans le prétendent, que les Juifs regardaffent alors leur Dieu comme une divinité locale & protectrice, qui tantôt était plus puiffante que les Dieux ennemis, & tantôt était moins puiffante? & cela n'eft-il pas encore prouvé par cette réponfe de *Jephté: Vous poffédez de droit ce que votre Dieu Chamos vous a donné, fouffrez donc que nous prenions ce que notre Dieu Adonaï nous a promis?*

36°. J'ajouterai encore qu'il eft difficile de croire qu'il y eût tant de chariots armés de faux dans un pays de montagne, où l'Ecriture dit en tant d'endroits que la grande magnificence était d'être monté fur un âne.

37°. L'hiftoire d'*Aod* me fait beaucoup plus de peine. Je vois les Juifs prefque toujours affervis, malgré le fecours de leur Dieu qui leur avait promis avec ferment de leur donner tout le pays qui eft entre le Nil, la Mer, & l'Euphrate. Il y avait dix-huit ans qu'ils étaient fujets d'un roitelet nommé *Eglon*, lorfque DIEU fufcita en leur faveur *Aod*, fils de *Géra*, qui fe fervait de la main gauche comme de la main droite.

Aod, fils de *Géra*, s'étant fait faire un poignard à deux tranchans, le cacha sous son manteau, comme firent depuis *Jacques Clément* & *Ravaillac*. Il demande au roitelet une audience secrète; il dit qu'il a un myſtère de la dernière importance à lui communiquer de la part de DIEU. *Eglon* ſe lève reſpectueuſement, & *Aod* de la main gauche lui enfonce le poignard dans le ventre. DIEU favoriſa en tout cette action qui, dans la morale de toutes les nations de la terre, paraît un peu dure. Apprenez-moi quel eſt l'aſſaſſinat le plus divin, ou celui de ce *Sᵗ Aod*, ou de *Sᵗ David* qui fit aſſaſſiner ſon cocu *Uriah*, ou du bienheureux *Salomon* qui, ayant ſept cents femmes & trois cents concubines, aſſaſſina ſon frère *Adonias*, parce qu'il lui en demandait une? &c. &c. &c. &c.

38°. Je vous prie de me dire par quelle adreſſe *Samſon* prit trois cents renards, les lia les uns aux autres par la queue, & leur attacha des flambeaux allumés au cul pour mettre le feu aux moiſſons des Philiſtins. Les renards n'habitent guère que les pays couverts de bois. Il n'y avait point de forêt dans ce canton, & il ſemble aſſez difficile de prendre trois cents renards en vie, & de les attacher par la queue. Il eſt dit enſuite qu'il tua mille Philiſtins avec une mâchoire d'âne, & que d'une des dents de cette mâchoire il ſortit une fontaine. Quand il s'agit de mâchoires d'ânes, vous me devez des éclairciſſemens.

39°. Je vous demande les mêmes inſtructions ſur le bon-homme *Tobie*, qui dormait les yeux ouverts, & qui fut aveuglé par une chiaſſe d'hirondelle; ſur l'ange qui deſcendit exprès de ce qu'on appelle l'empirée, pour aller chercher avec *Tobie* fils de l'argent que le juif *Gabel* devait à *Tobie* père; fur la femme à *Tobie* fils qui avait eu fept maris à qui le diable avait tordu le cou; & fur la manière de rendre la vue aux aveugles avec le fiel d'un poiffon. Ces hiftoires font curieufes, & il n'y a rien de plus digne d'attention après les romans efpagnols : on ne peut leur comparer que les hiftoires de *Judith* & d'*Efther*. Mais pourrai-je bien interpréter le texte facré qui dit que la belle *Judith* defcendait de *Siméon* fils de *Ruben*, quoique *Siméon* foit frère de *Ruben*, felon le même texte facré qui ne peut mentir.

J'aime fort *Efther*, & je trouve le prétendu roi *Affuerus* fort fenfé d'époufer une juive, & de coucher avec elle fix mois fans favoir qui elle eft ; & comme tout le refte eft de cette force, vous m'aiderez, s'il vous plaît, vous qui êtes mes fages maîtres.

40°. J'ai befoin de votre fecours dans l'hiftoire des Rois, autant pour le moins que dans celle des Juges, & de *Tobie*, & de fon chien, & d'*Efther*, & de *Judith*, & de *Ruth*, &c. &c. Lorfque *Saül* fut déclaré roi, les Juifs étaient efclaves des Philiftins. Leurs vainqueurs ne leur permettaient pas d'avoir des épées, ni des lances ; ils étaient même obligés d'aller chez les Philiftins pour faire aiguifer le foc de leurs charrues, & leurs coignées. Cependant *Saül* donne bataille aux Philiftins, & remporte fur eux la victoire : & dans cette bataille il eft à la tête de trois cents trente mille foldats, dans un petit pays qui ne peut pas nourrir trente mille ames ; car il n'avait alors que le tiers de la terre fainte tout au plus; & ce pays ftérile ne nourrit pas aujourd'hui vingt mille habitans. Le furplus était obligé d'aller gagner fa vie à faire le métier de courtier à Balk, à Damas, à Tyr, à Babylone.

41°. Je ne fais comment je juftifierai l'action de *Samuel* qui trancha en morceaux le roi *Agag*, que *Saül* avait fait prifonnier, & qu'il avait mis à rançon. Je ne fais fi notre roi *Philippe*, ayant pris un roi maure prifonnier, & ayant compofé avec lui, ferait bien reçu à couper en pièces ce roi prifonnier.

42°. Nous devons un grand refpect à *David*, qui était un homme felon le cœur de DIEU; mais je craindrais de manquer de fcience pour juftifier par les lois ordinaires la conduite de *David*, qui s'affocie quatre cents hommes de mauvaife vie, & accablés de dettes, comme dit l'Ecriture; qui marche pour aller faccager la maifon de *Nabal* ferviteur du roi, & qui, huit jours après, époufe fa veuve; qui va offrir fes fervices à *Akis* ennemi de fon roi, & qui met à feu & à fang les terres des alliés d'*Akis*, fans pardonner ni au fexe ni à l'âge; qui, dès qu'il eft fur le trône, prend de nouvelles concubines; & qui, non content encore de ces concubines, ravit *Betzabée* à fon mari, & fait tuer celui qu'il déshonore. J'ai quelque peine encore à imaginer que DIEU naiffe enfuite en Judée de cette femme adultère & homicide que l'on compte entre les aïeules de l'Etre éternel. Je vous ai déjà prévenu fur cet article qui fait une peine extrême aux ames dévotes.

43°. Les richeffes de *David* & de *Salomon*, qui fe montent à plus de cinq milliars de ducats d'or, paraiffent difficiles à concilier avec la pauvreté du pays, & avec l'état où étaient réduits les Juifs fous *Saül*, quand ils n'avaient pas de quoi faire aiguifer leurs focs & leurs coignées. Nos colonels de cavalerie leveront les épaules, fi je leur dis que *Salomon* avait quatre cents mille chevaux dans un petit pays où l'on n'eut jamais & où il n'y a encore que des ânes, comme j'ai déjà eu l'honneur de vous le repréfenter.

44°. S'il me faut parcourir l'hiftoire des cruautés effroyables de prefque tous les rois de Juda & d'Ifraël, je crains de fcandalifer les faibles plutôt que de les édifier. Tous ces rois-là s'affaffinent un peu trop fouvent les uns les autres. C'eft une mauvaife politique, fi je ne me trompe.

45°. Je vois ce petit peuple prefque toujours efclave fous les Phéniciens, fous les Babyloniens, fous les Perfes, fous les Syriens, fous les Romains; & j'aurai peut-être quelque peine à concilier tant de mifères avec les magnifiques promeffes de leurs prophètes.

46°. Je fais que toutes les nations orientales ont eu des prophètes; mais je ne fais comment interpréter ceux des Juifs. Que dois-je entendre par la vifion d'*Ezéchiel* fils de *Buzi*, près du fleuve Cobar; par quatre animaux qui avaient chacun quatre faces & quatre ailes, avec des pieds de veau; par une roue qui avait quatre faces; par un firmament au-deffus de la tête des animaux? Comment expliquer l'ordre de DIEU donné à *Ezéchiel* de manger un livre de parchemin, de fe faire lier, de demeurer couché fur le côté gauche pendant quatre-vingt-dix jours, & fur le côté droit pendant quarante jours, & de manger fon pain couvert de fes excrémens? Je ne peux pénétrer le fens caché de ce que dit *Ezéchiel* au chapitre 15: »» Lorfque votre gorge s'eft formée, »» & que vous avez eu du poil, je me fuis étendu fur

„ vous, j'ai couvert votre nudité, je vous ai donné
„ des robes, des chauffures, des ceintures, des
„ ornemens, des pendans d'oreilles; mais enfuite
„ vous vous êtes bâti un b..... & vous vous êtes
„ proftituée dans les places publiques : „ & au
chapitre 23 le prophète dit : „ qu'*Oolla* a défiré avec
„ fureur la couche de ceux qui ont le membre viril
„ comme les ânes, & qui répandent leur femence
„ comme des chevaux. „ Sages maîtres, dites-moi
fi vous êtes dignes des faveurs d'*Oolla*.

47°. Mon devoir fera d'expliquer la grande prophétie d'*Ifaïe* qui regarde notre Seigneur JESUS-
CHRIST. C'eft, comme vous favez, au chapitre 7.
Razin roi de Syrie & *Phacée* roitelet d'Ifraël affiégeaient
Jérufalem. *Achas*, roitelet de Jérufalem, confulte le
prophète *Ifaïe* fur l'événement du fiége ; *Ifaïe* lui
répond : „ DIEU vous donnera un figne; une fille ou
„ femme concevra & enfantera un fils qui s'appellera
„ *Emmanuel*. Il mangera du beurre & du miel, avant
„ qu'il foit en âge de difcerner le bien & le mal. Et
„ avant qu'il foit en état de rejeter le mal & de choifir
„ le bien, le pays fera délivré des deux rois.... &
„ le Seigneur fifflera aux mouches qui font à l'extrê-
„ mité des fleuves d'Egypte, & aux abeilles du pays
„ d'Affur.... & dans ce jour le Seigneur prendra un
„ rafoir de louage dans ceux qui font au-delà du
„ fleuve, & rafera la tête & le poil du pénil & toute
„ la barbe du roi d'Affyrie. „

Enfuite au chapitre 8 le prophète, pour accomplir
la prophétie, couche avec la propheteffe; elle enfanta
un fils, & le Seigneur dit à *Ifaïe* : „ Vous appelerez
„ ce fils *Maher falal-has-bas*, *hâtez-vous de prendre les*
„ *dépouilles*,

,, *dépouilles, courez vite au butin* : & avant que l'enfant
,, fache nommer fon père & fa mère, la puiffance
,, de Damas fera renverfée. ,, Je ne puis fans votre
fecours expliquer nettement cette prophétie.

48°. Comment dois-je entendre l'hiftoire de *Jonas*
envoyé à Ninive pour y prêcher la pénitence? Ninive
n'était point Ifraëlite, & il femble que *Jonas* devait
l'inftruire de la loi judaïque avant de l'induire à cette
pénitence. Le prophète, au lieu d'obéir au Seigneur,
s'enfuit à Tharfis ; une tempête s'élève, les matelots
jettent *Jonas* dans la mer pour apaifer l'orage. DIEU
envoie un grand poiffon qui avale *Jonas ;* il demeure
trois jours & trois nuits dans le ventre du poiffon.
DIEU commande au poiffon de rendre *Jonas*, le poiffon
obéit ; *Jonas* débarque fur le rivage de Joppé. DIEU
lui ordonne d'aller dire à Ninive que dans quarante
jours elle fera renverfée, fi elle ne fait pénitence. De
Joppé à Ninive il y a plus de quatre cents milles.
Toutes ces hiftoires ne demandent-elles pas des connaiffances fupérieures qui me manquent? Je voudrais
bien confondre les favans qui prétendent que cette
fable eft tirée de la fable de l'ancien *Hercule.* Cét
Hercule fut enfermé trois jours dans le ventre d'une
baleine ; mais il y fit bonne chère, car il mangea fur
le gril le foie de la baleine. *Jonas* ne fut pas fi
adroit.

49°. Enfeignez-moi l'art de faire entendre les
premiers verfets du prophète *Ozée.* DIEU lui ordonne
expreffément de prendre une p...., & de lui faire
des fils de p.... Le prophète obéit ponctuellement ;
il s'adreffe à la dona *Gomer,* fille de dom *Ebalaïm ;*
il la garde trois ans & lui fait trois enfans, ce qui eft

un type. Enfuite Dieu veut un autre type. Il lui
ordonne de coucher avec une autre cantonera qui foit
mariée , & qui ait déjà planté cornes au front de
fon mari. Le bon hómme *Ozée*, toujours obéiffant, n'a
pas de peine à trouver une belle dame de ce caractère,
& il ne lui en coûte que quinze drachmes & une
mefure d'orge. Je vous prie de vouloir bien m'enfeigner
combien la drachme valait alors chez le peuple juif ,
& ce que vous donnez aujourd'hui aux filles par ordre
du feigneur.

50°. J'ai encore plus befoin de vos fages inftructions
fur le nouveau Teftament ; j'ai peur de ne favoir que
dire quand il faudra concorder les deux généalogies
de Jesus. Car on me dira que *Matthieu* donne *Jacob*
pour père à *Jofeph*, & que *Luc* le fait fils d'*Héli*, &
que cela eft impoffible, à moins qu'on ne change *he*
en *ja*, & *li* en *cob*. On me demandera comment l'un
compte cinquante-fix générations, & comment l'autre
n'en compte que quarante-deux , & pourquoi ces
générations font toutes différentes ; & encore pourquoi
dans les quarante-deux qu'on a promifes il ne s'en
trouve que quarante-une ; & enfin, pourquoi cet arbre
généalogique eft celui de *Jofeph* qui n'était pas le
père de Jesus ? J'ai peur de ne répondre que des fottifes
comme ont fait tous mes prédéceffeurs. J'efpère que
vous me tirerez de ce labyrinthe. Etes-vous de l'avis
de *St Ambroife* , qui dit que l'ange fit à *Marie* un
enfant par l'oreille, *Maria per aurem imprægnata eft* ;
ou de l'avis du R. P. *Sanchez* , qui dit que la Vierge
répandit de la femence dans fa copulation avec le
S_t Efprit ? La queftion eft curieufe ; le fage *Sanchez* ne
doute pas que le St Efprit & la Ste Vierge n'aient fait

tous deux une émiffion de femence au même moment :
car il penfe que cette rencontre fimultanée des deux
femences eft néceffaire pour la génération. On voit bien
que *Sanchez* fait plus fa théologie que fa phyfique , & que
le métier de faire des enfans n'eft pas celui des jéfuites.

51°. Si j'annonce , d'après *Luc*, qu'*Augufte* avait
ordonné un dénombrement de toute la terre quand
Marie fut groffe , & que *Cirénius* ou *Quirinus*, gouverneur de Syrie, publia ce dénombrement, & que *Jofeph*
& *Marie* allèrent à Bethléem pour s'y faire dénombrer ;
& fi on me rit au nez ; fi les antiquaires m'apprennent
qu'il n'y eut jamais de dénombrement de l'empire
romain ; que c'était *Quintilius Varus* & non pas *Cirénius*
qui était alors gouverneur de la Syrie ; que *Cirénius*
ne gouverna la Syrie que dix ans après la naiffance de
JESUS ; je ferai très-embarraffé , & fans doute vous
éclaircirez cette petite difficulté. Car s'il y avait un feul
menfonge dans un livre facré , ce livre ferait-il facré ?

52°. Quand j'enfeignerai que la famille alla en
Egypte felon *Matthieu*, on me répondra que cela n'eft
pas vrai , & qu'elle refta en Judée felon les autres
évangéliftes ; & fi alors j'accorde qu'elle refta en Judée,
on me foutiendra qu'elle a été en Egypte. N'eft-il
pas plus court de dire que l'on peut être en deux
endroits à la fois , comme cela eft arrivé à St *François
Xavier*, & à plufieurs autres faints ?

53°. Les aftronomes pourront bien fe moquer de
l'étoile des trois rois qui les conduifit dans une étable.
Mais vous êtes de grands aftrologues ; vous rendrez
raifon de ce phénomène. Dites-moi furtout combien
d'or ces rois offrirent ? car vous êtes accoutumés à en
tirer beaucoup des rois & des peuples. Et à l'égard

du quatrième roi qui était *Hérode*, pourquoi craignait-il que JESUS, né dans cette étable, ne devînt roi des Juifs? *Hérode* n'était roi que par la grâce des Romains ; c'était l'affaire d'*Augufte*. Le maffacre des innocens eft un peu bizarre. Je fuis fâché qu'aucun hiftorien romain n'ait parlé de ces chofes. Un ancien martyrologe très-véridique (comme ils le font tous) compte quatorze mille enfans martyrifés. Si vous voulez que j'en ajoute encore quelques milliers, vous n'avez qu'à dire.

54°. Vous me direz comment le diable emporta DIEU & le percha fur une colline de Galilée, d'où l'on découvrait tous les royaumes de la terre. Le diable qui promet tous ces royaumes à DIEU, pourvu que DIEU adore le diable, pourra fcandalifer beaucoup d'honnêtes gens, pour lefquels je vous demande un mot de recommandation.

55°. Je vous prie, quand vous irez à là noce, de me dire de quelle manière DIEU, qui allait auffi à la noce, s'y prenait pour changer l'eau en vin en faveur des gens qui étaient déjà ivres.

56°. En mangeant des figues à votre déjeûner à la fin de juillet, je vous fupplie de me dire pourquoi DIEU, ayant faim, chercha des figues au commencement du mois de mars, quand ce n'était pas le temps des figues ?

57°. Après avoir reçu vos inftruélions fur tous les prodiges de cette efpèce, il faudra que je dife que DIEU a été condamné à être pendu pour le péché originel. Mais fi on me répond que jamais il ne fut queftion du péché originel, ni dans l'ancien Teftament, ni dans le nouveau, qu'il eft feulement dit qu'*Adam* fut condamné à mourir le jour qu'il aurait mangé de,

l'arbre de la fcience, mais qu'il n'en mourut pas ; &
qu'*Auguflin* évêque d'Hippone, ci-devant manichéen,
eft le premier qui ait établi le fyftème du péché
originel, je vous avoue que n'ayant pas pour auditeurs
des gens d'Hippone, je pourrais me faire moquer de
moi en parlant beaucoup fans rien dire. Car, lorfque
certains difputeurs font venus me remontrer qu'il était
impoffible que DIEU fût fupplicié pour une pomme
mangée quatre mille ans avant fa mort ; impoffible
qu'en rachetant le genre-humain il ne le rachetât pas
& le laiffât encore tout entier entre les griffes du diable,
à quelques élus près ; je ne répondais à cela que du
verbiage, & j'allais me cacher de honte.

58°. Communiquez-moi vos lumières fur la prédiction que fait notre Seigneur dans *St Luc* au chap. 2 1.
JESUS y dit expreffément, *qu'il viendra dans les nuées avec
une grande puiffance & une grande majeflé, avant que la
génération à laquelle il parle foit paffée.* Il n'en a rien
fait, il n'eft point venu dans les nuées. S'il eft venu
dans quelques brouillards, nous n'en favons rien ;
dites-moi ce que vous en favez. *Paul* apôtre, dit auffi
à fes difciples Theffaloniciens, *qu'ils iront dans les
nuées avec lui au-devant de* JESUS. Pourquoi n'ont-ils
pas fait ce voyage? en coûte-t-il plus d'aller dans les
nuées qu'au troifième ciel ? je vous demande pardon,
mais j'aime mieux les nuées d'*Ariflophane* que celles
de *Paul.*

59°. Dirai-je avec *Luc* que JESUS eft monté au ciel,
du petit village de Béthanie? infinuerai-je avec *Matthieu*
que ce fut de la Galilée, où les difciples le virent
pour la dernière fois? en croirai-je un grave docteur
qui dit que JESUS avait un pied en Galilée & l'autre

à Béthanie ? cette opinion me paraît la plus probable, mais j'attendrai fur cela votre décifion.

60°. On me demandera enfuite fi *Pierre* a été à Rome ? Je répondrai, fans doute, qu'il y a été pape vingt-cinq ans ; & la grande raifon que j'en rapporterai, c'eft que nous avons une épître de ce bon homme qui ne favait ni lire ni écrire, & que cette lettre eft datée de Babylone ; il n'y a pas de réplique à cela, mais je voudrais quelque chofe de plus fort.

61°. Inftruifez-moi pourquoi le *credo*, qu'on appelle le fymbole des apôtres, ne fut fait que du temps de *Jérôme* & de *Rufin*, quatre cents ans après les apôtres ? Dites-moi pourquoi les premiers pères de l'Eglife ne citent jamais que les évangiles appelés aujourd'hui apocryphes ? n'eft-ce pas une preuve évidente que les quatre canoniques n'étaient pas encore faits ?

62°. N'êtes-vous pas fâchés comme moi que les premiers chrétiens aient forgé tant de mauvais vers qu'ils attribuèrent aux fibylles ; qu'ils aient forgé des lettres de *St Paul* à *Sénéque*, des lettres de JESUS, des lettres de *Marie*, des lettres de *Pilate;* & qu'ils aient ainfi établi leur fecte par cent crimes de faux qu'on punirait dans tous les tribunaux de la terre ? Ces fraudes font aujourd'hui reconnues de tous les favans. On eft réduit à les appeler pieufes. Mais n'eft-il pas trifte que votre vérité ne foit fondée que fur des menfonges ?

63°. Dites-moi pourquoi JESUS n'ayant point inftitué fept facremens, nous avons fept facremens ? pourquoi JESUS n'ayant jamais dit qu'il eft *Trin*, qu'il a deux natures avec deux volontés & une perfonne, nous le fefons *Trin* avec une perfonne & deux natures ?

pourquoi avec deux volontés n'a-t-il pas eu celle de
nous inftruire des dogmes de la religion chrétienne ?

Et pourquoi, lorfqu'il a dit que parmi fes difciples
il n'y aurait ni premiers ni derniers, monfieur l'archevêque de Tolède a-t-il un million de ducats de rente,
tandis que je fuis réduit à une portion congrue ?

64°. Je fais bien que l'Eglife eft infaillible : mais
eft-ce l'Eglife grecque, ou l'Eglife latine, ou celle
d'Angleterre, ou celle de Danemarck & de Suède,
ou celle de la fuperbe ville de Neuchatel, ou celle
des primitifs appelés quakers, ou celle des anabap-
tiftes, ou celle des moraves ? L'Eglife turque a auffi
du bon, mais on dit que l'Eglife chinoife eft beaucoup
plus ancienne ?

65°. Le pape eft-il infaillible quand il couche avec
fa maîtreffe ou avec fa propre fille, & qu'il apporte
à foupei une bouteille de vin empoifonnée pour le
cardinàl *Cornetto* ? (*a*)

Quand deux conciles s'anathématifent l'un l'autre,
comme il eft arrivé vingt fois, quel eft le concile
infaillible ?

66°. Enfin ne vaudrait-il pas mieux ne point
s'enfoncer dans ces labyrinthes, & prêcher fimplement
la vertu ? Quand DIEU nous jugera, je doute fort qu'il
nous demande fi la grâce eft verfatile ou concomitante ?
fi le mariage eft le figne vifible d'une chofe invifible ?
fi nous croyons qu'il y ait dix chœurs d'anges ou neuf?
fi le pape eft au-deffus du concile, ou le concile au-
deffus du pape ? Sera-ce un crime à fes yeux de lui
avoir adreffé des prières en efpagnol quand on ne fait
pas le latin ? ferons-nous les objets de fon éternelle

_____

(*a*) L'auteur voulait apparemment parler du pape *Alexandre VI.*

colère pour avoir mangé pour la valeur de douze mara-
vedis de mauvaise viande un certain jour? & ferons-
nous récompensés à jamais si nous avons mangé avec
vous, sages maîtres, pour cent piastres de turbots,
de soles, & d'esturgeons? Vous ne le croyez pas dans
le fond de vos cœurs; vous pensez que DIEU nous
jugera selon nos œuvres, & non selon les idées de
Thomas ou de *Bonaventure*.

Ne rendrai-je pas service aux hommes en ne leur
annonçant que la morale? Cette morale est si pure, si
sainte, si universelle, si claire, si ancienne, qu'elle
semble venir de DIEU même, comme la lumière qui
passe parmi nous pour son premier ouvrage. N'a-t-il
pas donné aux hommes l'amour-propre pour veiller
à leur conservation; la bienveillance, la bienfesance,
la vertu, pour veiller sur l'amour-propre; les besoins
naturels pour former la société, le plaisir pour en
jouir, la douleur qui avertit de jouir avec modération, les passions qui nous portent aux grandes choses,
& la sagesse qui met un frein à ces passions?

N'a-t-il pas enfin inspiré à tous les hommes réunis
en société, l'idée d'un être suprême, afin que l'adoration qu'on doit à cet être soit le plus fort lien de la
société? Les sauvages qui errent dans les bois n'ont
pas besoin de cette connaissance; les devoirs de la
société qu'ils ignorent ne les regardent point : mais
sitôt que les hommes sont rassemblés, DIEU se
manifeste à leur raison; ils ont besoin de justice, ils
adorent en lui le principe de toute justice. DIEU, qui
n'a que faire de leurs vaines adorations, les reçoit
comme nécessaires pour eux & non pour lui. Et de
même qu'il leur donne le génie des arts sans lesquels

toute fociété périt, il leur donne l'efprit de religion, la première des fciences, & la plus naturelle ; fcience divine dont le principe eft certain, quoiqu'on en tire tous les jours des conféquences incertaines. Me permettrez-vous d'annoncer ces vérités aux nobles Efpagnols ?

67°. Si vous voulez que je cache cette vérité, fi vous m'ordonnez abfolument d'annoncer les miracles de St *Jacques* en Galice, & de Notre-Dame d'Atocha, & de *Marie* d'Agreda qui montrait fon cul aux petits garçons dans fes extafes, dites-moi comment j'en dois ufer avec les réfraĉtaires qui oferont douter? faudra-t-il que je leur faffe donner, avec édification, la queftion ordinaire & extraordinaire ? quand je rencontrerai des filles juives, dois-je coucher avec elles avant de les faire brûler ? & lorfqu'on les mettra au feu, n'ai-je pas le droit d'en prendre une cuiffe ou une feffe pour mon fouper avec des filles catholiques?

J'attends l'honneur de votre réponfe.

DOMINICO ZAPATA,

y verdadero, y honrado,

y caricativo.

Zapata n'ayant point eu de réponfe, fe mit à prêcher Dieu tout fimplement. Il annonça aux hommes le père des hommes, rémunérateur, puniffeur, & pardonneur. Il dégagea la vérité des menfonges, & fépara la religion du fanatifme ; il enfeigna & il pratiqua la vertu. Il fut doux, bienfefant, modefte ; & fut rôti à Valladolid, l'an de grâce 1631. Priez Dieu pour l'ame de frère *Zapata.*

EPITRE

AUX ROMAINS.

Traduite de l'italien de M. le comte de Corbéra.

ARTICLE PREMIER.

ILLUSTRES Romains, ce n'eſt pas l'apôtre *Paul* qui a l'honneur de vous écrire; ce n'eſt pas le digne juif né à Tharſis ſelon les Actes des apôtres, & à Giſcala ſelon *Jérôme* & d'autres pères; diſpute qui a fait croire, ſelon quelques docteurs, qu'on peut être né en deux endroits à la fois, comme il y a chez vous de certains corps qui ſont créés tous les matins avec des mots latins, & qui ſe trouvent en cent mille lieux au même inſtant.

Ce n'eſt pas cette tête chauve & chaude, au long & large nez, aux ſourcils noirs, épais & joints, aux groſſes épaules, aux jambes torſes; (*a*) lequel ayant enlevé la fille de *Gamaliel* ſon maître, & étant mécontent d'elle la première nuit de ſes noces. (*b*) la répudia, & ſe mit par dépit à la tête du parti naiſſant des diſciples de JESUS, ſi nous en croyons les livres juifs contemporains.

Ce n'eſt pas ce *Saul Paul* qui, lorſqu'il était domeſtique de *Gamaliel*, fit maſſacrer à coups de pierres le

(*a*) Voyez les actes de *ſainte Thècle*, écrits dès le premier ſiècle par un diſciple de *ſaint Paul*, reconnus pour canoniques par *Tertullien*, par *ſaint Cyprien*, par *ſaint Grégoire* de Nazianze, *ſaint Ambroiſe*, &c.

(*b*) Anciens actes des apôtres, chap. XXI.

bon *Stephano* patron des diacres & des lapidés, & qui, pendant ce temps, gardait les manteaux des bourreaux, digne emploi de valet de prêtre. Ce n'eſt pas celui qui tomba de cheval, aveuglé par une lumière céleſte en plein midi, & à qui Dieu dit en l'air, comme il dit tous les jours à tant d'autres, *pourquoi me perſécutes-tu?* Ce n'eſt pas celui qui écrivit aux demi-juifs demi-chrétiens des boutiques de Corinthe : *N'avons-nous pas le droit d'être nourris à vos depens, & d'amener avec nous une femme?* (*c*) *Qui eſt-ce qui va jamais à la guerre à ſes dépens?* belles paroles dont le révérend père *Menou* jéſuite, apôtre de Lorraine, a ſi bien profité qu'elles lui ont valu à Nanci vingt-quatre mille livres de rente, un palais, & plus d'une belle femme.

Ce n'eſt pas celui qui écrivit au petit troupeau de Theſſalonique que *l'univers allait être détruit*, (*d*) moyennant quoi, ce n'était pas la peine, *ce n'était pas métier*, comme vous dites en Italie, de garder de l'argent chez ſoi; car *Paul* diſait : (*e*) ,, Auſſitôt que ,, l'archange aura crié, & que la trompette de Dieu ,, aura ſonné, Jesus deſcendra du ciel. Les morts qui ,, ſont à Christ reſſuſciteront les premiers, & nous ,, qui vivons & qui vivrons juſqu'à ce temps-là, nous ,, ferons emportés en l'air au-devant de Jesus. ,,

Et remarquez, généreux Romains, que *Saul Paul* n'annonçait ces belles choſes aux fripiers & épiciers de Theſſalonique, qu'en conſéquence de la prédiction formelle de *Luc*, qui avait aſſuré publiquement, (*f*) c'eſt-à-dire à quinze ou ſeize élus de la populace, que

(*c*) I. aux Corinthiens, chap. XIX, v. 4 & 5.
(*d*) I. aux Theſſal. chap. IV, v. 16, 17.
(*e*) I. Theſſal. chap. IV   (*f*) *Luc*, chap. XXI.

la génération ne pafferait pas fans que le fils de l'homme vînt dans les nuées avec une grande puiffance & une grande majefté. O Romains ! fi Jesus ne vint pas dans les nuées avec une grande puiffance, du moins les papes ont eu cette grande puiffance ; & c'eft ainfi que les prophéties s'accompliffent.

Celui qui écrit cette épître aux Romains, n'eft pas, encore une fois, ce *Saul Paul*, moitié juif, moitié chrétien, qui ayant prêché Jesus, & ayant annoncé la deftruction de la loi mofaïque, alla non-feulement judaïfer dans le temple de Hershalaïm, nommée vulgairement Jérufalem, mais encore y obferver d'anciennes pratiques rigoureufes par le confeil de fon ami *Jacques*, (g) & qui fit précifément ce que la fainte inquifition chrétienne punit aujourd'hui de mort.

Celui qui vous écrit n'a été ni valet de prêtre, ni meurtrier, ni gardeur de manteaux, ni apoftat, ni fefeur de tentes, ni englouti au fond de la mer comme *Jonas* pendant vingt-quatre heures, ni emporté au troifième ciel comme *Elie*, fans favoir ce que c'eft que ce troifième ciel.

Celui qui vous écrit eft plus citoyen que ce *Saul Paul*, qui fe vante, dit-on, de l'être, & qui certainement ne l'était pas ; car s'il était de Tharfis, cette ville ne fut colonie romaine que fous *Caracalla*; s'il était né à Gifcala en Galilée, ce qui eft bien plus vraifemblable, puifqu'il était de la tribu de *Benjamin*, on fait affez que ce bourg juif n'était pas une ville romaine ; on fait que ni à Tharfis ni ailleurs on ne donnait pas la bourgeoifie romaine à des Juifs. L'auteur des Actes des apôtres (h) avance que ce juif

(g) Actes, chap. XXI.   (h) Chap. XVI, v. 37.

Paul & un autre juif nommé *Silas*, furent faifis par la juftice dans la ville de Philippe en Macédoine; (ville fondée par le père d'*Alexandre*, & près de laquelle la bataille entre *Caffius* & *Brutus* d'un côté, & *Antoine* & *Octave* de l'autre, décida de votre empire;) *Paul* & *Silas* furent fouettés pour avoir ému la populace, & *Paul* dit aux huiffiers : (*i*) *on nous a fouettés, nous qui fommes citoyens romains*. Les commentateurs avouent bien que ce *Silas* n'était pas citoyen romain. Ils ne difent pas que l'auteur des Actes en a menti; mais ils conviennent qu'il a dit la chofe qui n'eft pas; & j'en fuis fâché pour le St Efprit qui a fans doute dicté les Actes des apôtres.

Enfin celui qui écrit aux defcendans des *Marcellus*, des *Scipions*, des *Catons*, des *Cicérons*, des *Titus*, des *Antonins*, eft un gentilhomme romain, d'une ancienne famille tranfplantée, mais qui chérit fon antique patrie, qui gémit fur elle, & dont le cœur eft au capitole.

Romains, écoutez votre concitoyen, écoutez Rome & votre ancien courage.

L'italico valor non è ancor morto.

A R T I C L E   I I.

J'AI pleuré dans mon voyage chez vous, quand j'ai vu des *Zocolanti* occuper ce même capitole où *Paul Emile* mena le roi *Perfée*, le defcendant d'*Alexandre*,

(*i*) Actes, chap. XVI, v. 37.

lié à fon char de triomphe ; ce temple où les *Scipions* firent porter les dépouilles de Carthage , où *Pompée* triompha de l'Afie, de l'Afrique, & de l'Europe ; mais j'ai verfé des larmes plus amères quand je me fuis fouvenu du feftin que donna *Céfar* à nos ancêtres, fervi à vingt-deux mille tables, & quand j'ai comparé ces congiaria, ces diftributions immenfes de froment avec le peu de mauvais pain que vous mangez aujourd'hui , & que la chambre apoftolique vous vend fort cher. Hélas ! il ne vous eft pas permis d'enfemencer vos terres fans les ordres de ces apôtres ; mais avec quoi les enfemenceriez-vous ? Il n'y a pas un citadin parmi vous , excepté quelques habitans du quartier Tranftevère , qui poffède une charrue. Votre DIEU a nourri cinq mille hommes, fans compter les femmes & les enfans, avec cinq pains & deux goujons, felon *St Jean*, & quatre mille hommes, felon *Matthieu.* (*k*) Pour vous, Romains, on vous fait avaler le goujon fans vous donner du pain ; & les fucceffeurs de *Lucullus* font réduits à la fainte pratique du jeûne.

Votre climat n'a jamais changé, quoi qu'on en dife. Qui donc a pu changer à ce point votre terrain , vos fortunes, & vos efprits ? D'où vient que la campagne depuis les portes de Rome à Oftie, n'eft remplie que de reptiles ? Pourquoi de Montefiafcone à Viterbe, & dans tout le terrain par lequel la voie Appienne vous conduit encore à Naples, un vafte défert a-t-il fuccédé

(*k*) *Matthieu*, au chapitre XIV, compte cinq mille hommes & cinq pains , & au chapitre XV quatre mille hommes & cinq pains ; apparemment ce font deux miracles qui font en tout neuf mille hommes & neuf mille femmes pour le moins ; & fi vous y ajoutez neuf mille petits enfans , le tout fe monte à vingt-fept mille déjeûnés ; cela eft confidérable.

à ces campagnes autrefois couvertes de palais, de
jardins, de moiffons, & d'une multitude innombrable
de citoyens? J'ai cherché le Forum Romanum de
Trajan, cette place pavée de marbre en forme de
réfeau, entourée d'un périftile à colonades, chargée
de cent ftatues ; j'ai trouvé *Campo Vacino*, le marché
aux vaches, & malheureufement aux vaches maigres
& fans lait. J'ai dit : où font ces deux millions de
Romains dont cette capitale était peuplée ? j'ai vérifié
qu'année commune il n'y naît aujourd'hui que 3500
enfans ; de forte que fans les Juifs, les prêtres, & les
étrangers, Rome ne contiendrait pas cent mille habitans. Je demandais : à qui appartient ce bel édifice
que je vois entouré de mafures? on me répondit, à
des moines ; c'était autrefois la maifon d'*Augufte*, ici
logeait *Cicéron*, là demeurait *Pompée :* des couvens
font bâtis fur leurs ruines.

O Romains! mes larmes ont coulé, & je vous eftime
affez pour croire que vous pleurez avec moi.

A R T I C L E   I I I.

ON m'a fait comprendre qu'un vieux prêtre élu
pape par d'autres prêtres, ne peut avoir ni le temps,
ni la volonté, de foulager votre mifère. Il ne peut
fonger qu'à vivre. Quel intérêt prendrait - il aux
Romains ? Rarement eft-il romain lui-même. Quel
foin prendra-t-il d'un bien qui ne paffera point à fes
enfans ? Rome n'eft pas fon patrimoine comme il était
devenu celui des *Céfars ;* c'eft un bénéfice eccléfiaftique :
la papauté eft une efpèce d'abbaye commandataire,

que chaque abbé ruine pendant fa vie. Les *Céfars* avaient un intérêt réel à rendre Rome floriffante; les patriciens en avaient un bien plus grand du temps de la république; on n'obtenait les dignités qu'en charmant le peuple par des bienfaits, en forçant fes fuffrages par l'apparence des vertus, en fervant l'Etat par des victoires : un pape fe contente d'avoir de l'argent & du pain azyme, & ne donne que des bénédictions à ce peuple qu'on appelait autrefois *le peuple roi*.

Votre premier malheur vint de la tranflation de l'empire de Rome à l'extrémité de la Thrace. *Conftantin* élu empereur par quelques cohortes barbares au fond de l'Angleterre, triompha de *Maxence* élu par vous. *Maxence*, noyé dans le Tibre au fort de la mêlée, laiffa l'empire à fon concurrent; mais le vainqueur alla fe cacher au rivage de la mer Noire; il n'aurait pas fait plus s'il avait été vaincu. Souillé de débauches & de crimes, affaffin de fon beau-père, de fon beau-frère, de fon neveu, de fon fils, & de fa femme; en horreur aux Romains, il abandonna leur ancienne religion fous laquelle ils avaient conquis tant d'Etats, & fe jeta dans les bras des chrétiens qui lui avaient fourni l'argent auquel il était redevable du diadème : ainfi il trahit l'Empire dès qu'il en fut poffeffeur; & en tranfplantant fur le Bofphore ce grand arbre qui avait ombragé l'Europe, l'Afrique, & l'Afie mineure, il en defféchà les racines. Votre feconde calamité fut cette maxime eccléfiaftique, citée dans un poëme français très-célébre, intitulé *le Lutrin*, mais trop férieufement véritable.

Abyme tout plutôt, c'eft l'efprit de l'Eglife.

L'Eglife

L'Eglife combattit l'ancienne religion de l'Empire en déchirant elle-même fes entrailles, en fe divifant avec autant de fureur que d'imprudence, fur cent queftions incompréhenfibles dont on n'avait jamais entendu parler auparavant. Les feĉtes chrétiennes fe pourfuivant l'une l'autre, à feu & à fang, pour des chimères métaphyfiques, pour des fophifmes de l'école, fe réuniffaient pour ravir les dépouilles des prêtres fondés par *Numa ;* ils ne fe donnèrent point de repos qu'ils n'euffent détruit l'autel de la Viĉtoire dans Rome.

St Ambroife , de foldat devenu évêque de Milan , fans avoir été feulement diacre , & votre *Damafe* , devenu par un fchifme évêque de Rome , jouirent de ce funefte fuccès. Ils obtinrent qu'on démolît l'autel de la Viĉtoire , élevé dans le capitole depuis près de huit cents ans ; monument du courage de vos ancêtres, qui devait perpétuer la valeur de leurs defcendans. Il s'en faut bien que la figure emblématique de la Viĉtoire fût une idolâtrie comme celle de votre *Antoine* de Padoue, qui *exauce ceux que* D I E U *n'exauce pas ;* celle de *François* d'Affife , qu'on voyait fur la porte d'une églife de Rheims en France , avec cette infcription , *A François &* J E S U S *tous deux crucifiés ;* celle de *St Crépin,* de *Ste Barbe,* & tant d'autres ; & le fang d'une vingtaine de faints qui fe liquéfie dans Naples à jour nommé , à la tête defquels eft le patron *Gennaro* inconnu au refte de la terre ; & le prépuce & le nombril de J E S U S ; & le lait de fa mère , & fon poil , & fa chemife , fuppofé qu'elle en eût , & fon cotillon. Voilà des idolatries auffi plates qu'avérées ; mais pour la Viĉtoire pofée fur un globe & déployant fes ailes , une épée dans la

main, & des lauriers fur la tête, c'était la noble
devife de l'empire romain, le fymbole de la vertu.
Le fanatifme vous enleva le gage de votre gloire.

De quel front ces nouveaux énergumènes ont-ils
ofé fubftituer des *Rochs*, des *Fiacres*, des *Euftaches*, des
Urfules, des *Nicaifes*, des *Scholaftiques*, à *Neptune* qui
préfidait aux mers, à *Mars* le dieu de la guerre, à
Junon dominatrice des airs, fous l'empire du grand
Zeus, de l'éternel *Demiourgos*, maître des élémens, des
dieux & des hommes? Mille fois plus idolâtres que
vos ancêtres, ces infenfés vous ont fait adorer des os
de morts. Ces plagiaires de l'antiquité ont pris l'eau
luftrale des Romains & des Grecs, leurs proceffions,
la confeffion pratiquée dans les myftères de *Cérès* &
d'*Ifis*, l'encens, les libations, les hymnes, tout, jufqu'aux habits des prêtres. Ils dépouillèrent l'ancienne
religion, & fe parèrent de fes vêtemens. Ils fe prof-
ternent encore aujourd'hui devant des ftatues & des
images d'hommes ignorés, en reprochant continuellement aux *Périclès*, aux *Solons*, aux *Miltiades*, aux
Cicérons, aux *Scipions*, aux *Catons*, d'avoir fléchi les
genoux devant les emblèmes de la Divinité.

Que dis-je? y a-t-il un feul événement dans
l'ancien & le nouveau teftament qui n'ait été copié
des anciennes mythologies indiennes, chaldéennes,
égyptiennes, & grecques? Le facrifice d'*Idoménée* n'eft-il
pas vifiblement l'origine de celui de *Jephté*? La biche
d'*Iphigénie* n'eft-elle pas le bélier d'*Ifaac*? Ne voyez-
vous pas *Eurydice* dans *Edith*, femme de *Loth*? *Minerve*
& le cheval *Pegafe* en frappant des rochers en firent
fortir des fontaines; on attribue le même prodige à
Moïfe : *Bacchus* avait paffé la mer Rouge à pied fec

avant lui , & il avait arrêté le foleil & la lune avant *Jofué*. Mêmes fables , mêmes extravagances, de tous les côtés.

Il n'y a pas un feul fait miraculeux dans les évangiles que vous ne trouviez dans des écrivains bien antérieurs. La chèvre *Amalthée* avait fa corne d'abondance avant qu'on eût dit que J E S U S avait nourri cinq mille hommes, fans compter les femmes, avec deux poiffons. Les filles d'*Anius* avaient changé l'eau en vin & en huile, quand on n'avait pas encore parlé des noces de Cana. *Athalide* , *Hippolyte*, *Alcefte* , *Pélops* , *Hérès* , étaient reffufcités quand on ne parlait pas encore de la réfurrection de J E S U S ; & *Romulus* était né d'une veftale plus de fept cents ans avant que J E S U S paffât pour être né d'une vierge. Comparez & jugez.

A R T I C L E   I V.

Q U A N D on eut détruit votre autel de la Victoire, les barbares vinrent , qui achevèrent ce que les prêtres avaient commencé. Rome devint la proie & le jouet des nations qu'elle avait fi long-temps ou gouvernées, ou réprimées.

Toutefois vous aviez encore des confuls, un fénat, des lois municipales ; mais les papes vous ont ravi ce que les Huns, les Hérules , les Goths, vous avaient laiffé.

Il était inouï qu'un prêtre ofât affecter les droits régaliens dans aucune ville de l'empire. On fait affez dans toute l'Europe, excepté dans votre chancellerie, que jufqu'à *Grégoire VII*, votre pape n'était qu'un évêque métropolitain, toujours foumis aux empereurs grecs, puis aux empereurs francs, puis à la maifon de Saxe, recevant d'eux l'inveftiture, obligé d'envoyer fa profeffion de foi à l'évêque de Ravenne & à celui de Milan, comme on le voit expreffément dans votre *Diarium Romanum*. Son titre de patriarche en Occident lui donnait un très-grand crédit, mais aucun droit à la fouveraineté. Un prêtre roi était un blafphème dans une religion dont le fondateur a dit en termes exprès dans l'évangile : *Il n'y aura parmi vous ni premier ni dernier*. Romains, pefez bien ces autres paroles qu'on met dans la bouche de J E S U S : (a) *Il ne dépend pas de moi de vous mettre à ma droite ou à ma gauche, mais feulement de mon père &c.* Sachez d'ailleurs que tous les Juifs appelaient & qu'ils appellent encore fils de D I E U un homme jufte: demandez-le aux huit mille Juifs qui vendent des haillons parmi vous, comme ils en ont toujours vendu ; & obfervez, avec toute votre attention, les paroles fuivantes: (b) *Que celui qui voudra devenir grand parmi vous foit réduit à vous fervir. Le fils de l'homme n'eft pas venu pour être fervi, mais pour fervir.*

En vérité, ces mots clairs & précis fignifient-ils que le pape *Boniface VIII* a dû écrafer la maifon *Colonne* ? qu'*Alexandre VI* a dû empoifonner tant de barons romains ? & qu'enfin l'évêque de Rome a reçu de D I E U dans des temps d'anarchie le duché de Rome, celui de Ferrare, le Bolonais, la marche d'Ancone, le duché de Caftro & Ronciglione, &

(a) *Matthieu*, chap. XX, v. 23. (b) *Idem*. v. 26, 27 & 28.

tout le pays depuis Viterbe jufqu'à Terracine, contrées ravies à leurs légitimes poffeffeurs ? Romains, ferait-ce pour le feul *Rezzonico* que J E S U S aurait été envoyé de D I E U fur la terre ?

A R T I C L E   V.

Vo u s m'allez demander par quels refforts cette étrange révolution s'eft pu opérer contre toutes les lois divines & humaines ? Je vais vous le dire ; & je défie le plus emporté fanatique, auquel il reftera une étincelle de raifon, & le plus déterminé fripon qui aura confervé dans fon ame un refte de pudeur, de réfifter à la force de la vérité, s'il lit avec l'attention que mérite un examen fi important.

Il eft certain, & perfonne n'en doute, que les premières fociétés galiléennes, nommées depuis chrétiennes, furent cachées dans l'obfcurité, & rampèrent dans la fange ; il eft certain que lorfque les chrétiens commencèrent à écrire, ils ne confiaient leurs livres qu'à des initiés à leurs myftères ; on ne les communiquait pas même aux catéchumènes ; encore moins aux partifans de la religion impériale. Nul romain ne fut jufqu'à *Trajan* qu'il y avait des évangiles ; aucun auteur grec ou romain n'a jamais cité ce mot évangile ; *Plutarque*, *Lucien*, *Pétrone*, *Apulée*, qui parlent de tout, ignorent abfolument qu'il y eût des évangiles ; & cette preuve, parmi cent autres preuves, démontre l'abfurdité des auteurs qui prétendent aujourd'hui, ou plutôt qui feignent de prétendre, que les difciples de J E S U S moururent pour foutenir la vérité de ces évangiles dont les Romains n'entendirent jamais parler pendant deux cents années. Les galiléens demi-juifs, demi-chrétiens, féparés des difciples de *Jean*, des thérapeutes, des efféniens, des judaïtes, des hérodiens, des faducéens, & des pharifiens, groffirent leur petit troupeau dans le bas peuple, non pas affurément par le moyen des livres, mais par l'afcendant de la parole, mais en catéchifant des femmes, (*a*) des filles, des enfans, mais en courant de bourgade en bourgade; en un mot, comme toutes les feétes s'établiffent.

En bonne foi, Romains, qu'auraient répondu vos ancêtres, fi *St Paul*, ou *Simon Barjone*, ou *Matthias*, ou *Matthieu*, ou *Luc*, avaient comparu devant le fénat, s'ils avaient dit: Notre Dieu J E S U S, qui a paffé toute fa vie pour le fils d'un charpentier, eft né l'an 752 de la fondation de Rome, fous le gouvernement de *Cirénius*, (*b*) dans un village juif nommé Bethléem, où fon père *Jofeph* & fa mère *Mariah* étaient venus fe faire infcrire, quand *Augufte* ordonna le dénombrement de l'univers. D I E U naquit dans une étable entre un bœuf & un âne; (*c*) les anges defcendirent du ciel à fa naiffance, & en

(*a*) Aétes, chap. XVI, v. 13 & 14.

(*b*) *Luc*, chap. II, v. 1, 2, 3 &c.

(*c*) Il eft reçu dans toute la chrétienté que J E S U S naquit dans une étable entre un bœuf & un âne: cependant il n'en eft pas dit un mot dans les évangiles; c'eft une imagination de *Juftin*: *Laétance* en parle, ou du moins l'auteur d'un mauvais poëme fur la paffion attribué à ce *Laétance*.

Hic mihi fufa dedit bruta inter inertia primum
Arida in anguftis præfepibus herba cubile.

avertirent tous les payfans ; une étoile nouvelle éclata dans les cieux , & conduifit vers lui trois rois ou trois mages d'Orient , qui lui apportèrent en tribut de l'encens , de la myrrhe & de l'or ; & malgré cet or il fut pauvre toute fa vie. *Hérode* , qui fe mourait alors , *Hérode* que vous aviez fait roi , ayant appris que le nouveau né était roi des Juifs , fit égorger quatorze mille enfans nouveaux nés des environs , afin que ce roi fût compris dans leur nombre. (*d*) Cependant un de nos écrivains infpirés de D I E U dit (*e*) que l'enfant Dieu & roi s'enfuit en Egypte , & un autre écrivain non moins infpiré de D I E U dit que l'enfant refta à Bethléem : (*f*) un des mêmes écrivains facrés & infaillibles lui fait une généalogie royale ; un autre écrivain facré lui compofe une généalogie royale entièrement contraire. J E S U S prêche des payfans ; J E S U S garçon de la noce change l'eau en vin pour des payfans déjà ivres. (*g*) J E S U S eft emporté par le diable fur une montagne , J E S U S chaffe les diables , & les envoie dans le corps de deux mille cochons dans la Galilée où il n'y eut jamais de cochons. J E S U S dit des injures atroces aux magiftrats. Le préteur *Pontius* le fait pendre. Il mani-fefte fa divinité fitôt qu'il eft pendu , la terre tremble , tous les morts fortent de leurs tombeaux , & fe promènent dans la ville aux yeux de *Pontius*. Il fe fait une éclipfe centrale du foleil en plein midi , dans la pleine lune , quoique la chofe foit impoffible. J E S U S reffufcite fecrétement , monte au ciel , & envoie publiquement un autre Dieu , qui tombe en plufieurs

(*d*) *Matthieu*, chap. II , v. 16.   (*f*) *Luc* , chap. II , v. 30.
(*e*) *Idem*, v. 14.   (*g*) *Jean* , chap. II , v. 10.

langues de feu fur les têtes de fes difciples. Que ces
mêmes langues tombent fur vos têtes, pères confcripts,
faites-vous chrétiens.

Si le moindre huiffier du fénat avait daigné
répondre à ce difcours, il leur aurait dit : Vous êtes
des fourbes infenfés, qui méritez d'être renfermés
dans l'hôpital des fous. Vous en avez menti quand
vous dites que votre Dieu naquit en l'an de Rome
752, fous le gouvernement de *Cirénius* proconful
de Syrie ; *Cirénius* ne gouverna la Syrie que plus de
dix ans après ; nos regiftres en font foi : c'était
Quintilius Varus qui était alors proconful de Syrie.

Vous en avez menti quand vous dites qu'*Augufte*
ordonna le dénombrement de l'univers. Vous êtes
des ignorans qui ne favez pas qu'*Augufte* n'était pas
le maître de la dixième partie de l'univers. Si vous
entendez par l'univers l'empire romain, fachez que
ni *Augufte*, ni perfonne n'a jamais entrepris un tel
dénombrement. Sachez qu'il n'y eut qu'un feul cens
des citoyens de Rome & de fon territoire fous *Augufte*,
& que ce cens fe monta à quatre millions de citoyens ;
& à moins que votre charpentier *Jofeph* & fa femme
Mariah n'aient fait votre Dieu dans un faubourg de
Rome, & que ce charpentier juif n'ait été un citoyen
romain, il eft impoffible qu'il ait été dénombré.

Vous en avez ridiculement menti avec vos trois
rois & la nouvelle étoile, & les petits enfans maffacrés,
& avec vos morts reffufcités & marchant dans les rues
à la vue de *Pontius Pilatus*, qui ne nous en a jamais
écrit un feul mot, &c. &c.

Vous en avez menti avec votre éclipfe du foleil
en pleine lune ; nôtre préteur *Pontius Pilatus* nous

en aurait écrit quelque chofe, & nous aurions été témoins de cette éclipfe avec toutes les nations de la terre. Retournez à vos travaux journaliers, payfans fanatiques, & rendez grâces au fénat, qui vous méprife trop pour vous punir.

A R T I C L E   V I.

IL eft clair que les premiers chrétiens demi-juifs fe gardèrent bien de parler aux fénateurs de Rome , ni à aucun homme en place , ni à aucun citoyen au-deffus de la lie du peuple. Il eft avéré qu'ils ne s'adrefsèrent qu'à la plus vile canaille ; c'eft devant elle qu'ils fe vantèrent de guérir les maladies des nerfs , les épilepfies , les convulfions de matrice , que l'ignorance regardait par-tout comme des fortiléges , comme des obfeffions des mauvais génies , chez les Romains ainfi que chez les Juifs , chez les Egyptiens , chez les Grecs , chez les Syriens. Il était impoffible qu'il n'y eût quelque malade de guéri ; les uns l'étaient au nom d'*Efculape;* & l'on a même retrouvé depuis peu à Rome un monument d'un miracle d'*Efculape* avec les noms des témoins : les autres étaient guéris au nom d'*Ifis* ou de la déeffe de Syrie ; les autres au nom de J E S U S, &c. La canaille guérie en ce nom croyait à ceux qui l'annonçaient.

A R T I C L E   V I I.

LES chrétiens s'établissent parmi le peuple par ce moyen qui séduit toujours le vulgaire ignorant; ils avaient encore un ressort bien plus puissant; ils déclamaient contre les riches, ils prêchaient la communauté des biens; dans leurs associations secrètes ils engageaient leurs néophytes à leur donner le peu d'argent gagné à la sueur de leur front; ils citaient le prétendu exemple de *Saphira* & d'*Anania*, (*a*) que *Simon Barjone* surnommé *Céphas*, qui signifie *Pierre*, avait fait mourir de mort subite pour avoir gardé un écu, premier & détestable exemple des rapines ecclésiastiques.

Mais ils n'auraient pu parvenir à tirer ainsi l'argent de leurs néophytes, s'ils n'avaient prêché la doctrine des philosophes cyniques, qui était l'esprit de désappropriation : cela ne suffisait pas encore pour établir un troupeau nombreux ; il y avait long-temps que la fin du monde était annoncée ; vous la trouverez dans *Epicure*, dans *Lucrèce* son plus illustre disciple ; *Ovide* du temps d'*Auguste* avait dit :

Esse quoque in fatis meminisceret adfore tempus,
Quo mare, quo tellus correptaque regia cœli
Ardeat, & mundi moles operosa laboret.

Selon les autres un concours fortuit d'atomes avait formé le monde, un autre concours fortuit devait le démolir.

a) Actes, chap. V, v. 1 jusqu'au 11.

Quod superest nunc me huc rationum detulit ordo
Ut mihi, mortali, confistere corpore mundum
Nativumque simul ratio reddenda sit esse.

Cette opinion venait originairement des brachmanes de l'Inde; plusieurs Juifs l'avaient embrassée du
temps d'*Hérode;* elle est formellement dans l'évangile
de *Luc*, comme vous l'avez vu ; elle est dans les
épîtres de *Paul;* elle est dans tous ceux qu'on appelle
pères de l'Eglise. Le monde allait donc être détruit;
les chrétiens annonçaient une nouvelle Jérusalem,
qui paraissait dans les airs pendant la nuit. (*b*) On
ne parlait chez les Juifs que d'un nouveau royaume
des cieux ; c'était le système de *Jean-Baptiste*, qui
avait remis en vogue dans le Jourdain l'ancien baptême des Indiens dans le Gange, baptême reçu chez
les Egyptiens, baptême adopté par les Juifs. Ce
nouveau royaume des cieux où les seuls pauvres
devaient aller, & dont les riches étaient exclus, fut
prêché par J E S U S & ses adhérens : on menaçait de
l'enfer éternel ceux qui ne croiraient pas au nouveau
royaume des cieux : cet enfer inventé par le premier
Zoroastre fut ensuite un point principal de la théologie égyptienne ; c'est d'elle que vinrent la barque
à *Caron*, *Cerbère*, le fleuve Léthé, le Tartare, les furies;
c'est d'Egypte que cette idée passa en Grèce, & de-là
chez les Romains ; les Juifs ne la connurent jamais
jusqu'au temps où les pharisiens la prêchèrent un
peu avant le règne d'*Hérode :* une de leurs contradictions était d'admettre un enfer en admettant la

(*b*) Voyez l'apocalypse attribué à *Jean*, *Justin*, & *Tertullien*.

métempſycoſe ; mais peut-on chercher du raiſonnement chez les Juifs ? ils n'en ont jamais eu qu'en
fait d'argent. Les ſaducéens , les ſamaritains, rejetèrent
l'immortalité de l'ame , parce qu'en effet elle n'eſt
dans aucun endroit de la loi moſaïque.

Voilà donc le grand reſſort dont les premiers chrétiens toús demi-juifs ſe ſervirent pour donner de
l'activité à la machine nouvelle ; communauté de biens ,
repas ſecrets , myſtères cachés , évangiles lus aux ſeuls
initiés , paradis aux pauvres , enfer aux riches , exor-
ciſmes de charlatans ; voilà , dis-je , dans l'exacte
vérité les premiers fondemens de la ſecte chrétienne.
Si je me trompe , ou plutôt ſi je veux tromper , je
prie le Dieu de l'univers, le Dieu de tous les hommes ,
de ſécher ma main qui écrit ce que je penſe , de
foudroyer ma tête convaincue de l'exiſtence de ce
Dieu bon & juſte , & de m'arracher un cœur qui
l'adore.

A R T I C L E V I I I.

Romains , développons maintenant les artifices ,
les fourberies, les actes de fauſſaires, que les chrétiens
eux-mêmes ont appelés fraudes pieuſes ; fraudes qui
vous ont enfin coûté votre liberté & vos biens, & qui
ont plongé les vainqueurs de l'Europe dans l'eſcla-
vage le plus déplorable. Je prends encore DIEU à
témoin , que je ne vous dirai pas un ſeul mot qui
ne ſoit prouvé. Si je voulais employer toutes les armes
de la raiſon contre le fanatiſme , tous les traits perçans
de la vérité contre l'erreur , je vous parlerais d'abord

de cette quantité prodigieuse d'évangiles qui se sont contredits, & qu'aujourd'hui vos papes mêmes reconnaissent pour faux : ce qui démontre qu'au moins il y a eu des faussaires parmi les premiers chrétiens ; mais c'est une chose assez connue. Il faut vous montrer des impostures plus communément ignorées, & mille fois plus funestes.

Première imposture.

C'est une superstition bien ancienne que les dernières paroles des vivans étaient des prophéties, ou du moins des maximes sacrées, des préceptes respectables. On croyait que l'ame prête à se dégager des liens du corps, & à moitié réunie avec la Divinité, voyait l'avenir & la vérité qui se montraient alors sans nuage. Suivant ce préjugé, les judeo-christicoles forgent dès le premier siècle de l'Eglise *le Testament des douze patriarches*, écrit en grec, qui doit servir de prédiction & de préparation au nouveau royaume de JESUS. On trouve dans le testament de *Ruben* ces paroles : *Proskuneisetai tou spermati autou; oti uper umon apodaneitai, en polemois oratois, kai avrotois kai estai en umon basileus aiônon.* Adorez son sperme ; car il mourra pour vous dans des guerres visibles & invisibles, & il sera votre roi éternellement. On applique cette prophétie à JESUS selon la coutume de ceux qui écrivirent cinquante-quatre évangiles en divers lieux, & qui presque tous tâchèrent de trouver dans les écrivains juifs, & surtout dans ceux qu'on appelle prophètes, des passages qu'on pouvait tordre en faveur de JESUS; ils en supposèrent même plusieurs évidemment reconnus pour faux. L'auteur de ce Teftament des patriarches eft donc le plus effronté, & le plus maladroit fauffaire qui ait jamais barbouillé du papier d'Egypte : car ce livre fut écrit dans Alexandrie, dans l'école d'un nommé *Marc*.

Seconde impofture principale.

ILS fuppofèrent des lettres du roi d'Edeffe à JESUS, & de JESUS à ce prétendu prince, tandis qu'il n'y avait point de roi à Edeffe, ville foumife au gouvernement de Syrie, & que jamais le petit prince d'Edeffe ne prit le titre de roi; tandis qu'enfin il n'eft dit dans aucun évangile que JESUS fût écrire, tandis que s'il avait écrit, il en aurait laiffé quelque témoignage à fes difciples. Auffi ces prétendues lettres font aujourd'hui déclarées actes de fauffaires par tous les favans.

Troifiéme impofture principale qui en contient plufieurs.

ON forge des actes de *Pilate*, des lettres de *Pilate* & jufqu'à une hiftoire de la femme de *Pilate* ; mais furtout les lettres de *Pilate* font curieufes ; en voici un fragment :

„ Il eft arrivé depuis peu , & je l'ai vérifié, que
„ les Juifs par leur envie fe font attiré une cruelle
„ condamnation ; leur Dieu leur ayant promis de
„ leur envoyer fon faint du haut du ciel, qui
„ ferait leur roi à bien jufte titre, & ayant promis
„ qu'il ferait fils d'une vierge ; le Dieu des Hébreux

„ l'a envoyé en effet , moi étant préfident en Judée.
„ Les principaux des Juifs me l'ont dénoncé comme
„ un magicien ; je l'ai cru , je l'ai bien fait fouetter ,
„ je le leur ai abandonné , ils l'ont crucifié ; ils ont
„ mis des gardes auprès de fa foffe ; il eft reffufcité le
„ troifième jour. „

Je joins à cette fuppofition celle du refcrit de
Tibère au fénat , pour mettre JESUS au rang des
dieux de l'empire , & les ridicules lettres du philofophe *Sénèque* à *Paul* , & de *Paul* à *Sénèque* , écrites
en un latin barbare ; & les lettres de la vierge *Marie*
à *St Ignace ;* & tant d'autres fictions groffières dans
ce goût : je ne peux pas trop étendre ce dénombrement d'impoftures , dont la lifte vous effraierait , fi
je les comptais une à une.

Quatrième impofture.

LA fuppofition la plus hardie , peut-être , & la
plus groffière eft celle des prophéties attribuées aux
fibylles qui prédifent l'incarnation de JESUS , fes
miracles & fon fupplice en vers acroftiches. Ces
bêtifes ignorées des Romains étaient l'aliment de la foi
des catéchumènes. Elles ont eu cours pendant huit
fiècles parmi nous , & nous chantons encore dans une
de nos hymnes , *tefte David cum fibyllâ* , témoin *David*
& la fibylle.

Vous vous étonnez fans doute qu'on ait pu
adopter fi long-temps ces méprifables facéties , &
mener les hommes avec de pareilles brides ; mais
les chrétiens ayant été plongés quinze cents ans
dans la plus ftupide barbarie , les livres étant très-

rares , les théologiens étant très-fourbes , on a tout
ofé dire à des malheureux capables de tout croire.

Cinquième impofure.

ILLUSTRES & infortunés Romains , avant d'en
venir aux funeftes menfonges qui vous ont coûté
votre liberté , vos biens , votre gloire , & qui vous
ont mis fous le joug d'un prêtre ; & avant de vous
parler du prétendu pontificat de *Simon Barjone* , qui
fiégea , dit-on , à Rome pendant ving-cinq années ;
il faut que vous foyez inftruits des *conftitutions apofto-*
liques , c'eft le premier fondement de cette hiérarchie
qui vous écrafe aujourd'hui.

Au commencement du fecond fiècle il n'y avait
point de furveillant , d'épifcopos , d'évêque revêtu
d'une dignité réelle pour fa vie , attaché irrévoca-
blement à un certain fiége , & diftingué des autres
hommes par fes habits ; tous les évêques mêmes
furent vêtus comme des laïques jufqu'au milieu du
cinquième fiècle. L'affemblée était dans la falle d'une
maifon retirée. Le miniftre était choifi par les initiés ,
& exerçait tant qu'on était content de fon adminiftration. Point d'autel , point de cierge , point d'encens :
les premiers pères de l'Eglife ne parlent qu'avec
horreur des autels & des temples. (*a*) On fe contentait
de faire des collectes d'argent , & de fouper enfemble.
La fociété chrétienne s'étant fecrétement multipliée ,
l'ambition voulut faire une hiérarchie ; comment s'y
prend-on ? Les fripons qui conduifaient les enthoufiaftes , leur font accroire qu'ils ont découvert les

(*a*) *Juftin* & *Tertullien:*

conftitutions

conſtitutions apoſtoliques écrites par *St Jean* & par *St Matthieu*, *quæ ego Matthæus & Joannes vobis tradidimus*. (*b*) C'eſt-là qu'on fait dire à *Matthieu* : *Gardez-vous de juger votre évêque ; car il n'eſt donné qu'aux prêtres d'être juges.* (*c*) C'eſt-là où *Matthieu* & *Jean* diſent : *Autant que l'ame eſt au-deſſus du corps, autant le ſacerdoce l'emporte ſur la royauté : regardez votre évêque comme un roi, comme un maître abſolu,* Dominum : *donnez-lui vos fruits, vos ouvrages, vos prémices, vos décimes, vos épargnes, les prémices, les décimes de votre vin, de votre huile, de vos blés &c.* (*d*) *Que l'évêque ſoit un dieu pour vous, & le diacre un prophéte.* (*e*) *Dans les feſtins, que le diacre ait double portion, & le prêtre, le double du diacre ; & s'ils ne ſont pas à table, qu'on envoie les portions chez eux.* (*f*)

Vous voyez, Romains, l'origine de l'uſage où vous êtes de mettre la nappe pour donner des indigeſtions à vos pontifes, & plût-à-Dieu qu'ils ne s'en fuſſent tenus qu'au péché de la gourmandiſe !

Au reſte, dans cette impoſture des conſtitutions des apôtres, remarquez bien attentivement que c'eſt un monument authentique des dogmes du ſecond ſiècle, & que cet ouvrage de fauſſaire rend hommage à la vérité, en gardant un ſilence abſolu ſur des innovations qu'on ne pouvait prévoir, & dont vous avez été inondés de ſiècle en ſiècle. Vous ne trouverez dans ce monument du ſecond ſiècle, ni trinité, ni conſubſtantiabilité, ni tranſſubſtantiation, ni confeſſion auriculaire. Vous n'y trouverez point que

_____

(*b*) *Conſtitutions apóſtoliques*, liv. II. chap. LVII.
(*c*) Liv. II, chap. XXXVI.   (*e*) *Idem*, chap. XXX.
(*d*) Liv. II, chap. XXXIV.   (*f*) *Idem*, chap. XXXVIII.

la mère de JESUS foit mère de DIEU, que JESUS eût
deux natures & deux volontés, que le St Efprit
procède du père & du fils. Tous ces finguliers
ornemens de fantaifie, étrangers à la religion de
l'évangile, ont été ajoutés depuis au bâtiment groffier
que le fanatifme & l'ignorance élevaient dans les
premiers fiècles.

Vous y trouverez bien trois perfonnes, mais
jamais trois perfonnes en un feul Dieu. Lifez avec la
fagacité de votre efprit, feule richeffe que vos tyrans
vous ont laiffée, lifez la prière commune que les
chrétiens fefaient dans leurs affemblées au fecond
fiècle par la bouche de l'épifcope.

,, O DIEU tout-puiffant, inengendré, inacceffi-
,, ble, feul vrai DIEU, & père de CHRIST ton fils
,, unique, DIEU au paraclet, DIEU de tous, toi
,, qui as conftitué docteurs les difciples par CHRIST,
,, &c. (g) ,,

Voilà clairement un feul DIEU qui commande
à CHRIST & au paraclet. Jugez fi cela reffemble à
la trinité, à la confubftantiabilité, établie depuis à
Nicée, malgré la réclamation conftante de dix-huit
évêques & de deux milles prêtres. (h)

Dans un autre endroit, le même auteur, qui eft
probablement un évêque fecret des chrétiens à
Rome, dit formellement, le père eft DIEU par-deffus
tout. (i)

_____

(g) *Conftitutions apoftoliques*, liv. VIII, chap. VI.

(h) Voyez l'hiftoire de l'Eglife de Conftantiuople & d'Alexandrie,
bibliothèque bodléenne.

(i) *Conftitutions apoftoliques*, liv. III, chap. XVI.

C'était la doctrine de *Paul*, qui éclate en tant d'endroits de fes épîtres. *Ayons la paix en* DIEU *par notre Seigneur* JESUS-CHRIST. (*k*)

Nous avons été réconciliés avec DIEU *par la mort du fils.* (*l*)

Si par le péché d'un feul plufieurs font morts, le don de DIEU *s'en eft plus répandu, grâces à un feul homme, qui eft* JESUS-CHRIST. (*m*)

Nous fommes héritiers de DIEU, *& cohéritiers de* JESUS-CHRIST. (*n*)

Supportez-vous les uns les autres comme JESUS *vous a fupportés pour la gloire de* DIEU. (*o*)

A DIEU *le feul fage honneur & gloire par* JESUS-CHRIST. (*p*)

JESUS *nous a été donné de* DIEU. (*q*)

Que le DIEU *de notre Seigneur* JESUS-CHRIST *le père de gloire, vous donne l'efprit de fageffe.* (*r*)

C'eft ainfi que le juif chrétien *Saul Paul* s'explique toujours, c'eft ainfi qu'on fait parler JESUS lui-même dans les évangiles. (*s*) *Mon père eft plus grand que moi*, c'eft-à-dire, DIEU fait ce que les hommes ne peuvent faire; car tous les Juifs, en parlant de DIEU, difaient mon père.

La patenôtre commence par ces mots : *Notre père.* JESUS dit : *Nul ne le fait que le père. Nul autre que mon père ne fait ce jour, pas même les anges.* (*t*) *Cela ne*

(*k*) Epître aux Romains, chap. V.   (*p*) Chap. XVI.
(*q*) Epît. aux Galates, chap. I.   (*l*) *Idem.*
(*m*) *Idem.*   (*r*) Epît. aux Ephéf. chap. I.
(*n*) Chap. VIII.   (*s*) *Jean*, chap. XIV, v. 28.
(*o*) Epît. aux Rom. chap. XV.   (*t*) *Matthieu*, ch. XXIV, v. 36.

dépend pas de moi , mais seulement de mon père. (*u*) Il eſt encore très-remarquable que JESUS craignant d'être appréhendé au corps , & fuant de peur ſang & eau , s'écria : *Mon père, que ce calice s'éloigne de moi.* (*x*) C'eſt ce qu'un poliſſon de nos jours appelle mourir en Dieu. Enfin aucun évangile ne lui a mis dans la bouche ce blaſphème, qu'il était DIEU, conſub-tantiel à DIEU.

Romains , vous m'allez demander pourquoi , comment on en fit un Dieu dans la ſuite des temps? Et moi je vous demande pourquoi & comment on fit des dieux de *Bacchus,* de *Perſée,* d'*Hercule,* de *Romulus*? encore ne pouſſa-t-on pas le ſacrilége juſqu'à leur donner le titre de Dieu ſuprême , de Dieu créateur ; ce blaſphème était réſervé pour la ſecte échappée de la ſecte juive.

Sixième impoſture principale.

JE paſſe ſous ſilence les innombrables impoſtures des voyages de *Simon Barjone,* de l'évangile de *Simon Barjone* , de ſon apocalypſe , de l'apocalypſe de *Cérinthe,* ridiculement attribué à *Jean,* des épîtres de *Barnabé* , de l'évangile des douze apôtres , de leurs liturgies , des canons du concile des apôtres, de la confeſſion du crédo par les apôtres ; les voyages de *Matthieu,* les voyages de *Thomas,* & de tant de rêveries reconnues enfin pour être de la main d'un fauſſaire , qui les fit paſſer ſous des noms révérés des chrétiens.

(*u*) *Idem,* chap. XX, v. 23.   (*x*) *Luc,* chap. XXII, v. 44.

Je n'infifterai pas beaucoup fur le roman du prétendu pape *St Clément*, qui fe dit fucceffeur immédiat
de *St Pierre*, je remarquerai feulement que *Simon*
(*y*) *Barjone* & lui rencontrèrent un vieillard qui leur
dit que fa femme l'a fait cocu, & qu'elle a couché
avec fon valet ; *Clément* demande au vieillard comment
il a fu qu'il était cocu ? Par l'horofcope de ma
femme, lui dit le bon homme ; & encore par mon
frère, avec qui ma femme a voulu coucher, & qui
n'a point voulu d'elle. (*z*) A ce difcours, *Clément*
reconnaît fon père dans le cocu, & ce même *Clément*
apprend de *Pierre* qu'il eft du fang des *Céfars*. O
Romains ! c'eft donc par de pareils contes que la
puiffance papale s'eft établie.

Septième impofture principale, fur le prétendu pontificat de Simon Barjone, furnommé Pierre.

Qui a dit le premier que *Simon*, ce pauvre
pêcheur, était venu de Galilée à Rome, qu'il y
avait parlé latin, lui qui ne pouvait favoir que le
patois de fon pays, & qu'enfin il avait été pape de
Rome vingt-cinq ans ? C'eft un fyrien nommé
Abdias, qui vivait fur la fin du premier fiècle, qu'on
dit évêque de Babylone. (c'eft un bon évêché.) Il
écrivit en fyriaque ; nous avons fon ouvrage traduit
en latin par *Jules* africain. Voici ce que cet écrivain
fenfé raconte ; il a été témoin oculaire ; fon
témoignage eft irréfragable. Ecoutez bien.

(*y*) Récognitions de *Saint Clément*, livre IX, num. 32, 33.
(*z*) *Ibid.* num. 34 & 35.

Simon Barjone Pierre ayant reſſuſcité la *Tabite*, ou la *Dorcas*, couturière des apôtres ; ayant été mis en priſon par l'ordre du roi *Hérode* ; (quoiqu'alors il n'y eût point de roi *Hérode*) & un ange lui ayant ouvert les portes de la priſon, (ſelon la coutume des anges) ce *Simon* rencontra dans Céſarée l'autre *Simon* de Samarie, ſurnommé le magicien, qui feſait auſſi des miracles ; là ils commencèrent tous deux à ſe morguer. *Simon* le ſamaritain s'en alla à Rome auprès de l'empereur *Néron; Simon Barjone* ne manqua pas de l'y ſuivre ; l'empereur les reçut on ne peut pas mieux. Un couſin de l'empereur vint à mourir : auſſitôt c'eſt à qui reſſuſcitera le défunt ; le ſamaritain a l'honneur de commencer la cérémonie ; il invoque DIEU, le mort donne des ſignes de vie, & branle la tête. *Simon Pierre* invoque JESUS-CHRIST , & dit au mort de ſe lever ; le mort ſe lève & vient l'embraſſer. Enſuite vient l'hiſtoire connue des deux chiens : puis *Abdias* raconte comment *Simon* vola dans les airs, comment ſon rival *Simon Pierre* le fit tomber. *Simon* le magicien ſe caſſa les jambes, & *Néron* fit crucifier *Simon Pierre* la tête en bas pour avoir caſſé les jambes de l'autre *Simon*.

Cette arlequinade a été écrite non-ſeulement par *Abdias*, mais encore par je ne ſais quel *Marcel*, & par un *Egéſippe* qu'*Euſèbe* cite ſouvent dans ſon hiſtoire. Obſervez, judicieux Romains, je vous en conjure, comment ce *Simon Pierre* peut avoir régné ſpirituel-lement vingt-cinq ans dans votre ville ? Il y vint ſous *Néron*, ſelon les plus anciens écrivains de l'Egliſe ; il y mourut ſous *Néron* : & *Néron* ne régna que treize années.

Que dis-je ; lifez les Actes des apôtres ; y eft-il
feulement parlé d'un voyage de *Pierre* à Rome ? il
n'en eft pas fait la moindre mention. Ne voyez-vous
pas que lorfque l'on imagina que *Pierre* était le
premier des apôtres , on voulut fuppofer qu'il n'y
avait eu que la ville impériale digne de fa préfence.
Voyez avec quelle groffiéreté on vous a trompés en
tout : ferait-il poffible que le fils de Dieu , Dieu
lui-même , n'eût employé qu'une équivoque de
poliffon, une pointe, un quolibet abfurde pour établir
Simon Barjone chef de fon Eglife : Tu es furnommé
Pierre , & fur cette *pierre* j'établirai mon Eglife. Si
Barjone s'était appelé *Potiron* , Jesus lui aurait dit :
Tu es *Potiron*, & *Potiron* fera appelé le roi des fruits
de mon jardin.

Pendant plus de trois cents ans le fucceffeur
prétendu d'un payfan de Galilée fut ignoré dans
Rome. Voyons enfin comment les papes devinrent
vos maîtres.

Huitième impofture.

Il n'y a aucun homme inftruit dans l'hiftoire des
Eglifes grecque & latine, qui ne fache que les fiéges
métropolitains établirent leurs principaux droits au
concile de Chalcédoine, convoqué en 451 par l'ordre
de l'empereur *Martien* & de *Pulchérie* , compofé de
fix cents trente évêques. Les fénateurs qui préfi-
daient au nom de l'empereur avaient à leur droite
les patriarches d'Alexandrie & de Jérufalem , & à
leur gauche celui de Conftantinople, & les députés
du patriarche de Rome. Ce fut par les canons de
ce concile que les fiéges épifcopaux participèrent à

la dignité des villes dans lesquelles ils étaient situés. Les évêques des deux villes impériales, Rome & Constantinople, furent déclarés les premiers évêques avec des prérogatives égales, par le célébre vingt-huitième canon.

Les pères ont donné avec justice des prérogatives au siège de l'ancienne Rome, comme à une ville régnante, & les 150 évêques du premier concile de Constantinople, très-chéris de DIEU*, ont par la même raison attribué les mêmes priviléges à la nouvelle Rome; ils ont justement jugé que cette ville, où réside l'empire & le sénat, doit lui être égale dans toutes les choses ecclésiastiques.*

Les papes se font toujours débattus contre l'authenticité de ce canon; ils l'ont défiguré, ils l'ont tordu de tous les sens. Que firent-ils enfin pour éluder cette égalité, & pour anéantir avec le temps tous les titres de sujétion qui les soumettaient aux empereurs comme tous les autres sujets de l'empire? Ils forgèrent cette fameuse donation de *Constantin*, laquelle a été tenue pour si véritable pendant plusieurs siècles, que c'était un péché mortel, irrémissible, d'en douter, & que le coupable encourait, *ipso facto*, l'excomunication majeure.

C'était une chose bien plaisante que cette donation de *Constantin* à l'évêque *Sylvestre*.

Nous avons jugé utile, dit l'empereur, *avec tous nos satrapes, & tous le peuple romain, de donner aux successeurs de* St *Pierre une puissance plus grande que celle de notre sérénité.* Ne trouvez-vous pas, Romains, que le mot de satrape est bien placé là?

C'est avec la même authenticité que *Constantin* dans ce beau diplome dit: *Qu'il a mis les apôtres Pierre &*

Paul dans de grandes châsses d'ambre, qu'il a bâti les églises de St Pierre & de St Paul, & qu'il leur a donné de vastes domaines en Judée, en Grèce, en Thrace, en Asie &c. pour entretenir le luminaire, qu'il a *donné au pape son palais de Latran, des chambellans, des gardes-du-corps, & qu'enfin il lui donne en pur don à lui & à ses successeurs la ville de Rome, l'Italie & toutes les provinces d'Occident,* le tout *pour remercier le pape Sylvestre de l'avoir guéri de la ladrerie, & de l'avoir baptisé,* quoiqu'il n'ait été baptisé qu'au lit de la mort par *Eusèbe* évêque de Nicomédie.

Il n'y eut jamais ni pièce plus ridicule d'un bout à l'autre, ni plus accréditée dans les temps d'ignorance où l'Europe a croupi si long-temps après la chute de votre empire.

Neuvième imposture.

JE passe sous silence un millier de petites impostures journalières, pour arriver vîte à la grande imposture des décrétales.

Ces fausses décrétales furent universellement répandues dans le siècle de *Charlemagne.* C'est là, Romains, que pour mieux vous ravir votre liberté, on en dépouille tous les évêques ; on veut qu'ils n'aient pour juge que l'évêque de Rome. Certes s'il est le souverain des évêques, il devait bientôt devenir le vôtre, & c'est ce qui est arrivé. Ces fausses décrétales abolissaient les conciles, elles abolirent bientôt votre sénat, qui n'est plus qu'une cour de judicature, esclave des volontés d'un prêtre. Voilà surtout la véritable origine de l'avilissement dans lequel vous rampez. Tous vos droits, tous vos priviléges, si long-temps conservés par votre

fageffe, n'ont pu vous être ravis que par le menfonge.
Ce n'eft qu'en mentant à DIEU & aux hommes qu'on
a pu vous rendre efclaves ; mais jamais on n'a pu
éteindre dans vos cœurs l'amour de la liberté. Il eft
d'autant plus fort que la tyrannie eft plus grande. Ce
mot facré de liberté fe fait encore entendre dans vos
converfations, dans vos affemblées, & jufque dans
les antichambres du pape.

ARTICLE IX.

CESAR ne fut que votre dictateur ; *Augufte* ne fut que
votre général, votre conful, votre tribun. *Tibère*,
Caligula, *Néron* vous laiffèrent vos comices, vos prérogatives, vos dignités ; les barbares même les refpec-
tèrent. Vous eûtes toujours votre gouvernement
municipal. C'eft par votre délibération, & non par
l'autorité de votre évêque *Grégoire III*, que vous
offrîtes la dignité de patrice au grand *Charles Martel*,
maître de fon roi, & vainqueur des Sarrazins en l'année
741 de notre fautive ère vulgaire.

Ne croyez pas que ce fut l'évêque *Léon III* qui fit
Charlemagne empereur ; c'eft un conte ridicule du fecrétaire *Eginhard*, vil flatteur des papes qui l'avaient gagné.
De quel droit & comment un évêque fujet, aurait-il
fait un empereur qui n'était jamais créé que par le
peuple ou par les armées qui fe mettaient à la place
du peuple ?

Ce fut vous, Peuple romain, qui ufâtes de vos
droits, vous qui ne voulûtes plus dépendre d'un empereur grec, dont vous n'étiez pas fecourus ; vous qui
nommâtes *Charlemagne*, fans quoi il n'eût été qu'un

ufurpateur. Les annaliftes de ce temps conviennent que
tout était arrangé entre *Carolo* & vos principaux
officiers ; (ce qui eft en effet de la plus grande vraifemblance.) Votre évêque n'y eut d'autre part que celle
d'une vaine cérémonie, & la réalité de recevoir de
grands préfens. Il n'avait d'autre autorité légale dans
votre ville, que celle du crédit attaché à fa mitre, à
fon clergé & à fon favoir faire.

En vous donnant à *Charlemagne*, vous reftâtes les
maîtres de l'élection de vos officiers ; la police fut
entre leurs mains ; vous demeurâtes en poffeffion du
mole d'*Adrien*, fi ridiculement appelé depuis le château
Saint-Ange, & vous n'avez été pleinement affervis
que quand vos évêques fe font emparé de cette
fortereffe.

Ils font parvenus pas à pas à cette grandeur fuprême,
fi expreffément profcrite pour eux par celui qu'ils
regardent comme leur dieu, & dont ils ofent s'appeler
les vicaires. Jamais fous les *Othons* ils n'eurent de jurif-
diction dans Rome. Les excommunications & les
intrigues furent leurs feules armes ; & lorfque dans les
temps d'anarchie ils ont été en effet fouverains, ils
n'ont jamais ofé en prendre le titre. Je défie tous les
gens habiles qui vendent chez vous des médailles aux
étrangers, d'en montrer une feule où votre évêque foit
intitulé votre fouverain. Je défie même les plus habiles
fabricateurs de titres dont votre cour abonde, d'en
montrer un feul où le pape foit traité de prince par
la grâce de DIEU. Quelle étrange principauté que celle
qu'on craint d'avouer !

Quoi ! les villes impériales d'Allemagne qui ont des
évêques font libres ; & vous, Romains, vous ne l'êtes

pas! Quoi! l'archevêque de Cologne n'a pas feulement le droit de coucher dans cette ville, & votre pape vous permet à peine de coucher chez vous ! Il s'en faut beaucoup que le fultan des Turcs foit auffi defpotique à Conftantinople, que le pape l'eft devenu à Rome.

Vous périffez de mifère fous de beaux portiques. Vos belles peintures dénuées de coloris, & dix ou douze chefs-d'œuvre de la fculpture antique ne vous procureront jamais ni un bon dîner ni un bon lit. L'opulence eft pour vos maîtres, & l'indigence eft pour vous : le fort d'un efclave des anciens Romains était cent fois au-deffus du vôtre ; car il pouvait acquérir de grandes fortunes ; mais vous nés ferfs, vous mourrez ferfs, & vous n'avez d'huile que celle de l'extrême-onction. Efclaves de corps, efclaves d'efprit, vos tyrans ne fouffrent pas même que vous lifiez dans votre langue le livre fur lequel on dit que votre religion eft fondée.

Eveillez-vous, Romains, à la voix de la liberté, de la vérité & de la nature. Cette voix éclate dans l'Europe, il faut que vous l'entendiez ; rompez les chaînes qui accablent vos mains généreufes, chaînes forgées par la tyrannie dans l'antre de l'impofture.

Fin du tome II de la Philofophie.

I

TABLE
DES PIECES

CONTENUES DANS CE VOLUME.

462 **TABLE.**

CHAP.

TABLE. 465

Philosophie &c. Tome II. G g

466 TABLE.

Fin de la Table du tome second.

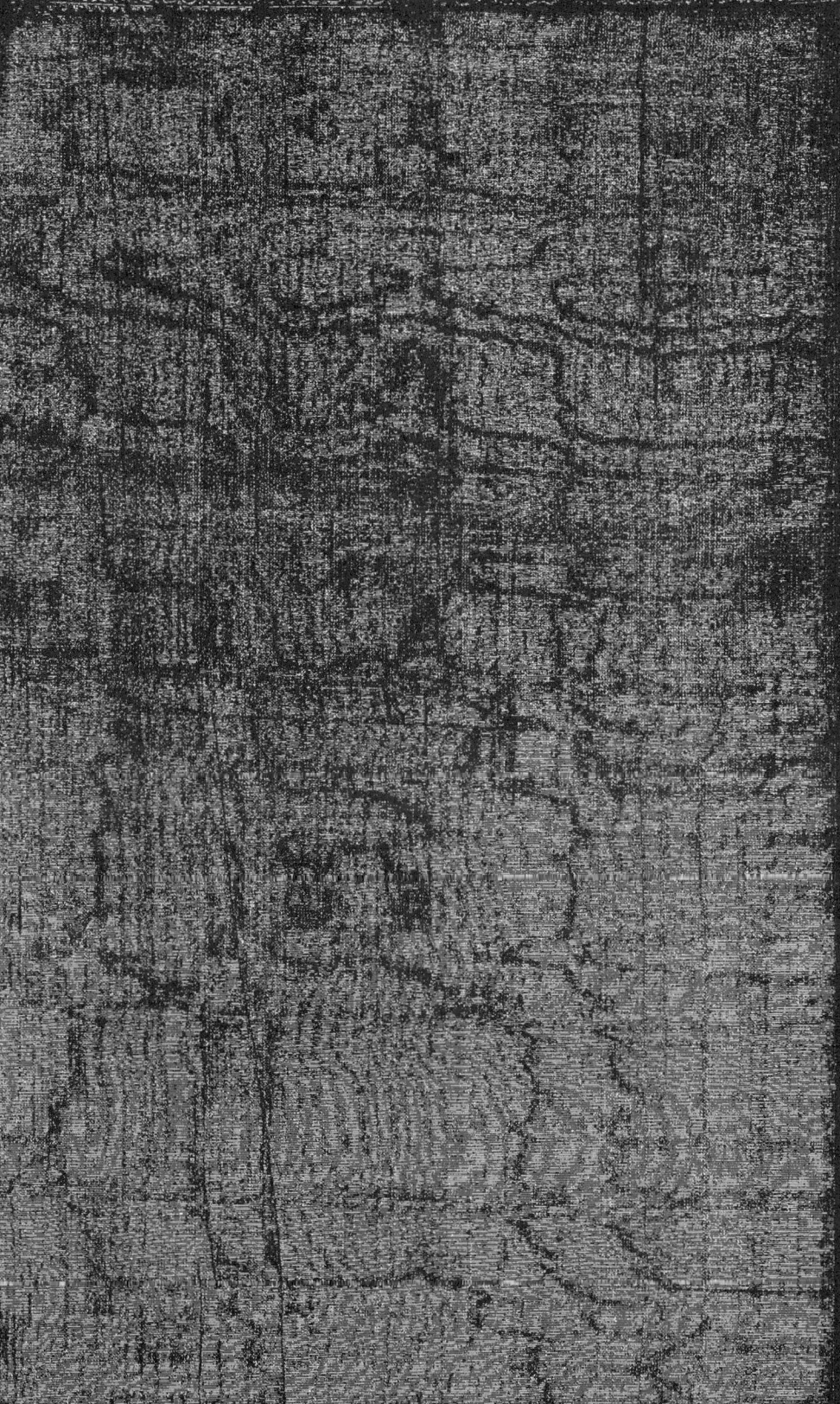

VOLTAIRE

33

PHILOSOPHIE

TOM II

www.ingramcontent.com/pod-product-compliance
Lightning Source LLC
Chambersburg PA
CBHW061036030726
47504CB00002B/394